Irena
Matuszkiewicz
Salonowe życie

Polecamy:

Grażyna Bąkiewicz
O melba!
Stan podgorączkowy

Katarzyna Grochola
Upoważnienie do szczęścia

Irena Matuszkiewicz
Agencja Złamanych Serc
Gry nie tylko miłosne
Dziewczyny do wynajęcia

Iwona Menzel
W poszukiwaniu zapachu snów

Izabela Sowa
Smak świeżych malin
Cierpkość wiśni
Herbatniki z jagodami

Dominika Stec
Mężczyzna do towarzystwa

Monika Szwaja
Jestem nudziarą
Romans na receptę
Zapiski stanu poważnego

Irena Matuszkiewicz

Salonowe życie

literatura
na obcasach

Copyright © Irena Matuszkiewicz, 2004
Licencji na wydanie książki udzieliło wydawnictwo Prószyński i S-ka

Wydawca:
G + J Gruner + Jahr Polska Sp. z o.o. & Co. Spółka Komandytowa
02-677 Warszawa, ul. Wynalazek 4
Dział dystrybucji:
tel. (22) 607 02 49 (50)
dystrybucja@gjpoland.com.pl

Informacje o serii „Literatura na obcasach":
tel. (22) 640 07 19 (20)
strona internetowa: www.literatura.bizz.pl

Redakcja: Jan Koźbiel
Korekta: Grażyna Nawrocka
Projekt okładki: Anna Angerman
Redakcja techniczna: Jolanta Trzcińska
Łamanie: Ewa Wójcik

ISBN: 83-89221-54-3

Druk: Łódzka Drukarnia Dziełowa SA

Wszystkie postacie, nazwiska i miejsca
są wytworem wyobraźni.
Podobieństwo do osób i wydarzeń jest zupełnie przypadkowe

O jedenastej wieczorem starszy bliźniak wstał od stołu. Spojrzał łakomie na talerz z blinami, westchnął ciężko i wyszedł do kuchni.

– No, kochani, komu w drogę, temu czas! – krzyknął. – Jak będziecie się guzdrać, to Nowy Rok da wam figę w prezencie.

– Powiedz zwyczajnie, że nas oleje! – odkrzyknął Salomon i dołożył sobie bigosu.

Starszy bliźniak nie miał zwyczaju wyrażać się przy paniach, tak przynajmniej zapewniał, poganiając towarzystwo do wyjścia i pakując szampany do torby. Jola chciała pomóc przy sprzątaniu stołu, ale Dorota schowała tylko półmiski i machnęła ręką na porządki. Z uznaniem spojrzała na torbę z butelkami starannie owiniętymi w kolorowy papier.

– Trzeba jeszcze zapakować kieliszki – powiedziała. – Są w barku.

Bliźniak spojrzał ze zdumieniem.

– Babo, puchu marny, ty wieczna zgryzoto! – zadeklamował z patosem. – Po diabła ci kieliszki!? Idziemy świętować pod gołym niebem, z ludem się bratać i pić z butelek. Połowa i tak wykipi, masz moje słowo.

Wybiegli wreszcie na ulicę: Jolka z Salomonem, para sklecona naprędce na tę jedną sylwestrową noc, oraz Dorota z Piotrem, zwanym starszym bliźniakiem; taka para niepara od lat dziecinnych. Szli raźnym krokiem, żeby przy okazji spalić kalorie pochłonięte razem z blinami, bigosem i pasztetem, czyli z całym dobrodziejstwem składkowej kolacji. Miasto wyglądało jak metropolia. Na balkonach migały świąteczne dekoracje, okna jarzyły się światłami, po Wienieckiej, mimo późnej pory, kręcili się ludzie. To nie był widok całkiem normalny. Zimowy Włocławek zasypia o siódmej wieczorem, potem na ulicach pojawiają się już tylko różne niedobitki i niedopitki, czyli spacerowicze z przymusu, ci, których życie wygoniło z domu w bardzo ważnych sprawach. Ochotników prawie się nie widuje. Ale ta noc była wyjątkowa. Co jakiś czas niebo rozświetlały snopy kolorowych iskier, a nad głowami groźnie syczały niewybuchy, które więdły szybciej, niż zdołały wzlecieć.

Na Zielony Rynek dotarli krótko przed północą. Nie pchali się w tłum, bo to nie był tłum pociągający. Wystarczyło stać z boku, chłonąć atmosferę na odległość i czekać na odliczanie sekund dzielących stary rok od nowego. Starszy bliźniak rozdał szampany i wziął się do odkręcania metalowych koszyczków przy korkach. Jola przytupywała rytmicznie, Dorota pozwoliła sobie nawet na taneczne podskoki.

– ...trzy, dwa, jeden! – rozległ się głos ponad tłumem.

Dzwony i sztuczne ognie zlały się w jedno wielkie widowisko, wzbogacone fontannami szampana.

– To był niezły rok – powiedziała Dorota, otrzepując kurtkę z bąbelków – ale nowy mógłby być lepszy.

Zaraz potem wpadła w szerokie ramiona starszego bliźniaka. Życzył jej, żeby popracowała nad dynamiką głosu, częściej mówiła *piano* i *amoroso,* a tylko wyjątkowo *con collera*, co było muzyczną aluzją do jej wybuchowego temperamentu. Czuły, choć niezbyt delikatny kuksaniec Doroty sprowadził go na ziemię. Z rozpędu Piotr życzył jej jeszcze spełnienia wszystkich mądrych marzeń, jakby podejrzewał, że mogła też mieć głupie. Pomyślała o swoim gabinecie, który chciała widzieć większym i wspanialszym, pomyślała o mamie i jeszcze o wycieczce do Irlandii. Na więcej nie starczyło jej czasu, bo dostała się w objęcia Jolki.

– Niech niemożliwe stanie się możliwe, zgoda? – szepnęła przyjaciółka. – I oczywiście, żebyś przyćmiła wszystkie kosmetyczki w mieście.

To było nawet więcej, niż Dorota sama sobie życzyła. Ale Jola wiedziała, co mówi: należała do stałych klientek gabinetu i Doroty.

Kiedy wracali zadymionymi ulicami, a po fajerwerkach pozostał tylko huk w uszach, Dorota przypomniała sobie Tomka i bardzo się zdziwiła, że żadne z jej osobistych życzeń nie wiązało się z tym bądź co bądź narzeczonym. A i bliźniak też o nim nie wspomniał.

***

O jedenastej wieczorem Artur Haczyński zszedł na dół. Nie chciał obudzić żony, więc stąpał ostrożnie, z nadzieją, że uda mu się przemknąć chyłkiem przez hol, sforsować drzwi wejściowe i niepostrzeżenie zniknąć w mroku nocy. Trochę miał sobie za złe to upokarzające skradanie się we własnym mieszkaniu, lecz w sylwestrowy wieczór ciche wyjście było wyjściem jedynym. Liczył na łut szczęścia i twardy sen Bryśki, która lubiła drzemkę przed telewizorem. W każdy inny dzień, bez względu na porę, wyszedłby całkiem zwyczajnie, napomykając od niechcenia o ważnej naradzie, spotkaniu z kontrahentem lub awarii w fabryce. Nie miał wylewnej natury, nie zwierzał się ze swoich interesów, jedynie uspokajał żonę, że znika na kilka godzin, nie na zawsze. Ale co mógł zrobić w sylwestra? Od obiadu zastanawiał się nad wymyśleniem wiarygodnego powodu. To znaczy powód miał, natomiast nie miał ochoty tłumaczyć, gdzie, po co i dlaczego wybiera się sam. Popołudnie i wieczór strawił na wewnętrznej walce: wyjść czy zostać. Te wahania bynajmniej nie pozostawały w związku z Bryśką. Wiedział jedno: wyjść, znaczyło okazać słabość i uznać się za pokonanego. Oczywiście znowu nie chodziło o żonę. Decyzję podjął w ostatniej chwili i teraz bardzo się śpieszył, by zdążyć przed północą.

Drzwi do salonu były szeroko otwarte. Gabriela, na użytek domowy zwana Bryśką, siedziała w ulubionym fotelu, na wprost telewizora, czołem dotykając kolan, i posapywała głośno. Artur z niechęcią spojrzał na wygięty łuk pleców i krótkie, posiwiałe loczki żony. To nie był budujący obraz godny końca, a tym bardziej początku roku. Dla przeciwwagi przypomniał sobie jasne, proste włosy i niewiarygodnie gładką cerę innej kobiety i bardzo zatęsknił do tamtej. Przyśpieszył kroku, potknął się i uderzył ramieniem w drzwi. Nieprzewidziany hałas sprawił, że Bryśka gwałtownie drgnęła, uniosła głowę i jakby nigdy nic zaczęła wyrzekać na głupawe komedie tudzież jeszcze głupsze balety.

– W telewizorni to gwiżdżą na ludzi. Niby sylwester, a nie ma na co popatrzeć – odezwała się, tłumiąc ziewanie.

– Przecież nie patrzysz, tylko śpisz – mruknął ze złością. – Mogłabyś przynajmniej sprzątnąć burdel w holu, te adidasy i portki. O mały włos nie wybiłem zębów.

– Sztucznych się nie wybija, same wyskakują – odparła nieco raźniejszym głosem. Na odczepnego wyjaśniła, że to Kiczorek szykował się na dyskotekę i jak zwykle nabałaganił.

Artur poczuł się dotknięty, a tym samym uwolniony od wszelkich skrupułów.

– Rektor prosił, żebym wpadł na bal uczelniany i złożył życzenia w jego imieniu – powiedział i chwilę później był już za drzwiami, to jest poza zasięgiem elokwencji żony.

Za kierownicą samochodu znowu poczuł się sobą, czyli prekursorem włocławskiego biznesu i atrakcyjnym mężczyzną w sile wieku. To straszne, myślał, jak ona mnie tłamsi. Tym razem oczywiście miał na uwadze wyłącznie swoją Bryśkę.

Artur Haczyński cierpiał na kompleks mężczyzny, który poślubił niewłaściwą kobietę. Po latach intensywnej pracy i troski o rodzinę złapał wreszcie oddech, szeroko otworzył oczy i nie poznał ślubnej małżonki, dzieci ani domu. Wszystko było nie takie, jak sobie założył. Dlatego próbował wyrwać się choć na chwilę, choć na kilka godzin z tej familijnej klatki, w której się dusił. Pojechał na Zazamcze i stanął przed dziesięciopiętrowym blokiem przy Wienieckiej. Okna, które go interesowały, były rozpaczliwie ciemne. Milczał też domofon. Usiadł w aucie tak, żeby mieć na oku kraciastą zasłonkę na trzecim piętrze, i postanowił poczekać.

W tym czasie Gabriela Haczyńska pastwiła się nad pilotem, skakała z kanału na kanał i nie mogła znaleźć nic, co dałoby się obejrzeć. Złość na telewizję mieszała jej się ze złością na męża i dzieci. Telewizja była jednak lepsza od rodziny, bo składała życzenia noworoczne. Gabriela postanowiła więc poczekać na toast. Przyniosła z lodówki butelkę piwa i usiadła wygodnie w fotelu. Wraz z wybiciem godziny dwunastej zanurzyła usta w piance i poczuła znajomy, bardzo niemiły skurcz, który usadowił się gdzieś w klatce piersiowej. Nie była to dolegliwość fizjologiczna, lecz czysto duchowa. Spojrzała na gładką, dobrze zrobioną twarz spikerki i gwałtownie zatęskniła za minioną młodością. Owładnął nią strach pomieszany z beznadzieją i okropnym żalem, że przegrała życie, dała się zamknąć w domu, nie zrobiła kariery zawodowej, nie poznała ludzi z eleganckiego towarzystwa i nigdy nie nosiła ubrań z największych domów mody. Zestarzała się wśród pieluch i garnków, gdzieś na peryferiach prawdziwego życia. Nic nie wskazywało na to, że jej los kiedykolwiek się odmieni. Z rosnącą niechęcią patrzyła na ładniutką spikerkę, która właśnie życzyła jej i pozostałym widzom, by Nowy Rok przyniósł wszystkim spełnienie marzeń.

– Już ty najwięcej wiesz, o czym ja marzę – wymruczała niechętnie. – Żyjesz sobie bez żadnych trosk, ludzie cię poznają na ulicy, bywasz, gdzie chcesz, śpisz, z kim chcesz, a mój Haczyński zadarł ogon i poleciał. Gdybym miała twoje lata i twoje chody, zobaczyłybyśmy, która z nas lepsza. Też byłam piękna, nie myśl sobie. Twoje życzenia są tyle warte, co kot napłakał. Już ty mi młodości nie wrócisz, a niczego więcej nie chcę.

Zwracając się wciąż do spikerki, Gabriela przegadała całe orędzie noworoczne i nawet nie zauważyła, że tamta dawno zniknęła z ekranu.

***

O jedenastej wieczorem profesor zwyczajny Leon Gostyński wstał od komputera, przeciągnął się, aż zatrzeszczały stawy, i pocłapał do kuchni w poszukiwaniu jedzenia. Zajrzał do lodówki i mocno się zasępił. Roztargnieni samotnicy, a Gostyński do takich należał, rzadko żyją w zgodzie z kalendarzem. Rano jak zwykle kupił bułki, mleko, kawałek żółtego sera oraz pierogi z mięsem na obiad, na śmierć zapominając o Nowym Roku. Dopiero wiadomości TV otworzyły mu oczy. Mógł, co prawda, pójść do nocnego sklepu, ale nie chciało mu się przebierać. Pomyślał, że coś tam chyba znajdzie w kuchennych szafkach. Między mąką i kaszą leżał kawałek domowego piernika, wigilijny prezent od chudej bidulki, która czasem wpadała do profesora w interesach. Piernik zdążył już stwardnieć, bo Gostyński nie przepadał za łakociami. Lansował pogląd, że ze wszystkich słodyczy na świecie najbardziej kocha słodkie idiotki. Nie był to bynajmniej żart słowny, lecz prawda szczera i bolesna. Czerstwe ciasto przypomniało mu rozkoszną Stellę.

Pierwsze i jedyne małżeństwo Leona Gostyńskiego rozpadło się przed laty, też w sylwestra, a trwało nie więcej niż pięć lat.

11

Stella zeszła mu z oczu w samą porę. Gdyby nie spakowała się i nie wyjechała, Gostyński musiałby sam wystąpić o rozwód albo porzucić pracę naukową. Życie z kobietą piękną, ruchliwą i kapryśną nie dało się połączyć ze ślęczeniem w laboratorium, a przede wszystkim z ciągłym brakiem pieniędzy. Żona chciała mieć kasę, a Gostyński dopiero planował zrobienie majątku. Tak więc Stella spakowała swoje rzeczy i wyjechała, zostawiając mężowi zaniedbane mieszkanie, pustą książeczkę oszczędnościową i profesorski tytuł. Co do mieszkania sprawa była jasna, należało do Gostyńskiego jeszcze przed ślubem. Książeczką też się nie nacieszyła, bo profesor wszystkie oszczędności przeznaczał na badania naukowe. Tak naprawdę po żonie został mu jedynie tytuł.

W pierwszym roku małżeństwa Stella była zafascynowana Leonem, wierzyła w jego przyszłą karierę i wielki sukces finansowy. Nazywała go pieszczotliwie swoim profesorkiem, gładziła po łysinie i dokarmiała szpinakiem. Nieraz w euforii wykrzykiwała: „Jesteś nadzwyczajny, profesorku!". On się skromnie upierał, że jest zwyczajny, i tak już zostało. Jako profesor zwyczajny miał o wiele większą siłę przebicia niż jako prosty absolwent chemii, nawet nie magister.

Po rozstaniu Stella próbowała odebrać mężowi prawo do tytułu, dzwoniła a to z Suwałk, a to z Tarnobrzega tylko po to, by nazwać Leona nieukiem i głupcem oraz spytać, czy wziął się wreszcie do normalnej uczciwej pracy i zaczął zarabiać prawdziwe pieniądze. Mówiła, że troszczy się o niego z czystej życzliwości. Wtedy to właśnie profesor nazwał byłą żonę idiotką, a niechęć do niej przeniósł automatycznie na inne kobiety, co było o tyle smutne, że swoje badania naukowe prowadził z myślą o piękniejszej połowie ludzkości. Wiele lat strawił w laboratorium, ale właśnie nadchodził upragniony moment urzeczywistnienia marzeń. Głęboko wierzył, że nadchodzący rok przyniesie mu wieczną sławę i bogactwo.

Wspomnienie Stelli źle podziałało na profesora. Ze złości, a częściowo też z głodu, zjadł cały piernik, łącznie z okruszkami, zapchał się i musiał szukać ratunku w herbacie. Północ zastała go ze szklanką słodkiej lury w ręku.

– To co, Leonku – zwrócił się do siebie pieszczotliwie – chyba wypijemy za perz i za sukces. Mamy w garści ostatnie ogniwo i musimy wygrać!

Upił zimny łyk, skrzywił się i całkiem nieoczekiwanie pomyślał o swojej kobiecie. Nie o Stelli, nie o gosposi, tylko o towarzyszce życia, asystentce, a niechby i opiekunce. Mężczyzna, który intensywnie pracuje umysłowo, a w dodatku nie jest już młokosem, powinien mieć obok siebie kogoś, kto uwolni go od codziennych, ogłupiających obowiązków, od prania skarpetek i robienia zakupów. Tak sobie myślał, choć jednocześnie żal mu było spokoju, twórczej ciszy i kawalerskiej niezależności. Stanął w oknie i z zainteresowaniem popatrzył w noc. Gdzieś w oddali Warszawa witała Nowy Rok. Słyszał huk wystrzałów, ale widział jedynie kilka oświetlonych okien po drugiej stronie wąskiego, brzydkiego podwórka. Nie znał swoich sąsiadów. Oprócz chudej bidulki, która sprowadziła się do kamienicy ze dwa, trzy lata wcześniej, nie znał prawie nikogo. Budynki wokół zasiedlali nowi lokatorzy, zesłani tu za karę, bo byli biedni i nieprzystosowani do wielkomiejskiego życia. Profesor mieszkał w starej części Pragi, w brzydkim budynku i marzył, żeby się przenieść bliżej centrum, do jednego z tych ekskluzywnych domów, gdzie portierzy strzegą wejścia, a czynsz jest wyższy od miesięcznej pensji nauczyciela chemii.

***

Nad kanapą, na jesionowej półce, Dorota hodowała parę dorosłych diabłów. Drewniany samczyk, choć bardziej przypominał zatroskanego doga niż mędrca, siedział na pieńku w pozie myśliciela. Jego towarzyszka, ulepiona z masy solnej, zezowała zalotnie, może nawet ironicznie, i wachlowała się pędzelkiem ogona. To była piękna para, zaczątek kolekcji polskich diabłów merkantylnych, czyli takich, które można kupić wszędzie, na straganie i w supermarkecie. Jeszcze w sylwestra na półce stał tylko ten zamyślony samczyk ze swoją zalotną samiczką, ale już pierwszego stycznia u ich boku pojawiły się dwa maleństwa tak paskudne, że aż wzruszające w swojej brzydocie. To były takie diabełki na serio, kompletnie pozbawione wdzięku. Oho, pomyślała Dorota, Nowy Rok zaczął się satanicznie. Mam nadzieję, że od tego przybytku głowa mnie nie zaboli. Pomyślała też, że metafizyka meta-

13

fizyką, jednak w tym cudownym rozmnożeniu musiał maczać palce człowiek i nawet wiedziała, komu dziękować. Kiedy wreszcie starszy bliźniak podniósł słuchawkę, ziewał jak krokodyl i mruczał: „Ych, ty, babo bez serca". Najwyraźniej miał chęć wysłać ją do wszystkich diabłów, nie tylko do tych dwóch. Gdyby był przytomniejszy, pewnie by i wysłał. Kazała mu wracać do łóżka, chociaż nie mieściło jej się w głowie, że można tak głupio marnować świąteczny dzień. Nowy Rok witali razem, rozstali się o trzeciej w nocy, teraz było południe i każdy normalny człowiek powinien wyspać się już na obydwa boki. Widać starszy bliźniak był nienormalny albo przesadził z szampanem. Dorota może wypiła dwa kieliszki, może nie, za to takiego gejzeru, jaki jej się udał, nie miał nikt. Oblała swoich i cudzych znajomych, dzięki czemu rano obudziła się trzeźwa, zdolna kontemplować urodę diabłów, sprzątnąć pokój po sylwestrowym przyjęciu, a nawet sklecić jakiś obiad.

W samo południe zadzwoniła z życzeniami stała klientka, Gabriela Haczyńska, czyli ciotka Pasjonata. Gabriela była ciotką czysto umowną, nazywaną tak w myślach, nigdy w rozmowie. Lubiła opowiadać o wszechstronnie utalentowanych dzieciach, o mężu, który otaczał ją miłością i zbytkiem, a także o światowym życiu, jakie prowadzili. Mimo pogodnego usposobienia była kobietą surowych obyczajów i ostrego języka, przy czym surowość rezerwowała głównie dla ludzi, na których z upodobaniem ostrzyła język. Najczęściej dostawało się nauczycielkom syna, czasem gosposi i prawie zawsze losowi.

– Co u pani słychać, pani Dorotko? – zaćwierkała radośnie, kiedy już uporała się z „pomyślnościami w życiu osobistym i sukcesami w pracy zawodowej". Ciotka Pasjonata nigdy nie pozwalała sobie na odstępstwa od ogólnie przyjętych norm.

U Doroty słychać było ostry świst czajnika, na szczęście gwizdek spadł, i czajnik się uspokoił. Prawdę mówiąc, Haczyńska nie za bardzo chciała wiedzieć, co u Doroty, chciała się natomiast pochwalić, co u niej. Szukała pretekstu, by opowiedzieć o sylwestrze spędzonym w towarzystwie miejskich notabli, o tańcach do białego rana, walcu z kotylionem i pieczonym bażancie.

– Powiadam pani, co to za pycha! Kruchutki, soczysty, całkiem jakbym sama go piekła. Pasjami lubię dziczyznę. Ale, ale, ja tu nudzę i nie dopuszczam pani do głosu – zreflektowała się gdzieś po dziesięciu minutach. – Co u pani?

– Diabliczka mi się okociła – powiedziała Dorota. – Mam dwa małe diablęta. Chce pani jednego?

Haczyńską zamurowało. Chwila upłynęła, zanim odzyskała głos.

– Nigdy nie słyszałam, żeby pani opowiadała o kocie – zauważyła z wyrzutem.

– Nie mam kota, przynajmniej na razie, i nie mówię o kocie, tylko o diabełkach – uściśliła Dorota.

– Jak pani coś powie, pani Dorotko, to tylko boki zrywać – westchnęła ponuro Haczyńska. W jej głosie czaiła się niepewność. Uważała się za kobietę o rozwiniętym poczuciu humoru i nie bardzo wiedziała, jak potraktować te diabełki.

– Żartowałam! – roześmiała się Dorota.

– Przecież wiem! Nie jestem taka dziecinna, żeby wierzyć w to, czego nie ma.

– Nie ma? Jakby tak dobrze poszukać, to w każdym człowieku siedzi mniejszy lub większy diabełek, proszę pani. Diabły są w nas.

– Nie we mnie, broń Boże! – odpowiedziała pośpiesznie Gabriela i na wszelki wypadek skończyła rozmowę, przypominając tylko, że zobaczą się w pierwszych dniach stycznia.

Po obiedzie Dorota wyskoczyła na godzinę do Joli. Nie miała daleko, tyle co przebiec do sąsiedniej klatki. Znajomość z Jolą dość szybko wyszła poza progi gabinetu kosmetycznego i przeniosła się na grunt prywatny. Obie były samotne, zapracowane, ale wieczorami czy też w niedziele chętnie umawiały się na babskie pogaduszki, takie o wszystkim: o facetach i przepychankach w sejmie, o brudach na klatce schodowej i modzie. Kobiety wspaniale potrafią mówić o wielu rzeczach jednocześnie i uwielbiają taki miszmasz. Kiedy już przyjaciółka opowiedziała Dorocie o balu w Młynie, z którego miała najnowsze, telefoniczne informacje, Dorota poczuła się zobowiązana opowiedzieć o pieczonym bażancie Haczyńskiej.

– To cham! – wykrzyknęła Jola.

– Bażant?

– Haczyński! Dam sobie wydziergać małpę na policzku, że ta

biedaczka całą noc przesiedziała w domu i to sama. Wyobrażasz sobie?

– Nie! – przytaknęła Dorota. – Ale też nie wyobrażam sobie, żeby Haczyńska to zmyśliła. Ona nie ma za grosz polotu.

– Widać ma. Przy takim romantycznym mężu wszystkiego można się nauczyć – odpowiedziała ze złością Jola.

– Skąd wiesz, że kłamała?

– Z autopsji. Ten cham drzemał w samochodzie pod moją klatką. Myślałam, że się od niego uwolniłam raz na zawsze, ale on jest gorszy niż chroniczny katar, wraca i wraca, jakby nie rozumiał po polsku.

– Może lepszy byłby język migowy albo judo? – zastanowiła się Dorota.

Wieczorem zajrzała do poczty elektronicznej i znalazła wiadomość od Tomka. Nie było w tym nic nadzwyczajnego, pisał bardzo często, jednak pierwszego stycznia nie powinien pisać, bo miał siedzieć w Siedlcach u matki, w ciepłej, rodzinnej atmosferze bez Internetu.

Hello, Dolly! Strasznie głupio zaczęliśmy ten rok. Całą noc czekałem na Twój telefon. Tam, gdzie szalałaś, był chyba jakiś aparat do podtrzymywania kontaktów międzyludzkich? Musiałem zostać w Warszawie. Spędziłem sylwestra w łóżku z temperaturą. Patrzyłem w telewizor i myślałem o Tobie. Musimy coś zrobić z tą naszą rozłąką. Co Ty na to? Twój wierny i kochający Tomek.

Literki na ekranie układały się w długie wężyki, od których wiało banałem i nudą.
Odpisała od ręki.

Cześć! Na miejscu panny (pani?) Temperatury uciekłabym od faceta, który całą noc gapi się w telewizor i myśli o innej. Czy ona, *nomen omen*, rzeczywiście jest taka gorąca? Ja spędziłam sylwestra z komórką w kieszeni, bo też czekałam na telefon. Co Ty na to? Twoja Dorota.

Z przyzwyczajenia napisała „twoja", machnęła ręką na niefortunny zaimek, przy okazji także na brak własnej komórki,

16

i wysłała pocztę. Nie czuła się Tomkową Dorotą. To znaczy, z każdym rokiem coraz mniej jego, a coraz bardziej niczyją. Bez przykrości, raczej ze zdziwieniem, obserwowała ostatnią fazę pięcioletniego uczucia.

Zaczęli, jak przystało na zakochanych, od zauroczenia, które trwało rok i było tyleż silne, co odległe. Przez ten rok ona studiowała i mieszkała w Toruniu, on w Warszawie. Druga faza to dwa warszawskie lata miłości szalonej, choć wciąż dochodzącej. On wynajmował pokój na dalekiej Pradze, ona znalazła sobie kąt w centrum, na Polnej, skąd miała bliżej do studium kosmetycznego. Faza trzecia, czyli miłość telefoniczno-korespondencyjna, zaczęła się dwa lata temu, gdy Dorota skończyła studium i wróciła do matki. Tomek został w swojej klitce przy Szanajcy.

Miłość telefoniczno-korespondencyjna kieruje się własnymi prawami, niestety, głównie werbalnymi. Jeśli nie można niczego wyrazić dotykiem ani spojrzeniem, pozostają słowa. Początkowo gorące i żarliwe, z czasem coraz bardziej oklepane i banalne. Przez ostatnie dwa lata ograniczyli je do niezbędnego minimum. Dorota nie musiała czekać na odpowiedź, żeby wiedzieć, co przeczyta następnego dnia. „Hello, Dolly – napisze Tomek. – Naprawdę miałem trzydzieści siedem i dwie kreski, co na szczęście nie przeszkadzało mi w oglądaniu programów sylwestrowych...".

Rozłąka nie była jedynym zmartwieniem Doroty, choć na pewno bardzo istotnym. Odległość stu osiemdziesięciu kilometrów chłodziła uczucia skuteczniej niż lodówka. Kiedy Tomek po raz pierwszy powiedział, że muszą coś zrobić z rozłąką, przyjęła to z optymizmem. Wolałaby co prawda, żeby uściślił, co zrobią albo jeszcze lepiej, żeby zrobili to jak najszybciej, lecz nie chciała zbytnio naciskać. Wracała do Włocławka przekonana, że to nie powrót, tylko stan przejściowy. W porównaniu z Tomkiem żyła bardzo wygodnie, a od wyjazdu mamy niemal komfortowo, jako jedyna właścicielka dwu pokoi z kuchnią i łazienką. On natomiast wciąż tkwił w wynajętej klitce, trzy metry na cztery, z używalnością innych pomieszczeń. No, ale on został w Warszawie, awansował i robił pieniądze. Początkowo Dorota też chciała zamienić rodzinne miasto na stolicę, otworzyć tam wielki salon i zająć się swoją karierą. Między innymi dlatego nie zrywała telefoniczno-korespondencyjnej miłości, choć powoli przestawała myśleć o wyjeździe. U progu szóstego roku czas wiary i wielkich uczuć był już czasem zaprzeszłym.

Początek stycznia zapowiadał się bardzo spokojnie. W porównaniu z przedsylwestrowym młynem był to okres wytchnienia. Dorota snuła się po gabinecie bez specjalnego pośpiechu, do nielicznych klientek mówiła cicho, żeby podkreślić ten specjalny nastrój, jaki niesie ze sobą każdy nowy rok. Kobiety opowiadały o swoich postanowieniach, jedna rzucała palenie, druga zamierzała rzucić męża, a Dorota tylko słuchała. Nie paliła, nie miała męża, nie musiała schudnąć, więc to nie były jej kłopoty. Przejęła się dopiero przy Miłeckiej. Spojrzała na pobladłą twarz i podkrążone oczy klientki i bała się o cokolwiek zapytać. Miłecka sama się rozgadała w trakcie pedikiuru. Powiedziała, że polip, że operacja i że strasznie się boi.

– Musi pani wierzyć, że będzie dobrze – szepnęła z przekonaniem Dorota.

– Ale czy ja jeszcze będę kobietą? – odszepnęła Miłecka.

Pocieszanie jest wyjątkowo niewdzięcznym zajęciem, pomyślała Dorota. Cokolwiek powiem, zabrzmi banalnie. Ja na jej miejscu chodziłabym ze strachu po ścianach, ale przecież tego powiedzieć nie mogę.

Po Miłeckiej przyszła Haczyńska i odgoniła od Doroty nastrój smutku. Wiadomo: ciotka Pasjonata w progi, cisza w nogi.

Gabriela Haczyńska należała do bardzo wymagających klientek. Fundowała sobie najdroższe zabiegi, a potem kładła się na fotelu z nadzieją, że wstanie odmłodzona o kilkanaście lat. Była jedyna w swoim rodzaju. Klientki w jej wieku, czyli panie około pięćdziesiątki, powoli przestawały wierzyć w cuda. Odwiedzały gabinet, żeby się wygadać, oczyścić duszę i tylko przy okazji zadbać o wiotczejącą cerę. Haczyńska odwrotnie: ona wierzyła w cud, przychodziła po młodość, a rozgadywała się z nawyku i z upodobania.

– Dzisiaj, pani Dorotko, odejmie mi pani dziesięć lat. Za tydzień znowu dziesięć, potem jeszcze z pięć.

– A do przedszkola to ja mam panią odwieźć czy sama pani pojedzie?

– Do jakiego znowu przedszkola? Ja chcę mieć trzydzieści lat, tyle co pani. To co, zaczniemy od wosku? – Wzdrygnęła się i dodała, że cierpienia fizyczne są wpisane w los kobiet.

Gabriela lubiła mówić o cierpieniach, co nie znaczy, że lubiła cierpieć. Gdyby nie szpecący wąsik i zbędne kłaczki na twarzy, nigdy nie poddałaby się torturze depilacji. Klęła w duchu hormony, które na starość pogłupiały, i czekała, aż Dorota rozsmaruje ciepłą, pachnącą ziołami masę na brodzie i pod nosem, a potem jednym szarpnięciem zerwie wosk razem z włoskami.

– To nie salon, to gabinet tortur – jęczała, dopóki ostry ból nie ustąpił pod uciskiem palców Doroty.

Najgorsze było za nią, ułożyła się wygodnie na fotelu i zaczęła monologować.

– Nie ma pani pojęcia, pani Dorotko, jak trudno jest matkować trzem geniuszom. Bo mój Haczyński to też wielkie dziecko. Wie pani, my, kobiety, dorastamy, bo musimy, ale mężczyźni nie dorośleją nigdy. Już widzę, że Kiczorek wrodził się w ojca. Zdolny niebywale, wszystko w lot chwyta, tylko nicpoń z niego okropny. Nie zgadnie pani, gdzie on trzyma brudne skarpetki? Na żyrandolu wiesza. Wpadłaby pani na coś takiego?

– Dobrze, że w ogóle zdejmuje – szepnęła Dorota.

Szept był starym, wypróbowanym chwytem. Im klientka mówiła głośniej, tym ciszej należało się do niej zwracać. Czasem szept skutkował, lecz nigdy w wypadku kobiet przyzwyczajonych do głośnego mówienia. Jedynym sposobem na chwilowe uciszenie gaduły był masaż. Niestety, nie robi się masażu w trakcie nakładania henny. Ciotka Pasjonata uczciwie wykorzystywała każdą sekundę.

– Proszę nie kręcić głową. Ładny dzień, prawda? Mróz i słońce – zaszemrała Dorota.

– Dla mnie za zimno.

Haczyńska, choć głośna i bezkompromisowa, należała do grona klientek sympatycznych. Mówiła wyłącznie o swoich sprawach i tylko to, co chciała powiedzieć. Przegadała całą hennę, zmywanie oczu i pół zabiegu nawilżającego. Przycichła dopiero w czasie masażu, gdy delikatne palce Doroty zajęły się zmarszczkami wokół ust. Zadowolone pomrukiwania przeszły w mruczando, czyli drugi stopień błogości.

– Chwilo, trwaj wiecznie! – zdążyła westchnąć i zamilkła.

Z punktu widzenia Doroty masaż był zabiegiem jak każdy inny i za nic nie chciałaby spędzić całego życia na prasowaniu zmarszczek Haczyńskiej. Oczywiście nic takiego nie powiedziała, by głupim słowem nie zmącić atmosfery bezpieczeństwa i zaufania tak niezbędnej w szanującym się gabinecie kosmetycznym. Dobra kosmetyczka, tak przynajmniej twierdziły wykładowczynie w studium, różni się od spowiednika tylko tym, że nie strofuje i nie udziela rozgrzeszeń. Dorota skończyła bardzo dobrą szkołę podbudowaną praktyką u Sary, jeździła na szkolenia, zdobywała wciąż nowe certyfikaty i na bieżąco śledziła najnowsze trendy. Z całą pewnością mogła o sobie powiedzieć, że jest profesjonalistką. Nowości na rynku kosmetycznym mnożą się szybciej niż komary. Trzeba nie lada wiedzy i odporności psychicznej, by nie łapać wszystkiego jak leci, lecz z setek propozycji wybrać te najwłaściwsze, które spodobają się klientkom i nie zrujnują ich finansowo. Dorota pracowała na najlepszych kosmetykach. Zaopatrywała się w trzech, czasem czterech firmach, które darzyła pełnym zaufaniem. Tłumaczyła klientkom, jakim zabiegom je poddaje i dlaczego, mówiła o efektach tak sugestywnie, że kobiety w większości te efekty widziały. Była profesjonalistką miłosierną. Miała litość zwłaszcza nad tymi paniami, które podobnie jak Haczyńska, bez zastrzeżeń wierzyły wszystkim reklamom. Nie odzierała ich z wiary, tylko cierpliwie wyjaśniała, że kosmetyki bywają dobre, nawet bardzo dobre, cudownych jednak nie ma. Sama była najlepszą wizytówką swojego gabinetu. Lubiła powtarzać, że zaniedbana kosmetyczka jest tak samo niewiarygodna jak szczerbata dentystka i rozczochrana fryzjerka.

Kiedy Haczyńska moczyła nogi do pedikiuru, przez gabinet przewinęła się Jola Paciorkowska, dziewczyna o urodzie i figurze modelki. Wpadła po krem, przy okazji przełożyła umówioną wizytę i już jej nie było.

– Ta panienka rzeczywiście ma cellulit? – spytała zaciekawiona Haczyńska.

– Panienka? Jaka panienka? – spytała Dorota. Wkładała właśnie na dłonie lateksowe rękawiczki i biedziła się z ich rozklejaniem.

– Ta chuda w kaszkiecie, co przyszła i wyszła.

– Och, ona odnawia się kompleksowo i profilaktycznie.

Chciałabym mieć jak najwięcej takich klientek, które przed trzydziestką tak poważnie myślą o starości. I oczywiście takich, jak pani.

Po Haczyńskiej w kalendarzu Doroty figurował Jodłowski, najwierniejszy klient od dwu lat. Poznała go jeszcze u Sary, gdzie pracowała tuż po skończeniu studium. Kiedy otworzyła swój gabinet, Jodłowski był jej pierwszym własnym klientem. Przygotowała stolik do manikiuru i niezbędne narzędzia. W ocenie Doroty Jodłowski był wiekowy, to znaczy bliżej mu było do czterdziestki niż trzydziestki oraz niespecjalny. Trudno zdefiniować to ostatnie spostrzeżenie, w każdym razie jego widok nie pobudzał serca do bicia. Miał nieco ironiczne poczucie humoru i wyostrzony zmysł obserwacji. Nie był rasowym gadułą ani też milczkiem. Sprawiał wrażenie mężczyzny ustawionego w życiu i zamożnego, lecz nigdy nie wspominał, czym tak naprawdę się zajmuje. Niewątpliwie był żonaty, o czym świadczyła szeroka złota obrączka. Lubił wody toaletowe o intensywnym zapachu, garnitury nosił raczej przeciętne, a krawaty niezbyt dopasowane do całości. Tyle mniej więcej mogła o nim powiedzieć. Oboje taktownie unikali tematów zahaczających o życie prywatne, trochę jednak przez te dwa lata porozmawiali. To właśnie jemu zwierzyła się całkiem niedawno, że myśli o kupieniu własnego lokalu. Wydawał się bardzo zainteresowany pomysłem, dał nawet do zrozumienia, że nie uchyli się od pomocy przy wyborze, o ile oczywiście Dorota zechce z takiej pomocy skorzystać. Wtedy była pewna, że nie zechce, w każdym razie nie tak szybko. Planować mogła, lecz rozumiała prostą zależność między wysokością konta w banku a kosztem lokalu. Jej konto było niewielkie i miało swoje konkretne przeznaczenie. Nadszedł jednak grudzień i wtedy się okazało, że Dorota bardzo pilnie potrzebuje pomocy kogoś, kto zna się na handlu nieruchomościami. Nie chodziło bynajmniej o kupowanie lokalu, tylko o pozbycie się schedy po babci. Pomyślała o Jodłowskim.

Przyszedł punktualnie, usiadł przy stoliku i z miną bywalca wyciągnął do Doroty duże ręce o łopatkowatych paznokciach. Ona zastanawiała się, jak zacząć rozmowę, on w milczeniu studiował cennik usług na ścianie.

– Od ubiegłego roku ceny się nie zmieniły – zapewniła.

– Ach nie, nie... Tak patrzę, bo wreszcie zaczynam rozumieć, na co kobiety wydają tyle pieniędzy. Pielęgnowanie urody jest zajęciem bardzo kosztownym. – Westchnął.

– Zna pan coś wartościowego, co nie wymaga starań, zabiegów i jest absolutnie za darmo?

– Znam – uśmiechnął się przekornie. – Dobre rady choćby.

– Adwokaci też tak myślą?

– Mówię wyłącznie w swoim imieniu.

– To znaczy, że nie żyje pan z doradztwa. Szkoda, bo liczyłam, że mi pan podpowie, co można zrobić z odziedziczoną w spadku starą kamienicą.

– Przy jakiej ulicy? – spytał z nagłym ożywieniem.

– W centrum Kowala, niestety.

– To nie problem. Ludzie wolą mieszkać w małych miastach, a pracować w dużych.

– Trzy pokoje po babci, podobnie jak cały dom, wymagają remontu. Czy ktoś zechce kupić kamienicę z lokatorami?

– Niczego mądrego nie podpowiem, dopóki sam nie zobaczę. Możemy pojechać tam choćby dzisiaj! – Jodłowski wydawał się mocno poruszony.

– Najwcześniej mogę w sobotę – odrzekła Dorota. – Boję się tylko, że straci pan niepotrzebnie czas.

– W pani towarzystwie?

Po oczach widać było, że najchętniej pojechałby do Kowala natychmiast, ale taktownie przystał na sobotę.

W domowym komputerze na Dorotę czekał list od Tomka: „Hello, Dolly! W sylwestra miałem trzydzieści osiem stopni, oglądałem telewizję, bo...”.

Dorota westchnęła. Pomyliła się wyłącznie w ocenie temperatury i to zaledwie o kilka głupich kresek. Pomyślała, że mężczyzna nieprzewidywalny, taki, który zapomniałby powiedzieć, że zakochał się w innej dziewczynie, ewentualnie że podjął z konta wszystkie oszczędności aż do debetu włącznie, taki mężczyzna też nie byłby w jej typie. Tomek jednak ze swoją absolutną przewidywalnością okazał się chyba jeszcze trudniejszy do zniesienia. Nie chwytał aluzji ani docinków, i to nie dlatego, że ich nie rozumiał. Jeśli inteligentny i wykształcony facet czegoś nie chwyta, to znaczy, że nie chce. Wcześniej chciał, teraz mu przeszło, choć nadal zapewniał o miłości i wierności. Co najdziwniejsze: zapewniał chyba szczerze. Zatęskniła za odrobiną szaleństwa i nawet nie umiała sobie wyobrazić, jakie szaleństwo pasowałoby do Tomka. Gdyby odrzucić skrajności, którymi gardził, a więc wspinaczkę wysokogórską i nurkowanie w morzu, wyścigi samochodowe i skoki ze spadochronem, to i tak zostawało sporo miejsca na inne, bezpieczniejsze pasje. Ale Tomek nie miał pasji nawet bezpiecznych. Był poukładany jak obrus w bieliźniarce: równo, dokładnie i w kostkę. Zawsze ciągnął w górę do najlepszych, co wcale nie wynikało z pędu do wiedzy, tylko z twardego obowiązku. Rodzinny dom wymagał od niego, aby zawsze był *primus inter pares*, czyli najlepszy pośród równych sobie. Dorota wytrzymała z nim pięć lat między innymi dlatego, że los nie pozwolił im zamieszkać razem.

Kiczorek wtargnął do domu z wielkim pośpiechem, trzasnął drzwiami i pognał na piętro, do swojego pokoju. Ten pośpiech mógł znaczyć bardzo dużo lub zgoła nic. Jak większość piętnastolatków chłopiec wszedł w trudny okres dojrzewania, miewał huśtawki nastrojów i lubił lekceważyć normy, także te obowiązujące w rodzinie. Ślady błota w holu i na schodach świadczyły, że właśnie zlekceważył nakaz zmiany butów z wyjściowych na domowe. Gabriela wyjrzała z kuchni.

– Kiczorek, kapcie! – krzyknęła. – I umyj ręce!

Odpowiedziała jej cisza. Przynajmniej na górze, bo na dole, w kuchni, Ewelina siekała cebulę i stukała nożem o deskę.

– Ja oszaleję z tym dzikusem! – westchnęła ciężko Gabriela. – Czy wszyscy chłopcy w tym wieku są tacy szurnięci?

– Nie wiem, ja mam dwie córki – odpowiedziała wykrętnie Ewelina.

– Dziewczynki są łagodniejsze – przytaknęła Gabriela. – Weźmy choćby moją Muszkę. Ambitna i pracowita aż do przesady, dla niej czwórka to koniec świata. A Kiczorkowi nawet dwója nie psuje humoru, lekcje odrabia w biegu i całkiem dobrze sobie radzi. Urwanie głowy z tym chłopakiem. Na szczęście on jest dużo zdolniejszy od Muszki, chociaż ona pilniejsza, zauważyła pani?

Ewelina dla świętego spokoju kiwnęła głową. Pracowała u Haczyńskich trzeci rok, chciała pracować dłużej, więc swoje

23

obserwacje wolała zachować w tajemnicy. Oczywiście wiedziała, bo tylko głupiec by tego nie zauważył, że Gabriela była typową mamą synka. Niby przysięgała, że kocha dzieci jednakowo, lecz to „jednakowo" w wypadku chłopaka było bardziej pojemne. Ze wszystkich porównań wychodził zwycięsko. Córka pracowita, ale syn zdolniejszy, córka bystra, ale syn prawie geniusz. A tak w ogóle, to Gabriela bardzo nie lubiła, gdy ktoś źle się wyrażał o jej pociechach, czyli o Ziemowicie zwanym Kiczorkiem i Joannie czyli Muszce, toteż Ewelina przeważnie milczała. Na szczęście do jej obowiązków nie należało wychowywanie szalonych małolatów, tylko sprzątanie po nich, gotowanie i robienie zakupów. Wrzuciła posiekaną cebulę do salaterki, zamiotła przedpokój oraz schody i nakryła do stołu.

Podczas obiadu Kiczorek wyraźnie odżył. Zdarzało się czasem, że humor mu nie dopisywał, lecz apetyt miał zawsze. Przy dokładce barszczu ukraińskiego zwolnił nieco tempo.

– Co tam w budzie? – spytała Gabriela. Zadawała to pytanie każdego dnia, niezrażona wykrętami typu: „ujdzie", „fajnie", „nudy". O czymś w końcu trzeba było z dziećmi rozmawiać, żeby nie poczuły się wyobcowane.

– Słyszałem fajowy kawał – zachichotał Kiczorek. – Gostek pyta babkę, jak ma na imię. To ona mówi, że Joanna, no nie. Joanna, kapujecie? To on, ten gostek, strasznie się ucieszył i mówi: „A jo Antek, i tyż ze wsi".

Nie zdążył parsknąć śmiechem, łyżka siostry była szybsza. Pac, pac i na polakierowanym czubie, artystycznie nastroszonym nad czołem, zawisł kawałek buraczka. Kiczorek podskoczył, resztki barszczu z talerza chlupnęły na stół, a Joanna zwana Muszką jednym susem znalazła się za plecami matki.

– Wariatka! – wrzasnął Kiczorek. – Brysia, powiedz jej coś!

– I to ma być kawał? Z ciebie jest kawał szajbusa! – pekliła się Muszka. – Gadasz jak porąbany pieniek.

– Wymięta ameba!

– Smętny mutantus!

– Zamknijcie się, barany! – krzyczała Gabriela. – Wszystko powiem ojcu!

Jej silny głos zginął wśród wrzasków. Słuchała bezradnie, jak przerzucają się wyzwiskami, i nie umiała ich uspokoić. Nawet za bardzo nie zrozumiała, o co tym razem poszło. Zapewne o nic, jak zwykle. Muszka i Kiczorek bardzo lubili rodzinne przedstawienia, które odgrywali na zawołanie, za darmo, nawet bez braw, pod warunkiem że w pobliżu znajdował się przynajmniej jeden widz. Kiedy zostawali sami, potrzeba popisów gwałtownie malała i pojawiało się wzgardliwe milczenie.

– Pieczeń wołowa na dziko z kopytkami! – obwieściła Ewelina.

W pokoju zapachniało smakowicie czosnkiem i przyprawami. Kiczorek z lubością pociągnął nosem. Muszka dała za wygraną i usiadła na swoim miejscu. Zadźwięczały sztućce.

– Że też z byle głupstwa musicie zaraz robić orgię – denerwowała się Gabriela.

– To już pogadać nie wolno – bronił się Kiczorek. – Ty chyba, Brysiu, orgii nie widziałaś!

Został skarcony za rozmowę z pełnymi ustami, przestał gadać i zajął się jedzeniem. Gabriela straciła apetyt. Ogarnął ją przygnębiający smutek, który ostatnio nie dawał jej spokoju. Myślała o wszystkim jednocześnie: że dzieci się od niej oddalają, że się zestarzała i zmarnowała życie. Dziobała mięso i nawet nie zauważyła, kiedy Ewelina podała deser.

– Pycha żarełko – zachwalał głośno Kiczorek. – To co, Brysiu, odpiszesz?

– Gdzie, komu? – ocknęła się Gabriela.

– Ty mnie wcale nie słuchasz! Tłumaczę ci właśnie, że belferka od histy przesyła ci ukłony i wypadałoby odpisać.

– Znowu załapałeś uwagę? – domyśliła się Muszka. – No, pochwal się, pochwal, co tym razem wymyśliłeś?

– Kulaj się! To przez ciebie, przez twoje książki.

Muszka spojrzała z niedowierzaniem. Znała pogardę brata dla książek, większą jeszcze niż dla mydła, i nie mogła sobie wyobrazić sytuacji, która zmusiłaby Kiczorka do solidnego zgłębiania wiedzy. Może gdyby chodziło o gry komputerowe, to co innego, ale Muszka nie pasjonowała się grami.

– Ściemniasz, stary! Blekocisz jak...

– Chcę wiedzieć, o co chodzi! – przerwała ostro Gabriela, uprzedzając kolejną awanturę.

– O wynalazki i takie tam inne – mruknął niechętnie. – Powiedziałem na hiście, że telefony, windy i samoloty były znane już starożytnym Babilończykom. Belferka się wkurzyła, że zagrywam w kulki. A ja to wiem, bo sam czytałem.

Zerwał się, pobiegł na górę i po chwili wrócił z grubą książką w pozłacanej oprawie. Ręce mu się trzęsły z emocji, kiedy przewracał kartki.

– A nie mówiłem! – krzyknął. – Jest winda. I telefon, i…

– Jaka winda? – Gabriela bezskutecznie próbowała wyjąć synowi z rąk pozłacany tom.

– To „Sennik babiloński" – zapiała Muszka. Zdążyła już zjechać z krzesła na dywan, gdzie wygodniej było tarzać się ze śmiechu. Nawet nie miała siły zrobić bratu awantury o to, że grzebał w jej rzeczach.

– Ja oszaleję! – jęknęła Gabriela.

– Nie mówiłam, że fizyczny od urodzenia? Nie mówiłam? – cieszyła się Muszka. – Ty się lepiej przyznaj do zagrywania w kulki, bo inaczej przeniosą cię do czubków.

– Tu piszą złotymi literami, że to najstarsze zapisy w historii ludzkości odczytane przez archeologów dopiero teraz dzięki komputerom. Czego się czepiacie! Jak nie czytam, źle, jak czytam, też źle, to co mam w końcu robić?

– Kiczorek, przecież ty masz po ojcu przejąć firmę, masz być wykształconym biznesmenem, a czerpiesz wiedzę z sennika? – spytała znękanym głosem Gabriela.

– Nie chcę być japiszonem, wolę zostać piłkarzem – odparł Kiczorek i dla zwiększenia efektu zamarkował kopnięcie piłki. – Albo raperem – dorzucił i zaczął się kiwać na ugiętych kolanach. W tej pozie do złudzenia przypominał chudą małpkę.

Gabriela siedziała nieporuszona, Muszka wyła histerycznie na dywanie, a Ewelina spokojnie sprzątała ze stołu. Obiad dobiegł końca.

Gabriela nie lubiła luster. Przechodząc przez hol, umykała wzrokiem na boki, żeby nie widzieć tego, czego oglądać nie chciała. Nigdy nie była nadmiernie szczupła, ale też nigdy nie miała aż tylu wałków i wałeczków, co ostatnio. W galopującym tempie wyrastała z bluzek i spódnic, musiała kupować coraz większe rozmiary, które maskując to i owo, nadawały figurze wygląd kopki siana. Doszła do stanu, kiedy suknie zamiast stroić, wyłącznie ukrywały prawdę. Jeszcze gorzej było w łazience. Przy wklepywaniu kremu nie mogła odwracać oczu, musiała patrzeć na coraz wyraźniejsze bruzdy, wiotczejące policzki i wciąż nowe zmarszczki. Wszystko to razem ogromnie ją przygnębiało.

– Mamcia Dusia! Wypisz wymaluj mamcia Dusia – szeptała przejęta zgrozą.

Mamcia Dusia była wspomnieniem z Karpacza, jedynym i najwyraźniejszym, które nie tylko wytrzymało próbę lat, ale jeszcze się ucieleśniło. Kiedy to było? – zastanowiła się, masując szyję.

To było dawno, dokładnie dziewiętnaście lat temu. Patrzyła wtedy na Artura jak na uśmiech losu. Można nawet powiedzieć: jak na piękny uśmiech szarego losu. Do szarości należało nieudane małżeństwo Gabrieli zakończone rozwodem, małe mieszkanie wynajmowane za niemałe pieniądze oraz samotność. Skończyła trzydzieści lat i powoli oswajała się z myślą, że miłość ma już za sobą, błędy młodości również, a tę resztę życia, która jej jeszcze została, powinna poświęcić karierze zawodowej. Co sobie mówiła, to mówiła, ale nie przestawała tęsknić za silnym mężczyzną u boku. Kobiety niechętnie rezygnują z takich marzeń. I wtedy pojawił się Artur. Dokładniej: Gabriela jako zakładowy rewident zjawiła się u Artura, żeby wyjaśnić pewną nieprawidłowość. Kluczył wtedy i kręcił, ona się irytowała, lecz sprawę załagodziła i to w zgodzie z przepisami. „Mam wobec pani dług wdzięczności", powiedział. Pomyślała, że skoro ma, to niech spłaca. Po kilku miesiącach coraz bliższej znajomości wyjechali razem do Karpacza. Było pięknie, chociaż z czasem szczegóły zatarły się w pamięci. Już nie umiała powiedzieć, gdzie wtedy biegali, co jedli, o czym rozmawiali, natomiast mamcię Dusię, sąsiadkę zza ściany, wciąż miała przed oczami.

Mamcia Dusia, nazywana mamcią przez dorastające dzieci, a przez męża Dusią, była mumią pokrytą pyłem lat pięćdziesięciu, może czterdziestu kilku. Tak przynajmniej oceniała ją młoda wówczas Gabriela. Patrzyła, patrzyła i nie mogła się napatrzeć. Mamcia była duża i obfita w kształtach. Niemodne elastiki opinały jej biust i pupę, krępując ruchy tak skutecznie, że co chwila coś obciągała, a to bluzkę, a to spódnicę. Włosy skręcone przez trwałą i brwi namalowane henną były jedynym szaleństwem estetycznym, na jakie sobie pozwalała. Troszczyła się wyłącznie o najbliższych – czy najedzeni, czy nie otarli nóg. Gabriela zachodziła w głowę, jak można aż tak się zaniedbać i zapomnieć o własnej kobiecości. Wtedy też zrozumiała, czego chce od życia. Chciała przede wszystkim poślubić Artura, skończyć studia prawnicze i zacząć karierę zawodową, nigdy się nie zestarzeć i zachować miłość swojego mężczyzny.

Tak naprawdę udało jej się wprowadzić w życie tylko pierwsze postanowienie. Została żoną Artura, na świat przyszły dzieci i wtedy mąż oświadczył, że on zajmie się zarabianiem pieniędzy, a ona domem i dziećmi. Protestowała gwałtownie, potem coraz słabiej, aż w końcu skapitulowała. Artur miał dyrektorskie nawyki, nie dyskutował, tylko podejmował strategiczne decyzje. Z czasem kupił dom, zapewnił całej czwórce wygodne życie, a ster władzy rodzinnej przekazał w ręce żony. Dawał pieniądze, nie wnikał w drobiazgi i nie wypytywał, jak minął dzień. O swoich dniach też nie opowiadał. Wiadomo, że pracował i zarabiał, cała reszta natomiast nie była już na miarę kobiecej głowy, nawet jeżeli ta głowa chciała kiedyś kończyć prawo i zdobyć uprawnienia radcowskie. Zainteresowania Gabrieli dość szybko ograniczyły się do wąskiego, domowego kręgu i przestała być atrakcyjna towarzysko. Umiała mówić tylko o dzieciach, i to niezbyt ciekawie, stała się monotematyczna, więc Artur przestał ją gdziekolwiek zabierać. W tamtych czasach dzieci wypełniały jej czas i myśli bez reszty. Temperowała nadmierną samodzielność Muszki, wiecznie goniła ruchliwego jak pchła Kiczorka, ale była na swój sposób szczęśliwa. Zanim się spostrzegła, jej maleństwa wyrosły z pieluch, poszły do szkoły i już nie chciały, żeby mama odwoziła je na angielski i na basen. Nagle zaczęły znikać na całe popołudnia, bo miały coraz więcej własnych spraw poza domem, a ona zostawała sama ze swoim lękiem, że wpadną pod samochód albo w złe towarzystwo. Któregoś dnia spojrzała do lustra i zobaczyła mamcię Dusię.

– Gdybym wiedziała, że w Karpaczu patrzę na siebie, to bym nigdy... to bym – szeptała sama do siebie.

Niestety, nie wiedziała, co by zrobiła. Znowu dopadło ją przygnębienie, z którym nie umiała sobie poradzić.

Dzwonek zadźwięczał ostro i natarczywie. Profesor Gostyński nikogo nie oczekiwał, nie był z nikim umówiony, więc zacisnął tylko usta i próbował udawać, że nie słyszy brzęczenia. Bardzo nie lubił, gdy nieprzewidziane wizyty odrywały go od analiz i destylacji. Każda nagła przerwa w pracy, każde odejście od stołu groziło poplątaniem receptur, co w wielkiej ciasnocie małego pokoju było całkiem możliwe. Zanim wyszedł z laboratorium, starannie zakręcił pojemnik i nalepił na nim kartkę z wynikami ostatniej ekstrakcji.

Na widok chudej bidulki złość mu przeszła. Dziewczyna pracowała w renomowanym salonie piękności i od czasu do czasu zaopatrywała Gostyńskiego w próbki kosmetyków najnowszej generacji, ulotki reklamowe oraz firmowe opakowania. Przynosiła to wszystko ze szczerej życzliwości, po sąsiedzku i za darmo. Dzięki temu profesor wiedział, nad czym pracuje konkurencja, oraz miał pojemniki na swoje mikstury. Był wdzięczny chudej bidulce, bo nie musiał tracić pieniędzy w drogeriach, lecz nie tak bardzo wdzięczny, żeby proponować herbatę i tracić czas na dyskusje o niczym. Z zainteresowaniem przerzucał próbki i czekał, aż gość wyjdzie.

– No, no – mruczał zadowolony – analogi ceramidów, biolipidy, no, no, w tym zestawie pomoże jak umarłemu kadzidło.

– To bardzo dobry krem – obruszyła się chuda bidulka. – Liftinguje i jednocześnie ujędrnia, poprawia gęstość skóry. Bardzo dobry, naprawdę.

– Inteligentny krem na noc! – chichotał już jawnie profesor. – Inteligencja potrzebna jest w dzień, w nocy wystarczy... No dobra, nie będę pani gorszył.

– Inteligentne kosmetyki to takie, które same wiedzą, czego skórze potrzeba.

– No, no, takie sprytne! A czemu pani ich nie używa?

Wzruszyła ramionami, bąknęła, że za drogie, ale wciąż stała przy drzwiach, zamiast pożegnać profesora. Rozmawiali w kuchni, bo mieszkanie miało fatalny rozkład; z klatki schodowej wchodziło się prosto do kuchni, z kuchni do pokoju mieszkalnego, z mieszkalnego zaś do laboratorium.

– Ma pani ładną buzię, ale przydałby się jej generalny remont – powiedział profesor. Patrzył na dziewczynę uważnie, bez zachwytu. Była zbyt chuda jak na jego gust i zbyt mocno wymalowana.

– Remont przydałby się raczej pańskiej kuchni – odpowiedziała niezrażona. – Mieszka pan strasznie.

Profesor nie zaprzeczył. Jego mieszkanie rzeczywiście wołało o remont każdą wypaczoną deską w podłodze, każdym zaciekiem na ścianie. Wszystko tu było zniszczone, od zamulonych rur w łazience po dziurawe futryny. Naprawiał tylko to, co musiał, a więc cieknący kran lub rozwalone gniazdko, resztą nie zawracał sobie głowy. Uważał, że naukowiec nie może się rozmieniać na drobne i myśleć o stu rzeczach naraz, bo niczego nie zrobi porządnie.

– To jest lokal przejściowy – wyjaśnił z godnością. – Kiedy wreszcie zakończę pracę nad swoim wynalazkiem, przeniosę się do apartamentu w centrum stolicy.

– Buja pan – roześmiała się dziewczyna. – Wynalazków nie robi się między kuchenką gazową i stołem nakrytym ceratą.

– Wynalazków w ogóle się nie robi, miła pani, wynalazków się dokonuje. Ja właśnie lada dzień dokonam odkrycia na miarę Kopernika, wywrócę na wylot wszystkie poglądy na temat starości.

– A co tu wywracać? Chce pan, żebyśmy rodzili się starzy, a umierali jako oseski? Tak czy tak, wiecznie żyć nie będziemy.

Dziewczyna z rozbawieniem patrzyła na odkrywcę. Facet nie sprawiał wrażenia wariata, lecz gadał od rzeczy. Kiedyś napomknął jej, że pracuje nad kremem, który ma być hitem przyszłości. Zwykłe babskie zainteresowanie kazało jej dowiedzieć się czegoś więcej, lecz wcale nie dlatego, że uwierzyła Gostyńskiemu. Przeciwnie, w ogóle mu nie wierzyła, śmieszył ją i jednocześnie trochę intrygował. Było coś dziwnego w jego ruchach, zachowaniu i głosie – coś, czego nie umiała nazwać. Jako realistka wiedziała, że hity rodzą się wyłącznie w wielkich laboratoriach, które mają pieniądze na badania i testowanie kosmetyków, a przede wszystkim na reklamę. Inne firmy po prostu produkują kremy, mleczka, balsamy – czasem wcale nie gorsze, za to na pewno tańsze.

– Mówi pani jak typowa kobieta: dowcipnie, choć bez większego sensu – westchnął profesor. – Moje odkrycie polega na tym, że każdy człowiek, żyjąc tyle, ile mu pisane, będzie wyglądał młodo i estetycznie. Jestem w stanie uwolnić ludzi od zewnętrznych objawów starości, i to bez skalpela i bez jadu kiełbasianego.

Wyszła od niego obdarowana malutkim słoiczkiem kremu, który nie był jeszcze produktem końcowym, ale i tak bił na głowę wszystko, co do tej pory stworzył przemysł kosmetyczny. Tak przynajmniej zapewniał profesor.

Chuda bidulka odwiedzała profesora rzadko, raz na trzy, cztery tygodnie i prawie zawsze przychodziła nie w porę. Prawdę mówiąc, dla Gostyńskiego nie było dobrej pory na kontakty towarzyskie, ponieważ pracował od rana do późnego wieczoru. Przenosił się tylko od komputera do stołu i odwrotnie, zapisywał swoje uwagi na setkach małych fiszek, kreślił i poprawiał, a nawet jeżeli robił coś innego, na przykład kroił chleb w kuchni lub smażył jajecznicę, jego myśli rzadko opuszczały laboratorium.

Raz jednak chuda bidulka zadzwoniła w porę. Profesor usiadł właśnie do obiadu, mógł więc otworzyć drzwi natychmiast po pierwszym dzwonku. Dziewczyna przycupnęła na krześle i z wielkim zdziwieniem obserwowała nieład na stole. Gostyński był z natury bałaganiarzem, wiedział o tym od dawna, co najmniej od małżeństwa ze Stellą, i nawet nie próbował udawać, że lubi porządek. Stawiając na stole talerz z zupą, profesor zdecydowanym ruchem odsuwał inne rzeczy, które mu przeszkadzały, i spokojnie brał się do jedzenia.

– I jak krem? – spytał. – Bała się pani go użyć, prawda?

– Nie, dlaczego! – zaprotestowała.

– Dlatego, że nie widzę efektów. – Pochylił się w jej stronę i patrzył uważnie. – Co my tu mamy? Drobne zmarszczki mimiczne, nadmierną suchość skóry, przebarwienia oraz wyraźne ślady po trądziku. Wszystko to przykryte warstwą zbyt ciemnego, jak na tę porę roku, podkładu pod makijaż. I to zawodowa kosmetyczka tak się oszpeca?

– Pan to też! – obruszyła się energicznie.

Wiedziała, że to dziwak, że gada od rzeczy, ale czasem miała dosyć tej jego bezpośredniości. Żadna kobieta nie lubi, gdy ktoś zbyt obcesowo krytykuje jej urodę. Sama, owszem, może zauważyć, że ma zbyt krótką szyję lub za szeroko rozstawione oczy, lecz robi to z premedytacją, i tylko po to, by rozmówca miał okazję zaprzeczyć. Gostyński najwyraźniej nie należał do mężczyzn, którzy znali się na dobrych manierach.

– Widocznie ten pański krem nie jest odpowiedni do mojej cery! Wszyscy wiedzą, że kosmetyk musi być dostosowany do rodzaju skóry, bo inaczej nie pomaga, tylko szkodzi.

– Inny dla hipopotama i inny dla węża, to pani miała na myśli?

– Prychnął pogardliwie. – Jesteśmy zbudowani z identycznych komórek, pani, ja i ta gruba sąsiadka z naprzeciwka, królowie i żebracy, wszyscy ludzie. Różnimy się tylko traktowaniem swojej twarzy, wątroby, mięśni. Ja skupiam się jedynie na budowie komórek skóry i ich zdolnościach regeneracyjnych. Rozumie pani?

– Przecież jestem kosmetyczką, więc dlaczego mam nie rozumieć – odpowiedziała chuda bidulka. Nie słuchała zbyt uważnie, bo przez cały czas próbowała sobie przypomnieć, gdzie wyrzuciła słoiczek z kremem i czy profesor mógł to widzieć na przykład przez okno.

– Niczego pani nie rozumie – westchnął Gostyński. – Ja najbardziej boję się uczonych głupców. Ich zawiści się boję.

– Jest jeden facet – powiedziała chuda bidulka – który bardzo chce się z panem spotkać. To klient naszego gabinetu, znaczy mój klient. Jakby pan chciał, mogłabym go przyprowadzić.

Mimo naukowego roztargnienia profesor Gostyński znał się trochę na ludziach. Wiedział na przykład, że całkiem niepotrzebnie przywiązują zbyt dużą wagę do tego, co przywykło się nazywać pierwszym wrażeniem. Szopa, w której pracowała Maria Skłodowska-Curie, też nie zachwyciłaby nikogo, ale tylko do czasu Nagrody Nobla. Po nagrodzie stałaby się już miejscem kultowym. Po cichu liczył, że z jego mieszkaniem będzie podobnie i to już niedługo. Na razie jednak, dopóki pracował nad wynalazkiem, wolał się wstrzymać od przyjmowania gości. Poprosił chudą bidulkę o telefon mężczyzny, który zabiegał o spotkanie, i obiecał, że sam do niego zadzwoni.

Kawiarnia wyglądała na drogą, ale profesor miał nadzieję, że nie on będzie musiał płacić. Postarał się wejść na salę nonszalanckim krokiem bywalca, co wcale nie było łatwe. W kolanie odnowiła się stara kontuzja, bolał go kręgosłup i czuł się zmęczony jazdą. Tramwaje telepały bodaj bardziej niż kiedyś. Dawno już nie był w kawiarni, ostatni raz chyba ze Stellą. Rozejrzał się po wnętrzu. W umówionym miejscu pod oknem siedział tylko jeden jasny blondyn. Profesor spodziewał się kogoś starszego, zmęczonego życiem, a na jego powitanie podniósł się młodzieniec najwyżej trzydziestoletni.

– Szabała jestem – powiedział.

– Dziennikarz? – spytał podejrzliwie profesor.

– Europeista.

Po dwudziestu minutach rozmowy Gostyński umocnił się w przekonaniu, że jego wielki wynalazek uszczęśliwi nie tylko kobiety. Młody Szabała gotów był do największych poświęceń, byle zatrzymać czas. Każda nowa zmarszczka przyprawiała go o histerię.

– Nie przesadza pan? – zdziwił się profesor.

– Ja nie, ale moi przełożeni, a także młodsi koledzy, ci, którzy czyhają na moje miejsce, nie mają skrupułów. Pan nie ma pojęcia, jak trudno jest utrzymać się na powierzchni. Chociaż nie, jako młody naukowiec musi pan mieć podobne doświadczenia.

Profesor przytaknął skwapliwie. Nieobca mu była ludzka zawiść. Dwukrotnie tracił pracę tylko dlatego, że był lepszy od kolegów i miał śmiałe pomysły. Opuszczał laboratoria z etykietką wariata, a jego osiągnięcia przywłaszczali sobie mniej zdolni, za to lepiej ustawieni szefowie. Tak go przerobili, że wyleciał z wilczym biletem i musiał zarabiać na życie jako nauczyciel chemii w podstawówce. To nie była praca dla niego. Zaczął się rozglądać, próbował tu i tam, poznał trochę komputery i wtedy mógł już pokazać swoim prześladowcom wielką figę. Trafił na wymarzonego współpracownika: dyskretnego, szybkiego i nieomylnego. Zadumał się przy kawiarnianym stoliku nad ułomnością ludzkiej natury. Każdy człowiek, mądry i mniej mądry, który chapnie trochę wiedzy, chce być najlepszy. Kiedyś nazywało się to pogonią za sukcesem, teraz Szabała mówił o wyścigu szczurów. Po trupach, do celu, byle zdążyć przed innymi. Profesor, chociaż wyglądał zdrowiej niż jego rozmówca, w gruncie rzeczy jednak był człowiekiem o poglądach mocno konserwatywnych. Nie odpowiadały mu ani szczury, ani wyścigi. Patrzył na zmęczone oczy młodego mężczyzny, na jego rozdygotane ręce i wszystko to razem napełniało go wielkim smutkiem.

– Spokojnie, panie kolego, spokojnie – powiedział. – Mamy dwudziesty pierwszy wiek.

O śmierci babki Dorota dowiedziała się w grudniu od notariusza. O śmierci i spadku jednocześnie. Nawet nie zdążyła się zasmucić, pomyślała tylko, że jej babka była chyba najbardziej zaciętą i upartą staruszką, o jakiej słyszała. Wanda Miziakowa, wyklinając przed wielu laty córkę, nie przyjęła do wiadomości narodzin wnuczki. W tej sytuacji spadek był dla Doroty niemałym zaskoczeniem. Nie chodziło o to, co babka zapisała w testamencie, lecz o to, kogo uczyniła spadkobiercą. Czy może dziedziczyć osoba, która nie istnieje? Kiedy cztery lata temu pojechały z mamą do Kowala, babka władczym gestem zatrzymała je w progu. „Moja Tonia umarła dwadzieścia pięć lat temu niezamężna i bezdzietna", oświadczyła. Matka Doroty wtuliła głowę w ramiona. Nie odpowiedziała, bo co niby miała mówić? Że żyje, że samotnie wychowała dziecko? O tym jej matka, a babka Doroty, bardzo dobrze wiedziała, jak również o tym, że dziecko jest nieślubne. I to był główny i jedyny powód do wyklęcia córki razem z wnuczką. Nigdy nie dała się przebłagać. Jak na siedemdziesięcioletnią jubilatkę wyglądała czerstwo, mówiła głośno i wyraźnie. Coś musiało się zmienić przez te cztery lata, bo jednak umarła.

Po rozmowie z notariuszem Dorota zadzwoniła do matki.

– Nie chcę tego domu, mamo! Co ja z nim zrobię? – powiedziała.

– Nie wiem, dziecko. To bardzo taktownie ze strony twojej babki, że zwolniła mnie z kłopotu. Porozmawiaj z adwokatem, sprzedaj, zrównaj z ziemią... – nie dokończyła, gdyż płacz nie pozwolił jej mówić.

Dorota zazdrościła matce, że może płakać. Ona nie mogła, w żaden sposób nie czuła się związana ze zmarłą i nie widziała w tym swojej winy. Matka mieszkała w Anglii, opiekowała się chorą ciotką i nie chciała decydować o losach rodzinnego domu, który od trzydziestu lat nie był jej domem. Dorota wprawdzie siedziała w kraju, nie miała jednak doświadczenia, pomysłu ani serca, żeby sensownie zająć się schedą. Polecony przez starszego bliźniaka mecenas zażądał za doradztwo wysokiego honorarium, co wydawało się uzasadnione, choć ryzykowne. Cóż mógł jej doradzić? Przyjęcie bądź nieprzyjęcie spadku, czyli mniej więcej to, co sama wiedziała. Dlatego postanowiła najpierw porozmawiać z kimś, kto znałby się na nieruchomościach. Pomyślała o Jodłowskim. Pomyślała, co nie znaczy, że liczyła na jego osobiste zaangażowanie.

W sobotę o umówionej godzinie podjechał czerwonym peugeotem. Przez drogę wypytywał Dorotę o plany zawodowe, lecz głównie interesował się wielkością kamienicy i liczbą lokatorów. Niewiele umiała powiedzieć, wątpiła nawet, czy bez błądzenia trafi pod właściwy adres. Dom stał w centrum, w bocznej ulicy prowadzącej do placu Rejtana. Sprzed czterech lat zapamiętała starą, zniszczoną kamienicę z obłupanym tynkiem i śliskimi schodkami. Od notariusza wiedziała o trzech lokatorach.

– Nie pojechała pani obejrzeć własnej schedy? – zgorszył się Jodłowski.

– Starszy bliźniak obiecał mnie zawieźć, niestety pogoda się popsuła, zaczął dyżury i nic z tego nie wyszło.

Jodłowski wyraźnie spochmurniał.

– Są jeszcze inni spadkobiercy? Ma pani więcej rodzeństwa?

– Mam tylko starszego o dwa lata bliźniaka, z innej matki i innego ojca, jeżeli chodzi o ścisłość. Jeździliśmy w tym samym wózku, dodzierałam po nim ciuchy, a on się upiera, że mnie wyniańczył.

– Starszy bliźniak… z matki, z ojca… Jaki to stopień pokrewieństwa?

– Wyłącznie duchowy.

Jodłowski poweselał. Bliźniak, który nie był bratem, najwidoczniej mu nie przeszkadzał.

Pogoda się popsuła, po wczorajszym mrozie nie było śladu. Pochmurne, ołowiane niebo straszyło deszczem. Ciśnienie siadło i Dorota z trudem panowała nad sennością.

– Chyba nie zarzuciła pani myśli o własnym lokalu? – zagadnął Jodłowski. – Wynajem nie jest dobrym wyjściem, nie pozwala inwestować. Własność to własność, prawda?

Ocknęła się natychmiast.

– To jest pytanie z innej bajki. Najpierw muszę dojść do pieniędzy, co trochę potrwa.

– Ma pani przecież spadek.

– Mój spadek to kłopot, nie pieniądze.

– Zobaczymy, zobaczymy – odpowiedział z tajemniczą miną.

– Wszystko się okaże na miejscu.

Na miejscu się okazało, że Dorota o mały włos nie zjechała z wyszczerbionego schodka własnej kamienicy. Jodłowski złapał ją na ręce i postawił na progu tak lekko, jakby była pluszowym misiem, a nie kobietą z krwi i kości. Dobry humor go nie opuszczał. Z podniesioną głową wkroczył do mrocznej sieni. Drzwi na prawo prowadziły do mieszkania zmarłej babki, spoza tych na lewo słychać było piski i śmiechy.

> Tyś swe usta moim dała,
> kujawiaka mi śpiewała,
> pieśń miłosną tyż.

Męski głos ciągnął na nutę kujawiaka, damski jazgotał piskliwie bez żadnej nuty, ale też bez specjalnej złości.

– Gdzie z tą gębą, gdzie? Idźże do cholery, pijusie jeden!

– Takaś to ty, luminescencjo moja! Mam iść, to pójdę! – zawołał męski. Z hukiem otworzyły się drzwi i w sieni smakowicie zapachniało rosołem.

– Państwo do kogo niby? – spytał mężczyzna.

Mrugał szybko oczami i nie wyglądał na uosobienie trzeźwości. Zza jego ramienia natychmiast wychyliła się okrągła jak naleśnik i zaczerwieniona od kuchennego ciepła twarz kobiety. Patrzyli z obojętnym zaciekawieniem. Obcy w sieni nie byli przecież żadnym dziwowiskiem. Dopiero kiedy Jodłowski przedstawił im nową właścicielkę kamienicy, a siebie nazwał jej pełnomocnikiem, zaciekawienie przeszło w nieufność.

– My tam nic nie wiemy. – Kobieta wzruszyła ramionami.

– Nie wiecie, że pani Wanda Miziak umarła? – zdziwiła się Dorota.

– Że umarła to tak. Każdy musi umrzeć. Ale żeby sprzedała kamienicę, to nie słyszałam. A ty? – Kobieta potarmosiła ramię mężczyzny.

Lokatorzy z parteru nazywali się Kuciowie i mieszkali w kamienicy od zawsze. To znaczy ona od urodzenia, on od dwudziestu kilku lat, czyli od ślubu. Inni lokatorzy, nauczycielka Szostakowa i Sabinka z Fedorem, też byli zasiedziali z pokolenia na pokolenie.

– Sabinka z góry kolegowała się jeszcze z Tonią, córką właścicielki – dowodziła Kuciowa. – Tylko Tonia potem...

– Co, Tonia? – obruszył się Kuć. – Drugiej takiej pobożnej pielęgniarki nie było ani w Kowalu, ani nawet w Warszawie. To akurat wiem, bo przychodziła do mojego ojca z zastrzykami. Wszystkim to powtarzam: prędzej nie ukłuła, dopóki tyłka nie przeżegnała.

Dorota zakasłała gwałtownie, aż Kuciowa spojrzała na nią podejrzliwie.

– Tak łatwo nie damy się stąd wykurzyć – oświadczyła zadziornie. – Jest chyba jakieś prawo w tym kraju, co?

– A kto mówi o wykurzaniu? – zdziwiła się Dorota. Chciała jeszcze coś dodać, ale poczuła, że pełnomocnik trąca ją delikatnie w ramię, i umilkła.

– Pani Miziakowa to była życiowa kobieta. Ona miała serce do ludzi, ona miała...

– A sklep też miała? – spytał nieoczekiwanie Jodłowski.

– Nijakiego sklepu tu nie było – zaprzeczyła kobieta.

– Skleroza cię siekła czy co? – oburzył się Kuć. – Nie miał stary Miziak sklepu spożywczego? Nie miał? Od frontu się wchodziło po schódkach w górę i po jednym schódku w dół. W dziecięctwie spartoliłem się z tego jednego, to zapamiętałem na całe życie.

– Żebyś tak jeszcze zapamiętał, że wódki ci pić nie każę, to byłoby całkiem dobrze! – odkrzyknęła żona. Widać zawstydziła się, że mąż błysnął lepszą pamięcią, i próbowała zagadać własne zmieszanie.

W drodze powrotnej Jodłowski milczał i wyraźnie coś sobie kalkulował. Kiwał głową, przygryzał usta.

– Skąd pan wiedział o sklepie? – nie wytrzymała Dorota.

– Z tak zwanych oględzin architektonicznych. – Uśmiechnął się. – W miejscach, gdzie odpadł tynk, widać ślady po zamurowanych drzwiach i oknie wystawowym.

Kiwnęła głową z uznaniem.

– Straszna ruina, prawda?

– W dobrych rękach ta kamienica może stać się kurą, która znosi złote jaja. Wierzy mi pani?

– Nie mam pojęcia – bąknęła zaskoczona.

– Postaram się, żeby mi pani uwierzyła – powiedział. – Sprawdzę jeszcze kilka rzeczy i we wtorek, najdalej w środę pogadamy o konkretnym planie.

Dorota wróciła do domu skołowana. Sama już nie wiedziała, czy Jodłowski jest genialnym biznesmenem, czy marzycielem jeszcze większym od niej.

Piotr Ratajski, nazywany przez Dorotę starszym bliźniakiem, wprosił się na niedzielny obiad. Od czasu do czasu nabierał wielkiego apetytu na domowe jedzenie. Dzwonił wtedy dwa dni wcześniej i zamawiał pyzy ziemniaczane nadziewane mięsem, ruskie pierogi albo kulebiak z grzybami i kapustą. Dorota znała pyzy, pierogi i kulebiaki z czasów drugiego powrotu do Włocławka, kiedy przez pół roku mieszkała u Ratajskich. Przepisy dostała znacznie później od cioci Ewy, matki Piotra.

– Sentymentalny się robisz, amigo – żartowała, ilekroć delikatnie zaczynał nawiązywać do wyższości kuchni kresowej nad kujawską.

Nie umiała i nie chciała wykręcać się od wspólnych obiadów. Odkąd matka wyjechała, Piotr był jedynym bliskim jej człowiekiem, jedynym łącznikiem pomiędzy dzieciństwem a dorosłością.

Polubiła nawet tę przedpołudniową krzątaninę w kuchni, bo dawała jej złudzenie rodziny. Zaraz otworzą się drzwi, myślała, wejdą domownicy. Z domownikami wszakże miała poważny kłopot, za każdym razem musiała ich sobie wymyślać. Przez całe życie mieszkała jedynie z matką. Z bardzo zapracowaną matką, należałoby dodać, która łapała wszelkie dodatkowe zajęcia, żeby ratować domowy budżet. Widywały się rano albo wieczorem i rzadko kiedy siadały razem do stołu. Dorota często przechowywała się u Ewy Ratajskiej, wdowy po tragicznie zmarłym adwokacie. Ewa i Piotr też byli niepełną rodziną, całkiem podobnie jak Antonina i Dorota. Pewnie dlatego przez wiele lat, aż do śmierci Ewy, trzymali się w czwórkę. Ale kto widział rodzinę z dwiema matkami? To była zaledwie namiastka, coś w rodzaju samopomocy sąsiedzkiej, podbudowanej przyjaźnią. Na przekór rzeczywistości Dorota wyczarowała sobie w myślach własny dom, a przy okazji molestowała trochę Pana Boga. Ofiarowała

Mu na tacy swoją grzeczność, dobry apetyt i to wszystko, czego wymaga się od starannie wychowanych dzieci, w zamian za spełnienie marzeń. Próbowała wymusić wielki dom pełen rodzeństwa, psów, śmiechu i gwaru. Mama obowiązkowo powinna nie pracować, tylko skupiać wokół siebie rozkrzyczaną gromadę. Był jeszcze ojciec, mężczyzna o nieokreślonych rysach, czasem trochę podobny do ojca Ady, czasem Gosi. Ojciec głównie podróżował, był bardzo dobry, zarabiał mnóstwo pieniędzy i przywoził dzieciom prezenty. Niestety, Pan Bóg musiał mieć wówczas ważniejsze sprawy na głowie, bo wykręcał się od pomocy, a Dorota z mamą żyły na walizkach, i to przez wiele lat. Wędrowały z Włocławka do Dobrzynia, potem do Radziejowa, by w końcu znowu wrócić do Włocławka. Mieszkały w wynajętych pokojach, raz nawet w pokoju z kuchnią, ale to wszystko były nędzne namiastki domu. W Radziejowie o mały włos spełniłyby się marzenia Doroty. Był tam ktoś, kto chciał je wziąć pod swój dach, ale wówczas uprosiła Pana Boga, by wszystko odwołał. Wyjechały z mamą w wielkim pośpiechu, zostawiając w radziejowskim pokoju makatkę z krasnalami, haftowaną jeszcze przez babcię. Stratę makatki Dorota szybko przebolała i na pociechę wymyśliła sobie całkiem nowy dom. Ostatni, ten sprzed kilku lat, też był duży. Biegała po nim trójka dzieci, dwa psy i kot. Był to dom z Tomkiem w roli głowy rodziny. Czuła jednak przez skórę, że Tomek nie nadaje się na głowę rodziny, bo nie lubi zwierząt ani dzieci.

Nastawiła wodę na pierogi.

Starszy bliźniak przyszedł skwaszony niczym ogórek. Cmoknął Dorotę w policzek i zajął swoje ulubione miejsce przy oknie z widokiem na sosny i szkolne boisko.

– Po oczach widzę, że znowu cię zima zaskoczyła – powiedziała. – Nie wstyd ci, że dziennikarze muszą myśleć za ciebie?

– Nie myślą, tłuką wierszówki, a to różnica. W zimie na drogach można całkiem nieźle zarobić.

– Pytam, czy ci nie wstyd?

Odpowiedź znała na pamięć. Zima oszalała, jednego dnia mróz, drugiego odwilż, stare drogi się sypią, bo nie mają innego wyjścia, a nowych jeszcze długo nie będzie, choćby nawet prasa o niczym innym nie pisała.

– Zmieniłem profesję – mruknął Piotr.

– Wracasz do skrzypiec?

– Żeby żyć z grania, trzeba być mistrzem, nie wyrobnikiem – odparł z godnością. – Gram dla własnej przyjemności, pracuję dla chleba. I tłumaczę ci właśnie, że dla chleba zmieniłem profesję.

– To co teraz robisz?

– Wstyd się przyznać. Zacytuję ci mojego szefa: „Piotr dał dupy na drodze Włocławek–Toruń, Natalia dała za Toruniem". Teraz już wiesz, co robię. Daję!

– Na drodze? Ale obciach!

Nie kryła rozbawienia, a i Piotr wreszcie się rozpogodził. Miło było popatrzeć na wesołą twarz starszego bliźniaka. Rzadko kiedy śmiał się szeroko i na cały głos. Jego uśmiech zaczynał się w oczach, ocieplał twarz i delikatnie osiadał na wargach.

– Ładna jest ta Natalia? – spytała.

– A ja jestem ładny? Do odwalania czarnej roboty i podpadania nie jest potrzebna uroda, tylko twardy tyłek. Przypadkowo tak się złożyło, że Natalka jest całkiem, całkiem.

Błysnął oczami zza okularów i rzucił się na pierogi. Nie miał zwyczaju zanudzać Doroty opowieściami o kłopotach w pracy. Czasem tylko ulało mu się żółci, kiedy jawna niesprawiedliwość waliła po oczach. Nie czuł się odpowiedzialny za kolejne reorganizacje, które zżerały pieniądze i ludzkie nerwy, a stanu dróg nie poprawiały. Kogo to obchodziło, że jako inżynier wolałby budować niż łatać, i że nawet na łatanie brakowało pieniędzy, bo zawsze znalazły się pilniejsze, większe potrzeby gdzieś pod Bydgoszczą lub Toruniem.

– Zgadałam się z jednym moim klientem i całkiem możliwe, że kupi kamienicę po babce – powiedziała Dorota przy herbacie. – Oglądał ją wczoraj i twierdzi, że to całkiem dobry interes, wiesz?

– Jeżeli on tak myśli, jak mówi, to ty uważaj. Co to za gość, czym się zajmuje?

– Nie wiem. Znam tylko jego ręce, nie interesy. Jeżeli zapłaci dobrze, to sprzedam.

– Dobrze to ile, według ciebie?

Piotr zachowywał się czasem tak, jakby uważał ją za lekko niedorozwiniętą. Albo czepiał się drobiazgów, albo wyjaśniał rzeczy całkiem oczywiste.

– Skąd mam wiedzieć, po ile chodzą stare chałupy, do tego z lokatorami? Nie pytaj mnie o takie głupoty, bo od wyceny jest rzeczoznawca.

– *Piano*, Dorotko, *piano* – uniósł rękę, jakby próbował dyrygować wzbierającym w niej gniewem. – *Furioso* zostaw dla Tomka, mała Ksantypo. Tylko nie pomyśl czasem, że każdy, kto ma Ksantypę, automatycznie zostaje Sokratesem.

– Nie wciągaj Tomka w swoje pokrętne wywody! – odrzekła nieco spokojniej.

– E, Tomek przyzwyczajony, on stale coś wciąga. Przed szefem głowę w ramiona, przed tobą brzuch.

– On nie ma brzucha!

– Faktycznie, całkiem zapomniałem! No cóż, głowy też nie ma!

Tym razem nie dała się sprowokować. Piotr, jeśli nawet prawił złośliwości, to wyłącznie z czystej przekory. Wiadomo było, że z Tomkiem nie zrobią sobie krzywdy, choćby przez pamięć na lata przewaletowane w jednym akademiku i w jednym pokoju.

– Takie filmy, pani Dorotko, obrażają moje uczucia. Ojej, poleciało za ucho. Nie tu, nie tu… Ten wczorajszy odchorowałam. Ta przemoc… ten seks… nie mogę patrzeć. A pani?

– Ja nie patrzę.

– To zupełnie jak ja. Pół filmu przesiedziałam z zamkniętymi oczami. Mówię pani, jak on obrażał… Poleciało za drugie ucho. Aj!

– Wierci się pani, to poleciało – zniecierpliwiła się Dorota. – Lepiej?

– Mhm!

Kobieta zamilkła. Maseczka kolagenowa nasączona proteinami miała otwory jedynie na oczy i nos, co skutecznie uniemożliwiało dalszą rozmowę. Dorota usiadła przy biurku i zaczęła wertować kalendarz. To był nowy kalendarz i przewracanie stron zajmowało jedynie ręce, nie myśli. Czuła się rozkojarzona i… podminowana. Właśnie słowo „podminowana", ulubione określenie matki, najlepiej oddawało taki stan ducha. Wszystko ją drażniło, z trudem skupiała się na pracy, jakby lada moment świat wokół niej miał wylecieć w powietrze. Była zła na siebie, że

41

ulega jakimś irracjonalnym lękom, i to w gabinecie, gdzie powinna być uosobieniem spokoju i cierpliwości. W studium uczono ją, że najgorszymi wadami kosmetyczki są rozkojarzenie i skłonność do irytacji. Dorota, choć z natury impulsywna, nigdy nie irytowała się na klientów. Owijała sobie ludzi wokół małego palca, wykazując przy tym niespotykaną wręcz cierpliwość i pamięć. Wiedziała, czyj mąż miał operowany wyrostek, czyja córka przygotowywała się do matury, nie myliła imion dzieci, psów ani kotów. To musiało się podobać klientkom. Czuły się nie tylko upiększone, lecz także dowartościowane psychicznie. Potrafiła utwierdzić je w przekonaniu, że są najmądrzejsze, najbardziej zaradne i w ogóle genialne. To się podobało jeszcze bardziej. Skąd więc ta nagła wolta? Dlaczego kobieta, która chciała usłyszeć tylko to, co słyszała wielokrotnie, że jest subtelna i nadwrażliwa, nie dostała swojej porcji pochwał? Ano dlatego, że Dorota miała zły dzień, zatęskniła nagle za matką, myślała o babce i kamienicy, o poplątanych losach własnej rodziny i nie miała chęci roztkliwiać się nad wrażliwością klientki.

Trochę ożyła dopiero przy pani Barskiej. Ta przynajmniej nie miała skłonności do opowiadania snów, do narzekań i potępiania świata. Była niepoprawną optymistką.

– Jestem po balu – wyznała, zanurzając stopy w misce z wodą. – Całą noc przetańczyłam ze szmatą. Sąsiad z góry tak się zdenerwował gadaniem żony, że usnął w wannie. Na szczęście się nie utopił, tylko zalał swoje i moje mieszkanie.

– Ładne szczęście! A jego żona?

– Jeszcze przed zalaniem gdzieś sobie poszła.

– To się nie mieści w głowie! – jęknęła Dorota.

– Mojemu sąsiadowi w głowie się zmieściło, tylko z wanny wyciekło – zaniosła się śmiechem pani Barska.

Kiedy wieczorem Dorota zajrzała do poczty elektronicznej, znalazła mail, jakiego nie dostała od dawna.

Hello, Dolly! – pisał Tomek. – Już wiem, co zrobimy: wynajmiemy mieszkanie, pobierzemy się i będziemy zawsze razem. Od jutra zaczynam oglądać lokale. Mam pytanie fachowe: ile u Was kosztuje makijaż permanentny? Pytam, bo w Warszawie strasznie zdzierają. Osiemset złotych za same oczy to trochę dużo, prawda? Twój kochający Tomek.

Nie przypuszczała, że w ogóle słyszał o makijażu permanentnym. Wystukała odpowiedź.

Cześć! Przyjedź, musimy pogadać. Wcześniej nic nie powiem i nie zdradzę tajemnicy, że ja robię oczy za połowę warszawskiej ceny. Dorota.

Co do reszty nie miała złudzeń. W ich wypadku wynajęcie mieszkania odsuwało kupno własnego na czas daleki i nieokreślony. Gdyby mogli sobie pozwolić na swój kąt, nieco większy i bardziej wygodny od klitki wynajmowanej przez Tomka, to byliby już małżeństwem. Należało się spodziewać, iż w następnym mailu Tomek zapewni ją, że żaden z obejrzanych lokali nie jest wystarczająco piękny i wygodny dla jego dziewczyny. Taki już był, że tylko siebie ofiarował Dorocie bez zastrzeżeń. Pisał „twój", albo „twój kochający na zawsze" i tym samym ucinał wszelkie wątpliwości.

Wstała i przeszła się po mieszkaniu. Zajrzała do drugiego pokoju, do kuchni i łazienki. Wszędzie dominowały kolory ciepłych brązów, żółci i czerwieni, co optycznie podnosiło temperaturę wnętrz. Było to pierwsze mieszkanie, które naprawdę lubiła. Przytulne, ciepłe i niezagracone. Każdy, kto wchodził do dużego pokoju, musiał zatrzymać wzrok na Makowskim. Dorota, zafascynowana „Rodziną wieśniaków", namalowała sobie kopię, bardzo udanie naśladującą oryginał. Stajenna latarnia rzucała czerwone snopy światła na grupę ludzi, chłop miał wypieki na policzkach, sierść osłów lśniła kasztanowo, a ich uszy przypominały marchewki. Obraz idealnie współgrał z kolorystyką pokoju, a dla kopistki miał znaczenie wręcz magiczne. Wiele serca włożyła w urządzenie mieszkania, szybko zapuściła korzonki i wiedziała, że niełatwo da się z niego wyciągnąć. Kiedyś marzyła o wielkich miastach, na przykład o Poznaniu lub Wrocławiu, potem o Warszawie, lecz od półtora roku przestała rwać się do wyjazdu. Dzięki łaskawości angielskiej ciotki mogła otworzyć własny gabinet i pracować na swoim. Łaskawość ciotki nie była co prawda zupełnie bezinteresowna: Dorota dostała funty, Antonina natomiast pojechała do Anglii zaopiekować się chorą na Parkinsona staruszką. Matce ten pomysł bardzo się spodobał, więc i Dorota nie miała powodów, by kręcić nosem.

Gabriela zaczynała dzień o szóstej. Wstawała pierwsza, robiła śniadanie, budziła Artura, potem dzieci. O ósmej przychodziła Ewelina i zastawała panią domu w szlafroku nad filiżanką kawy.
– Ojej, powinnam się ubrać! – Gabriela obciągała szlafrok i siadała wygodniej. – Pani Ewelino, pani jako pielęgniarka powinna wiedzieć: całą noc mnie tu kłuło, co to może być?

Ewelina odpowiadała, że nerki albo korzonki, wątroba lub trzustka, zależnie od tego, gdzie Gabriela przyłożyła rękę. Każdego ranka przykładała gdzie indziej, żeby poużalać się nad sobą i znaleźć odrobinę współczucia. Choroby, jak wiadomo, są ulubionym temat zaniedbywanych żon i samotnych kobiet.

– I pomyśleć, że kiedyś byłam okazem zdrowia! – wzdychała Bryśka.

– Nadal jest pani okazem zdrowia.

– Wolne żarty! Nie to ciało, nie te oczy – mówiła.

Gabriela była nieco pokrętna. Nie przyznawała się na przykład do dolegliwości związanych z menopauzą. W tajemnicy przed domownikami łykała hormony zalecone przez lekarza, dzielnie znosiła uderzenia gorąca, fale potu i wewnętrzne rozdygotanie, broniąc się w ten sposób nie tylko przed starością, ale nawet przed posądzeniem o starość. Chętnie natomiast rozprawiała o nerwobólach, wątrobie czy chrypce.

– Dożyje pani setki – zapewniała ją Ewelina.

– A będę jeszcze o tym wiedziała? Co za dużo, pani Ewelino, to niezdrowo. Jak ja bym chciała zaczynać swoje życie od początku! A pani?

– Jeszcze raz przeżyć głupią miłość, rozwód, zwolnienie z pracy? O nie, dziękuję.

– A gdyby pani miała teraz dwadzieścia lat i dzisiejszy rozum, to co?

– Musiałabym drugi raz wyjść za tego samego drania, żeby urodzić te same dzieci. Dziękuję, nie dla mnie powtórki z przeszłości.

– Ja bym chciała – rozmarzyła się Gabriela. – Mój pierwszy mąż nie był draniem, ale porządnym człowiekiem też bym go nie nazwała. Poza urodą miał same braki. Nie dostawało mu rozumu, czułości i pieniędzy. Typowy facet do towarzystwa, rozumie pani, co mam na myśli? Od takich lepiej się trzymać z daleka, a ja mu pięć lat życia oddałam. Za Artura może nawet wyszłabym ponownie, tylko na innych warunkach, na moich. Musiałby do mnie mówić Gabi, a nie Brysia. Brysia to imię dobre dla psa, nie uważa pani? Poza tym nie dałabym się zamknąć w domu, tylko obowiązkowo wróciłabym do zawodu. Czy pani myśli, że ja nie mogłam zrobić kariery? Byłam zdolna i naprawdę śliczna. Wie pani, z kim mnie ludzie mylili? Z tą francuską aktorką, z Juliette Binoche, z tą, co grała w „Niebieskim pacjencie". Olśniewałam, mówię pani.

Ewelina oczywiście wierzyła, że jej chlebodawczyni w młodości jakąś tam urodę miała, bo każdy ma, ale na pewno nie olśniewającą. Wystarczyło spojrzeć na Muszkę, która była skórą zdjętą z matki. Tak mniej więcej mogła wyglądać Gabriela w wieku lat siedemnastu czy nawet dwudziestu. Okrągła pacynka z dołkami w policzkach, nosem jak kartofel i małymi, świdrującymi oczami. Nie była brzydka, lecz do piękności sporo jej brakowało.

– Mówi pani: dzieci! – Gabriela ocknęła się z zamyślenia. – Mam dwoje udanych dzieci, kocham je, ale przestaję rozumieć. Najnowszy chłopak Muszki ma kolczyk w nosie i tatuaż na policzku. Czy to normalne, żeby takiej zdolnej, ładnej dziewczynie imponował dzikus z kolczykiem w nosie? Albo weźmy Kiczorka. Chłopak wybitnie inteligentny, a pozwala się kumplom ściągać w dół. Tłumaczę jak komu mądremu, że powinien dobierać sobie kolegów przynajmniej na swoim poziomie, a on lgnie do największych przeciętniaków. I dlaczego to tak?

– Widocznie macie różne pojęcia o przeciętności i różne gusta.

– Jasne, że różne. Ja bym na pewno nie pokazała się na ulicy z chłopakiem Muszki. Strach na wróble przy nim to mister elegancji. No cóż, c'est la vie, jak mówią Francuzi.

Ewelina sprzątnęła kuchnię i przeszła do salonu. Gabriela jeszcze chwilę deptała jej po piętach, aż wreszcie zamknęła się w swoim pokoju. Naszła ją chętka, żeby zrobić coś pożytecznego, na przykład umyć okno. To była taka ulotna chętka, pojawiła się, żeby zaraz zniknąć. Przecież nie po to zatrudniali gosposię za pięćset złotych miesięcznie, żeby ją wyręczać. Wszyscy znajomi mieli gosposie, więc Artur Haczyński nie chciał być gorszy. Bardzo dbał o prestiż rodziny, a taka dochodząca pomoc domowa bardzo ten prestiż podnosiła. Natomiast Gabriela dzięki

Ewelinie nie musiała myśleć o głupim prasowaniu czy obieraniu ziemniaków, tylko mogła skupić się na innych sprawach, dużo ważniejszych. Usiadła w swoim ulubionym fotelu, żeby zastanowić się, jakie to sprawy, te dużo ważniejsze. Usłyszała niedawno w telewizji, że jedyną i niezbywalną rolą kobiety jest troska o atmosferę domową i wychowanie dzieci. Odetchnęła z ulgą. To było dokładnie to, co robiła. Poza tym nadzorowała pracę gosposi, czasem zamieniła z nią kilka słów i miała ogólne baczenie na cały dom.

W porze przygotowań do obiadu Gabriela zwykle pojawiała się w kuchni.

– Ojej! – mówiła – pani już ziemniaki obiera, a ja jeszcze nie zdążyłam się ubrać. Tyle mam na głowie, że nie wiem, gdzie mi się ten czas podziewa.

Ewelina była przekonana, że oprócz trwałej ondulacji jej chlebodawczyni nie miała niczego więcej na głowie.

– Nie myślała pani, żeby wrócić do pracy? – spytała.

– A pewnie, pewnie! Przecież ja nawet studia skończyłam – odpowiedziała Brysia, mijając się z prawdą o jakieś trzy lata, których jej zabrakło do skończenia prawa. – Tylko, widzi pani, poświęciłam się rodzinie i wypadłam z obiegu. Przepisy się zmieniły i musiałabym studiować od początku.

– To może do jakiejś innej pracy?

– Do jakiej niby? Gdybym miała trzydzieści lat, to co innego – zauważyła z goryczą. – Pani Ewelino, gdybym miała teraz trzydzieści lat, co miesiąc zmieniałabym firmy. Zapewniam panią, że pracodawcy by się o mnie bili. A tak nawet własny... to znaczy własna...

Zamilkła. Stanęła w oknie i udawała, że obserwuje ogród. O mały włos nie wygadała się, że w cichości ducha liczyła na stanowisko asystentki męża. „Wybacz, Brysiu, powiedział Artur, nie szukam portierki, tylko fachowca, który nie odstraszy mi klientów". Jeżeli chciał, a chciał często, potrafił być boleśnie zgryźliwy. Przez dziewiętnaście lat małżeństwa on też zmienił się na niekorzyść. Dawniej odgrywał tradycjonalistę, któremu zależy na rodzinie, dzieciach i domu, teraz przestał udawać i mówił krótko: „Zapewniam wam luksusowe życie, a w zamian wymagam spokoju, czystych koszul i szacunku".

Artur wrócił do domu około siedemnastej, a więc wyjątkowo wcześnie. Gabriela, w oczekiwaniu na ulubiony serial, oglądała talk show.

– Że też ty możesz w kółko patrzeć na te głupoty – zauważył cierpko.

– Usiądź, to popatrzę na ciebie – odpowiedziała, nie odrywając oczu od ekranu.

Gdyby przypuszczała, że mąż chce porozmawiać lub wyciągnąć ją na spacer, chętnie wyłączyłaby telewizor. Ale życie z Arturem pozbawiło ją złudzeń. Nie było ważne, co ona robi, co ogląda lub czyta, ważne było, że jemu z góry to się nie podobało, bo przestała mu się podobać sama żona. Była pewna, że gdyby zastał ją na studiowaniu uczonego dzieła o najnowszych kierunkach w gospodarce światowej, też uznałby to za stratę czasu, z czym po cichu musiałaby się zgodzić. Gospodarka światowa niewiele ją obchodziła, a mężowskie opinie jeszcze mniej. Po dziewiętnastu latach małżeństwa znała już wszystkie dziwactwa Artura i zdążyła do nich przywyknąć.

Odszedł wreszcie majestatycznym krokiem. Do tego napuszonego majestatu też przywykła.

Muszka była na angielskim, Kiczorek też gdzieś był, tylko dokładnie nie powiedział gdzie. Wrócili jak na złość razem i natychmiast wszczęli w holu wielką awanturę.

– Puknij się w ten głupi łeb, czubasie! – darła się Muszka.

– Ja mam się w co pukać, a twoja czacha już spadła! – ryczał Kiczorek.

Gabriela wyskoczyła z palcem na ustach, żeby ich uciszyć, lecz nie zwracali na nią uwagi. Wyglądało na to, że przyczyna kłótni była poważna. Kiczorek odgrażał się, że zmiażdży siostrę i wdepcze w błoto, tylko poczeka do wiosny, żeby błota było więcej.

– Dowiem się, o co chodzi? – spytała Gabriela.

– Chłopak jak malowanie, a buzi daje jak cielę – zachichotała Muszka. – Całował się na ulicy z jakąś zajebistą laską…

– Tylko bez takich słów, proszę! – fuknęła Gabriela.

– Ojej, wszyscy tak mówią – odpowiedziała Muszka już zza pleców matki. – Ja tylko spytałam, czy nos wytarł, a ten czubas o mało mnie nie zabił.

– Ty już nie żyjesz! Jak jeszcze raz nazwiesz mnie na ulicy Ki-czorkiem, to... to...

Temperatura dyskusji znowu podskoczyła i kolejny wybuch wisiał w powietrzu. Gabriela zrozumiała tylko tyle, że syn cało-wał się z dziewczyną, i ta wiadomość odebrała jej mowę. Oni krzyczeli, a ona zastanawiała się, co powinna powiedzieć.

Ucichli na widok ojca.

– Czy to mój dom, czy szpital dla wariatów? – spytał zimno. – Komputer się zawiesił, bo nie wytrzymuje tych ryków. Chcę wam przypomnieć, że tu się również pracuje.

– E, tak sobie tylko rozmawialiśmy, tato! Pełna kulturka – wy-cofywał się Kiczorek.

Artur szedł powoli, żeby dać im czas na skruszenie i nabranie właściwej pokory. Przyjrzał się uważnie córce, potem synowi.

– Jak oni wyglądają? – Widocznie nie dowierzał własnym oczom, bo pomocy szukał u Gabrieli. – Tapety, fryzury, a gdzie fartuszki, gdzie tarcze? Czy oni jeszcze są uczniami?

Gabriela wzruszyła ramionami. Artur, choć – jak sam mówił – w biznesie wyprzedził wiek XXI, w kwestii wychowania dzieci najwyraźniej zatrzymał się w połowie minionego stulecia. Bredził coś o fartuszkach i tarczach, gorszył się makijażem, jakby nigdy wcześniej nie widział wymalowanej Muszki i nastroszonego Ki-czorka, jakby w ogóle nie widział młodzieży na ulicach. Dzieci patrzyły na ojca z niewinnym zdumieniem, on z kolei nie miał ochoty zniżać się do dyskusji z małolatami. Sprawy wychowaw-cze spoczywały w rękach Gabrieli. Uroczystym gestem wskazał żonie schody, co było jednoznaczne z zaproszeniem na poważną rozmowę do gabinetu. Gabriela najchętniej kazałaby mu się wy-pchać, ale spojrzała na rozbawione miny dzieci i dała spokój. Ona by się postawiła, mąż by się zezłościł, a Kiczorek z Muszką mieliby ubaw. Wolała, żeby się bawili swoim kosztem, nie jej. Niechętnie poszła na górę. Co do rozmowy nie miała najmniej-szych złudzeń. Artur nie silił się w takich sytuacjach na oryginal-ność, wciąż powtarzał jeden i ten sam tekst, który już znała na pamięć.

Biurko w gabinecie założone było papierami, na ekranie mo-nitora migały setki białych gwiazdek. Artur usiadł za biurkiem i westchnął ciężko jak człowiek oderwany od spraw bardzo ważnych tylko po to, by rozstrzygnąć, czy lepszy jest krupnik, czy pomidorówka. Pracował nad rocznym sprawozdaniem firmy, więc żeby się zbytnio nie rozpraszać, wygłosił mowę przypominającą krótki referat. Podkreślił swoje zasługi dla domu i fakt, że harując po nocach, stworzył rodzinie cieplarniane warunki. Zaraz potem przeszedł do niekompetencji Gabrieli. Zarzucił jej szastanie pieniędzmi i brak nadzoru nad dziećmi.

– Pardon, ale dzieci potrzebują też ojca – wtrąciła znużonym głosem.

– Jako ojciec dbam o ich byt. Czy ty mnie w ogóle słuchałaś?

– Sprowadzasz wszystko do pieniędzy. Przypomnij sobie, kiedy ostatnio rozmawiałeś z Kiczorkiem?

– Wybacz, jestem zajęty – powiedział.

Uniósł się w fotelu na znak, że rozmowa skończona, przesunął papiery, które poruszyły myszką, ekran zajaśniał i zamiast białych gwiazdek Gabriela zobaczyła rozanieloną twarz ślubnego męża. Nie anielił się z ekranu do niej, tylko do wiotkiej blondynki, którą władczym gestem obejmował w pasie. Gabriela musiała w duchu przyznać, że dziewczyna była wyjątkowo ładna.

– O, komputer się odwiesił – zauważyła złośliwie. – Wstęp do referatu masz niezły, tylko uważaj, bo kto wciąż zmienia rękawiczki, w końcu chodzi w używanych.

– Co ty insynuujesz?

– Już ty wiesz, co!

Zaperzył się i poczerwieniał, lecz musiał się wstrzymać z awanturą, bo żona wybiegła z gabinetu.

Gabriela miała po dziurki w nosie mężowskich wybuchów irytacji, które działały na nią jak wyciskacz łez. Kogo to interesowało, że nie płakała z żalu ani ze skruchy, tylko ze zwykłej bezsilności, jeżeli wyglądała jednakowo brzydko. Łzy są dobre dla młodych dziewczyn, powtarzała sobie, natomiast kobiety w średnim wieku stanowczo powinny unikać silnych wzruszeń, ewentualnie martwić się na sucho. Mokre zmarszczki i czerwony nos to nie jest widok dobry dla męskich oczu. Poza tym Artur nie był wart jej łez. Gdyby zliczyła te wszystkie dziewczyny, o których wiedziała, i te, których obecności się domyślała, to uzbierałaby co najmniej tuzin powodów do wielkiej rozpaczy, a nawet rozstania. Wybrała wyjście pośrednie: nauczyła się machać ręką na mężowską wierność lub raczej niewierność. Rozwód mógł tylko ułatwić życie Arturowi, a przecież ona nie chciała mu niczego ułatwiać. Dawno już wyrosła ze scen zazdrości, pogodziła się ze statusem żony przy mężu i tylko czasem zdobywała się na niewielką złośliwość w bardzo dobrym tonie. Najczęściej zawieszała mu nad biurkiem różne hasła, które wypisywała na kartonie. Na przykład: „Kiepskiego męża widać po ubiorze żony" albo: „Istnieją mężczyźni, którzy nie są mądrzy, lecz tylko tak wyglądają". Artur nie miał poczucia humoru i okropnie się zżymał na te intelektualne przytyki, godzące w jego powagę.

Gabriela zamknęła się w swoim pokoju. Dręczyło ją poczucie zmarnowanej szansy. Zaczęła analizować, co mogła i powinna powiedzieć. Należało powiedzieć tak: Jesteś i zawsze byłeś złotoustym bufonem, który ma więcej frazesów na języku niż myśli w głowie. Przykładna rodzina... niepracującą żona... dla dobra dzieci i domu... To kłamstwo, wszystko robisz dla własnego dobra i własnej wygody. Nie pozwoliłeś mi pracować, rozwijać się, zamknąłeś mnie jak kanarka w klatce i wciąż chcesz, żebym ci dziękowała za aksamitne życie.

Tak właśnie powinna powiedzieć. A gdyby on wycedził przez zęby: „Jeżeli ci źle, zawsze możesz odejść", to co? Mógłby tak powiedzieć, choćby z powodu tej jasnowłosej. A ona, Gabriela nie mogła odejść, nie miała już trzydziestu lat.

Źle spała w nocy. Bolała ją wątroba, czuła ucisk w okolicy serca i wciąż myślała o rozmowie z mężem, o blondynce i dzieciach. Artur w jakimś sensie miał rację, rozpuściła Muszkę i Kiczorka. Już nieraz zastanawiała się, czy ktoś jej złośliwie nie podmienił dzieciaków. Jeszcze niedawno były takie śliczne, bezbronne, tuliły się do niej i kazały sobie czytać o Muminkach, a teraz co? Muszka zaczytuje się w „Masażu erotycznym", Kiczorek wprawdzie nie czyta, ale całuje dziewczyny na ulicy. Czuła, że z dnia na dzień coraz bardziej wymykają się spod jej opieki i lekceważą to, czego ich uczyła, wprowadzając w zamian własną, młodzieżową subkulturę. Próbowała dostosować się do ich języka, pozwalała sobie mówić „ty", bo sądziła, że to ich zbliży. Nie zbliżyło.

Po rozmowie z Arturem, kiedy już przemyślała wszystko w samotności, zajrzała wieczorem do pokoju córki. Muszka, z komórką przy uchu, gawędziła ze swoim chłopakiem. „Ściemniasz", „nie mów", „picu, picu", to były całe jej odpowiedzi, a gadali dobre dwadzieścia minut. Najprawdopodobniej w tej rozmowie było wszystko, tylko nie to najważniejsze, co chciała przekazać, bo ledwie skończyli, wysłała mu SMS i dopiero wtedy zainteresowała się obecnością matki.

– Brysiu, musisz mnie dofinansować, karta mi się kończy.
– Mniej rozmawiaj – poradziła Gabriela. – Nie dofinansuję.
– Odbiło ci? Dlaczego? Przecież bez komórki jestem jak niemowa, jak kaleka.
– Zawsze możesz napisać list. Tata miał rację, za mocno się malujesz.
– No nie! – wykrzyknęła Muszka. Trwożliwie spojrzała na drzwi i zniżyła głos. – Mam wyglądać jak głupia?
– Zapewniamy wam z ojcem wszystko...
– Co wszystko! Jakie wszystko! Gdzie ty bywasz, gdzie widzisz to wszystko!? Masz pojęcie, ile ludzie mają kasy?
– Zapewniamy wam wszystko – powtórzyła z naciskiem Gabriela – ale w zamian żądamy dotrzymania pewnych warunków.

Dalej mówiła już do pleców córki. Muszka na znak protestu odwróciła się tyłem i udawała, że zatyka uszy. Gabriela wyszła zdruzgotana. Nie miała siły na podobną albo jeszcze gorszą rozmowę z Kiczorkiem. Z pokoju syna dochodziły odgłosy wykluczające każdą dyskusję.

– Już cię nie ma, gostek, już cię nie ma! Puff! A nie mówiłem? Teraz załatwimy drugiego. No chodź, chodź, mordo zakazana. Chodź, mówię, aniołki się niecierplwią... Puff!!

Przy grach strategicznych Kiczorek nie znał litości.

– Czego to teraz uczą, czego uczą – westchnęła ciężko Gabriela.

Rano wstała jak zwykle pierwsza, przygotowała śniadanie, obudziła domowników i wróciła do łóżka. W kuchni pojawiła się dopiero w porze przygotowań do obiadu.

– Dzisiaj rzeczywiście nie wygląda pani najlepiej – zauważyła Ewelina. – Może trzeba by pójść do lekarza?

– Wie pani, czego mi trzeba? Trzydziestu lat i obecnego rozumu. Drugi raz już byłabym mądrzejsza i nie wyszłabym za Haczyńskiego. Praca, kariera, to jest to, czego mi brakuje najbardziej i z czego tak głupio zrezygnowałam. Dałam się zamknąć w złotej klatce. Mogłam być kimś, a jestem...

Chciała powiedzieć: „służącą", lecz w porę ugryzła się w język. To byłby nietakt wobec Eweliny, poza tym przyszło jej na myśl, że jako pani domu nie powinna opowiadać takich głupstw. Szczerość też ma swoje granice. Ewelina uśmiechnęła się nieznacznie. Jej zdaniem Gabriela była mniej niż służącą, była nikim. Dzieci ją lekceważyły, a pan Artur, jeżeli zdarzyło mu się poplamić spodnie, powierzał je tylko Ewelinie i ją uznawał za największy autorytet w sprawach domowych.

Jodłowski rozejrzał się po niewielkiej salce. Usiedli pod oknem, przy jedynym wolnym stoliku.

– Karnawałowy wieczór, girlandy i baloniki, tylko ludzie jakoś nie szaleją – zauważył. – W kawiarni tłok, a gdzie te niegdysiejsze bale, dansingi? Myśli pani, że to z nieruchawości czy z biedy?

– Myślę, że wtorek nie jest najlepszym dniem na szaleństwa.

– Kiedy miałem pani lata, nie było dla mnie złych dni – powiedział z rozmarzeniem. – To prawda, że my kiedyś byliśmy weselsi, bardziej otwarci i co najważniejsze, umieliśmy tańczyć. A wy co? Zamiast dansingów macie *danse macabre* w dyskotekach.

Dorota spojrzała zaskoczona. Nie po to umówiła się z Jodłowskim, by słuchać o dawno minionych balach i analizować różnice pokoleniowe. Z ulgą usiadła przy stoliku. Po całym dniu biegania bolały ją nogi, była zmęczona i tęskniła za własnym mieszkaniem.

– Wciąż uważa pan, że ten dom w Kowalu to złota kura? – spytała, sprowadzając rozmowę na właściwy tor, to znaczy na tor, który ją interesował. Jodłowski chrząknął, poprawił marynarkę i niechętnie oderwał się od wspomnień.

– Powiem więcej: jest lepiej, niż myślałem. Hipoteka obciążona nieznacznie, stan techniczny kamienicy dobry, położenie znakomite. Rozumie pani, co mam na myśli?

– Wiem, co to hipoteka, stan techniczny i położenie, natomiast nie wiem, jaki to ma związek z kurą i złotymi jajami.

– Prosty. Proponuję spółkę. Urządzimy i poprowadzimy taki salon kosmetyczny, że warszawski Clarins zzielenieje z zazdrości.

– Pan i ja w Kowalu?

– Miasto nie ma gabinetu. Rozsławimy Kowal.

– Niewątpliwie. Przepraszam, był pan kiedyś w Instytucie Clarinsa? Albo w jakimś innym salonie, na przykład Thalgo? Machnął z niechęcią ręką.

– Znam kogoś, kto bywa. To tylko blichtr, proszę pani, miód na snobistyczne dusze. Spójrzmy na to z właściwej strony. Urodę kobiet, z racji jej nietrwałości, można porównać do tęczy, prawda? Natura daje i bardzo szybko zabiera. Kobiety nie chcą i nie potrafią się z tym pogodzić. Pani ze swoją wiedzą i umiejętnościami wciska się między niszczycielskie działanie natury a wysokie wymagania klientek. I nie ma znaczenia, czy robi to pani w Kowalu, Lubrańcu czy w Paryżu. Kobiety wszędzie chcą być piękne. Przekonałem panią?

– To pan mnie przekonywał? – zdziwiła się Dorota. – Niepotrzebnie. Sama wiem, gdzie się wciskam i ile mogę zdziałać. Gabinet kosmetyczny w małym mieście nie będzie tą złotą kurą, o której pan mówił. W Kowalu nikt nie zapłaci ośmiuset złotych za permanentny makijaż oczu, bo to równowartość miesięcznej pensji. A wielkie, modne salony zarabiają na takich zabiegach.

– Teraz to już pani wydziwia! – zgorszył się. – Ludzie zamożni są wszędzie, w Kowalu też. Kobiety, gdy chodzi o urodę, zapłacą każdą cenę. Makijaż i masaże to nie moja sprawa. Biorę na siebie remont, urządzenie gabinetu i reklamę. Czy to mało?

I znowu Dorota wróciła do domu kompletnie skołowana. Przegadała z Jodłowskim dwie godziny, a nadal nie wiedziała, czy ma do czynienia z genialnym biznesmenem, czy raczej mitomanem. Jego propozycja wydawała się szalona, chociaż nie taka znowu głupia. Im większe miasto, tym więcej klientów i większa konkurencja. W Kowalu byłaby sama. Poprosiła o dwa dni do namysłu, żeby przynajmniej popytać o zdanie najbliższych ludzi. Nie miała ich tak wielu. I jak to zwykle bywa, po rozmowach poczuła się jeszcze głupsza niż przed.

– Padło ci na rozum? – zdziwiła się matka. – Twój laluś w Warszawie, ty w Kowalu? Młode dziewczyny uciekają do wielkich miast, a ciebie niesie pod prąd. Uważam, że to poroniony pomysł.

Teraz pieniądze robi się na prowincji – napisał Tomek. – Dla prowincji ważne są tytuły. Koniecznie wstaw sobie na szyldzie i na wizytówkach magistra. Nie ukrywam, że wolałbym galerię, antyki, coś w tym stylu. Ale jeśli uparłaś się, żeby okładać babki błotem, rób to z tytułem.

– Tylko kretyn mógł wyjść z taką propozycją – zasępił się starszy bliźniak. – Nikt mądry nie ładuje forsy w interes, na którym się nie zna, chyba że chce prać brudne pieniądze. Co zrobisz, jeśli twój salon okaże się salonem pralniczym?

Dorota wciąż nie wiedziała, jak ma potraktować propozycję Jodłowskiego. On mówił o czystych intencjach i uczciwej spółce, ona nie dowierzała niczyim intencjom, a na spółkę patrzyła z lękiem.

Nawet w niewielkim gabinecie można nabić w ciągu dnia sporo kilometrów na trasie: fotel, umywalka, stanowisko pedikiuru, znowu umywalka, fotel i tak na okrągło. Dorota polubiła tę krzątaninę i swój drugi zawód. Zanim została dyplomowaną kosmetyczką, skończyła konserwację papieru i skóry na Wydziale Sztuk Pięknych w Toruniu. Żartowała, że woli konserwować żywą urodę, niż ślęczeć nad starodrukami. Może nawet nie żartowała, może mówiła prawdę, chociaż nad starodrukami nie zdążyła się naślęczeć. Na czwartym roku wiedziała już, że o pracy konserwatora będzie mogła jedynie pomarzyć. Fachowcy może i byli potrzebni, ale nikt ich nie rozchwytywał i nie obiecywał etatów. Kończąc studia, miała już gotowy plan na przyszłość. Schowała głęboko dyplom magisterski i zapisała się na dwuletnie pomaturalne studium dla kosmetyczek w Warszawie. Matka pomogła jej opłacić naukę i w ten sposób Dorota zdobyła drugi zawód. Jej praca dyplomowa zatytułowana: „Maseczki naturalne i witaminy w kosmetyce" oceniona została na piątkę, podobnie jak egzamin końcowy. Przez kilka miesięcy praktykowała u Sary, w jednym z najlepszych gabinetów w mieście, a potem wynajęła lokal przy Wienieckiej i zaczęła pracować na własny rachunek. Szczęście jej dopisało. Już na starcie zdobyła kilka stałych i dobrych klientek, które przyciągnęły inne i pomogły rozwinąć gabinet na tyle, by właścicielka nie musiała dokładać do interesu. Wydawało się, że z każdym miesiącem będzie lepiej, i wtedy Dorota dostała spadek po babce, a wkrótce potem zaskakującą propozycję od Jodłowskiego. Świat, ten poukładany i swojski, zatrząsł się w posadach. Musiała wybierać: uwierzyć Jodłowskiemu czy raczej wysłać go do diabła. Skłaniała się raz ku jednemu, raz ku drugiemu, i tak sobie balansowała między skromną rzeczywistością a pięknymi marzeniami. Jodłowski potrafił podsycać w niej marzenia, w przeciwieństwie do Tomka. Korespondencyjny narzeczony zapowiedział swój przyjazd na sobotę i pytał, czy Dorota się cieszy. Gdyby przyznała, że się cieszy, byłoby to kłamstwo szyte grubymi nićmi.

Jodłowski zadzwonił w czwartek tuż po zamknięciu gabinetu, żeby się umówić na rozmowę – jak to zgrabnie określił – dopinającą. Grzecznym choć stanowczym tonem poprosił o orientacyjny kosztorys wyposażenia gabinetu, oczywiście z cenami tego wszystkiego, co Dorota zamierzała zgromadzić na swoich pięćdziesięciu metrach kwadratowych.

– Ale ja jeszcze nie wiem, czy podpiszemy umowę – powiedziała z wyraźnym wahaniem.

– Orientacyjny kosztorys do niczego nie zobowiązuje – odparł.

Odkładała słuchawkę z niemiłym poczuciem, że Jodłowski zachowywał się tak, jakby już byli wspólnikami: on od decydowania, ona od roboty.

– W co ja się pakuję? – zastanowiła się głośno. – W wielki majątek raczej nie, więc chyba tylko w wielkie szambo.

Przeraziła się własnego głosu i paskudnego czarnowidztwa, które wypełniło jej myśli. Zatęskniła do rozmowy z kimś mądrym, życzliwym, kto znałby się na ludziach i interesach. Starszy bliźniak był mądry i życzliwy, lecz o interesach nie miał pojęcia. Założył z góry, że Jodłowski jest oszustem, i z upodobaniem krakał na jego temat, nazywając przy okazji Dorotę pokrętną babą, która chce znać prawdę, ale nie chce jej słuchać. Nie, starszy bliźniak stanowczo nie nadawał się do poważnych rozmów biznesowych. Była jeszcze Sara. Odkąd Dorota otworzyła własny gabinet, dawna przyjaźń przeszła w stan spoczynku. Sto razy obiecywała sobie, że wpadnie, zadzwoni, pogada i jakoś tak schodziło, czas mijał, a serdeczne więzi rozluźniały się z każdym miesiącem. Jeżeli czasem myślała o Sarze, czuła niemiły chłód w piersiach, taki chłód zarezerwowany dla spraw zaniedbanych lub przegapionych.

Zamówiła taksówkę i zbiegła na dół.

Sara zmizerniała. Włosy miała nieco bardziej rude niż kiedyś, oczy podkrążone, wyglądała na zrezygnowaną. Poruszała się też jakoś inaczej, wolniej i mniej sprężyście. Po całym dniu pracy miała prawo do zmęczenia, chociaż jeszcze dwa lata temu Dorota zastanawiała się, czy jej szefowa nie ma przypadkiem wmontowanych baterii, które ładuje własną energią. Teraz zobaczyła, że baterie siadły. Jedno się tylko nie zmieniło: serdeczność Sary. Wypytywała o matkę Doroty, o Tomka i pracę, zmartwiła się śmiercią babki, ucieszyła wiadomością o spadku.

– Naprawdę chciałabyś się zaszyć w takiej dziurze? – spytała zaskoczona.

– Małe miasto daje większe możliwości rozwinięcia skrzydeł – odpowiedziała Dorota.

– Jasne. Uskrzydlisz tego, jak mu tam... Jodłowskiego, a on ci odfrunie. Komu w takim Kowalu potrzebna kosmetyczka? Myślałaś o tym? Parę kobitek przyjeżdża do Włocławka, a całej reszcie wystarczy mydło rumiankowe i byle jaki krem z tubki. Kto to w ogóle jest ten Jodłowski? Może to jakiś mafioso?

– Wygląda na poważnego faceta.

– Solidny oszust powinien wyglądać poważnie. Czyli co, kumpel po fachu?

– Niczego takiego nie powiedziałam.

– Ale ja ci to mówię. Czy jeszcze nie zauważyłaś, że cała nasza robota to jedno wielkie oszustwo? Nigdy nie patrzyłaś z politowaniem na mumię ułożoną na fotelu? Ty się wysilasz, smarujesz, nawilżasz, a ona jak była stara, tak wstaje o godzinę starsza i do tego spuchnięta. Starość jest obrzydliwa! Nie wykręcisz się od niej, choćbyś kazała się okładać algami od rana do wieczora. Kosmetyki to tylko biznes. Podły biznes, bo żeruje na nadziejach, a producentom napędza forsę do kieszeni. Chcesz coś zobaczyć? Chcesz? – Sara gwałtownie ściągnęła okulary. – No, co widzisz?

Dorota w porę odchyliła głowę, unikając czołowego zderzenia. Nie musiała oglądać twarzy pod mikroskopem, żeby ocenić kondycję skóry. Widziała siatkę drobnych zmarszczek, niewielkie przebarwienia i rozmazany makijaż. Sara rzeczywiście wyglądała nie najlepiej, więc nie było potrzeby opowiadania o tym. Nie można mówić drugiej kobiecie, że wygląda źle, brzydko, do kitu, i tym samym nie pogrążyć jej jeszcze bardziej.

– Zamurowało cię? No, co widzisz!? – nie ustępowała Sara.

– Widzę zmęczoną kobitkę, której rozmazał się tusz pod oczami. Uczyli cię chyba, że zmęczenie niekorzystnie odbija się na urodzie.

– Gówno tam, zmęczenie! Tusz też gówniany, chociaż markowy. Stara jestem, z każdym rokiem coraz starsza, rozumiesz? Podstarzała i pomarszczona kosmetyczka przestaje być wiarygodna. Pora zająć się sprzątaniem ulic albo segregowaniem śmieci.

– Połóż się, zrobię ci masaż.

– Gówno tam, masaż!

Sara gwałtownym ruchem nasadziła okulary na nos. Z impetem otworzyła kosz z brudnymi ręcznikami, wyrzuciła zawartość na podłogę i już nie miała siły na nic więcej.

Dorota wróciła do domu przygnębiona, litując się nie tylko nad Sarą, ale także nad własną matką i nad sobą. Jeszcze moment, a gotowa była płakać nad całym światem lub przynajmniej nad wszystkimi samotnikami zaludniającymi ten padół. Współczucie jest jak gumka, daje się rozciągać w nieskończoność. Im człowiek jest bardziej przygnębiony, tym chętniej się lituje. Oto, do czego prowadzi samotność, rozmyślała Dorota, ścieląc tapczan. Samotność jest najgorszym paskudztwem, jakie może dotknąć człowieka. Wraca taka Sara do pustego domu i co ma robić? Ile można biegać ze szmatką, odkurzać meble i podlewać kwiaty, no ile? Albo patrzeć na odrzuty z Hollywood w rodzimej telewizji? Jak już ma patrzeć, to woli na własne odbicie. Staje przed lustrem i analizuje zmarszczki, oddziela mimiczne od statycznych i wpada w popłoch. W gabinecie analizuje cudze, w domu swoje, można powiedzieć: żyje wśród zmarszczek A gdyby tak jakiś mąż, dziecko, kawałek psa i już byłoby inaczej. Praca i praca, na okrągło tylko praca – to nie jest dobry sposób na życie. Nic dziwnego, że akumulatory jej siadają, każdemu by wysiadły. Jolce też kiedyś wysiądą, bliźniakowi i mnie.

Tego wieczoru, kładąc się do łóżka, Dorota była zdecydowana gruntownie zmienić swoje życie i to możliwie jak najprędzej. Wprawdzie nie była jeszcze pewna, czy przeprowadzka do Kowala będzie właśnie tą zmianą, o którą chodziło, lecz brała ją pod uwagę, podobnie jak zerwanie z Tomkiem. Czas Tomka minął, wypaliła się miłość telefoniczno-korespondencyjna. Narzeczeństwo, nawet zmurszałe, wymaga lojalności i wiąże ręce. Dorota nie chciała spędzić życia samotnie i dlatego musiała jak najszybciej uwolnić się od jednego mężczyzny, by poszukać innego. Cały szkopuł w tym, że nie bardzo wiedziała, gdzie ma tego innego szukać. Dzień po dniu spędzała w gabinecie, głównie wśród kobiet, a jedynym mężczyzną, którego widywała prywatnie, był starszy bliźniak. Ten zaś, choć nadawał się do tańca i do różańca, choć nie brakowało mu wykształcenia, talentów i urody, nie liczył się w rankingu wielbicieli. Był dla Doroty mężem opatrznościowym, co dyskwalifikowało go jako materiał na ślubnego męża.

Wynalazki, podobnie jak idee, nabierają blasku dopiero w chwili, gdy świat o nich usłyszy i zachwyci się ich wielkością. Dopóki tkwią w głowie lub komputerze jednego człowieka, niechby nawet całego zespołu ludzi, dopóty nie budzą niczyich emocji, oczywiście z wyjątkiem odkrywców oraz wrogiej konkurencji. Profesor Gostyński przez całe lata pracował w ścisłej tajemnicy, nadszedł jednak czas, gdy dzieło jego umysłu i rąk miało opuścić zagrzybione ściany laboratorium. Jeszcze nie wszystkie komponenty były idealnie dobrane, jeszcze brakowało paru prób, liczył jednak, że do połowy lutego upora się z tymi drobiazgami i zarejestruje wynalazek w urzędzie patentowym. Im bliżej był końca, tym częściej zastanawiał się nad sposobami zainteresowania świata efektami swojej pracy. Nie znał się specjalnie na prawach rynku kapitalistycznego. Po głowie tłukło mu się stare hasło, że reklama jest dźwignią handlu. Tłumaczył je po swojemu: nie sztuka wynaleźć, sztuka rozreklamować, nie mając na to pieniędzy. A potem oczywiście sprzedawać z zyskiem.

Profesor wiedział o reklamie tyle, ile przeciętny telewidz. Jaki to kłopot, myślał, znaleźć młodą buzię, wziąć garść przymiotników w stopniu najwyższym i zachwalać krem przeciw zmarszczkom. Niechby tak spróbowali na oczach widzów przerobić starą buzię na młodą, to dopiero byłaby reklama.

Choć wciąż jeszcze nie znał drogi, jaką dotrze do mediów, wierzył, że dotrze. Spodziewał się pytań mądrych, podchwytliwych, głupich i różnych innych, a że nie był najtęższym mówcą, spisywał więc przemyślenia i uwagi, by potem, w odpowiednim momencie, właściwie przedstawić kwintesencję swojego odkrycia. Pisarzem też nie był najtęższym i mimo ciągłych poprawek tekst raził chropowatością. „Lenistwo jest wrodzoną cechą człowieka – napisał we wstępie. – Ludzie chcieliby chudnąć we śnie, ćwiczyć mięśnie przed telewizorem, nie dbać o siebie, a wyglądać pięknie. Nie mam im tego za złe. Chudnięcie i gimnastyka to nie moja branża, ja przez całe życie zajmowałem się powłoką ochronną człowieka, to jest skórą". Tu następowało dokładne omówienie każdej z trzech warstw skóry, łącznie z mięśniami i warstwą tłuszczową, ponieważ specyfik profesora Gostyńskiego działał kompleksowo i to w ciągu jednego zabiegu.

Drugą część traktatu Gostyński adresował bezpośrednio do odbiorców.

„Co zwykle czytacie w ulotkach reklamowych? – pytał. – Czytacie, że po kilku miesiącach systematycznego stosowania zobaczycie pierwsze efekty. Zobaczycie albo nie, za to wykupicie tyle słoików kremu, że pokryjecie koszt produkcji i reklamy. Firma wyjdzie na swoje, a wy? Ja nie boję się powiedzieć, że mój specyfik przynosi efekt natychmiastowy i trwały".

Pisanie szło profesorowi opornie, wolał ważyć zioła niż słowa. A przecież nie wszystko mógł powiedzieć wprost. I co z tego, że wynalazek bronił się sam, że był rewelacją na miarę pierwszego lotu człowieka w przestworza, jeżeli nikt o tym nie wiedział poza jego twórcą. Gostyński obawiał się zwłaszcza zawistnej konkurencji. Zastanawiał się na przykład, czy wspominać o komponentach, czy nie. Jak ludzie przeczytają, że nie dodał modnych wyciągów z grasicy, chrząstek rekina, alg morskich czy aloesu, to mogą się zniechęcić. Moda jest potęgą w kosmetyce. Moda i dobra nazwa. Jeżeli chodzi o nazwę, profesor z góry odrzucił wszelkie kremy, żele, maści i preparaty jako zbyt pospolite. Roboczo używał nieco staroświeckiego określenia „specyfik", chociaż w znaczeniu innym niż ogólnie przyjęte. Nie dlatego specyfik, że w aptekach i że gotowy, ale dlatego, że specyficzny jedynie dla profesora. Nie miał zamiaru zdradzać wszystkich tajników, chciał być jedynym potentatem i producentem.

Jeżeli czasem, w trakcie mrówczej pracy, profesor robił krótką przerwę, zdarzało mu się popaść w zadumę. Myślał wtedy o niedalekiej przyszłości, widział wspaniały apartament, nowe bmw i siebie w najdroższych lokalach. To było jego jedyne marzenie: odrobina luksusu na co dzień. Powtarzał w duchu, że te ostatnie tygodnie mógłby przesiedzieć nawet na żyletkach, za to potem nie odmówi sobie niczego. Na razie wciąż jeszcze siadał na mocno wysłużonych krzesłach i próbował udawać, że nie widzi prześladujących go awarii. W ubikacji pękła rura, zlew się zatkał, a w kuchni wysiadło światło. Mieszkanie obrzydło mu do cna, nie miał jednak czasu na naprawy. Całe dnie spędzał w laboratorium, z domu wychodził tylko po zakupy do małego sklepu naprzeciw swojej kamienicy. Sklep też mu obrzydł, a to za sprawą młodocianych obszczymurków. Latem, przy ładnej pogodzie, sterczeli na ulicy, zimą woleli pić piwo pod dachem, czyli w sklepie. Ekspedientka zachowywała się tak, jak profesor Gostyński wobec domowych awarii: udawała, że ich nie widzi.

– Nie męczy pani ten harmider? – spytał któregoś dnia specjalnie głośno, żeby i oni usłyszeli.

– A szanownego pana męczy? – zainteresował się jakiś zuchwały głos.

– Owszem! – odpowiedział z godnością.

– Jędruś, może byś tak szanownemu panu przerwał męczarnię, co? – zaproponował ten sam głos i zaraz dodał: – Żartowałam. Dasz, brachu, na piwo, Jędruś cię nie udusi i będziem kwita.

Gostyński wrócił do domu oburzony. Kilka dni później chuda bidulka zaczęła mu opowiadać, że menele ze sklepu nazywają go bogaczem. Potraktował to jako dobrą wróżbę na najbliższą przyszłość i poczuł się mile połechtany. Chuda bidulka nie była jednak aż taką optymistką.

– Niech pan na nich uważa – poradziła. – Z takimi nic nie wiadomo, za pięć złotych gotowi pana obić.

Ulubioną rozrywkę Gabrieli stanowiło oglądanie telewizji. Nie była wybredna, oglądała program jak leci. Czytanie ją nudziło. Czasem nawet brała jakąś książkę z gatunku modnych, lecz nie umiała się powstrzymać przed zerknięciem na ostatnią stronę. Zaczynając lekturę od końca, traciła całe zainteresowanie dla początku i środka. Niezmiennie powtarzała, że nie trawi prozy współczesnej, a jej literackie fascynacje zatrzymały się na Żeromskim. Prawdę mówiąc, przez Żeromskiego też nigdy nie przebrnęła, ale to już było jej słodką tajemnicą. Z innych rozrywek bardzo lubiła niedzielne wypady do supermarketów. Szczególnie upodobała sobie Real, czasem zaglądała też do Tesco. Nie chodziło oczywiście o robienie podstawowych zakupów, bo te należały do Eweliny, tylko o spacer między stoiskami i otarcie się o ludzi. Jeszcze do niedawna, dopóki supermarkety miały posmak nowości, Muszka albo Kiczorek chętnie się zabierali z matką. Nie gardzili żadną okazją, żeby zdobyć modny gadżet lub ciuch, który im się właśnie spodobał. W domu zwykle okazywało się, że kupili najzwyklejszy bubel, i nabytek lądował gdzieś w szafie. Gabriela pomimo to dawała się naciągać, lubiła sprawiać dzieciom radość i lubiła kupować. Sama nie przepadała za stoiskami z ubraniem i bielizną. Wszystko, co tam oglądała, było zbyt nowoczesne, za kuse, za wąskie, dobre dla podfruwajek, nie dla pań statecznych. Nawet jeżeli czasem trafiła na coś odpowiedniego, to zaraz sobie myślała: Kupię tę bluzkę i gdzie w niej pójdę? Należała do nielicznych kobiet, którym niewiele trzeba, bo wszystko mają, z wyjątkiem uciekającej urody.

Największym konikiem Gabrieli, jej pasją i wariactwem, były kosmetyki, zwłaszcza te pielęgnacyjne, na które nie żałowała pieniędzy. Piękne opakowania cieszyły oczy, łudziły powrotem młodości i aksamitnej cery. Rzucała się na nie zachłannie, przekonana, że gdzieś tam czeka na nią ten jeden jedyny, który odmieni jej życie. Znajomość z każdym nowym kremem do złudzenia przypominała flirt. On, machając jej etykietą przed nosem, zapewniał: „Twoja skóra odzyska świeżość, jędrność oraz elastyczność już po przebudzeniu". Wierzyła, bo niby czemu miałaby nie wierzyć, a kiedy rano odnajdywała w lustrze wciąż tę samą niepiękną twarz, daleką od świeżej jędrności, czuła się paskudnie oszukana. Dawała mu jeszcze jedną szansę, i jeszcze jedną, by wreszcie dojść do wniosku, że to kłamca i oszust. Zrywała znajomość, ale niedosyt pozostawał aż do czasu, gdy natrafiła na jakiś inny rewelacyjny produkt, reklamowany przez modelki o porcelanowej cerze. Ulegała mu z biciem serca, pozwalała się czarować i uwodzić, by po tygodniu, czasem miesiącu dojść do wniosku, że trafiła na kolejnego nicponia. Te flirty upodobniły ją do roztrzepanej, niecierpliwej dziewczyny, czyli zmieniły wewnętrznie, bez specjalnego wpływu na warstwę zewnętrzną, niestety.

Zatrzymała się przy perfumach. Nie była znawczynią zapachów, ale lubiła ładne opakowania.

– A to pani zna?

Ktoś podsunął jej mały flakonik. Odstawiła swój na półkę i obejrzała się zaskoczona. Obok stała młoda, ładna dziewczyna. Gabriela pomyślała, że panienka wzięła ją za kogoś innego, uśmiechnęła się, a tamta odpowiedziała uśmiechem.

– Mamy wspólną kosmetyczkę. Widywałam panią u Doroty – wyjaśniła nieznajoma.

– Możliwe – mruknęła Gabriela i w tej samej chwili przypomniała sobie, że ten równy przedziałek na środku głowy i jasne włosy opadające na policzki widziała całkiem niedawno w mężowskim komputerze. Wtedy nie umiała sobie skleić niczego do kupy, a teraz otworzyła jej się zapadka w mózgu i obraz się wyklarował. Chłodno skinęła głową i próbowała odejść.

– Mogę panią zaprosić na kawę? – spytała blondynka. – Chciałam porozmawiać.

– A mamy o czym?

– Mamy. – Znowu się uśmiechnęła, pokazując bardzo białe zęby.

Gabriela czuła przez skórę, że będzie to jakaś bardzo niesympatyczna rozmowa, że powinna ostro zareagować i dać po nosie rywalce, a mimo to podreptała posłusznie obok dziewczyny, która przedstawiła się jako Jola Paciorkowska.

Jola znalazła wolny stolik w barze i przyniosła dwie kawy.

– O wspólnej kosmetyczce mówiłam, przedstawiłam się, a teraz tylko dodam, że jestem zagorzałą feministką i trzymam z kobietami.

– Nie bardzo znam się na ruchu feministycznym – wyznała Gabriela.

– Byłam asystentką pani męża, wie pani o tym?

– Zwolnił panią?

Jola roześmiała się szczerze i beztrosko.

– To jest tak: jest się asystentką, bywa się z prezesem na służbowych kolacjach, potem prezes zaprasza na prywatną kolację, a potem to już trzeba zmienić prezesa. Ja właśnie zmieniłam. Nie chciał słyszeć o zwolnieniu, więc sama odeszłam. Mnie nie można do niczego zmusić. Czy pani wie, że on mi zaproponował małżeństwo? Spokojnie, proszę pani! – Uśmiechnęła się na widok popłochu w oczach Gabrieli. – Mam swoje zasady i nie kręcą mnie starsi panowie. Niech pani na niego uważa. To typowy modniś ostatniej szansy, zna pani takie określenie? Niby nie nosi dżinsów ani kitki, ale to o niczym nie świadczy. On chce się sprawdzić seksualnie, goni za młodymi dziewczynami, szuka mocnych przeżyć, bo czuje upływ czasu.

– Jeżeli goni, jeżeli szuka... ja mu w tym nie przeszkodzę. *C'est la vie* – powiedziała cicho Gabriela.

Siedziała kompletnie skołowana, bo sama jeszcze nie wiedziała, czy ta dziewczyna mówi szczerze, czy ją podpuszcza. Jeżeli podpuszczała, to dlaczego? A jeśli mówiła prawdę, to też: dlaczego?

– Przeszkodzić mu pani nie przeszkodzi, zawsze jednak może pani pomyśleć o sobie. Wiem, co mówię: on panią zostawi na lodzie, wyśle do pracy. Na dzieci będzie musiał płacić, na panią... jak zechce.

– Mam niejasne przeczucie – zauważyła wolno Gabriela – że pani mści się teraz na moim mężu. Pardon, jeżeli panią obraziłam.

– Niech pani myśli, że się mszczę, niech pani myśli, co pani chce. Założę się, że pani nie tylko nie ma własnego konta, ale nawet własnego zaskórniaka. Musi pani skubnąć swojego staruszka, póki czas. Na szczęście jest z czego.

Gabriela, wracając do domu, wciąż nie wiedziała, co myśleć o Joli Paciorkowskiej. Gdyby tamta była zainteresowana pieniędzmi Artura, nie namawiałaby żony do skubania męża. Na intrygantkę nie wyglądała, na głupią też nie. Na wszelki wypadek, nie wiedząc, co myśleć, Gabriela pomyślała, że to bardzo fajna dziewczynina, może trochę naiwna, ale mądra. Co własne konto, to własne!

Rano Ewelina bardzo się zdziwiła, widząc Gabrielę ubraną i uczesaną.

– Wybiera się pani do lekarza?

– A co, aż tak źle wyglądam? – Z przestrachem dotknęła dłońmi policzków. – Nie, nie idę do lekarza. Przed południem muszę być w mieście, po południu mam umówioną kosmetyczkę, doprawdy nie wiem, jak się wyrobię.

Wypiła łyk kawy i spojrzała na Ewelinę. Dopiero teraz zauważyła, że gosposia rozjaśniła włosy i zmieniła uczesanie.

– Co ja widzę! Ma pani na oku jakiegoś faceta?

Gabriela nie była ani trochę oryginalna w swoim zdziwieniu. Kobiety takie już są, że gdy same się stroją i malują, robią to wyłącznie dla siebie, natomiast u znajomych i przyjaciółek zawsze dopatrują się przyczyny głównej, to znaczy mężczyzny.

– Jakbym miała na oku faceta, to siedziałabym teraz u okulisty – mruknęła Ewelina.

– Aż tak ich pani nie lubi? – zdziwiła się Gabriela.

– Co innego lubić, a co innego brać sobie kłopot na głowę. Ja mam o kogo się martwić. Pani nie rozumie, co to znaczy samotnie wychowywać dwoje dzieci.

– Ja nie rozumiem? Przecież ja też sama wychowuję Muszkę i Kiczorka!

Gabriela zamówiła taksówkę i kazała się wieźć do banku. Serce waliło jej z emocji na myśl, że za chwilę popełni czyn bardzo nieładny, gorzej nawet, bo nieetyczny. W samym założeniu konta nie było nic zdrożnego. Kłopot polegał na tym, że ona nie miała czego lokować, ponieważ – w rozumieniu Artura – nie zarabiała pieniędzy, tylko je wydawała. Prorodzinny mąż nie uważał, by wychowywanie dzieci i prowadzenie domu było pracą. „Ty, Bryśka, żyjesz jak jemioła", mówił, porównując siebie do drzewa-żywiciela. Na nic się zdały tłumaczenia, że nikt inny, tylko on chciał mieć niepracującą żonę. Nawet jeżeli kiedyś chciał, to teraz wolał o tym zapomnieć. Gabriela nie miała innego wyjścia, musiała uszczuplić wspólne konto, by założyć własne. Jeszcze dwa dni wcześniej powiedziałaby, że to paranoja. Zmieniła zdanie po rozmowie z Jolą Paciorkowską. Kiedy rozważyła wszystko na spokojnie, doszła do wniosku, że jest biedniejsza od swojej gosposi. Ewelina z całą pewnością miała mniej pieniędzy, za to mogła je wydawać według własnego uznania i przed nikim nie musiała się tłumaczyć z każdej wizyty u kosmetyczki. Prawdopodobnie zresztą w ogóle nie korzystała z usług kosmetyczki, ale to już był jej wybór, a Gabrieli nie chodziło o drobiazgi, tylko o swobodę działania. Ona sama tej swobody nie miała. Co miesiąc Artur dawał jej dziesięć tysięcy złotych na prowadzenie domu. Niby sporo, wcale jednak nie tak dużo, jak by się wydawało, zwłaszcza przy dwójce uczących się dzieci. Języki, basen, lekcje rysunku dla Muszki i gry na gitarze dla Kiczorka, kieszonkowe i komórki, ubrania i drobiazgi, wszystko to kosztowało mnóstwo pieniędzy. A jeszcze jedzenie i opłaty za gaz, za światło, telefon. Przy wygórowanych wymaganiach rodziny, zwłaszcza męża, Gabriela z trudem wiązała koniec z końcem, zapominając prawie o własnych potrzebach. Wciąż sobie obiecywała, że odłoży choć parę groszy i na obietnicach się kończyło. Było niby wspólne konto w banku, lecz Artur uprzedził, że to pieniądze na czarną godzinę, i starannie analizował wszelkie wypłaty. I właśnie z tego konta Gabriela zamierzała co nieco uszczknąć. Aż się spociła z wrażenia. Kazała taksówkarzowi stanąć na placu Wolności i dalej poszła piechotą, żeby jeszcze raz wszystko przemyśleć.

– To się chyba nazywa malwersacja – mruczała pod nosem, jednocześnie zwalniając kroku. – Jaka tam malwersacja – perswadowała sobie po cichu – przecież te pieniądze wciąż będą w rodzinie, tyle że na dwu różnych kontach.

Przyśpieszała kroku, prostowała plecy, uspokojona, że jednak nie jest pospolitym przestępcą. Po kilku chwilach znowu nachodziły ją wątpliwości. Przecież on mi zaufał, myślała. Szła, przystawała i znowu szła. Raz się garbiła, raz prostowała, aż wreszcie zatrzymała się niezdecydowana. Bank był po drugiej stronie ulicy. Potrzebowała trzech minut, żeby znaleźć się wewnątrz albo dwudziestu, żeby złapać taksówkę i wrócić do domu. Guzik mi zaufał, uznała w końcu. Mnie wylicza z każdej wydanej setki, a sam nie tłumaczy się z niczego, z żadnej swojej dziewczyny na przykład. Wspomnienie dziewczyn podziałało na Bryśkę jak doping. Wtargnęła na jezdnię, na szczęście pustą, i chwilę później stała już przy kasie.

O interesach męża Gabriela wiedziała tyle, ile wszyscy, czyli niewiele lub prawie nic. Od dziewiętnastu lat była żoną jednego i tego samego mężczyzny, który jako mąż z roku na rok zmieniał się na niekorzyść, natomiast jako miejska osobistość też podlegał ewolucji, tylko dla odmiany wyłącznie na korzyść. Ze skromnego zastępcy dyrektora awansował na dyrektora, by po prywatyzacji zostać współwłaścicielem, a wreszcie właścicielem dużej firmy. Zasiadał ponadto w dwu radach nadzorczych, wykładał w szkole biznesu i na różnych kursach. Osiągnął ten poziom kompetencji, kiedy nazwisko pracuje na człowieka, nie odwrotnie. Oczywiście cała ta dodatkowa działalność musiała przynosić niezłe dochody, bo Artur niczego nie robił za darmo. W mieście miał opinię człowieka zamożnego, żeby nie powiedzieć bogacza, w domu zaś zachowywał się jak sknerus.

Gabriela chciała podjąć niewiele, na początek jakieś dwa tysiące złotych. Założyła sobie bezpieczną metodę małych kroczków: dzisiaj dwa, za tydzień znowu dwa i tak dalej, żeby za szybko nie zirytować męża. Na koncie było dwanaście tysięcy. Zamrugała oczami z wielkiego zdziwienia. Jeszcze we wrześniu mieli ponad osiemdziesiąt, przez cztery miesiące nie zdarzyło się nic, co można by nazwać „czarną godziną", a pieniądze zniknęły. Czyżby owa paskudna godzina wybiła tylko dla Artura i pochłonęła siedemdziesiąt wspólnych tysięcy? – pomyślała. Zamiast złości poczuła wyraźną ulgę. Aż się uśmiechnęła na wspomnienie wielkich wyrzutów sumienia, które nią targały przed chwilą. Zostawiła tysiąc na rozmnożenie, resztę zabrała i poszła założyć konto w innym banku, by nie budzić niepotrzebnych podejrzeń. Bywała czasem naiwna i chwiejna, ale nie głupia. Trzy lata studiów prawniczych oraz kilka lat pracy w rewizji zakładowej zrobiły swoje. Nigdy nie uwierzyła mężowi, że ich wspólne konto jest jedynym, jakie mają. Prawdopodobnie jedynym dla niej, ale na pewno nie dla Artura. On obracał naprawdę wielkimi kwotami, które musiał gdzieś lokować, może nawet poza okiem ministra finansów. Owszem, dużo wydawał na własne potrzeby, na drogie ubrania, wody po goleniu i cygara, na kobiety też pewnie sporo wydawał, ale nie wszystko. Za bardzo bał się starości i nędzy, żeby nie myśleć perspektywicznie. To był jego ulubiony zwrot. Człowiek światły musi myśleć perspektywicznie, mawiał. Czegoś się jednak od niego nauczyłam, zauważyła, opuszczając bank.

Po przedpołudniowych emocjach Gabriela nabrała ochoty na chwileczkę zapomnienia, czyli samotny skok pod kocyk. Do Doroty zadzwoniła już z łóżka. Naplotła o gościach zagranicznych, jakimś kontrakcie dla mężowskiej firmy oraz uroczystej kolacji w domu. Zabrzmiało wytwornie i światowo. Z westchnieniem ulgi przyłożyła głowę do poduszki. Nie zdążyła jeszcze uciec z jawy w sen, kiedy na dole trzasnęły drzwi i cały dom wypełnił się krzykami młodych Haczyńskich. Kłócili się zajadle, ząb za ząb. Ależ ta dzisiejsza młodzież jest hałaśliwa, pomyślała z niechęcią. Zwykle, jeżeli dzieci robiły coś, czego nie rozumiała i nie aprobowała, mówiła o nich „młodzież", rozkładając tym samym winę na całą grupę wiekową. Naciągnęła koc na głowę, pomstując w duchu na Ewelinę, że nie ucisza smarkaczy. Tym razem bardziej hałasował Kiczorek, Muszka piszczała coraz przeraźliwiej, ale w pewnej chwili umilkła, i dopiero ta nagła cisza wystraszyła Gabrielę. Przypomniała sobie, że gosposia dawno już wyszła, a dzieci są same. Zbiegła na dół i trafiła na moment, kiedy Kiczorek próbował powiesić siostrę w holu, na haku po zegarze. Artur miał kiedyś bzika na punkcie staroci i kupił na pchlim targu wielki zegar, w którym tylko korniki były autentyczne. Korniki dawno zżarły drewno, mechanizm się rozleciał, i po rzekomym antyku został hak w ścianie. Właśnie przez ten hak Kiczorek przerzucił sznur, do którego uwiązana była Muszka. Gabriela odepchnęła syna, aż się zatoczył na ścianę. Policzki mu pałały, sapał jak szybkowar, lecz opanował się w jednej chwili.

– To ty nie jesteś u fryzjera? – spytał.

Znała to jego mistrzowskie skakanie z nastroju w nastrój, od wściekłości po całkowity luz, tym razem jednak nie to ją zastanowiło. A gdybym tak nie odwołała wizyty u Doroty, to co? – pomyślała i wpadła w złość.

– Co ty chciałeś zrobić? – krzyknęła.

Muszka, z buzią zatkaną wełnianą skarpetą, była owinięta sznurem od szyi po nogi. Kiczorek musiał ją zaskoczyć w czasie zmiany butów, bo zdążyła zdjąć tylko jeden kozaczek.

– Takie tam – mruknął.

– Jakie tam? Co takie? – krzyczała coraz głośniej, szarpiąc go za ramiona. – Gdzie ty masz rozum, durniu?!

– Puszczaj, Bryśka! Puszczaj, mówię! Wielki krzyk o głupią Muchę. Bzzz...

Szarpał się z matką i wcale nie wyglądał na skruszonego. Wymierzyła synowi policzek z jednej strony, poprawiła z drugiej i miała ochotę dołożyć jeszcze raz, ale wyrwał się i uciekł. Zadudniły schody, trzasnęły na górze drzwi.

Gabriela osunęła się na podłogę. Płakała. Ciepłe łzy padały na twarz córki i wsiąkały w skarpetę, która na szczęście dała się wyjąć dość łatwo. Po kilku głębokich wdechach Muszka odzyskała głos.
– Nad kim płaczesz, nad sobą czy nad tym mutantem? – sapnęła ze złością. – Ładnego szajbusa wychowałaś, nie ma co!
– Dwa szajbusy! – powiedziała Gabriela, szarpiąc się ze sznurem. – Próbowałam wychować dzieci, a wyszły mi dwa szajbusy. Jesteś taka sama jak on, tylko częściej chowasz się za moimi plecami.
– Chyba ocipiałaś! – oburzyła się Muszka. Wciąż jeszcze była lekko oszołomiona, mówiła cicho, lecz w miarę jak się rozkręcała, jej głos przybierał coraz wyższe tony. – Mylisz oprawcę z ofiarą! Całe życie muszę mu ustępować, bo on malutki. Pewnie nawet nie zauważyłaś, że przerósł nas wszystkich. I że to świr, maniak, psychol też nie widzisz!? Robi z tobą, co chce, wszystko mu wolno... A mnie w tym domu odmawia się głupiej karty telefonicznej.
– Wynocha do swojego pokoju! – powiedziała Gabriela, dźwigając się ciężko z podłogi. – Do przyjścia ojca nie chcę was widzieć.
Muszka nadęła się niczym balon, lecz wyjątkowo zrezygnowała z dalszej sprzeczki. Gabriela została na dole sama, jeśli nie liczyć towarzyszącego jej poczucia klęski. Ponieważ nieszczęścia lubią się kumulować, zaczęła myśleć o sobie jako o nieudolnej matce, oszukiwanej żonie i starzejącej się, samotnej kobiecie, lecz chyba najbardziej doskwierała jej bezsilność. Jeszcze całkiem niedawno przechwalała się przed Eweliną, że nie potrafiłaby podnieść ręki na żadne żywe stworzenie. Minęło kilka dni i dała w twarz Kiczorkowi, który był jak najbardziej żywym stworzeniem, a do tego jej dzieckiem. Uniosła się gniewem, spoliczkowała rodzonego syna, może nawet słusznie, lecz na pewno niepedagogicznie, i straciła grunt pod nogami. Gorączkowo myślała, co teraz robić: przepraszać pierwsza i przyznać się do porażki, czy czekać na przeprosiny. Czekanie było mocno ryzykowne, ambitny Kiczorek mógł zwlekać do pełnoletności, a nawet dłużej. Nie miała wyjścia, musiała prosić o pomoc twórcę małych mutantów. Kłopot polegał na tym, że nie bardzo liczyła na odzew męża i przynajmniej tu się nie zawiodła.

Artur wrócił godzinę później. Nie miał ochoty na rozmowę ani na kolację, narzekał na ból głowy i próbował wymknąć się do gabinetu. Gabriela stanęła w drzwiach i rozłożyła ręce. Jej zdaniem zdjęcia w komputerze mogły poczekać, ważniejsza była rozmowa z dziećmi. Już ten wstęp zraził Artura, a kiedy jeszcze posłuchał o wygłupie Kiczorka, zraził się podwójnie.

– Takie są dzieci, jakie ich wychowanie – mruknął.

– Wychowywałam nasze dzieci w poszanowaniu dla drugiego człowieka i dla życia.

– Frazesy!

– Chcesz mi wmówić, że kazałam im wieszać się na haku?

– Zawsze myliłaś wychowanie z rozpuszczaniem, a te twoje gadki o partnerstwie są funta kłaków niewarte.

Bardzo trudno rozmawiało się z Arturem. Odgadł, co żonę gnębiło najbardziej, i bezlitośnie wytykał jej słabości, traktował ją jak przeciwnika, nie jak sprzymierzeńca. A ona klęła w duchu męża i jego metody, lecz wreszcie dopięła swego. Artur wezwał dzieci do salonu, gdzie urządził im sądny dzień. Kiczorek, osaczony z dwu stron i pociągnięty za język, przyznał się z oporami, że związał siostrę wyłącznie dla draki, ale bynajmniej nie zamierzał jej wieszać. Muszka odezwała się dopiero wówczas, kiedy ojciec przeniósł swoje zainteresowanie z brata na nią

– To był zakład, tato. Głupi zakład, i to wszystko – powiedziała.

Gabriela osunęła się na fotel. Dopiero teraz zrozumiała, że ta dwójka spryciarzy nie tylko dogadała się tam na górze, lecz jeszcze zawarła coś w rodzaju przymierza, skierowanego przeciwko rodzonej matce. Musiała przełknąć tę porażkę oraz następną, którą zafundował jej mąż. Artur, jak już wezwał latorośle na poważną rozmowę, to przy okazji chciał przeforsować swoje metody wychowawcze. Zabronił Kiczorkowi lakierowania czuba, Muszce kazał wyrzucić wszystkie kosmetyki, a Gabriela miała dopilnować, żeby od następnego dnia dzieci przypominały dzieci zarówno wyglądem, jak i zachowaniem. Zadanie to przerastało siły jednej słabej kobiety. Muszka i Kiczorek nie byli już dziećmi, tylko młodzieżą, która zna swoje prawa i umie z nich korzystać. Wszyscy o tym wiedzieli, z wyjątkiem Artura.

Jeśli nawet Wanda Miziakowa miała jakieś oszczędności, to wydała je co do grosza. Nie zostawiła biżuterii ani pieniędzy. Jedynym jej bogactwem były kamienica i dwupokojowe mieszkanie na parterze. W odpowiednim czasie zadbała o dorobek swojego życia, powierzając notariuszowi spisanie testamentu. Gdyby ktoś chciał podważyć ostatnią wolę zmarłej, miałby kłopoty. Nikt jednak nie zamierzał tego robić. Antonina, jedyna córka Wandy, zrzekła się nawet prawa do zachowku. Tak więc właścicielką kamienicy, mieszkania oraz wszystkiego, co w środku, została Dorota, niechciana wnuczka Wandy.

Kiedy Dorota po raz pierwszy weszła do mieszkania babki, poczuła się jak natręt buszujący po obcych, biednych kątach. Nie miała odwagi zajrzeć do komody ani do szafy. Patrzyła na ściany obwieszone świętymi obrazkami, na zakurzone meble i zachodziła w głowę, jak sobie poradzi z całą tą schedą. Czy na przykład zioła i wianki poutykane gdzie się dało, wyschnięte teraz na wiór, ale kiedyś niewątpliwie poświęcone w kościele, można tak po prostu wyrzucić na śmietnik? A makatki? Paskudne co prawda jak nieszczęście, lecz haftowane własnoręcznie przez babkę. Nie wiedziała, gdzie kończy się rodowa tradycja, a zaczyna zwykła brzydota przedmiotów pospolitych. Patrzyła i patrzyła, aż zmarzła na kość. Od dawna nikt nie palił w piecach i w mieszkaniu nie dało się wysiedzieć. Z ulgą zamknęła drzwi na klucz. Jodłowski był na tyle taktowny, że przejrzał kąty w biegu i czekał w aucie.

– Obiecuję pani, że zrobimy z tego mieszkania cacko – powiedział, ledwie ruszyli.

– A co z meblami, makatkami, z uschniętym zielskiem? No co? – spytała bezradnie.

– Chodzi pani o sentymenty czy o praktyczne opróżnienie lokalu przed remontem?

– O to drugie. Nie chcę niczego zabierać – odrzekła cicho. – Ale handlować tym nie będę.

– Meble są w miarę solidne, drewniane, liczę, że pochodzą gdzieś z końca lat pięćdziesiątych – wyjaśnił rzeczowo. – Mogą się jeszcze komuś przydać, podobnie jak pościel, ubrania i reszta rzeczy. Zadzwonimy do opieki społecznej, już oni znajdą chętnych. A potem rozpalimy w piecach i wszystko, czego ludzie nie wezmą, pochłonie ogień. Zapomniała pani o piecach, prawda?

Zgadł. Dorota należała do pokolenia cywilizacji kaloryferowej, która nie przewiduje palenia w domu nawet kompromitujących listów czy wizytówek, nie mówiąc o bezużytecznych drobiazgach. Zaraz też przyszedł jej na myśl poczciwy, stary piec z dobrzyńskiego mieszkania. Zachowała w pamięci zaledwie mglisty obraz mansardowego pokoju z oknem w dachu i bardzo wyraźny, namacalny kształt pieca. Miał duże kafle w kolorze miodu, które w dotyku przypominały atłasową podomkę mamy. Przytulała się do ciepłych kafli, grzała pupę i mogła tak stać bardzo długo. Mama trochę się zżymała na to podpieranie pieca, ale szybko zmieniła zdanie. Wieczorami stawała obok Doroty i albo sobie milczały, albo rozmawiały, jeśli im przyszła ochota.

Uśmiechnęła się do wspomnień, a Jodłowski wziął ten uśmiech do siebie i zamiast jechać prosto, tuż przed Włocławkiem skręcił na Wikaryjkę. Nie zaprotestowała, nie powiedziała nic, chociaż Tomek musiał już dotrzeć na Wieniecką i z całą pewnością nie był zachwycony pustką w mieszkaniu. Nawet odrobinę mu współczuła, ale obiad z przyszłym wspólnikiem wydał jej się ważniejszy niż patrzenie na byłego narzeczonego.

Jodłowski zdecydował się włożyć w remont i urządzenie gabinetu okrągłą sumę stu tysięcy złotych. Jak na człowieka, który zwiedził mieszkanie z szybkością błyskawicy, zapamiętał nad podziw dużo. Nakreślił na serwetce szkic, by wytłumaczyć Dorocie, że najkorzystniej będzie przywrócić dawny układ, ten z czasów sklepu, czyli z wejściem od ulicy. Jednym ruchem długopisu rozwalał ściany, zamurowywał drzwi, tworzył całkiem nowe pomieszczenia. Dla Doroty wygospodarował prywatny pokój, na wypadek gdyby chciała czasem zanocować. Przewidział centralne ogrzewanie i – niezależnie od łazienki – kabinę natryskową, potrzebną przy zabiegach pielęgnacji ciała. Oszołomiona patrzyła na zabazgraną kartkę i nie rozumiała, jak to możliwe, by normalny na pozór człowiek chciał władować w kamienicę babki Miziakowej sto tysięcy złotych. Wytłumaczył jej to bardzo logicznie. Są dwa sposoby na pomnażanie kapitału: korzystna lokata lub inwestowanie. Przy złodziejskich procentach, jakie oferują banki, lokowanie na kontach przestało się opłacać.

– Pieniądz włożony dzisiaj w ten gabinet – mówił Jodłowski –

pozwoli mi za kilka lat żyć tak jak lubię, czyli wygodnie, bez konieczności dorabiania.

– A ja? – spytała.

– Nie lubi pani żyć wygodnie? – zdziwił się.

– Lubię... tylko nie bardzo rozumiem, do czego jestem panu potrzebna? Mając takie pieniądze, może je pan ulokować w jakichś akcjach albo gdzieś.

– Najlepiej gdzieś.

– Ojej, myślę o poważnym interesie.

– Jestem finansistą i nie zawracam sobie głowy niepoważnymi interesami. Gabinety kosmetyczne były, są i będą potrzebne choćby dlatego, że kobiety nigdy nie zaniechają walki ze starością. Nawet wynalezienie eliksiru młodości nic nie zmieni, bo każda pani znajdzie coś do poprawienia i upiększenia. Kto to powiedział, że ze wszystkich zwierząt kotki, muchy i kobiety najwięcej czasu poświęcają swojemu wyglądowi?

– Pan?

– Charles Nodier. Musiała pani o nim słyszeć?

– Pan jest finansistą i zna się na kobietach, to on musi być specjalistą od much.

– Nie. Jak każdy Francuz, ten romantyk i pisarz, uważał się też za znawcę płci pięknej. W jego salonie literackim bywał częstym gościem Wiktor Hugo. Musieli sporo rozmawiać o kobietach.

– Zamiast o literaturze?

– W salonowym życiu jedno nie wyklucza drugiego. Na przykład w naszym salonie, to znaczy w pani i moim, będzie się rozmawiać o urodzie, modzie i... Właściwie o czym dyskutują kobiety, gdy są same?

– O wszystkim. O polityce i dziecięcych kupkach, o rządzie i zmarszczkach, o teatrze i kłótni z mężem. Świat kobiet jest dużo bogatszy od świata mężczyzn.

– Rzeczywiście, faceci niewiele wiedzą o niemowlęcych kupkach. Wracając do naszej umowy, powiem tak: nie chcę najmować pracownika, chcę mieć wspólnika materialnie zaangażowanego w interes. To gwarantuje sukces.

– Materialnie to ja się mogę zaangażować w kupno roweru, i to najlepiej używanego. – Dorota pokręciła głową. – Nie mam takich pieniędzy, o jakich pan mówi.

– Jest pani właścicielką kamienicy i zna się pani na kobiecej urodzie, więc…

– Na męskiej też się znam.

– W Kowalu na mężczyzn bym nie liczył. Mieszkańcy prowincji nie mają jeszcze nawyku dbania o swój image.

– Skąd pan wie, że odciski czepiają się tylko wielkomiejskich nóg?

Kończyli rozmowę w tonie żartobliwym, niepozbawionym kokieterii. Kiedy wreszcie wyszli przed lokal, Jodłowski zdecydowanym ruchem ujął Dorotę pod ramię, żeby uchronić ją przed upadkiem na oblodzonych płytkach. Była to troska nieco na wyrost. Chodnik od restauracji do furtki został starannie odśnieżony i posypany piaskiem.

Dorota wracała do domu z poczuciem winy. Nie dość, że skazała Tomka na samotne przedpołudnie, to jeszcze zapomniała o zakupach. Dwie kromki czerstwego razowca i jakiś przeterminowany serek trudno było nazwać jedzeniem. Zwykle biegała do sklepu w sobotę rano i uzupełniała zapasy na cały tydzień. Interesy wybiły ją z rytmu i zapomniała o podstawowych obowiązkach. Poprosiła Jodłowskiego, żeby zatrzymał samochód przy osiedlowym sklepie.

W domu zamiast jednego, zastała dwu mężczyzn. Starszy bliźniak słuchał koncertu skrzypcowego w małym pokoju, Tomek przeglądał kolorowe magazyny w dużym.

– Hej! Widzę, chłopcy, że świetnie się bawicie! – zawołała na powitanie. – Tylko dlaczego nie razem?

– Czy ja wyglądam na faceta, którego rajcują zabawy z chłopcami? – zgorszył się Piotr.

– Nie wyglądasz – uspokoiła go Dorota.

Kiwnął głową i wrócił do muzyki.

Dorota najpierw sprawdziła w encyklopedii, kim był Charles Nodier, bo nazwisko mogło jej ulecieć, a dopiero potem przywitała się z Tomkiem, który ulatywać nie miał zamiaru. Jej wieloletni narzeczony wyglądał mizernie, chociaż zachowywał się tak, jakby od środka rozsadzał go wulkan. Pobiegł za Dorotą do kuchni i próbował pomóc przy wypakowywaniu toreb. Zgniótł kubeczk z jogurtem, wysypał ryż na podłogę i nawet tego nie zauważył. Z ożywieniem opowiadał o czekającym go awansie na rzecznika prasowego ministra. Wiercił się, próbował krążyć po ciasnej kuchni i co chwila wpadał na Dorotę. Złapała go za ręce i ustawiła pod lampą.

– Chorujesz?

Żachnął się, zniecierpliwiony.

– Już dawno nie byłem w tak świetnej formie!

Podkrążone i zaczerwienione oczy mówiły jednak zupełnie coś innego. Dorota posmutniała. Chory facet trochę krzyżował jej plany. Tomek potarł ręką czoło i wrócił do przerwanego wątku. Więcej pracy, ale też więcej pieniędzy, mówił, mieszkanie, małżeństwo i wreszcie wyraźna pozycja społeczna.

– Wyraźna, dopóki nie odwołają ministra – zauważyła sceptycznie.

– Nieprawda! Liczy się to, że wejdę w układ, poznam ludzi. Człowiek ze znajomościami nie zginie.

– Chyba że trafi go szlag, zanim znajdzie się w klice – mruknął sceptycznie starszy bliźniak.

Stał w progu kuchni i patrzył na Tomka nieprzychylnie, spode łba. W duszy grał mu jeszcze koncert skrzypcowy, ale na usta cisnęły się złośliwości. Nie próbował ukrywać wisielczego humoru i nie rozpogodził się nawet przy talerzu pełnym pierogów. Może dlatego, że na stół wjechały pierogi sklepowe, a może, zwyczajnie, bolała go dusza i cierpiał. Sytuacja Doroty była nie do pozazdroszczenia. Jeden z jej gości gadał jak nakręcony, drugi milczał jak zamurowany, ona zaś siedziała między nimi i gorączkowo próbowała znaleźć bezpieczny, neutralny temat, który zainteresowałby całą trójkę.

– Wy tutaj nie macie pojęcia o konkurencji! – wykrzykiwał z przekonaniem Tomek. – Dopiero w wielkim mieście widać tę morderczą pogoń za pieniędzmi, stołkami, za sukcesem. Każdego dnia czuję na plecach oddechy coraz młodszych facetów, widzę ich myśli.

– Co widzisz? – zainteresowała się Dorota.

– Młode wilki uważają mnie za starca – wyznał z niechęcią.

– I ty to widzisz?

– W lustrze, niestety, widzę.

– Mówiłeś o tym psychiatrze? – spytał Piotr. – Takie obsesje nie biorą się z powietrza.

– Mówię ogólnie, a ty przesadzasz jak zawsze – zdenerwował się Tomek.

– Obydwaj przesadzacie – ucięła Dorota.

Zyskała tylko tyle, że starszy bliźniak przerzucił swój zły humor na nią i kupne pierogi. Był fanem domowego jedzenia, liczył, że na cześć Tomka pojawią się na stole pyszności, i spotkał go zawód, którego nie umiał ukryć. W każdej innej sytuacji Dorota wiedziałaby, jak dać nauczkę marudzie. Niestety, Piotr zagrał na strunie gościnności i musiała wybrnąć inaczej, w każdym razie bez krzyków.

– Trudno, chłopaki, mogę was nawet przeprosić – powiedziała – ale czy to moja wina, że nie ma wam kto obiadu ugotować? Restauracja albo małżeństwo, wybór należy do was! Nie musicie żenić się ze mną, bo ja teraz nie mam czasu na rozrywki. Likwiduję mieszkanie po babce, pod koniec stycznia mój wspólnik wchodzi z remontem, a w maju powinniśmy otworzyć gabinet. Jestem zapracowana jak mrówa.

– Bardzo dobrze! – powiedział Piotr i pocałował Dorotę w czoło.

Tego się nie spodziewała. Starszy bliźniak był źle nastawiony do Jodłowskiego, a spółka nie dawała mu spokoju, odkąd o niej usłyszał. Wietrzył podstęp, nie dowierzał biznesowym umiejętnościom Doroty, więc ten serdeczny całus wydał jej się mocno nieszczery. Spojrzała uważnie na Piotra. Uśmiechał się i nie wyglądał na człowieka, który atakuje lub jawnie kpi.

– Zmieniłeś zdanie? – wybąkała zaskoczona.

– W pewnym sensie można tak powiedzieć. Jeśli baba zdecyduje, że chce się utopić, to nic jej nie powstrzyma. Można tylko dopilnować, żeby ominęła bagno i wskoczyła do płytkiego jeziora. Z jeziora łatwiej będzie ją wytaszczyć, rozumiesz?

– Nie! Mam tylko pięć zmysłów, ogarniam dźwięki, zapachy, barwy, ale facetów… a już szczególnie twojego gadania nie ogarniam.

– *Pianissimo,* mała, *pianissimo* – mruknął. – Wystarczy, że skupisz się na tym, jak mu tam… tym z igiełkami w nazwisku. On mi wygląda na całkiem płytkie jeziorko.

– Na Jodłowskim? A gdzie widzisz bagno? – spytała już spokojniej.

– Bagno jest podstępne. Wygląda, jakby spało, a wciąga po uszy! – powiedział niejasno.

– Cii! – Dorota położyła palec na ustach. Zajęta sprzeczką z Piotrem, nie zauważyła, że Tomek zdrzemnął się przy stole. Siedział z głową lekko odchyloną na bok, a światło lampy pogłębiało jeszcze cienie pod oczami i na policzkach. – On chyba stanowczo za dużo pracuje, nie uważasz? – szepnęła.

– Albo za dużo ucieka. – Piotr wzruszył ramionami. – W wyścigach z młodymi wilkami nie wystarczy modny garnitur, potrzebna jeszcze kondycja i głowa.

– Z faceta zostały skóra i kości, a ty go dołujesz?

Piotr najwyraźniej nie miał ochoty roztkliwiać się nad pracowitością ani też chudością Tomka. Na pożegnanie cmoknął Dorotę w czoło i próbował wyjść jak najciszej. W przedpokoju potknął się o wielki neseser i narobił hałasu.

– Czy ten facet zawsze wozi ze sobą całą szafę? – spytał niezbyt przychylnie.

Za odpowiedź musiało mu wystarczyć bezradne wzruszenie ramion Doroty.

Tomek bez protestów dał się przeciągnąć z krzesła na tapczan i okryć kocem. Dorota zamknęła drzwi od małego pokoju, a sama usiadła w dużym. Rozłożyła na stole notatki i katalogi oferujące kompleksowe wyposażenie gabinetów kosmetycznych. Część urządzeń już miała, ale to była kropla w morzu potrzeb. Wspólnik zwrócił jej uwagę, że nie uwzględniła stanowiska do pielęgnacji ciała, czyli leżanki i kabiny natryskowej, a także pominęła podstawowe meble, choćby szafę na odzież czy niewielkie biurko. Próbowała więc teraz wprowadzić poprawki. Jeszcze raz wertowała katalogi, spisywała ceny i czuła twórcze podniecenie. Już niedługo te wszystkie cuda, prezentowane na fotografiach, miały stanąć w jej własnym, nowoczesnym gabinecie. Jodłowski wyraźnie powiedział, że jest wrogiem wyrzucania pieniędzy w błoto, lecz jeszcze większym wrogiem skąpstwa. W rozmowie zapalał się do różnych nowinek i wszystko wskazywało na to, że temat nie był mu obcy, chociaż podchodził do niego z wdziękiem laika. Niby oświadczył, że się nie wtrąca do wyposażenia, ale zaczął kombinować, gdzie zmieszczą kabinę opalającą. Dorota zaprotestowała po swojemu, czyli gwałtownie. W profesjonalnym gabinecie nie ma miejsca na solarium, powiedziała, ucinając tym samym dalsze dyskusje.

Tomek wstał późnym wieczorem i choć przespał całe popołudnie, wcale nie wyglądał na wypoczętego. Straszył ponurą miną i najwyraźniej sam nie wiedział, co ma ze sobą począć. Krążył po pokoju, obijał się o meble, to postał przy oknie, to zatrzymał się przy regale z książkami. Dorota z ociąganiem wyłączyła telewizor. Film zaczynał się interesująco i w dodatku nie był amerykański, ale gość, niestety, miał swoje prawa.

– Zjesz coś? – spytała.

– Nie jestem głodny.

– To zrobię coś do picia i pogadamy.

– Sorry, Dolly, nie jestem w nastroju do rozmowy.

To wystarczyło, by słaba niechęć, która kiełkowała w niej od dłuższego czasu, przerodziła się w jawną wrogość. Tomek zachowywał się jak znudzony mąż, a nie jak stęskniony kochanek. Przyjeżdżał, kiedy jemu było wygodnie, bez liczenia się z Dorotą i jeszcze stroił fochy.

– Masz jakieś zmartwienie, boli cię coś? – spytała na wszelki wypadek, chociaż odpowiedź znała z góry. Tomek nie miał zmartwień, nic go nie bolało, tłukł się sto osiemdziesiąt kilometrów tylko po to, by poobijać sobie kości o meble Doroty i pomilczeć obok niej. Spojrzała na niego z obrzydzeniem. – Przenocuj tu dzisiaj, jeżeli musisz – powiedziała – ale jutro z rana zabieraj swoje zabawki i zjeżdżaj do Warszawy.

– Nie mówisz poważnie!?

– Najpoważniej.

– Ale dlaczego?

Wytrąciła go wreszcie z obojętnej uprzejmości. Patrzył przerażony, broda mu się zaczęła trząść, jakby miał ochotę zapłakać. Nigdy nie był typem twardziela, wręcz przeciwnie, potrafił się wzruszać i nie krył tego przynajmniej przed Dorotą, ale takiego rozdygotanego jeszcze go nie widziała.

– Dlatego, durniu, żebym ocaliła z tej znajomości choć odrobinę szacunku dla siebie. Nie można bezkarnie ciągnąć czegoś, czego nie ma, co się wypaliło, i to kilka lat temu.

– Nieprawda! – zaprzeczył gwałtownie. – Kocham cię i nie wy-

77

obrażam sobie innej dziewczyny na twoim miejscu. Nie wierzysz mi?

– Ależ wierzę! Zdobycie dziewczyny wymaga wysiłku. Musiałbyś udawać zainteresowanie, skakać wokół niej, wymyślać jakieś atrakcje. Tobie nie chce się już udawać, a ja z kolei nie chcę być traktowana jak dobro przynależne, raz zdobyte i dane na zawsze.

– Masz kogoś innego, prawda?

– No, widzisz, nawet w najprostszych sprawach gadamy różnymi językami. Na braku porozumienia chcesz budować przyszłość?

– Nie rób mi tego teraz. Ja dla ciebie... z myślą o nas... Poczekaj jeszcze kilka miesięcy, aż się uporam... Pozwól mi zostać chociaż do poniedziałku, proszę, Dorotko!

Mówił cicho i Dorota była przekonana, że się przesłyszała. Nie chodziło bynajmniej o zaklęcia, lecz o rodzimą, swojską wersję jej imienia. Odkąd się poznali, Tomek uparcie i konsekwentnie nazywał ją Dolly. Nie pomogły protesty ani nawet zamieszanie wokół słynnej na cały świat owcy. I nagle, w chwili załamania, nazwał ją Dorotką. Złagodniała nieco.

– Zajmij duży pokój, ja zostanę w małym. Tylko proszę, nie łudź się, że zmieniłam zdanie. Jesteś ty, jestem ja, a między nami wielka pustka. I nie chodzi tu o przedpokój. Mówię o pustce duchowej, rozumiesz?

– Ja cię kocham – powtórzył.

Miłość Tomka, przynajmniej ta demonstrowana w ostatnim czasie, była dość nietypowa. Dorota, owszem, ogłosiła separację od łoża, i nawet jej chciała, w duchu jednak liczyła na gwałtowny sprzeciw. Potulność Tomka nieprzyjemnie ją zaskoczyła. Nie widzieli się od trzech miesięcy, a on nie pisnął, nie zakwilił, że chce poczuć jej skórę pod palcami lub jej palce na swojej skórze, wszystko jedno jakby to ujął, ważne, żeby chciał ująć. Bez słowa dał się wyrzucić do dużego pokoju i nawet nie próbował forsować otwartych drzwi. Myślała o tym, czekając na sen, i słuchając jego nerwowych kroków. Miotał się po pokoju jak zwierzak w klatce. Nie tak wyglądały dawniej ich wspólne noce i dni. W Warszawie kradli chwile, wydzierali je losowi, kiedy się tylko dało; raz w jej mieszkaniu, raz w jego. I to było piękne. Zatęskniła za tamtymi czasami i usnęła.

Były narzeczony zadziwił Dorotę. Miała go za pracowitą mrówkę, zdolną jedynie do awansów służbowych, a przy śniadaniu nagle odkryła, że namiętnością, żeby nie powiedzieć wariactwem Tomka jest kosmetyka i kosmetologia. Nie tylko wiedział, co to makijaż permanentny, z wielkim znawstwem rozprawiał też o liftingu i osiągnięciach chirurgii plastycznej. Na próżno podsuwała mu chleb i wędliny. Nie chciał jeść, tylko dzielić się z nią ową bogatą wiedzą, zapominając przy okazji, że rozmawia z fachowcem większym od siebie. Oczy mu zabłysły, na bladych policzkach pojawiły się rumieńce.

– Weźmy choćby taki głęboki lifting – mówił. – Wiesz, jakie teraz są metody? Chirurg nie tylko wycina nadmiar skóry, lecz także podciąga mięśnie, żeby odmłodzić całą konstrukcję twarzy. Efekty są rewelacyjne, widziałem zdjęcia.

Zastygła z kubkiem przy ustach.

– A faceta z zarostem tuż pod oczami też widziałeś? – spytała.

– Kobietom to nie grozi, wam owszem.

– O tym nie pomyślałem… Uważasz, że dla mężczyzn zastrzyki lepsze? Tylko które, te z botoksem czy ze stabilizowanym kwasem hialuronowym? Ale powiem ci, że jedne i drugie wymagają regularnych powtórzeń i w efekcie są chyba kosztowniejsze od liftingu. Właściwie masz rację, skalpel to ostateczność. Na szczęście mam duszę twardziela i jestem wytrzymały na ból.

– To sobie odgryź język albo… coś innego – mruknęła ze złością. – Żartowniś się znalazł!

Zachnął się i próbował wytłumaczyć, że wcale nie żartuje, mruczał coś pod nosem i nagle rozgadał się tak, jak chyba nigdy dotąd. Wyrzucał z siebie strach przed zmarszczkami, wypadaniem włosów i starością. Mówił niezbyt składnie, powtarzał się i niemal widać było, że z przerażenia cierpnie mu skóra. Obracał się w środowisku, gdzie obowiązuje kult młodości, siły i kompetencji. Żeby sprostać wielkim wymaganiom, pracował za dwóch, w porywach nawet za trzech, a ze zmęczeniem walczył w gabinetach kosmetycznych. Fundował sobie hydromasaże, przesiadywał w barach tlenowych, myślał o liftingu, o wyostrzeniu konturu oczu i wszystkim, co pozwoliłoby zatrzymać czas i nie dać się prześcignąć młodszym i sprawniejszym.

Dorota słuchała najpierw ze zdziwieniem, a potem już tylko z politowaniem. Znała wszystkie te lęki na pamięć. Do gabinetu przychodziły klientki gotowe zapisać duszę diabłu, byle tylko ocalić nieskazitelną gładkość twarzy i ciała. Niestety, albo ich dusze były nieciekawe, albo współczesne diabły straciły zainteresowanie cyrografami, bo za każdym razem kończyło się podobnie. Nowe metody, nowe kosmetyki, z czasem nowe zmarszczki, taka była nieodwracalna kolej rzeczy. Twarze właściwie pielęgnowane, nawilżane i dokarmiane pozostawały w tyle za metryką, gdy tymczasem te zaniedbane wyglądały na swoje lata lub starzej. Dorota rozumiała kobiecy strach. Rozumiała zwłaszcza te klientki, które nie dostały od natury niczego więcej poza urodą. Zupełnie inaczej rzecz miała się z Tomkiem. Dla niego postawna sylwetka i ładna, męska twarz to były dodatki do wykształcenia i dyplomu Szkoły Wyższej Handlowej. Tomek miał dopiero trzydzieści dwa lata, najpiękniejszy męski wiek przed sobą, więc naprawdę trudno było pojąć jego obsesje.

– Obiło ci się może o uszy nazwisko Nodier? – spytała.

– To ktoś z twojej branży?

– Niezupełnie. To pisarz, który nie miał zielonego pojęcia o mężczyznach, czyli o płci sobie najbliższej, a próbował zrozumieć i oceniać kobiety, które znał jeszcze mniej.

– Rozumiem – przytaknął Tomek, co znaczyło, że niczego nie rozumiał, bo w ogóle nie słuchał. Patrzył na nią z uwagą, tak jak zalecają specjaliści od kształtowania wizerunków osobowych, ale myślami był daleko, najprawdopodobniej w gabinecie kosmetycznym.

Jeżeli jeszcze w sobotę Dorota się łudziła, że Tomek przyjechał do niej, czyli do swojej dziewczyny, to niedziela rozwiała iluzję. On przyjechał do kosmetyczki, która przypadkowo wciąż jeszcze była jego dziewczyną, lub raczej którą uważał za swoją dziewczynę. Kręcił się po mieszkaniu, popatrywał w okno, grzebał w swoich bagażach, wreszcie położył przed Dorotą oliwkę do masażu. Z niechęcią spojrzała na dobrze znane opakowanie. Pracowała na kosmetykach tej samej firmy, o czym Tomek nie musiał wiedzieć. Ale zirytowało ją nie to, że nie wiedział, tylko to, że próbował zmusić ją do pracy w sposób nachalny i mało finezyjny. Gdyby ładnie poprosił, uśmiechnął się, zagadał, to co innego, ale on machnął jej przed nosem oliwką i uważał sprawę za załatwioną.

– Założę się, że tego nie znasz – powiedział, gładząc delikatnie butelkę.

– I wygrasz. Używam wyłącznie środków naturalnych: bardziej wymagających klientów nacieram masłem, a tych gorszych smalcem – mruknęła. – W domu nie pracuję.

Tomek wcale nie chciał być masowany w domu, on chciał jak najprędzej pojechać do gabinetu. Tak długo snuł się wokół Doroty, tak ją męczył i namawiał, aż wreszcie, zrezygnowana i wściekła, dała się wpakować do samochodu. Ustąpiła dla świętego spokoju, żeby wieczór szybciej zleciał i żeby nie musiała dłużej rozmawiać. Tomek apatyczny budził litość, ale ten ożywiony, z błyszczącymi oczami i wypiekami na chudych policzkach przejmował ją lękiem. Był jakiś taki naładowany obcą energią, która, jak się wydawało, lada moment wybuchnie i rozerwie jego ciało na miliony atomów. Nie miała chęci oglądać takiej eksplozji.

W gabinecie Tomek poczuł się jak ryba w wodzie.

– Mężczyźni często tu trafiają? – spytał, prężąc tors przed lustrem.

– Prawdziwi mężczyźni w ogóle trafiają się coraz rzadziej – westchnęła Dorota. – Słuchaj, a może przekłuję ci uszy? To ostatni krzyk męskiej mody.

– Nie żartuj! Mimo wszystko obracam się w nieco innych kręgach niż twoi klienci – odparł z godnością.

– Twoje kręgi są mądre inaczej, amigo, co nie znaczy, że inne – pouczyła go dobrotliwie.

Nie zawracał sobie głowy aluzjami, ułożył się wygodnie i czekał na masaż. Gdy miłość wygasa, pomyślała Dorota, a mężczyzna nie ma kobiecie do zaofiarowania nic, z wyjątkiem własnych frustracji, naiwnością byłoby wmawiać sobie, że jakoś to będzie. Nie będzie jakoś, tylko coraz gorzej. Nabrała oliwki na ręce i zaczęła masować twarz, która kiedyś wydawała jej się najdroższa ze wszystkich. Teraz, choć wodziła palcami po tych samych rysach, nie czuła już nic, żadnych emocji, całkiem jakby miesiła ciasto lub polerowała blat stołu.

– I jak? – spytał.

Mruknęła, że w porządku, bo cóż innego mogła odpowiedzieć. Po dwóch minutach spytał znowu, potem jeszcze raz, w końcu zerwał się z fotela i pobiegł do lustra. Dorota zastygła z dłońmi uniesionymi do góry i oczami zaokrąglonymi ze zdumienia. Jeszcze nigdy się nie zdarzyło, żeby ktoś w połowie zabiegu odpychał jej ręce i pędził do lustra.

– Aż tak bardzo stęskniłeś się za widokiem własnej gęby? – spytała.

Zamruczał coś niewyraźnie w odpowiedzi. Dosłyszała jedynie słowo „szarlatan" czy „szarlataneria", co bardzo niemile ją dotknęło. Klasyczny masaż miała w jednym palcu i wcale nie czuła się oszustką. Umyła ręce i rzuciła Tomkowi koszulę. Protestował, chciał być dalej masowany, ale nie ustąpiła. W kurtce i w czapce stanęła w drzwiach, niecierpliwie podzwaniając kluczami. Tomek guzdrał się okropnie i wyglądał tak nieszczęśliwie, jakby nagle uszło z niego całe powietrze. Nie rozruszał się nawet w domu. Przez cały wieczór siedział osowiały, patrzył przed siebie pustym wzrokiem i nic nie mówił. Dorota zawzięła się i też milczała. Miała już po dziurki w nosie tego faceta, jego zmiennych nastrojów i całej tej wizyty, która do niczego nie była podobna. Tomek zachowywał się stokroć gorzej niż znudzony mąż. Chciała to nawet powiedzieć, ale spojrzała na niego i dała spokój. Mężczyzna siedzący pod kopią obrazu Makowskiego nie był jej dawnym Tomkiem, tylko jakimś obcym, chudym wymoczkiem. Wymoczkowi nie miała nic do powiedzenia. Najchętniej wysłałaby go ciemną nocą do Warszawy, gdyby tylko miała pewność, że on jeszcze pamięta, jak się prowadzi auto. Pomyślała, że nic się nie stanie, jeśli wyśle go rano; przeszkadzać nie przeszkadzał, a pościel i tak trzeba będzie prać.

Rano Tomek zjawił się w kuchni usposobiony przyjaźnie do całego świata. Cieszyły go sroki za oknem i kobiety wracające z zakupami, śmiał się i podśpiewywał. Na Dorocie nie zrobił najlepszego wrażenia, pomyślała, że on głupieje z przepracowania, bo nikt normalny nie skacze z apatii prosto w euforię i odwrotnie.

– Dawaj klucze! – powiedziała, stawiając przed nim kubek z herbatą.

– Przecież pozwoliłaś mi zostać – wybąkał zaskoczony.

– Do dzisiejszego ranka i ani minuty dłużej! Za chwilę wychodzę do pracy, a ty sobie pojedziesz i więcej tu nie wrócisz.

– Masz do mnie żal o to mieszkanie w Warszawie, prawda? Słuchaj, weźmiemy kredyt. Wszyscy teraz biorą kredyty.

– Przestań truć, amigo! Remontuję własny lokal, w którym otworzę własny gabinet, więc nie wyjadę do Warszawy. W Kowalu nasze drogi się rozchodzą, rozumiesz? A właściwie rozeszły się już dawno.

– Możesz pracować tu i mieszkać ze mną. Znam kilka weekendowych małżeństw, które...

– Klucze! – powtórzyła z naciskiem Dorota, przecinając jednym słowem opowieść o urokach życia między Warszawą a Kowalem.

– Nie kochasz mnie? – spytał zgnębionym głosem.

– Nie.

– Wytrzymaj jeszcze trochę... wiesz, nie mówiłem ci, żeby nie zapeszyć, ale mam pewne zawodowe plany. To będzie ogromny skok... ogromny!

– Mówisz o stanowisku rzecznika prasowego ministra?

Drgnął i wlepił w nią oczy.

– Skąd wiesz?

– Od ciebie, a niby skąd!?

– Strzeliłaś w ciemno, prawda? Musiałaś strzelić, bo jeszcze z nikim na ten temat nie rozmawiałem – odpowiedział z przekonaniem.

Dziesięć minut później pomachała mu ręką, kiedy wyjeżdżał z parkingu. Chciał ją podrzucić do gabinetu, ale wybrała spacer.

Dorota tak zaplanowała pracę w gabinecie, żeby wygospodarować trzy wieczory na wyjazdy do Kowala. Obiecała Jodłowskiemu, że przejrzy i posegreguje rzeczy po babce. Starszy bliźniak zgodził się jej towarzyszyć, a nawet wziął na siebie część prac przygotowawczych. Kupił papier do pakowania, sznurek, taśmę klejącą oraz postarał się o kilka sporych kartonów. Po drodze tłumaczył Dorocie zasady prawidłowej organizacji pracy i trochę przynudzał. Była mu wdzięczna, więc udawała, że słucha z zainteresowaniem. Dla wzmocnienia efektu mruczała nawet: „no, no" lub „coś takiego!". Starszy bliźniak bardzo to lubił.

– Wejście będzie z narożnika – powiedziała, kiedy zatrzymał samochód przed domem babki. – Widzisz już ten wielki, podświetlony szyld? Powiedz, że widzisz!

– Oczami wyobraźni. „Salon urody magister Doroty Miziak"

– zadeklamował głośno i pokazał palcem ciemny narożnik domu, chwilowo jeszcze ozdobiony paskudnymi zaciekami.

– Hola, hola! – roześmiała się Dorota. – Jak postawię na urodę, to mogę zawisnąć na szyldzie jako technik kosmetyk, jak postawię na magistra, to z dopiskiem: specjalista konserwacji skóry bydlęcej. Pasuje ci to?

– Brzmi ekscentrycznie – ucieszył się starszy bliźniak.

– Właśnie! Ale mnie nie interesuje życiowe rokoko, nie lubię nadmiaru ozdób ani w nazewnictwie, ani nigdzie.

Wrodzona skromność kazała Dorocie zostać przy zupełnie prozaicznej nazwie: „Gabinet kosmetyczny". Zwłaszcza że swego czasu kpiła sobie z salonów, nie mówiąc już o instytutach. Owszem, na własne oczy widziała już szyldy „Instytutu włosa" i „Salonu paznokcia", więc spokojnie mogła powołać do życia na przykład „Instytut pryszcza" lub „zwiotczałego naskórka", lecz nie chciała. Nazwa „gabinet" w pełni zaspokajała jej zawodową próżność, chociaż bliźniakowi kojarzyła się z dentystą i borowaniem zębów. Bliźniak też był zwolennikiem prostoty i jeżeli wspominał o salonach czy instytutach, robił to wyłącznie z myślą o Tomku.

– Kopiesz Tomka prosto w snobizm – powiedział. – On może to ciężko odchorować.

Dorota otworzyła drzwi mieszkania babki i zapaliła światło. Kiedy oczy obojga oswoiły się z brudnymi ścianami kuchni i napisem na makatce: „Kto rano wstaje, temu Pan Bóg daje" – dopiero wtedy odpowiedziała twardym, stanowczym głosem:

– Tomek to już przeszłość. Dzisiaj rano rozstaliśmy się ostatecznie i na zawsze.

– No, no! – mruknął Piotr wyraźnie zaskoczony.

Na próżno czekała na dodatkowe pytania, na słowa pokrzepienia lub jakieś inne, nawiązujące do zerwania. Zwierzyła mu się z życiowej decyzji, nie z żadnej błahostki, a on milczał. Wydawał się całkowicie pochłonięty czekającą go pracą i z wielką uwagą ustawiał na podłodze kartony. Oho, pomyślała, poczuł się obrażony w imieniu całej swojej płci. Niby czepiał się ostatnio Tomka, ale jak przyszło co do czego, stanął po jego stronie. No to sobie postoi, i to długo, bo ja zdania nie zmienię.

Pakowanie zaczęli od kuchni. Osobno szkło, osobno garnki. Piotr pracował w skupieniu, pamiętał o przekładaniu talerzy papierem i niczego nie robił byle jak. Paczki starannie oklejał, wiązał i opisywał. Z kuchni przeszli do pierwszego pokoju, potem do drugiego i trzeciego. Nie mogła uwierzyć, że w ciągu trzech godzin uporali się z robotą przewidzianą co najmniej na dwa, trzy wieczory. Opróżnili szafy, schowki i szuflady, posegregowali i spakowali rzeczy przeznaczone do wywiezienia. Natomiast to, na co próżno by szukać amatorów, a więc: brzydkie makatki, pęki ziół, stare przepisy kulinarne i wycinki z kalendarzy mówiące o wywabianiu plam i czyszczeniu dywanów – to wszystko znalazło miejsce w starym, wiklinowym koszu pod piecem. Palenie odłożyli na inny dzień. Pracowali bardzo energicznie i tylko dzięki temu nie zdążyli zmarznąć. Dorota ze ściśniętym sercem przyglądała się dorobkowi życia babki, swetrom robionym własnoręcznie na drutach, grubym spódnicom i majtasom, jakich na pewno nie nosiły eleganckie kobiety. Znowu wrócił znajomy żal, ten od spraw przegranych, zaniechanych i od straconego czasu. W bieliźniarce znalazła drewnianą szkatułkę rzeźbioną w szarotki. Leżały w niej pożółkłe papiery: akt zgonu dziadka, szkolne świadectwa mamy, kilka widokówek z Anglii i nic więcej. Dorota pomyślała o mamie i wrzuciła pudełko do torby. Była to jedyna rzecz, którą postanowiła zachować. Wychodząc, spojrzała na puste meble i stos pakunków ustawionych w kuchni.

– Jutro powinien odezwać się ktoś z opieki – powiedziała głośno, jakby chciała uspokoić duchy drzemiące w mieszkaniu, przekonać je, że nie zmarnuje dobytku babki, tylko przekaże innym ludziom, którzy na pewno ucieszą się z ciepłych kołder i swetrów.

Wracała do domu z poczuciem dobrze spełnionego obowiązku. Byłaby jeszcze bardziej zadowolona, gdyby nie starszy bliźniak. Znała go na wylot i nie podobało jej się to, że przez trzy godziny uparcie milczał. Znaczy milczał w sprawie Tomka, bo przy pakowaniu sporo gadał, a nawet zdążył zarzucić Dorocie bałaganiarstwo i całkowity brak umiejętności organizowania pracy. O mały włos się nie posprzeczali, bo Dorota tolerowała jedynie krytykę sprawiedliwą i wcale nie uważała, że jest bałaganiarą. Nie, tego wieczoru starszy bliźniak zachowywał się dziwnie.

– Sama nie dałabym sobie rady z tym całym kramem – powiedziała wreszcie, żeby przerwać milczenie, a przy okazji podkreślić jego pomoc. – Jodłowski na pewno się zdziwi.

– Zależy ci na jego zdziwieniu? Przecież to twój dom.

– Dom mój, za to jego kasa. O co ci znowu chodzi?

– *Piano*, Dorotko, *piano*!

– Chwileczkę! W sobotę podobała ci się moja spółka z Jodłowskim, a dzisiaj co? Zmieniłeś zdanie?

– Zmieniły się okoliczności, tyle chyba rozumiesz?

– Nie rozumiem.

Kiedy bliźniak podwiózł ją pod dom, nie wysiadła sama. Popędziła go przed sobą na górę. Niby mówiła o ciepłej herbacie, niby kusiła jajecznicą na szynce, lecz tak naprawdę szykowała mu gruntowne przesłuchanie.

Gabriela w cichości ducha liczyła na dziurawą pamięć męża. Pocieszała się, że pan i władca szybko zapomni o swoich nieżyciowych nakazach, a wtedy życie rodzinne wróci do normy i dzieciaki będą wyglądały tak, jak lubią, czyli jak większość rówieśników. Nawet nie przypuszczała, że wszystko co najgorsze jest jeszcze przed nią, i to wcale nie za sprawą męża. Artur, wiadomo, wychodził rano, wracał późnym wieczorem i nie bardzo mógł sprawdzić, czy Muszka wypacykowała oczy na fioletowo, czy na jakiś inny kolor. A smarkula pacykowała się sumienniej niż kiedykolwiek, jakby chciała powiedzieć: „I co mi zrobisz?". Nie „zrobicie", tylko „zrobisz", bo do powrotu ojca zawsze zdążyła się umyć. Muszka jest złośliwa i zawzięta, rozmyślała Gabriela, a Kiczorek to jeszcze głuptas. Stawiają się, chcą być tacy ważni, choć w głębi duszy cierpią, że niepotrzebnie się skłóciliśmy.

Przez pierwsze dni Gabriela naprawdę wierzyła, że dzieci cierpią. A one, każde z innego powodu, były obrażone na matkę i demonstrowały to w sposób jawny. Gabriela przestała dla nich istnieć, została zepchnięta na margines, rozmyła się, rozpłynęła, a jej pytania i uwagi trafiały w próżnię. Dwa razy próbowała przypomnieć córce o zmyciu makijażu, a synowi o uczesaniu, napotykała jednak wzgardliwe milczenie. Raz krzyknęła i tupnęła nogą, wtedy Muszka z Kiczorkiem wyszli z jadalni. Czuła się mądrzejsza, postanowiła więc poczekać, aż nieco ochłoną i zmiękną. Modliła się tylko w duchu, żeby Artur niczego nie dostrzegł. Na wysłuchiwanie morałów męża nie miała już siły, była u kresu wytrzymałości nerwowej. Oddychała nieco, kiedy Muszka z Kiczorkiem wychodzili do szkoły, chociaż i wtedy nie czuła się najlepiej, ponieważ głupio jej było wobec Eweliny. Gosposia nie należała do kobiet karmionych gapami, musiała dostrzec, bo nie dało się inaczej, że dzieciaki robią, co chcą, i to bez żadnych ograniczeń. Żeby uniknąć niezręcznych rozmów, Gabriela najchętniej przesiadywała samotnie w swoim pokoju. Całkiem poważnie zastanawiała się, czy nie powinna pierwsza wyciągnąć ręki do syna. Im więcej myślała, tym bardziej traciła rozeznanie. Gdyby nie wmieszała się tak ostro w głupie, dziecięce spory, gdyby zachowała trochę rozsądku, ich życie domowe już dawno wróciłoby do normy. Chłopiec nie powiesiłby przecież rodzonej siostry na haku od zegara, była tego prawie pewna. Prawie to jednak nie to samo, co zupełnie.

Po kilku dniach psychicznej mordęgi zdecydowała, że porozmawia z każdym z dzieci oddzielnie. Razem byli okropni, prześcigali się w wygłupach i wspierali wzajemnie, co jeszcze kilka dni temu wydawało się niemożliwe. Sama nie mogła uwierzyć w ten wybuch bratersko-siostrzanych uczuć.

Dudnienie na schodach zapowiadało powrót syna. On nigdy nie wchodził lekko, tylko zawsze dudnił, przeskakując po kilka stopni. Dała mu czas na ochłonięcie, przyczesała włosy i przypudrowała nos. U Kiczorka panował umiarkowany porządek i nigdzie nie widać było plecaka. Rozejrzała się zaskoczona, a wtedy zza ściany dobiegł ją zdyszany głos Muszki. Pokoiki dzieciaków przedzielało cienkie przepierzenie, bo dawniej był to jeden duży salon. Jeśli Muszka mówiła: „picu, picu", „ściemniasz" i „odwal się", to znaczyło, że gawędzi przez telefon ze swoim chłopakiem. Gabriela na moment znieruchomiała.

– ...co, nie wytrzymasz, no co? Z nimi trzeba krótko, bo ci na czachę wejdą. My z Kiczorem zastosowaliśmy mobbing domowy. Co myślisz! Staruszka nie ma głosu, cokolwiek powie, obraca się przeciwko niej... Co, jak? No co? Rusz głową, a coś wymyślisz... U nas samo tak wyszło i zostanie, dopóki przyjdzie mi tu mieszkać. Żyję komfortowo, kapujesz!? Nie muszę odpowiadać na upierdliwe pytania, nie muszę słuchać retrospekcji, mam luz... Nie picuję, no co ty... Spoko, nie wiązkuj, bo ja też umiem...

Dalej już było tylko o picowaniu, ściemnianiu i ostatniej dyskotece, zwanej nie wiadomo czemu dyską. Gabriela na palcach opuściła pokój Kiczorka. Straciła serce do rozmowy z Muszką, przynajmniej chwilowo. Kilka minut później schody znowu zadudniły, tym razem w dół. Gabriela zerknęła na kalendarz: był poniedziałek, córka prawdopodobnie poszła szlifować swoją angielszczyznę albo uliczne chodniki, co też było dość prawdopodobne. W okresie buntu robi się różne rzeczy, niekoniecznie mądre, o czym Gabriela wiedziała, lecz nie chciała pamiętać.

Ewelina zauważyła, że Muszka, w ramach ratowania swojego budżetu, podbiera pieniądze przeznaczone na jedzenie. Natychmiast powiedziała o tym Gabrieli.

– Co to znaczy: podbiera? Daje jej pani pieniądze wbrew naszej umowie – zgorszyła się Gabriela.

– Nie daję. Bierze sama. Raz trzydzieści złotych, dzisiaj znowu piętnaście. Wcale się z tym nie kryje.

– Czyli nie podbiera, tylko bierze za pani wiedzą. Dlaczego godzi się pani na taką samowolę?

– Właśnie się nie godzę i mówię pani, że podbiera.

– Cóż, kwoty niby groszowe...

– Jak dla kogo. Przed świętami opieka społeczna dawała ludziom po trzydzieści złotych zasiłku – odparła Ewelina.

Gabriela westchnęła ciężko. Ostatnia uwaga wydała jej się mocno nie na miejscu. Nie ona ustalała wysokość zasiłków i nie miała ochoty cierpieć za cały świat. Wystarczyło, że nie radziła sobie z własnymi dziećmi. Najbardziej bolało ją to, że nie czuła się winna swojej porażki wychowawczej. Była wściekła na Artura, trochę na Ewelinę, ale najbardziej na szybko postępującą zmianę obyczajów. Rozumowała prosto: to szkoła, telewizja oraz pisma młodzieżowe, to oni ulepili wzorzec współczesnego idola, takiego co to w majtkach jeszcze pampersy, przy uchu już komórka, a w kieszeniach popcorn i prezerwatywy. Odetchnęła trochę. Wina podzielona sprawiedliwie zawsze mniej boli.

– Małe dzieci, mały kłopot, a kiedy dorosną, nie można za nimi trafić. Zgodzi się pani ze mną?

Ewelina włączyła malakser, żeby zetrzeć marchewkę, i Gabriela nie dosłyszała odpowiedzi. Przez chwilę gotowa była zazdrościć gosposi, że nie ma kłopotów z córkami. Ona w ogóle rzadko mówiła o swoim życiu i dzieciach, bo najwidoczniej nie miała takiej potrzeby. A Gabriela odwrotnie, lubiła się chwalić dziećmi, uważała je za zdolne, ładne, ambitne, choć po pamiętnej awanturze doszła do wniosku, że przechwaliła smarkaczy. Muszka i Kiczorek mieli już własne życie, do którego bronili dostępu nawet matce. Chciała jak najlepiej, ostrzegała, świeciła przykładem, wszystko na nic. Musiałabym umrzeć, pomyślała, żeby odczuli stratę. Poczuła łzy nabiegające do oczu i wyszła z kuchni.

Rodzinne kłopoty sprawiły, że Gabrieli wszystko zbrzydło i, co najsmutniejsze, sama też zaczęła wyglądać gorzej. Z lustra patrzyła na nią twarz obcej kobiety, nawet nie mamci Dusi, bo tamta przynajmniej była czerstwa i rumiana.

– Jesteś stara, siwa i paskudna – mówiła z jakimś masochistycznym zadowoleniem do tej drugiej; tej, która spoglądała z lustra. – Masz obwisłe policzki, robi ci się trzeci podbródek, a bruzdy wokół ust przypominają małpi pyszczek.

Te bolesne chwile szczerości wcale nie polepszyły jej samopoczucia. Wyszła z łazienki, zadzwoniła do Doroty i wcisnęła się na popołudnie. Dorota miała jakieś inne plany, ale Gabriela bez skrupułów wykorzystała status wiernej klientki. Jeżeli bardzo jej na czymś zależało, potrafiła być twarda jak głaz. Potem ubrała się i zeszła na dół porozmawiać z Eweliną o swoich dolegliwościach. Dręczył ją ból głowy, źle spała i czuła się rozbita.

– Jak pani myśli, to migrena czy coś poważniejszego? – spytała, masując obolałe skronie.

– Jak głowa nie odpadnie, to migrena, a jak odpadnie, to coś poważniejszego. Może warto zanieść ją do lekarza – odpowiedziała gosposia. Szorowała właśnie czajnik i nie patrzyła na Gabrielę.

– Nie mam zdrowia na bieganie po lekarzach. Myśli pani, że to może być rak mózgu?

– Nie myślę, ale lekarz na pewno coś znajdzie. Mnie ostatnio znalazł pęcherzyk żółciowy. Oczywiście w brzuchu, nie w głowie. Zrobił USG, wszystko pięknie opisał, aż się wzruszyłam.

– To źle, że znalazł?

– Raczej źle, bo od pięciu lat nie mam pęcherzyka. Wycięty, spalony, a on jakoś go zobaczył.

– Mam iść do lekarza, żeby mi zobaczył to, czego nie mam? – oburzyła się Gabriela.

– Inaczej nie uwierzy pani w swoje zdrowie. – Ewelina odstawiła wreszcie czajnik i przyjrzała się Gabrieli. – Rzeczywiście, coś nie najlepiej pani wygląda.

– Tłumaczę przecież, że głowa i jeszcze kręgosłup, i serce, to jak mogę być zdrowa i dobrze wyglądać? Szkoda, że mnie pani nie znała, kiedy miałam trzydzieści lat. Ludzie oglądali się za mną na ulicy, taka byłam zwinna, lekka, taka śliczna. Tylko zabrakło szczęścia i zmarnowałam sobie życie. Przeszło, minęło, całkiem jak ten pani pęcherzyk.

Pokręciła się bez celu po kuchni i wróciła do siebie na górę. Chociaż doskwierała jej bezczynność, nie mogła skupić uwagi na niczym, nawet na czytaniu. Ze złością rzuciła na podłogę kolorowe pismo poświęcone urodzie. Miała w łazience prawie wszystkie reklamowane kosmetyki, lecz jakoś zupełnie nie przypominała żadnej z tych pięknych modelek.

Gabriela nigdy specjalnie się nie stroiła, a już na pewno nie wówczas, gdy szła do kosmetyczki. Wiadomo, po masażu ciało jest natłuszczone, więc żadna praktyczna kobieta nie włoży wtedy eleganckiej sukni. Gabriela była kobietą praktyczną. Gdyby wybierała się do banku albo na przechadzkę po supermarketach, na pewno włożyłaby futro, ewentualnie wełniany płaszcz, zależnie od pogody. Szykując się do Doroty, wyjęła z szafy nieco spraną bluzkę, grubą wełnianą spódnicę i starą kurtkę. Musiała jeszcze przepakować rzeczy z jednej torebki do drugiej i odszukać te gorsze kozaczki. Buszowała właśnie w garderobie na dole, kiedy w holu zapachniało męską wodą toaletową. To znak, że wrócił Kiczorek. Ostatnio wylewał na siebie co najmniej pół butelki dziennie. Kłopot polegał na tym, że kupował kiepskie wody i zagłuszał bardzo piękny zapach, rozsiewany przez ojca.

– Coś ty taki czerwony? – Wystraszyła się na widok syna. – Chory jesteś? Pokaż gardło!

Wzruszył ramionami, fuknął, że nic mu nie jest, i chciał przemknąć za plecami Gabrieli.

– Buty! – huknęła. – Dąsy dąsami, przyjdzie pora wypłacania kieszonkowego, to zmiękniesz. Żądam, żebyś przestrzegał praw obowiązujących w tym domu, rozumiesz?!

Zawahał się, czy postawić na swoim i pobiec na górę w butach, czy włożyć kapcie, jak chciała matka. Kucnął wreszcie i zaczął rozsupływać sznurowadła. Gabriela odetchnęła. Krnąbrny Kiczorek bez poparcia siostry był jakby nieco mniej zbuntowany. Co do Muszki nie miała złudzeń. Córka na pewno by nie ustąpiła.

– Kiczorek, nie widziałeś moich brązowych kozaczków?

– Nie mów na mnie Kiczorek! – krzyknął histerycznie i zerwał się na równe nogi.

– Dlaczego niby? To ładnie, jeżeli rodzina ma swój język, swoje słownictwo, bo to świadczy o zżyciu, o bliskości.

– Kulaj się! – warknął. – Możesz do mnie w ogóle nie mówić, nie zależy mi, ale zapamiętaj, że mam własne imię, ty, ty... sklerozo!

– Nie zależy ci na matce? – Nie umiała ukryć przykrego zaskoczenia.

Wzruszył hardo ramionami, mruknął, że ma to w nosie, i pobiegł do swojego pokoju. Gabriela stała przez chwilę kompletnie zszokowana. Dzieci zwracały się do niej różnie, jak im przyszła ochota, bywało, że nazywały ją sklerozą, amebą, mutantką, lecz wyłącznie w żartach. Tym razem w tonie Kiczorka nie doszukała się żartobliwych nutek i ta „skleroza", rzucona od niechcenia, przez ramię, mocno ją zabolała. Nie takich słów oczekiwała od syna – i to po tylu dniach milczenia. Pomyślała nawet, czy nie wrócić na górę i od serca nie pogadać z małym. Spojrzała na zegarek i dała sobie spokój. Była spóźniona. Zamówiła taksówkę, chwyciła torebkę i wybiegła z domu. Dopiero kiedy trzasnęły drzwi, przypomniała sobie o kluczach, które zostały w kieszeni futra.

Dorota przegadała ze starszym bliźniakiem pół nocy. Rano wstała blada i napompowana złymi wiadomościami. Chciała jakoś uporządkować to wszystko, co usłyszała od Piotra, dojść do ładu sama ze sobą, czas jednak gonił i musiała pędzić do gabinetu. Do szesnastej czekał ją solidny młyn, bo poprzenosiła klientki z późniejszych godzin na wcześniejsze, żeby znaleźć trochę czasu na porządki w domu babki. Na szczęście porządki udało się skończyć w poniedziałek, miała więc wolne popołudnie na przemyślenie paru spraw dotyczących Tomka.

Tego ranka, jakby mało było kłopotów, jedna po drugiej przychodziły największe gaduły. Kobiety z reguły wiedzą, po co pan Bóg dał im języki, i potrafią z nich robić właściwy użytek, a „cud nad cudami, czyli niegadatliwe między niewiastami" trafiają się bardzo rzadko. Dorota, jeżeli dopisywał jej nastrój, bardzo lubiła rozmowne klientki, zwłaszcza te, które mówiły z sensem. Cóż, jedne z sensem, inne bez, a jeszcze inne mówiły, żeby mówić. Te ostatnie dzieliła na gaduły rozpolitykowane, zatroskane, artystyczne, monotematyczne, chwalipięty i nadwrażliwe. Zdarzały się jeszcze inne, tak zwane okazjonalne, wśród których próżno by szukać gaduł seksualnych. Seks, wbrew powszechnej opinii, nie był ulubionym tematem klientek gabinetu. Ani tych starszych, ani młodszych.

Pierwsza zjawiła się gaduła artystyczna (pedikiur i manikiur). W ciągu niecałej godziny Dorota dowiedziała się, który aktor z którą aktorką, dlaczego i z jakim skutkiem oraz poznała kilka ciekawostek z życia serialowych gwiazd. Wystarczyło słuchać, od czasu do czasu wtrącając: „Niemożliwe!", a opowieść toczyła się sama. Równie niekłopotliwa była gaduła monotematyczna (czyszczenie twarzy, jonoforeza). Ta akurat przy każdej wizycie opowiadała o chorobach męża, więc Dorota nieźle już była obeznana z uporczywymi czkawkami i kolkami nękającymi szanownego małżonka. Kłopoty pojawiły się koło południa, gdy przy stoliku zasiadła gaduła rozpolitykowana (tipsy). Dopóki cytowała wiadomości gazetowe i mówiła: „Ja jestem za, a pani?", Dorota też deklarowała się „za" i było miło. Kiedy jednak agitatorka polityczna zaczęła naciskać, przepytywać z poglądów i odczuć, Dorota gorzko pożałowała, że nie może zatkać rozgadanej buzi maseczką. Niestety, przy paznokciach ten wariant uciszenia nie wchodził w rachubę. To nie znaczy, że Dorota nie miała poglądów. Miała, ale była zbyt roztropna, by ujawniać je w gabinecie. Wiadomo przecież, że nic tak ludzi nie dzieli jak gusty i polityka. Migała się więc i kluczyła, jak mogła. Uratowała ją Haczyńska. Zadzwoniła, żeby powiedzieć, że musi przyjść, że bez gadania, że jest w dołku psychicznym i tylko masaż ją uratuje. Dorota z ciężkim sercem zapisała utrapioną Pasjonatę na szesnastą, rezygnując tym samym z zaplanowanego odpoczynku. Odłożyła słuchawkę i zgrabnie zmieniła temat rozmowy. Chwilowo, czyli do następnej wizyty, była uratowana.

Tego dnia miała pełne ręce roboty, a głowę Tomka. Aż sama była zaskoczona, że mimo wielkiego stresu niczego nie pomyliła, odpowiadała sensownie i żadnej klientce nie obcięła palca razem z paznokciem. Haczyńska spóźniła się około piętnastu minut. Weszła cicho, bez pukania, całkiem jak nie ona. Dorota już miała na końcu języka kąśliwą uwagę, ale spojrzała na skołtuniony beret nasunięty na nos oraz sflaczały szalik pod szyją i zrobiło jej się żal ciotki Pasjonaty. Bez słowa rozłożyła na fotelu świeży ręcznik, wyjęła z szafki opaskę na włosy i przygotowała preparaty do zmywania twarzy.

Haczyńska mościła się na fotelu i pociągała bezradnie nosem, jakby chciała się rozpłakać.

– Ileż to trzeba się namęczyć, zanim nazwą człowieka nieodżałowaną, kochaną i jedyną – westchnęła.

Oho, pomyślała Dorota, pan mąż znowu nabroił. Po raz drugi tego dnia poczuła przypływ litości.

– Moja mama w trudnych chwilach zawsze mówiła: oszukali babę, oszukała i baba. Niech pani się nie martwi, kobiety zawsze znajdą sposób, żeby być górą – powiedziała ciepło.

– Pani Dorotko, pani to chyba bardzo kocha swoją matkę, prawda? – spytała ni z gruszki, ni z pietruszki Gabriela.

– Bardzo! – przytaknęła zaskoczona. – Im jestem starsza, tym bardziej. Nie było nam w życiu lekko, musiałyśmy się wspierać, i to chyba nas szczególnie zbliżyło.

– No właśnie! – wykrzyknęła z satysfakcją Haczyńska.

Nie tłumaczyła, co ma na myśli, a Dorota nie pytała. Opuściła fotel tak, żeby tamta mogła się położyć, przysunęła taboret i siadła u wezgłowia. Nabrała na dłonie oliwki i rozprowadziła ją delikatnie po twarzy, szyi, ramionach. Poczuła ledwie uchwytny zapach łąki, miała nawet spytać, jakich perfum używa Haczyńska, ale wybrała ciszę. Masaż to pobudzanie do życia naskórka i mięśni. Nie musiała patrzeć, żeby wiedzieć, co i jak ma robić.

– Chwilo trwaj, jesteś piękna! – westchnęła po swojemu ciotka Pasjonata.

Dorota wbiła wzrok w plakat reklamujący nową generację kosmetyków do makijażu, patrzyła na piękną modelkę i nawet nie zauważyła, kiedy na kobiecą twarz nałożyła się męska. Widziała wysokie czoło, gęste brwi, prosty nos i lekko wpadnięte policzki.

To była też piękna twarz, chociaż ostatnio mizerna i jakby schorowana.

– Tomek jest wrakiem – powiedział wczorajszego wieczoru starszy bliźniak. – To pustka, obciągnięta wiotczejącą skórą. Wszystko, co najcenniejsze w człowieku – uczucia, myśli, szare komórki, wszystko zżarła mu amfetamina.

Nie wierzyła, wykrzyczała, że to bzdura, że ona zna Tomka bliżej i lepiej, że gdyby coś, musiałaby zauważyć.

– Bliżej pewnie tak – zgodził się bliźniak – co nie znaczy, że lepiej. Spidował jeszcze na studiach, zanim poznał ciebie. Jego chorobliwa ambicja nie chciała pogodzić się z trójami, więc szukał czegoś, co pozwoliło szybko zakuć i łatwo zdać. Powtarzał, że panuje nad sytuacją, wie, kiedy przestać. Solił i pieprzył, jak oni wszyscy. To znaczy początkowo może i panował... Mówi, że zatracił się, kiedy poszedł do pracy. Prywatne firmy nie stawiają sobie za cel rozpieszczania ludzi, a on chciał być najlepszy, próbował wyskoczyć na czoło peletonu i zaczął tracić siły. Wrócił do amfy i wpadł na dobre. Jak myślisz, skąd takie zwariowane skoki nastrojów, ta jego wściekła ruchliwość, latanie od okna do drzwi, gonitwa myśli i dziury w pamięci? Nie widziałaś jego przekrwionych oczu, nie słyszałaś, jak mówi? Co otworzy gębę, to buch, klasyczna sraczka myślowa. Teraz już musi spidować na okrągło, żeby w ogóle chciało mu się ruszyć ręką.

– Wiedziałeś i nic nie powiedziałeś? – spytała nieswoim głosem.

Bliźniak był zgnębiony nie mniej niż ona. Od najmłodszych lat czuł się odpowiedzialny za Dorotę, próbował być dla niej bratem, wujem i ojcem jednocześnie. Ona to jakoś wytrzymywała, on też i nie było źle. Ale kilka lat temu, kiedy przedstawił jej starego kumpla z akademika, intuicja go zawiodła. Nie przypuszczał, żeby ta znajomość mogła wyjść poza ramy jednego wieczoru, i bardzo się rozczarował. Dowcipna, mądra Dorota zakochała się w snobie albo snob w niej, co przestało mieć znaczenie, odkąd stali się nierozłączni. Bliźniakowi nie chodziło o Tomka, który był dorosłym facetem obdarzonym wolną wolą, chodziło mu wyłącznie o Dorotę, a przy okazji o własną twarz. Wiedział o nałogu kumpla – ale to najlepszy przykład wskazujący, że nie każda wiedza jest błogosławieństwem. Piotr ze swoją męczył się prawie trzy

94

lata, od kiedy przycisnął Tomka do muru i wyciągnął z niego prawdę. Nie zamierzał być czarną wroną, kraczącą z upodobaniem o cudzym nieszczęściu, ale też nie chciał, żeby Dorota wpadła po uszy w związek bez przyszłości.

– Wiedziałem i milczałem – przyznał się. – Wymogłem na nim, że sam ci powie. Obiecywał, tchórzył, znowu obiecywał, zwlekał z miesiąca na miesiąc. W gruncie rzeczy to cholerny pozer i mięczak. Potem zobaczyłem, że zaczynacie się oddalać od siebie, i pomyślałem: dobra nasza.

– A gdybyśmy się nie oddalali?

– Wystąpiłbym jako czarna wrona.

Nie miała żalu do Piotra, nie mogła nawet powiedzieć, że ma żal do Tomka. Zrobiło jej się przeraźliwie smutno. Zastanawiała się, czy to w ogóle była miłość. Jeżeli człowiek kocha, to widzi dużo więcej niż inni, a ona nie widziała nic albo tylko drobiazgi. Przedostatnim razem, kiedy się spotkali, Tomek powiedział coś, co ją bardzo zaskoczyło, ale i rozbawiło. Siedział nad talerzem rosołu, machał łyżką w powietrzu i chciał rozmawiać.

– Wiesz, o czym marzę? – spytał.

Pomyślała, że zaraz zaczną jedną z tych bezsensownych dyskusji o wspólnej przyszłości, nie zgadła jednak. Marzenia Tomka były wyższego lotu i bardzo drogie. Średnia cena garnituru na miarę, uszytego w paryskiej pracowni Francesco Smalto, sięgała czterdziestu pięciu tysięcy franków francuskich. Elegancki mężczyzna powinien mieć przynajmniej trzy takie garnitury, w tym jeden kombinowany: inne spodnie z inną marynarką. Bez ubrań od Smalty Tomek czuł się goły i nie miał szansy trafić na listę dziesięciu najlepiej ubranych Polaków, a tym samym nie mógł spełnić swojego drugiego marzenia.

Dorota nie miała nic przeciwko temu, żeby Tomek trafiał na wszystkie listy, na których mu zależało, tylko nie rozumiała, dlaczego uczepił się mody. Wcześniej nie miewał takich dziwacznych zachcianek. Myślał o karierze, wyjazdach zagranicznych, o drukowaniu artykułów na łamach liczących się pism fachowych, ale nigdy o liście najlepiej ubranych Polaków i to właśnie tych dziesięciu.

– Zobaczysz, będziesz jeszcze ze mnie dumna – zapewniał.

– Wnukom będę opowiadała, że znałam najpiękniej ubranego faceta w Polsce. Tylko skąd weźmiesz kasę?

– Pieniądz jest wyłącznie narzędziem.

– Wiem. I właśnie się dziwię, że chcesz zaczynać bez narzędzi, gołymi rękami – powiedziała, zanosząc się śmiechem.

Wtedy brała jego gadanie za przejaw efekciarstwa, teraz rozumiała, że garnitury, kosmetyki, makijaż permanentny – wszystko to miało pokryć wewnętrzną pustkę. Tomek rzeczywiście był w środku wypalony, a ona tego nie widziała. Mówiła, że kocha, i była ślepa. Potem nie mówiła już, że kocha, ale na oczy nie przejrzała.

Twarz Tomka powoli odpłynęła, rozmyła się i ustąpiła miejsca modelce. Dziewczyna, jak większość ślicznotek z reklam kosmetyków, miała przepiękną cerę. Dorocie wydawało się, że wodzi palcami po gładkiej twarzy tamtej dziewczyny. Czuła delikatne mrowienie w opuszkach i niemal fizyczną przyjemność z dotykania jedwabistej skóry. Spojrzała wreszcie na Haczyńską i zamarła. Uszczypnęła się raz i drugi, zamknęła oczy, otworzyła i wciąż widziała to samo: młodą kobietę, posapującą przez sen. Zniknęła gdzieś dobroduszna, poprzecinana zmarszczkami twarz, zniknęły worki pod oczami i obfite podbródki. Tylko dłonie i ręce do łokci, czyli te partie ciała, których Dorota nie dotykała, przypominały Haczyńską sprzed godziny.

Jola Paciorkowska przejeżdżała obok gabinetu, zobaczyła światło w oknie i wbiegła na górę, żeby poprawić dwa tipsy. Przez chwilę miała wrażenie, że trafiła do domu wariatów. Dorota, z dłońmi złożonymi jak do modlitwy, stała pod ścianą, a przed lustrem płakała i śmiała się jakaś dziewczyna w spranej, niemodnej bieliźnie. Jolce nawet do głowy nie przyszło, że to Haczyńska ogląda swoje jędrne uda i gładkie dłonie, domasowane przez Dorotę.

– Ale co? Ale czym? Ale jak to możliwe? – pytała, łykając łzy radości.

– Nie wiem co i nie wiem jak! – tłumaczyła osłupiała Dorota. – Ktoś mi dał do przetestowania kosmetyk nowej generacji i to chyba to.

Przezornie nie dodała, że tamtego kogoś wymasowała firmową oliwką, bo pomyliła opakowania. Patrzyła na Haczyńską i nie mogła uwierzyć w metamorfozę, chociaż – w pewnym sensie – sama ją spowodowała. Tym bardziej nie mogła uwierzyć Jola.

– Jakieś cuda? – spytała.

Dorota ocknęła się wreszcie z osłupienia.

– Jeżeli można klonować człowieka – powiedziała powoli – jeżeli można zachodzić w ciążę, nie śpiąc z facetem, to znaczy, że wszystko można, byle wiedzieć jak. To nie cud, to chyba... najprawdziwszy hit przyszłości.

Podała przyjaciółce pocięte na kawałki, plastikowe opakowanie po oliwce, które nie było żadnym dowodem. W szafce miała kilka identycznych. Tu nie chodziło o opakowanie, tylko o jego zawartość, a tę wmasowała uczciwie w Pasjonatę, wyskrobała nawet pojemnik od środka, żeby nie uronić ani kropli.

– To ja czy moja Muszka? – dziwiła się głośno Gabriela.

Jola wciąż patrzyła z niedowierzaniem. Widziała Haczyńską zaledwie kilka razy, głównie w przelocie i raz nieco dłużej. Z kilkunastominutowej rozmowy w supermarkecie zapamiętała kobietę starzejącą się niezbyt ładnie, bez wdzięku. Tamta nie miała nic wspólnego z tą młodą, trochę przysadzistą rzepą. Chyba że dość widoczną koronkę na górnej trójce, no i włosy.

– Faktycznie... poznaję ją po zębach, a zwłaszcza po sianie na głowie – szepnęła. – Koniecznie trzeba coś zrobić z włosami.

Kiedy już zdecydowały, że Gabriela musi mieć nową fryzurę i nowy kolor włosów, to doszły do wniosku, że trzeba pójść za ciosem i stworzyć całkiem nową kobietę, na utrapienie Haczyńskiego. Pomysł z utrapieniem poddała Jola. Dochodziła osiemnasta. Salon fryzjerski po sąsiedzku był jeszcze otwarty, a właścicielka nie kręciła nosem na spóźnionych klientów. Była na etapie liczenia każdego grosza, a tym samym nieliczenia godzin pracy.

– Strasznie szybko zaczęła pani siwieć – powiedziała.

– Ależ skąd! – zaprzeczyła gwałtownie Gabriela, po czym skwapliwie przyznała rację fryzjerce.

Choć nadal nie bardzo wierzyła w to, co się stało, z wielkim upodobaniem wchodziła w skórę młodej kobiety. Salon fryzjerski odmienił ją jeszcze bardziej. Co jak co, ale włosy dała jej natura w najlepszym gatunku. Takie włosy, przypominające krecie futerko, oprą się nawet trwałej ondulacji i przesuszeniu. Kasztanowy brąz z jasnymi refleksami skutecznie przykrył siwiznę. Kiedy znowu pojawiła się w gabinecie Doroty, miała bardzo krótką, postrzępioną fryzurę.

– I jak? – spytała zalotnie.

Dorota z wrażenia zaniemówiła.

– Ciuchy! – powiedziała Jolka. – Pani potrzebne są nowe ciuchy. Te psują cały efekt.

Cudowny masaż nie odchudził Gabrieli, sprawił jednak, że jej ciało było jędrniejsze, bardziej zbite. Przechodzona spódnica i stara bluzka wisiały na niej smętnie jak na haku.

– Supermarkety są jeszcze otwarte – zauważyła nieśmiało. – I może mówmy sobie po imieniu, co? Jestem Gabi.

Supermarkety mają jedną poważną wadę: nie można z nich wyjść od razu w nowych ciuchach. Gabriela była z modą na bakier, spośród wielkich kreatorów wymieniłaby od biedy Coco Chanel i na tym koniec. Takie nazwiska jak Cividini czy Alberto Biani były dla niej pustymi dźwiękami. Bardzo lubiła supermarkety i nie zależało jej na wystrzałowych kreacjach. Chciała tylko wrócić do domu kompletnie odmieniona, żeby zadziwić rodzinę, a zwłaszcza męża. Bez sprzeciwu dała się namówić Dorocie na wełniane spodnie i żakiet zapinany na jeden guzik. Jolka wypatrzyła dla niej sweterek z półgolfem i krótki tweedowy płaszczyk. Dokupiły jeszcze elegancki miękki szal, wełniany kapelusik i botki. Ze sklepu pojechały prosto do Doroty, czyli na drugi koniec miasta, żeby Gabi mogła się przebrać.

– I jak? – spytała po raz pięćdziesiąty tego wieczoru. – Jak wyglądam?

– Jak młodzieżówka! – wykrzyknęły jednocześnie.

Dorota sięgnęła po podręczny kuferek wizażystki z kolorowymi kosmetykami. W powiedzeniu, że młodość wystarczająco zdobi kobietę, jest sporo przesady. Zdobi tylko ładna młodość, innej trzeba pomóc. Na przykład Dorota mogła się nie malować. Miała oliwkową karnację, gładką cerę i ciemną, wyraźną oprawę oczu. Należała do tych szczęśliwych dziewczyn, które obudzone w środku nocy wyglądają świeżo i powabnie. Twarz Joli z kolei, chociaż bardzo subtelna i ładna, była typową twarzą pod makijaż. Bez wytuszowanych rzęs i odrobiny różu na policzkach wyglądała bezbarwnie jak wyblakłe zdjęcie. Natomiast Gabriela... No cóż, Gabriela miała młodą cerę, poza tym oczy trochę za małe, nos trochę za duży i zbyt mięsisty, a podbródek lekko cofnięty. Ale to były wady, z którymi zręczna wizażystka potrafiła się uporać w ciągu kilku minut. Dorota skończyła kurs wizażu z wyróżnieniem. Po umiejętnych korektach nowa Gabi wyglądała prawie pięknie.

– To dziwne – powiedziała, wpatrując się w lustro. – W młodości byłam bardzo podobna do tej aktorki... do tej... Juliette Binoche, wszyscy mi to mówili, a teraz wyglądam inaczej.

– Czy to reklamacja? – roześmiała się Dorota.

– Nie, no nie, jaka tam reklamacja!? Ale trochę trudno mi się poznać.

– Zdążyłaś zapomnieć, jak wyglądałaś, i to wszystko.

– Nie, na pewno byłam podobna do tej Binoche. Ona grała w „Niebieskim pacjencie", pamiętacie?

– W „Angielskim" – poprawiła Jola. – I w „Trzech kolorach". Tylko coś mi się zdaje, że twoja i jej młodość trochę się rozminęły. To całkiem młoda kobieta.

– A ja nie jestem młoda? – zdziwiła się Gabi. – Tłumaczę wam przecież, że ludzie nas mylili.

– Na ulicy czy na scenie? – spytała Dorota.

Obie z Jolką z trudem powstrzymywały śmiech. Żeby nie urazić nowej koleżanki nadmierną wesołością, jedna zajęła się porządkowaniem kosmetyków w kuferku, druga zaczęła oglądać rzeźby na jesionowej półce.

– Widzę, że moje diabełki mają się dobrze! – wykrzyknęła Jola.

– Twoje?

– Od sylwestra już twoje. Mówię o tych dwu małych pypciach, które ci podrzuciłam.

– Wiem, o czym mówisz, tylko... posądzałam o to bliźniaka. Taki był skołowany, że nawet się nie wypierał.

– Myślisz, że mężczyźni rozdają diabełki? – zdziwiła się Jola. – Każdy pielęgnuje tego swojego za skórą. Nigdy nie zauważyłaś, jakie oni mają nieludzkie szczęście?!

– Nieludzkie, mówisz? To damy jednego Gabi, niech i jej się wiedzie – zdecydowała Dorota.

– A mnie na co taka paskuda? – zawahała się Haczyńska.

– Bierz, jak dają! – poradziła Jola. – Może przy najbliższym spotkaniu Juliette Binoche pęknie z zazdrości na twój widok.

Gabi z niepewną miną wzięła maskotkę i kiedy dziewczyny nie patrzyły, ukryła ją w kieszeni starego skafandra.

Zrobiło się późno. Jola cierpliwie czekała, żeby odwieźć Gabi do domu.

Szybko wrzuciły stare ciuchy do wielkiej torby z supermarketu. Wpychały byle jak, byle zmieścić. Na samym wierzchu wylądował skołtuniony beret z turkusowego moheru i równie brzydki szalik.

Wreszcie Dorota została sama. Z nadmiaru wrażeń wcale nie czuła zmęczenia. Przemiana Haczyńskiej, mimo wszystko mająca w sobie coś z cudu, ogromnie ją poruszyła. Przez cały wieczór próbowała dodzwonić się do Tomka. Tylko on znał sprzedawcę rewelacyjnego preparatu do masażu, a Dorota gotowa była zadłużyć się po uszy, by zdobyć choć kilka opakowań. Dzwoniła z gabinetu, potem z domu i za każdym razem słuchawka częstowała ją tekstem o abonencie przebywającym poza zasięgiem. Trochę się nawet zdenerwowała, bardziej jednak z przyzwyczajenia niż z rzeczywistej obawy. Wprawdzie Tomek zwykle spędzał wieczory w domu, ale miał prawo zahulać. W końcu zajrzała do poczty elektronicznej i znalazła dwa listy. Jeden z dnia poprzedniego i jeden nadany całkiem niedawno.

> Hello, Dolly! Dojechałem szczęśliwie. Całą drogę myślałem, jaka jesteś wspaniała i jak wspaniale gotujesz. Pocieszam się, że już niedługo będziemy jedli te wszystkie pyszności w naszym domu.

Tak mógł pisać ktoś, kto nie przyjął do wiadomości rozstania albo całkowicie o nim zapomniał. Najbardziej zaskakujące jednak było to, że Tomek zachwycał się jedzeniem, którego prawie nie tknął. Milczał, gadał, krążył po mieszkaniu, ale nie jadł. Ten facet jest zamotany bardziej niż turban, pomyślała z niechęcią.

Drugi list nie był ani trochę w typie Tomka. „Jesteś najpiękniejszym prezentem od losu. Przepraszam Cię!", napisał i nawet nie dodał: „Twój Tomek". Wpatrywała się w równy rząd literek i raz rozumiała wszystko, za sekundę nic. Niewiele wiedziała o depresjach i psychozie amfetaminowej, tyle co od starszego bliźniaka. Poczuła chłód. W mieszkaniu było ciepło, więc ten chłód tkwił w niej. Już nie była taka pewna, czy rozstanie jest najlepszym wyjściem. Zrobiło jej się żal Tomka. Wysłała mu krótką wiadomość: „Skontaktuj się ze mną, sprawa bardzo pilna" i mimo późnej pory zadzwoniła do warszawskiego mieszkania. Korzystała z tego numeru bardzo rzadko, jedynie w awaryjnych wypadkach. Telefon odebrała gospodyni. Zaspanym głosem powiadomiła Dorotę, że pan Tomek gdzieś polazł. Dochodziła jedenasta. Dorota wreszcie poczuła zmęczenie. Z pierwszego snu wyrwał ją dzwonek domofonu. Głos wewnętrzny podpowiadał jej, że to Tomek, lecz głos w domofonie był damski i w kółko powtarzał: „Dorotko, otwórz!". Po chwili na progu mieszkania stanęła Haczyńska.

– Musisz mnie przygarnąć – powiedziała.

Jola nie czuła do Artura Haczyńskiego specjalnej niechęci, przeciwnie, podziwiała go jako biznesmena i niegłupiego faceta. Jej podziw był czysto zawodowy, natomiast prywatnie wolała trzymać się jak najdalej od tego farbowanego modnisia ostatniej szansy. Przyciemniał włosy, rozsiewał na kilometr woń Touch Burberry i był dość nachalny w zalotach. Z tego wszystkiego jedynie zapach ekskluzywnej wody uznała za bardzo interesujący. Jako dziewczyna praktyczna nie miała ochoty brać sobie na głowę całego faceta, jeżeli mogła kupić w Warszawie sam flakon Touch. Kupiła, podarowała ojcu i wąchała do woli. Perfumy kosztowały co prawda majątek, ale na ojcu nigdy nie oszczędzała.

Jolka czuła wstręt do romansów biurowych. Uważała, że amory zakochanego szefa to największe nieszczęście, jakie może spaść na ambitną, samodzielną pracownicę. Była wykształcona, znała swoją wartość i myślała o prawdziwej karierze, nie takiej w łóżku szefa. Odeszła więc z firmy. Jednym, zdecydowanym ruchem zamknęła ten krótki rozdział swojego życia i nie miała ochoty do niego wracać ani tym bardziej spotykać się z Arturem. Dlatego zdziwiła się, kiedy Gabi zaczęła ciągnąć ją na herbatę.

– Oszalałaś? – spytała z niesmakiem.

Wysadziła pasażerkę przy jednym z szeregowych domów na Wiejskiej i odjechała.

Gabriela stanęła przed furtką i próbowała poprawić wszystko, co tylko poprawić się dało: kanty spodni, kołnierz płaszcza, szal i kapelusik. Zadzwoniła, kiedy uznała, że wygląda bez zarzutu.

Po raz pierwszy od bardzo dawna wracała do domu tak późno. Już niemal widziała, jak mąż nadyma się ze złości, jak chce jej dopiec i nagle głupieje.

– Trochę się zasiedziałam – powiedziała, wbiegając do przedpokoju.

– Zaraz, chwileczkę! – krzyknął Artur, zagradzając wąskie przejście między garderobą i ścianą. – Kim pani jest?

– Niech pan zgadnie! – roześmiała się i stanęła w pozie, która jej zdaniem była pozą modelki. Ściągnęła czapkę i lekko zburzyła sobie włosy. – Wiedziałam, że mnie nie poznasz. Rewelacja, co? Jola Paciorkowska mnie podwiozła, ale nie chciała wpaść.

Artur nie był usposobiony żartobliwie. Wzdrygnął się, kiedy padło nazwisko Paciorkowskiej. Patrzył nieprzychylnie i nie wyglądał na mężczyznę, który cieszy się z odmłodzonej żony. W ogóle nie wyglądał na mężczyznę, który się cieszy, ani na takiego, który poznaje własną żonę. Był nieufny i coraz bardziej zaniepokojony. Nie ruszył się z miejsca, nie pozwolił Gabrieli wejść głębiej do holu. Krzyknął, żeby dzieci obudziły matkę i ściągnęły na dół.

– Za bystry to ty nie jesteś – powiedziała. – Przecież mnie tam nie ma. Dalej, rusz się, chcę zdjąć botki. Trochę mnie uwierają.

Z góry zbiegł Kiczorek, za nim Muszka. Oni dla odmiany patrzyli na Gabi z wielką ciekawością, bo wietrzyli drakę.

– Matka wyszła po obiedzie i jeszcze nie wróciła – zameldował Kiczorek.

Obejrzał sobie Gabrielę od fryzury po botki, uśmiechnął się głupkowato i szepnął coś Muszce do ucha. Chyba coś nieprzyjemnego, bo odpowiedziała mu szturchańcem.

– Czy wyście poszaleli? – wykrzyknęła Gabriela. – To gdzie niby jestem, jeżeli nie ma mnie na górze? Przecież się nie rozpłynęłam. Wracam od kosmetyczki, możecie zadzwonić do Doroty i sprawdzić.

Po minach widziała, że jej nie wierzą. Wciąż jeszcze była zadowolona ze swojej niespodzianki, chociaż z każdą minutą coraz mniej. Wystraszyła się na dobre, kiedy Artur sięgnął po telefon, i to bynajmniej nie po to, by dzwonić do Doroty. Słowo „policja" zabrzmiało złowrogo. Najpierw pomyślała, że niech zadzwoni, najwyżej wyjdzie na durnia, ale zaraz się opamiętała. Jeżeli któreś z nich miało szansę na zrobienie z siebie durnia, to raczej nie Artur. Wystarczy, że policjant poprosi o dowód osobisty, a na pewno poprosi. I co, Gabi pokaże mu ten wymieniony kilka miesięcy wcześniej, ze zdjęciem, na którym ma trzy podbródki, worki pod oczami i małpi pyszczek? Na domiar wszystkiego Artur powie, a dzieciaki poświadczą, że ona nie jest Gabrielą Haczyńską, i zostanie zabrana z własnego domu do aresztu jak nic. Na to nie miała ochoty. Ze strachu przed kłopotami spokorniała, choć nie do końca.

– Jak myślisz, gdzie jest twoja żona, ty baranie!? – spytała niemal przyjaźnie.

Zobaczyła jego oczy pociemniałe ze złości i nie czekała dłużej. Wybiegła z domu, który jeszcze kilka godzin temu uważała za swój. Złapała taksówkę i kazała się zawieźć do Doroty. Nie miała nikogo bliższego w mieście. Przez drogę zastanawiała się, kiedy wreszcie Artur zacznie szukać tej Gabrieli, którą uważał za prawdziwą. Coś jej podpowiadało, że nie tak szybko.

Bezsenność bywa męcząca, choć czasem zbawienna. Dorota leżała z szeroko otwartymi oczami i powoli oswajała się z myślą, że całkiem niechcący wpakowała Gabrielę w tarapaty, a przy okazji sobie też narobiła kłopotów. Poprzedniego wieczoru była ogromnie podminowana. W pierwszym odruchu chciała gdzieś biec, choćby do radia czy gazet, żeby rozdmuchać rewelacyjną wiadomość na całe miasto, kraj, nawet świat. Miała przecież w ręku najprawdziwszy hit, który likwidował objawy starzenia się skóry i działał nie tylko powierzchniowo, ale również na mięśnie oraz tkankę tłuszczową. Efekt widoczny był natychmiast i przeczył wszystkiemu, co do tej pory wymyśliła nauka.

Na szczęście drugie odruchy bywają bardziej przemyślane od pierwszych. Po chwili spokojnego zastanowienia Dorota zrozumiała, że nie ma już w ręku hitu. Całym opakowaniem wymasowała Gabrielę Haczyńską i jedynie ją mogła pokazać światu. Poważnie wątpiła, czy sama Pasjonata kogokolwiek przekona. Tak się zdenerwowała tym prostym odkryciem, że zaczęła wymyślać czarny scenariusz. Oto, na przykład, za kilka dni Gabi pokryje się łuską, a ona, Dorota, zostanie oskarżona o brak zawodowej staranności i oszpecenie klientki. Gwałtownie zapaliła światło i obejrzała swoje ręce. Gładkie, delikatne jak nigdy. Odetchnęła, ale to jeszcze nie koniec kłopotów. Ba, nawet nie początek. Obok za ścianą chrapała głośno kobieta, której nie było, chociaż była. Dorota zdała sobie sprawę z tego godzinę wcześniej, słuchając bezładnej paplaniny Gabi. Odmłodzona Pasjonata naśmiewała się z męża, że bałwan i sklerotyk. Ten facet, rozmyślała Dorota, zachował się jak najbardziej racjonalnie. Jeżeli rano zostawił w łóżku podstarzałą żonę, to taką samą powinien zobaczyć wieczorem. Mogła ufarbować włosy, pomalować paznokcie, zrobić się na bóstwo, ale... wyłącznie na leciwe bóstwo. Według obecnej wiedzy nie mogła odmłodzić się o dwadzieścia lat. Ale stało się i teraz trzeba coś zrobić, żeby odmłodzona Gabi mogła wrócić do swojego normalnego życia. To straszne, rozmyślała dalej, jak ludzie chętnie wierzą w największe głupoty, w cudowne diety i bary tlenowe, ale prawdę, która brzmi niezbyt wiarygodnie, natychmiast nazwą kłamstwem. Słowami nie przekona nikogo, a już na pewno nie Haczyńskiego czy, broń Boże, policjantów. Gabi chwilowo musi zniknąć.

Dorota przewracała się na łóżku prawie do rana, ponieważ własne myśli i głośne chrapanie za ścianą skutecznie odpędzały od niej sen. Przy śniadaniu okazało się jednak, że to Gabi nie zmrużyła oka przez całą noc, bo dokuczały jej bóle pod łopatką, w boku i w okolicy wątroby.

– Jesteś kosmetyczką, to powinnaś wiedzieć, co to jest, jak uporczywie kłuje o tu, a potem przechodzi tu i wychodzi tu – narzekała, wodząc ręką od brzucha po kark.

– Starość albo krzywda ludzka – odpowiedziała zdecydowanym głosem Dorota. – Przestań wydziwiać. Zachowuj się tak, jakbyś miała tyle lat, na ile wyglądasz.

– Po wierzchu niby wyglądam, a w środku też?

– Też! – przytaknęła Dorota, choć pewna nie była.

– Bo wiesz, po pięćdziesiątce jak się obudzisz i nie cię nie boli, to znaczy że...

– To znaczy, że prowadziłaś zdrowy i higieniczny tryb życia – ucięła. – Zapomnij o pięćdziesiątce.

Gabi ustąpiła wyjątkowo chętnie. Miała ważniejsze sprawy na głowie niż chorowanie: musiała wrócić tam, skąd poprzedniego wieczoru tak bezdusznie ją wyrzucono. Dreptała za Dorotą krok w krok i wymyślała różne scenariusze, co jeden to głupszy. Usta jej się nie zamykały, przeszkadzała Dorocie w myciu i ubieraniu się do pracy.

– Gabi, na litość boską, stul wreszcie dziób, bo od twojego gadania własne myśli stają mi dęba! – wykrzyknęła Dorota. – Nigdzie nie pójdziesz i ja też nigdzie nie pójdę, niczego nie zaświadczę. Twój mąż nazwie cię oszustką, a mnie uzna za twoją wspólniczkę i obie zamieszkamy w więzieniu na ładnych parę lat. Żeby mi uwierzyli, muszę mieć w garści to coś, co cię odmłodziło. Tylko mój były chłopak wie, gdzie to kupić, a ja niestety nie wiem, gdzie szukać byłego chłopaka. Jego telefon milczy.

– Jest jeszcze Jola – upierała się Gabi.

– Trzy oszustki to już gang.

– Są przecież stare ciuchy! – krzyknęła. – Stare ciuchy będą najlepszym dowodem. Dzieci i Ewelina, wszyscy zaświadczą, że to moje.

– Ciuchy wczoraj zabrała Maskotka. Jeszcze dobrze nie znikłyście za zakrętem, a ona już taszczyła reklamówkę. Na własne oczy widziałam. Maskotka to nasza pozyskiwaczka odpadów wtórnych, gdybyś była ciekawa.

– Ale ja muszę coś zrobić!

– Uprzejmie proszę, łazienka wolna! Potem zadzwoń do męża, uspokój go, wymyśl jakiś wyjazd albo coś. Nie próbuj się z nim spotykać, jak najmniej gadaj o sobie i nie wychodź z domu. Czy ty mnie słuchasz?

Gabi usiadła właśnie przed lustrem i otworzyła kuferek z kosmetykami. Bardziej interesował ją dobór cieni do oczu niż jakieś tam zakazy.

– Nie wyjdziesz? Obiecujesz? – nastawała Dorota.

– Aha! Kiedyś pasjami uwielbiałam się malować, wiesz? Zostaw mi klucze, muszę wyskoczyć do bankomatu. No co tak patrzysz? Nikt mnie tu nie zna.

Dorota przez skórę wyczuwała kłopoty i bardzo niechętnie zostawiała Gabrielę samą w domu. Zbyt długo słuchała opowieści ciotki Pasjonaty, by wierzyć w jej rozsądek. W młodości ósmy cud świata, olśniewająca uroda i wiedza, a w wieku średnim rozwydrzone dzieciaki i status rezydentki we własnym domu. Dorota nieźle już poznała kobiety, potrafiła słyszeć także to, czego nie mówiły.

Tydzień ciągnął się jak zły sen. Do piątku mieszkanie po babce powinno być opróżnione, bo na sobotę Jodłowski umówił ekipę remontową. Dorota najbardziej bała się pakowania, a właśnie pakowanie, dzięki starszemu bliźniakowi, poszło nad podziw gładko. Kłopoty zaczęły się dopiero później. Jeszcze przed porządkami obdzwoniła wszystkie instytucje dobroczynne. Mówiła, że łóżka, szafy, krzesła i cała reszta w dobrym stanie, że odda za darmo, byle ktoś chciał wziąć. We wtorek był pierwszy telefon z pytaniem, kiedy i gdzie można obejrzeć meble. Trochę ją to zdziwiło, ale umówiła się z kobietą w Kowalu. Potem miała jeszcze trzy albo cztery podobne telefony. Na większe zdziwienie przyszedł czas, gdy umówionego wieczoru podjechała ze starszym bliźniakiem pod dom babki. Z trzech eleganckich samochodów wysiedli eleganccy ludzie i wszyscy koniecznie chcieli oglądać meble. Wpuściła ich do mieszkania. Jeden rzut oka wystarczył, by wyszli zawiedzeni.

– Czy tak teraz wyglądają podopieczni instytucji charytatywnych? – irytowała się Dorota. – Czego oni się tu spodziewali?

– Najpewniej antyków – odpowiedział Piotr.

– Znasz kogoś, kto handluje antykami za pośrednictwem opieki społecznej?

– Puk, puk! Kto tam? Naiwność – roześmiał się starszy bliźniak. – Chodź, napalimy w piecu. Jak ci się łepetyna rozgrzeje, to może zaczniesz myśleć logicznie.

Ogień zaczął buzować i Dorota odpuściła sobie myślenie. Siedziała, patrzyła na gorące języki, które łakomie pochłaniały wszystko, co Piotr rzucał im na pożarcie, i czuła się prawie szczęśliwa. Widowisko było stokroć ciekawsze niż gapienie się w telewizor. Działała magia ognia, połączona z ciepłem oraz zapachem ziół. Przymknęła oczy i próbowała sobie wyobrazić, jak to mieszkanie będzie wyglądało po remoncie, gdzie stanie fotel, a gdzie jej biurko. Z marzeń wyrwał ją Piotr.

– Hello, Dolly, nie śpij, bo cię karaluchy pożrą! – zawołał.

Nerwowo rozejrzała się wokół.

– Widziałeś tu jakieś robactwo?

– Typowa baba. Bardziej boi się karaluchów niż pazernych facetów.

– Mówisz teraz o Tomku? Czy o Jodłowskim, bo chyba nie o sobie.

– Na swój temat mam zdanie najlepsze z możliwych. Tak już jest, że jak się człowiek sam nie pochwali, to nikt go nie doceni. Mama zawsze mi powtarzała: siedź w kącie, a znajdą cię, ale to jeszcze jedna mądrość bez pokrycia, jeszcze jeden obalony mit. Nie jest ci zimno?

– Tak sobie myślę, że... że nie wiem, co myśleć, wiesz?

– Powiedziane ładnie, tylko sens mi umknął. Chodzi ci o to, że ty myślisz, że nie myślisz?

Nie podjęła żartobliwego tonu. Siedziała nieruchomo, patrząc w ogień, i dopiero po chwili zaczęła mówić:

– Nie uważasz, że on ma prawo na mnie liczyć... i to teraz, kiedy jest z nim źle. Powiedziałeś, że to wrak. Jeżeli tak, to powinnam mu pomóc, a nie odpychać. Łatwo kochać faceta pięknego, bogatego, któremu się wiedzie. Pięć lat byliśmy razem, to kawał czasu. Co innego, gdybym zerwała wcześniej, ale teraz? Wciąż się biję z myślami i nie wiem, co robić.

Zamilkła, a Piotr też nie odpowiedział od razu. Pogrzebał w palenisku i dołożył kilka drewienek, które znalazł za piecem. Zbierał myśli i argumenty, a wreszcie spojrzał na Dorotę.

– Jak nie wiesz, co robić, to sól i pieprz, kochanie! Sól i pieprz! Gdybyś zerwała wcześniej, też zerwałabyś z facetem uzależnionym. Przez pięć lat nie było dla was dobrego czasu na rozstanie. Spidował, zanim ciebie poznał, robił to, gdy byłaś z nim, i będzie robił bez względu na to, co postanowisz. I nie gadaj mi, że łatwo kochać bogatego faceta. Kiedy on był bogaty, pamiętasz może? Cała zarobiona forsa szła na ciuchy, amfę i gabinety odnowy biologicznej. Czy ty mnie słuchasz?

– Dlaczego ja zawsze myślałam, że lubisz Tomka?

– Czy on jest kulebiak, żebym go lubił? – oburzył się bliźniak. – Na studiach byliśmy kumplami i tyle. Potem ja dorosłem, łagodnie w swoją smugę cienia, a on zaczął dziecinnieć. Tak naprawdę znielubiłem go za ciebie. Nie przez ciebie, tylko za to, co ci zrobił, za te wszystkie kłamstwa. Po mojemu, dorosły facet różni się od smarkacza jedynie odpowiedzialnością w traktowaniu innych i siebie. Dobrze jeszcze, żeby miał choć trochę odwagi, chociaż odrobinę. Tomek został smarkaczem.

– Jeżeli masz rację, a chyba masz, to dlaczego jest mi tak ciężko? – spytała.

Objął ją i pocałował w głowę.

– Daj mu żyć tak, jak chce i lubi, nie dzwoń.

– Ależ ja go muszę znaleźć! Od bardzo dawna, po raz pierwszy jest mi naprawdę potrzebny. Muszę się dowiedzieć, skąd wziął taki jeden preparat.

– Uważaj, stracisz jeszcze kilka lat i kto się potem ożeni z taką starą Dorotką?

– Na pewno nie ty! – mruknęła.

– Na pewno – przytaknął. – Jestem wrogiem kazirodztwa.

Uśmiechnął się, ale w oczach miał powagę. Dorota też była poważna. Ta rozmowa poruszyła drzemiące w niej lęki. Tomek-abonent wciąż był nieuchwytny. Nigdy dotąd nie znikał na tak długo.

W czwartek ani jedna rzecz po babce nie opuściła jeszcze kowalskiego mieszkania i Dorota zaczęła znowu wydzwaniać po instytucjach charytatywnych. Niestety, trafiała już na inne osoby, musiała wszystko od początku tłumaczyć i wysłuchiwać wyjaśnień, że potrzebujących jest wielu, lecz nie wszyscy na pomoc zasługują. Jacy byli ci zasługujący, widziała na własne oczy. Ich miny na widok mebli też widziała. Na wszelki wypadek przygryzła język, żeby niepotrzebną złośliwością nie obrazić urzędników. Była grzeczna, uprzejma, co na nic się nie zdało. Instytucje zalecały cierpliwe czekanie, ona zaś nie miała czasu. Zadzwoniła w końcu do Jodłowskiego.

– Szukali antyków? – zaśmiał się. – Powinienem to przewidzieć. Zabiorę panią po pracy i załatwimy wszystko na miejscu.

Na miejscu okazało się, że pod dom babki Miziakowej podjechała ciężarówka, z której wysiadło trzech krzepkich chłopaków. Po półgodzinie w mieszkaniu pozostały tylko zasłony w oknach, dwa stare taborety i pajęczyny po kątach. Jodłowski zaczął obchodzić mieszkanie, oglądać ściany, podłogi. Dorota chodziła za nim. Ich głosy nieprzyjemnie dudniły w pustych pokojach. A i tak, mimo tego dudnienia, czuła się teraz lepiej niż pośród mebli.

– W czasie remontu będziemy musieli wpadać tu częściej. Raz pani, raz ja – powiedział.

– Na mnie tak bardzo bym nie liczyła. Jestem zdana głównie na autobusy, a wieczorem trudno się stąd wydostać.

– Moja wspólniczka nie może podróżować autobusami! – odparł. – Dam pani cinquecento. Wysłużone, ale w dobrym stanie.

– Jak to: da mi pan?

– Zwyczajnie. W użytkowanie. Benzynę będzie pani kupowała sama.

– A jeżeli coś się stanie?

– Co niby? Nie mam zwyczaju siedzieć i czekać, aż coś się stanie. I pani też nie radzę. Życie jest za krótkie, żeby je tracić na niepotrzebne lęki.

– Czy ja wiem? – szepnęła Dorota.

Przypomniała sobie Tomka, Haczyńską i poczuła strach. Ostatnio jej życie upływało wśród samych lęków.

Profesor Gostyński oderwał się od komputera i przetarł dłońmi twarz. Właśnie teraz, kiedy już kończył pracę nad swoim specyfikiem, gdy opisywał jego skład i działanie dla potrzeb urzędu patentowego, zaczęły mu silnie łzawić oczy. Czuł się coraz bardziej zmęczony i, prawdę powiedziawszy, chętniej uciekał w marzenia o luksusie, niż ślęczał przy komputerze. Przeszedł się po pokoju, pomachał rękami, żeby poprawić krążenie krwi, i wrócił do klawiatury. Kocanka piaskowa, mniszek lekarski, nagietki, pokrzywa, rdest ptasi... Znowu przetarł oczy. Główne komponenty były tak proste, że aż trywialne, wszystkie do zdobycia na polskich łąkach. Od wiosny do jesieni odwiedzał go co jakiś czas pewien dostawca, który przynosił mu zioła, a przede wszystkim perz. Kłączami perzu profesor interesował się od czasu, gdy pracował jeszcze w laboratoriach kosmetycznych. Już wtedy przeczuwał, że ta roślina, żywotniejsza od innych i regenerująca się w zawrotnym tempie, może mu kiedyś oddać nieocenione usługi. Przez wiele lat badał perz pod kątem jego żywotności. Maleńki kawałek, centymetrowe kłącze pozostawione w ziemi, w krótkim czasie wydaje na świat następne i jeszcze następne pokolenia. Na tej właściwości oparty był specyfik profesora. Wszystko zostało starannie wyliczone i przetestowane. Całe kilometry zapisków, krok po kroku, tkwiły w komputerze.

Telefon całkiem niepotrzebnie oderwał go od pracy. Nawet się zdziwił, bo ostatnio prawie nikt do niego nie dzwonił. Człapiąc do aparatu, zastanawiał się, czy to będzie dobra, czy zła wiadomość. Pierwszy krok dobra, drugi zła, trzeci dobra i tak dalej. Kroków było dziewięć, wiadomość powinna być dobra, więc podniósł słuchawkę.

– Chciałem pana poinformować, że jest pan szarlatanem – powiedział jakiś młody głos.

– A kto mnie chciał o takiej głupocie poinformować? – spytał profesor.

– To ja dałem się nabrać na tę pańską miksturę do masażu. Trzysta złotych za zwykłą oliwkę to chyba trochę dużo, nie uważa pan?

Profesor zaprzeczał, tamten upierał się jak maniak, w końcu czarna ebonitowa słuchawka wylądowała na widełkach, czyli tam, gdzie było jej miejsce. Profesor zwymyślał rozmówcę od ćwoków i gamoni, chociaż wcale mu to nerwów nie ukoiło. Za efekty ręczył głową, więc czemu tamten tak głupio się upierał? Może zgubił miksturę albo żal mu się zrobiło trzystu złotych?

Próbował machnąć ręką na malkontenta, ale od środka rozsadzała go złość. Oczyma duszy już widział przyjęcie specyfiku na rynku kosmetycznym. Wystarczy, że jeden baran coś pomyli, wypije zamiast wmasować w skórę, i od razu będzie ferował negatywne opinie.

Rozsierdzony profesor zaczął dreptać po pokoju, żeby nabrać właściwego dystansu do wydarzeń. Taki spacer bardzo go uspokajał. Miał właśnie wrócić do laboratorium, kiedy usłyszał delikatne pukanie do drzwi. To było takie cichutkie, aksamitne pukanie, które nie wróżyło niczego złego. Profesor otworzył i nagle w jego kuchni zrobiło się ludno. Weszło ich czterech, może pięciu, wszyscy w stylonowych pończochach na twarzach.

– Dasz koleś na sześć piw, to spadamy! – powiedział jeden.

To było tylko takie gadanie. Wcale nie mieli zamiaru spadać, podobnie zresztą jak profesor nie miał zamiaru im płacić. Patrzył tylko z przerażeniem, że rozłażą mu się po mieszkaniu z szybkością karaluchów. Wszędzie, gdzie się przewinęli, zostawał jeszcze większy bałagan. Grzebali w szafkach kuchennych, zaglądali do łazienki. Profesor zaczął gwałtownie protestować. Im gwałtowniej się oburzał, tym oni z większym zapałem pełzali po jego mieszkaniu i robili swoje, czyli dokładną rewizję.

– Gdzie trzymasz pieniądze, palancie? – odezwał się najwyższy i uniósł profesora w górę. Złapał go w pasie, uniósł i puścił. – Pytam po dobroci, ale mogę też rozkwasić ci nos!?

Gostyński zasłonił głowę rękami. Jego twarz znajdowała się na wysokości czarnego glana. Czekał na cios, ale cios nie spadł.

– Ale tu syf! – zauważył z obrzydzeniem któryś.

Przewlekli profesora przez całe mieszkanie, kazali pokazać, gdzie zabunkrował dolary, gdzie złotówki. Stawiał się, twardo mówił, że nic nie ma, więc mu przylali raz i drugi. Niemocno, tyle co na zachętę do gadania.

– Tylko komputer nadaje się do wzięcia – powiedział najniższy z gości.

– Z wierzby się urwałeś! Kto ci takiego grata kupi?

– Panowie, panowie, tu nie wolno wchodzić! – krzyknął profesor i wątłą piersią próbował zasłonić drzwi do laboratorium.

To ich dopiero zainteresowało. Jeżeli gdzieś nie wolno wchodzić, to znaczy, że tam muszą być bogactwa. Gostyński zobaczył czarne plamy w oczach i miękko osunął się na ziemię.

Nie słyszał już, jak ten najwyższy dał hasło do odwrotu.

– Spadamy, panowie, a Jędrusiowi skuję mordę za taki cynk! To niby miał być ten dziany bogacz?

Na wszelki wypadek któryś wyrwał jeszcze sznur telefonu ze ściany. Z Gostyńskim obeszli się raczej po ludzku, nie skopali go na pożegnanie. Wychodząc, ściągnęli pończochy z głów.

Profesor ocknął się pod stołem. Nie bardzo wiedział, czy wepchnęli go tam nieproszeni goście, czy ze strachu przed nimi sam się wczołgał. Wysunął głowę, próbował usiąść i wyrżnął czołem w kant tak silnie, że przez chwilę nie mógł się ruszyć. Powoli, z wielkim trudem, czepiając się stołu i krzeseł, ustawił wreszcie swoje wątłe ciało w pionie. Pokój mieszkalny wyglądał jak pobojowisko. Broda mu niebezpiecznie zadrgała na ten widok. Niepewnie podreptał do drzwi laboratorium. Wsunął głowę i dopiero wtedy pojął, co się naprawdę wydarzyło. Oparty o futrynę patrzył, patrzył, aż nagle chwycił go za gardło dziwny spazm, który do złudzenia przypominał śmiech. Trzymając się oburącz futryny, profesor zaczął się zsuwać coraz niżej, aż uklęknął na podłodze zawalonej rozbitym szkłem, zdeptanymi pojemnikami i mokrymi fiszkami. Śmiał się i śmiał, dopóki nie wpadł w omdlenie.

Mijał tydzień, odkąd Gabi przywdziała nową skórę. Mieszkała wciąż u Doroty i bardzo z tego powodu cierpiała. Nagle okazało się, że nie ma co robić i usycha z nudów. We własnym domu też nic nie robiła, lecz tam była u siebie i miała do kogo otworzyć usta. A tutaj? Dorota wychodziła rano, wracała późno, najczęściej bardzo okrężną drogą przez Kowal, a odmłodzona Gabi nie mogła sobie miejsca znaleźć. Zaczęła więc spędzać czas przed lustrem. Z kuferkiem wizażystki pod ręką uczyła się trudnej sztuki makijażu. Początkowo w ogóle nie uznawała makijażu za sztukę. Pacykowała się bardziej dla zabawy i zabicia czasu niż z rzeczywistej potrzeby. Malowanie było odtrutką na niewesołą rzeczywistość. Sytuacja komplikowała się coraz bardziej.

Następnego dnia po swojej przemianie zadzwoniła do męża, żeby go uspokoić. Chyba całkiem niepotrzebnie, bo Artur był bardzo spokojny, nawet nie spytał, skąd Gabi dzwoni i dlaczego nie wraca. Odkrył zniknięcie pieniędzy z konta, połączył to ze zniknięciem żony i podjął decyzję o rozwodzie. Mężczyźni, draśnięci nawet lekko w ambicję, bardzo łatwo tracą zdrowy rozsądek. Ostrym, rzeczowym głosem wmawiał żonie zdradę, szantaż i kradzież.

– A morderstwa jakiegoś nie masz pod ręką, żeby mi dołożyć? – spytała.

Żaden z tych zarzutów jej nie dotknął. Nie miała kochanka, nikogo nie szantażowała, pieniędzy nie ukradła, zabrała jedynie z konta nędzne resztki, jakie mąż uprzejmie zostawił. I to za namową Joli Paciorkowskiej, o czym nie omieszkała go poinformować. Rozwodem też się nie przejęła. Była pewna, że Artur zmieni zdanie, kiedy tylko rozpozna w niej kobietę, którą pokochał dwadzieścia lat temu. Żyła złudzeniami aż do wieczora. Wieczorem wpadła Jola.

– Macie pojęcie, że Haczyński grozi mi sądem?! – zawołała od progu. – Co ty mu nagadałaś, Gabi? Wspominałaś o mnie?

Gabriela z wrażenia dostała wytrzeszczu oczu i zaparła się w żywy kamień, gotowa przysięgać na głowy dzieci, że nawet nie pisnęła, bo nie miała kiedy pisnąć.

– To dlaczego wtedy wieczorem ciągnęłaś mnie do siebie na herbatę? – spytała podejrzliwie Jolka.

– Z gościnności tylko, z niczego więcej – wykrzyknęła i żeby pocieszyć dziewczynę, dodała nieco ciszej: – Może nawet spotkamy się w tym sądzie, bo mnie też straszy rozwodem.

– Na szczęście nie brałam z nim ślubu! – prychnęła Jola. – To będą dwie zupełnie różne sprawy.

– Opowiadaj po kolei – zarządziła Dorota. – Co mówił i dlaczego straszył?

Jola niewiele miała do opowiadania. Miałaby więcej, gdyby chciała wtajemniczać Gabi w swoje prywatne sprawy. Haczyński nie zadzwonił do niej z awanturą, tylko raczej z wielkim żalem, że wzgardziła uczuciem, podeptała miłość i, jakby tego było mało, zaczęła się mścić. „Co ja ci zrobiłem, że tak mnie nienawidzisz?", pytał. W pierwszej chwili odniosła wrażenie, że bardziej mu doskwierały podeptane uczucia niż to, co nazywał zemstą. Zmieniła zdanie, kiedy spytał: „Wpadłaś w tarapaty finansowe, potrzebujesz pieniędzy?". Nie wpadła, nie potrzebowała, ale on ciągnął dalej: „Ile potrzebujesz? Pożyczę ci, tylko nie nasyłaj na mnie więcej aferzystek. Naprawdę wolisz spotkać się ze mną w sądzie niż w urzędzie stanu cywilnego?". Prawdę mówiąc, nie chciała się z nim spotykać ani tu, ani tu. Przy Gabi też nie chciała o tym opowiadać.

– Podobno odkrył jakiś babski spisek, którym ja kieruję – wyjaśniła zwięźle.

Choć przegadały ponad godzinę, nie wymyśliły niczego mądrego. To, co się stało w gabinecie kosmetycznym Doroty Miziak, trudno było nazywać spiskiem. A gdyby nawet, to przecież Artur Haczyński niczego nie mógł im udowodnić.

Gabi nie wierzyła w rozwód, tłumaczyła sobie, że mąż nie zechce robić zbytniego rozgłosu wokół swojej osoby. Znudziła się jednak bezczynnością i postanowiła działać. Wbrew prośbom Doroty wybrała się do miasta. Nie miała przecież ani piżamy, ani kapci, niczego. Pobiegała po sklepach, a przed czternastą tak się jakoś zakręciła, że trafiła na ulicę Mickiewicza, gdzie wprawdzie nie ma sklepów, za to jest liceum. Wśród gromady uczniów wypatrzyła córkę. Podeszła.

– Hej! – powiedziała. – Musimy pogadać.

– A ty tu czego? – zaperzyła się Muszka. – Nie łaź za mną, odwal się, bo jak powiem ojcu, to z więzienia nie wyjdziesz.

– Posłuchaj mnie chociaż!

– Nie, to ty posłuchaj! – wycedziła przez zęby smarkula. – Jeżeli myślisz, że dorwiecie się z Bryśką do naszych pieniędzy, to jesteś w błędzie. Ojciec potrafi zadbać o swoją kasę i o nas. A Bryśce powiedz, że ma nierówno pod sufitem. Na taki denny pomysł tylko ona mogła wpaść.

Odwróciła się na pięcie i pobiegła za koleżankami. Gabi poczuła, że traci grunt pod nogami. Oparła się o drzewo. Czy te ostre słowa rzeczywiście powiedziała jej córka? I skąd ów pomysł z wspólniczką? Dziecko samo by na to nie wpadło, Artur musiał coś mówić, kombinować.

Szła potem do przystanku autobusowego i zastanawiała się, czy tęskni za dziećmi. Jeszcze całkiem niedawno zaklinała się, że kocha je nad życie. Kochać pewnie kochała, lecz nie mogła powiedzieć, że za nimi tęskni. Brakowało jej Eweliny, własnego łóżka, znanych kątów, natomiast całkiem dobrze czuła się bez awantur, szczególnie tych z ostatniego okresu. Muszka z Kiczorkiem dali jej solidnie popalić, zaleźli za skórę, więc teraz od nich odpoczywała. A że próbowała spotkać się z Muszką? Chciała tylko wybadać nastroje w domu, dowiedzieć się, czy dzieciaki wspominają matkę. Wyglądało na to, że nikt z najbliższych jej nie wspomina, nikt za nią nie tęskni, choć poświęciła rodzinie najpiękniejsze lata życia. Tak przynajmniej sobie tłumaczyła. Gabriela potrafiła wytłumaczyć sobie wszystko. Nie mam humoru, myślała, bo oni próbują mnie kopnąć w samo serce. W szybie wystawowej zobaczyła młodą, atrakcyjną kobietę, przypomniała sobie, że to właśnie ona, i z miejsca poweselała. Już nie unikała luster ani wystaw, przeciwnie, nie przepuściła żadnej okazji, żeby nie zerknąć na swoje nowe odbicie. Odkryła też u siebie skłonność do huśtawki nastrojów. Co spojrzała w lustro, czuła radość, co pomyślała o najbliższych, wpadała w przygnębienie. Chciała mieć dom, rodzinę, pieniądze i tę darowaną młodość. Nieprzejednana postawa Artura i dzieci wskazywała na to, że raczej będzie musiała zadowolić się samą młodością.

Następnego dnia po nieudanej rozmowie z Muszką zadzwoniła do domu. Rano dzieci siedziały w szkole, Artur też wyszedł już do pracy. W mieszkaniu mogła być tylko gosposia. Nie wiadomo czemu Gabriela wyobrażała sobie, że Ewelina będzie skakać z radości, wszystko rzuci i ochoczo przybiegnie, żeby pogadać. I znowu spotkał ją zawód. Ewelina musiała posprzątać, zrobić obiad, zanieść pościel do magla i wcale nie paliła się do spotkania, wręcz przeciwnie, robiła wszystko, żeby wybić Gabrieli z głowy ten pomysł.

– To po pracy, o siedemnastej. Gdzie pani będzie najwygodniej? – spytała rzeczowo Gabi.

Umówiły się w księgarni Regionalnej, w samym centrum miasta.

Wieczorem Jodłowski przyprowadził samochód. Dorota zbiegła na dół, żeby na własne oczy zobaczyć swoje pierwsze w życiu auto. Pożyczone co prawda, ale zawsze. Zielony metalik pięknie błyszczał w świetle latarni.

– Odwiezie mnie pani do domu, to przy okazji zrobimy próbną jazdę – powiedział.

Ledwie się powstrzymała, żeby natychmiast nie usiąść za kierownicą. Dobre maniery nakazywały przynajmniej spytać, czy nie miałby ochoty na herbatę. Liczyła, że nie będzie miał, on jednak bez protestów dał się zaprosić na górę.

– Proszę się nie zdziwić, jeżeli usłyszy pan chrapanie. Całkiem niespodziewanie odwiedziła mnie ciotka.

Palnęła o ciotce i ugryzła się w język. Gdyby Gabi jakimś cudem się obudziła, Jodłowski miałby kłopoty z uznaniem jej za ciotkę.

– Podpiszemy jakieś dokumenty, jakieś zobowiązania? – spytała.

Nie chciał niczego podpisywać. Pożyczenie dziewięcioletniego auta uważał za przysługę tak drobną, że aż niegodną rozmowy. Oddał Dorocie kluczyki i dowód rejestracyjny, zapewnił, że samochód jest po przeglądzie i nie powinien sprawiać kłopotów. Dyskretnie rozejrzał się po wnętrzu.

– Bardzo ładnie urządziła pani ten pokój – zauważył, przechodząc od interesów do estetyki.

Sprawił jej przyjemność. Lubiła swoje mieszkanie i lubiła, gdy podobało się innym. Tomek na przykład zachwycał się chłodną nowoczesnością wypraną z wszelkiej indywidualności, a Dorocie zarzucał upodobanie do nieprzydatnych drobiazgów, szydełkowych serwetek, witrażowych abażurów. Myśl, że już nie musi godzić swojego gustu z gustem Tomka, wydała się całkiem sympatyczna. Dorota uśmiechnęła się do Jodłowskiego.

– Pani powinna zawsze się uśmiechać – powiedział.

– Jak Arbuzówna? Miała wysuniętą szczękę, krzywe zęby i szczerzyła się od rana do wieczora, aż dzieciaki przezwały ją Szczeżują. Niech mnie pan nie pyta, dlaczego właśnie tak, bo nie wiem. Pewnie chodziło o to szczerzenie zębów. Z mięczakiem miała niewiele wspólnego i nie siedziała w muszli.

– Szkoda, bo pewnie była paskudna. Ale piękne kobiety mają swoje obowiązki. Są stworzone po to, by cieszyć oczy.

– Ależ Arbuzówna cieszyła! Nawet gdyby pana brzuch bolał, to pękałby pan ze śmiechu na jej widok. Sto lat już jej nie widziałam, nie wiem, może teraz wyładniała.

Rozbawiony Jodłowski spojrzał na zegarek i zaczął się zbierać do wyjścia.

Prowadzenie samochodu było dla Doroty wielką frajdą. Do tej pory jeździła wyłącznie pożyczonymi autami. Zwłaszcza Sara chętnie dawała jej swoje clio, żeby pozałatwiała za nią różne sprawy w mieście. Gdy Dorota poszła na swoje, było już dużo gorzej. Czasem skołowała starszego bliźniaka, rzadziej Tomka, który zdecydowanie źle się czuł w roli pasażera. Na szczęście Jodłowski nie miał nawyków tamtego i nie próbował jej dołować. Wyjaśnił, co trzeba, a potem tylko wskazywał kierunek. Jechała ostrożnie jak uczennica. Okrążyli osiedle, by zatrzymać się całkiem niedaleko Wienieckiej, w miejscu, gdzie Chocimska i Grunwaldzka tworzą willową enklawę wśród bloków.

– Jesteśmy na miejscu – powiedział. – Teraz ja zapraszam na herbatę.

Zerknęła na niewielki, piętrowy dom pogrążony w ciemności, potem na zegarek, i odmówiła. Na samą myśl, że pani Jodłowska mogłaby ją powitać w koszuli nocnej, poczuła się nieswojo.

Gabi wyszła z małego pokoju owinięta w koc. Przespała wizytę Jodłowskiego i dopiero po filiżankach na stole domyśliła się, że Dorota miała gościa. Wyraźnie coś ją gryzło.

– Ty wiesz, co mi ta ameba powiedziała? Wiesz? – wykrzyknęła z pasją. – Ona mi powiedziała, że powinnam położyć krechę na Arturze i iść do pracy. Jak ja mogę kłaść krechę na dwudziestu latach własnego życia? No jak?!

– Po kolei, Gabi, jaka ameba i gdzie?

– Moja gosposia, w księgarni Regionalnej, dasz wiarę? „Muszę kupić dzieciom słownik, to tam się spotkamy", powiedziała. Dorota nabrała powietrza w płuca, policzyła do pięciu, dzięki czemu jej głos nie brzmiał *con collera*, tylko prawie *amoroso*.

– Czy ja łykam sylaby, mówię niegramatycznie albo tak seplenię, że mnie nie rozumiesz? Prosiłam, żebyś siedziała w domu czy nie!?

– Prosiłaś i co z tego? – odparła zaczepnie Gabi. – Powinnaś mi pomóc, a nie krzyczeć.

– Przecież nie krzyczę!

– Tak ci się wydaje. Pardon, ale to twoja wina, że nie mogę się rodzinie na oczy pokazać!

– Wina? Zdjęłam ci z karku dwadzieścia lat! Dlaczego mówisz o winie?

– I zobacz, co się porobiło: dzieci chorują z tęsknoty, mąż rozpacza, a ja nie mogę do nich wrócić. Przecież ja też tęsknię – dokończyła cicho i dla zwiększenia efektu solidnie chlipnęła. – Pójdziemy na policję, ty im powiesz wszystko, ja sobie wyrobię nowy dowód, wrócę do domu i zacznę żyć.

Dorota przygotowana była na kłopoty, ale nie takie. Niewdzięczność Gabi doprowadziła ją do furii. Znowu zaczerpnęła powietrza i policzyła do dziesięciu.

– Opowiedz mi o rozmowie z tą gosposią – poprosiła.

– Co tu opowiadać, to ciemnota, ledwie pielęgniarka. Oczywiście nie poznała mnie, chociaż zaczęła udawać, że poznaje, całkiem jakby z wariatką rozmawiała. „Pani zawsze chciała być młoda, robić karierę, to teraz ma pani okazję!" – tak mi powiedziała ta głupia cipa. Pewnie zadzwoniła do Artura i teraz nabijają się ze mnie. *C'est la vie!*

– Zrozpaczony mąż nabija się z ciebie?

– Nie łap mnie za słówka. Zadzwoń lepiej do tego byłego, może już się znalazł. I pamiętaj, jutro idziemy na policję.

– Idź sama.

Nim Gabi odzyskała głos, Dorota wskoczyła pod prysznic, żeby zmyć z siebie strach pomieszany z obrzydzeniem. Jeżeli już musiałam kogoś odmłodzić, myślała ze złością, to czemu nie Sarę, nie panią Barską, tylko tę głupią Pasjonatę?

Tomuś, rzecznik prasowy ministra, siedział za granicą na placówce. Minister w kraju, on poza krajem, tak im widocznie pasowało. Matka Tomka nie kryła dumy z awansu jedynaka. Nie kryła też satysfakcji, że Tomuś nie zostawił Dorocie swojego adresu. – Pomyślałaś, dlaczego? – spytała z wyraźną ironią. – On nigdy nie działa pochopnie, widać musiał mieć swoje powody. Ja ci nie pomogę, nie jestem matką, która wtrąca się w życie syna. Niechęć rzadko bywa jednostronna. Dorota z ulgą odłożyła słuchawkę. Nigdy nie była ulubienicą matki Tomka. Pani Szabałowa całe życie podporządkowała synowi: rozbudzała w nim ambicje, stawiała wysokie wymagania i wszechstronnie przygotowywała go do pełnienia życiowej misji. Taki geniusz nie mógł się ożenić z pierwszą lepszą dziewczyniną. Wymarzyła mu żonę równie niezwykłą jak on: skrzyżowanie matki Polki z Emilią Plater i milionerką, a gdyby się dało, to także z którąś świętą. Doroty nie zaakceptowała. Dorota była zbyt pospolita, żeby nie powiedzieć przyziemna: bez wpływowej rodziny, bez majątku, prosta konserwatorka z prowincji i jeszcze, za przeproszeniem, kosmetyczka. „Praca w usługach to najgorszy kawałek chleba, mówiła wyniośle matka Tomka. Byle tłumok może cię tykać do woli, ale ty najgorszego nawet tłumoka musisz tytułować panią".

W przeciwieństwie do pani Szabałowej Dorota nie wierzyła w zagraniczną placówkę ani awans Tomka. Dzwoniła wcześniej do firmy handlowej, w której pracował od skończenia studiów, i dowiedziała się, że odszedł z dniem pierwszego stycznia. Powiedzieli, ile mogli, o szczegóły nie wypytywała. Poszukiwania Tomka zaczynały przypominać wyłuskiwanie igły ze stogu siana. Dorota czuła coraz większy strach. Nie był to lęk wynikający z wielkiego uczucia, tylko ze zwykłej życzliwości. Zaczynała podejrzewać, że Tomkowi się stało coś złego. A przecież miała na głowie jeszcze drugie skrzywdzone indywiduum.

Gabi z dnia na dzień robiła się coraz bardziej nieznośna. Aż trudno uwierzyć, ile nonsensów może wymyślić jedna nudząca się kobieta.

– Wiesz – powiedziała – tobie jest potrzebna pomoc w gabinecie.

– Jeszcze na razie nie stać mnie na pomoc – odpowiedziała Dorota.

118

– W czasie nauki zawodu nie musiałabyś płacić mi całej pensji. W ten sposób Dorota dowiedziała się, że Gabi pasjami lubi atmosferę gabinetu kosmetycznego i gotowa jest za skromne dwa tysiące miesięcznie pomagać Dorocie. Z czasem może nawet zostać jej wspólniczką, gdyby Artur rzeczywiście uparł się przy rozwodzie.

– Makijaż mam już w małym palcu, manikiur też. Mało się napatrzyłam, jak mi robiłaś ręce? To żadna sztuka, ja też tak potrafię.

Dorota wzruszyła ramionami i zajęła się prasowaniem, ale była bardzo nieprzyjemnie zaskoczona, gdy następnego dnia Gabi wparowała do gabinetu i zaczęła się szarogęsić. Proponowała, że zrobi porządek w szafce z kosmetykami, że będzie zabawiała klientki rozmową, ewentualnie rozrobi trochę henny na zapas. Koszmar zaczął się powtarzać dzień w dzień. Im Dorota goręcej protestowała, tym tamta bardziej utwierdzała się w przekonaniu, że jest w gabinecie nieodzowna. Lekceważyła proste tłumaczenie, że to nie zakład remontowy o dużej przepustowości, tylko miejsce, gdzie klient ma prawo do spokoju i relaksu. „Przecież ja nikomu nie przeszkadzam. Daj mi coś do roboty, to chętnie ci pomogę", mówiła Gabi. Wyproszona za drzwi, po jakimś czasie wracała. Była jak bumerang, a nawet gorsza, bo bumerangów nie trzeba niańczyć, żywić ani wciąż przekonywać, że białe jest białe, a nie zielone w kropki.

– Jeszcze raz przylaziesz do gabinetu, to wezwę policję i powiem, że nasyła cię wroga konkurencja. Zamkną cię za brak dokumentów, a ja się wyprę wszelkich znajomości z tobą – powiedziała ze złością Dorota.

– O nie! Na policję pójdziemy razem i razem złożymy zeznania. Najlepiej jutro.

– Idź, Gabi, idź! Zamkną cię do czubków, a ja będę miała spokój.

Następny pomysł, który wylągł się w łepetynie Gabi, dotyczył pożyczki. Dla odmiany zaczęła wiercić dziurę w brzuchu Joli. Pomysł był prosty, bo Gabi nie miewała pomysłów skomplikowanych. Chodziło o to, żeby Jolka pożyczyła pieniądze od Artura. Nie dla siebie oczywiście i bez szans na oddanie długu.

– Wypchaj się popcornem, Gabi! – fuknęła tamta.

– Nie chcę dużo, wystarczy dwadzieścia tysięcy. Pamiętasz, co mi mówiłaś wtedy w supermarkecie? To dziany facet, jest z czego skubnąć. Wiem, że tobie pożyczy.

– A ja wiem, że od niego nie pożyczę! Rozumiesz?

Gabi może i rozumiała, ale nie przyjmowała do wiadomości niewygodnych argumentów. Jak już wymyśliła sobie zręczny plan, to chciała go wprowadzić w życie.

Kolejny pomysł znów wiązał się z pracą i pozornie był najmądrzejszy. Gdyby Gabi chciała popracować w szarej strefie, gdzie nikt nikogo nie pyta o datę urodzenia ani o papiery, mogłaby zacząć w barze piwnym i to od zaraz. Jola wiedziała o takim jednym miejscu.

– Ja w barze? – zdziwiła się Gabi. – Pardon, nie skorzystam. Ja skończyłam prawo! Mam dyplom… to znaczy mam w domu. Jeżeli chcesz mi pomóc, to wkręć mnie do siebie, do Anwilu. Handel zawsze mnie pasjonował, szczególnie eksport. Byłam w tym bardzo dobra, nie myślcie sobie. Dyrektorzy pytali mnie o radę.

– Ekonomia dzisiaj inna, czasy też – zdenerwowała się Dorota.

Gabi była dla niej zagadką i to tym większą, im dłużej przebywały razem. Czasem sprawiała wrażenie sieroty, która do trzech zliczyć nie potrafi. Żyła wspomnieniami, plotła dyrdymałki. Ale obok sieroty była też baba kuta na cztery nogi, po swojemu przebiegła, twarda i nieustępliwa. Jak sobie coś wbiła do głowy, nie dawało się tego wybić niczym, najmądrzejszym nawet uzasadnieniem. Była jeszcze trzecia Gabi – leniwa do obrzydzenia. Języki? Ależ tak. Dwa słowa francuskie i trzy rosyjskie. Znajomość programów komputerowych? Pasjans-pająk, o ile syn ustawił wcześniej komputer. Prawo jazdy? Niestety, Artur nie lubił kobiet za kierownicą. Przygotowanie zawodowe? Wszechstronne, tylko nieco wątpliwe i przestarzałe. Jak stanęła w miejscu dwadzieścia lat temu, tak się nie ruszyła. I ta leniwa do obrzydzenia Gabi wymyśliła, że chce negocjować zagraniczne kontrakty dla Anwilu, a nie zamierza sprzedawać piwa w barze.

Dochodziła ósma. Za oknem wstawał kolejny szarobury dzień ni to zimowy, ni to jesienny. Dorota wtuliła twarz w poduszkę i naciągnęła kołdrę na głowę. Świadomość, że jest sobota i nie trzeba się zrywać do pracy, podziałała na nią rozleniwiająco.

I wtedy przypomniała sobie, że na dole, przed domem czeka prawie własny samochód, że wystarczy wsiąść i można jechać przed siebie, choćby do Kowala, gdzie o dziewiątej Jodłowski miał spotkanie z ekipą remontową. Jednym susem wyskoczyła z pościeli. Kilka wyrzutów ramion, kilka przysiadów, skok pod prysznic i mogła zacząć się ubierać.

Dopijając herbatę, z niechęcią spojrzała na zamknięte drzwi małego pokoju. Obecność Gabi ciążyła jej coraz bardziej. Najgorsze było to, że nawet w przybliżeniu nie umiała powiedzieć, jak długo będzie jeszcze musiała żywić i znosić utrapioną Pasjonatę. Coraz częściej traciła cierpliwość, fukała, a potem złościła się sama na siebie za te warknięcia. Zapominała o prawdziwym wieku Gabi, traktowała ją jak rówieśnicę, a to chyba nie w porządku. Była zmęczona obecnością drugiej osoby, coraz gorzej czuła się we własnym mieszkaniu i coraz chętniej je opuszczała.

Ekipa remontowa składała się z trzech młodych pracowników i majstra, który jednocześnie był właścicielem firmy. „Gruz wywozimy, mówił majster, materiały kupujemy na rachunki, wszystkie odstępstwa od kosztorysu uzgadniamy na bieżąco".

Obeszli mieszkanie jeszcze raz. Majster pukał w ściany i oznajmiał, czy nośne, czy nie. Tylko te drugie, działowe, dawały się burzyć i dowolnie przestawiać. Dowolnie, czyli według projektu Jodłowskiego. Na pięćdziesięciu kilku metrach kwadratowych miała powstać całkiem nowa kombinacja pomieszczeń, gabinetów i łazienek. Ustalili, że ściany będą tynkowane i cekolowane, podłogi szwedzkie, w łazienkach glazura, centralne ogrzewanie, okna i drzwi nowe, wszystkie zaś instalacje elektryczne i hydrauliczne zostaną wymienione.

– Panie szefie, na początek tak ze dwa tysiące zaliczki to będzie? – upewnił się majster. – Na materiały, ma się rozumieć.

– Panie Władku, czy porządna firma zaczyna rozmowę od zaliczki? – zdziwił się Jodłowski.

– Od zakresu prac zaczęliśmy – sprostował z godnością majster. – Co robić, takie czasy, że pieniądz nie leży i nie czeka – zakończył z zadumą.

Jodłowski sięgnął po portfel.

– Po gabinecie robi pan elewację, o reszcie zdecydujemy potem – powiedział.

Nim skończyli rozmowę, ekipa wzięła się do rozbijania ściany. Dorocie ogromnie spodobał się ten pęd do pracy, kiedy jednak pierwszy gruz spadł jej na głowę, musiała wybiec na ulicę.

– Chce pan remontować cały budynek? – zdziwiła się, strzepując tynk z włosów.

– Wyjaśnię to pani przy filiżance kawy – odpowiedział Jodłowski. – Jeśli się nie mylę, wczoraj obiecała mi pani rewizytę?

– Sama nie wiem – zawahała się – czy to dobry pomysł, żeby u pana w domu.

– W lokalu lepiej?

– Nie o to chodzi, ale żona może mieć inne plany na przedpołudnie.

– Boi się pani mojej żony?

– Dlaczego mam się bać?

– Jeżeli nie, to znaczy, że kluczowy temat „wypada – nie wypada" zakończyliśmy i możemy jechać. Dwoma samochodami, niestety. A tak się już przyzwyczaiłem do pani towarzystwa!

Przez drogę Dorota wyrzucała sobie, że głupio poprowadziła rozmowę i całkiem niechcący namotała jak gapowata prząśniczka. Jodłowski był dorosły, nawet bardzo dorosły, nie wyglądał przy tym na faceta zastraszonego przez żonę lub kogokolwiek, więc jej uwagi były kompletnie idiotyczne. Jestem beznadziejna, karciła się w duchu. Albo wrzeszczę, albo uciekam rakiem, z jednej skrajności wpadam w drugą, zamiast walić środkiem.

Dom Jodłowskich z zewnątrz wyglądał niezbyt okazale i niewiele się różnił od sąsiednich. Ot, zwykła piętrówka w maleńkim ogrodzie, za parawanem z dorodnych żywotników. Dopiero wnętrze dawało pogląd na zamożność i gusta właścicieli.

– Widzę, że popiera pan miejscowych twórców: Janina Twardy, Stec... A to Stolorz?

– Słabo znam się na malarstwie. Kupuję obrazy według swoich kryteriów. Chcę, żeby to był oryginał, i żeby mi się podobał.

– I bardzo dobrze. Powinniśmy otaczać się tym, co dla nas ładne, a nie tylko okrzyczane lub modne – powiedziała, nie dodając przezornie ani słowa o pieniądzach.

Sama kiedyś zachorowała na obraz Stolorza i musiała szybko wyzdrowieć, bo cena przekraczała jej możliwości. Jodłowski najwyraźniej takich problemów nie miał. Zostawił Dorotę w salonie i zniknął w kuchni. Usłyszała szum wody i brzęk filiżanek. Wyglądało na to, że byli w domu sami. Żona, choćby najbardziej tolerancyjna lub obojętna, nie wytrzymałaby długo w ukryciu, szczególnie gdy z salonu dochodził damski głos, a mąż szarogęsił się w kuchni. Na szczęście niczego nie potłukł, nie rozlał i całkiem zgrabnie rozstawił filiżanki na ławie. Dorota z przyjemnością zapadła się w miękki, skórzany fotel.

– Naprawdę chce pan remontować cały budynek? – spytała.

– Naprawdę chce pani rozmawiać teraz o interesach?

– Przecież po to się spotkaliśmy.

– Tylko po to?

– A po co jeszcze?

– Żeby wypić kawę, trochę lepiej się poznać, porozmawiać o przyjemnych sprawach. Tak to rozumiałem.

– Ale ja nie znam przyjemniejszych spraw od robienia interesów z panem – odpowiedziała nie bez kokieterii.

Westchnął.

– Wcześniej czy później trzeba będzie pomyśleć o remoncie całego budynku, zanim zacznie się sypać. Parter można przeznaczyć na działalność gospodarczą, piętro na mieszkania pod wynajem, jeszcze się dobrze nad tym nie zastanawiałem.

– Chwileczkę, a lokatorzy?

– Po remoncie poprawi się standard mieszkań i trzeba będzie podnieść czynsz. Myślę, że ci nasi lokatorzy nie przełkną podwyżki.

– Więc co z nimi zrobimy? Na bruk? Przecież oni tam mieszkają od zawsze – protestowała coraz głośniej.

– Spokojnie, pani Doroto! Emocje bardzo szkodzą interesom. Powiedziałem, że się zastanowię.

– To proszę się dobrze zastanowić – mruknęła nieprzychylnie – bo ja nie mam ochoty wyrzucać ludzi z ich własnych mieszkań.

– To nie są ich mieszkania, to są pani mieszkania, a zgodnie z naszą umową także moje – perswadował dobrotliwie jak dziecku. – Interesy właścicieli rzadko pokrywają się z interesami lokatorów, niestety. Ale oczywiście pomyślimy nad rozsądnym kompromisem, żeby zadowolić i wilka, i owcę.

Dorota najchętniej dałaby się zwieść łagodnym nutom w głosie wspólnika, lecz jego chłodne spojrzenie przeczyło głosowi.

Opuszczała dom Jodłowskiego z przeczuciem, że nie była to ich pierwsza trudna rozmowa.

– A to znacie? Laska wraca do domu i mówi do gostka, do męża znaczy, no nie, że wygrała milion. Gostek, cały głupi ze szczęścia, mówi, że nareszcie pojadą na wycieczkę do Afryki. A ona, ta laska, no nie, mówi: „Nareszcie, to ty wypier…

– Kiczorek! – krzyknęła Gabi, zrywając się gwałtownie od stolika.

– …dalaj z mojego domu" – dokończył lekko zbity z tropu.

Do rzeczywistości przywołały ją głośne rechoty i tupanie. To kumple Kiczorka objawiali swoją wielką uciechę. Pryszczatemu blondasowi piwo poszło nosem, kiedy próbował się dopytać, co to jest „kiczorek".

Rozejrzała się wokół. Poza nimi w pubie nie było nikogo. Barmanka układała w gablotce papierosy i udawała, że niczego nie słyszy. Kiczorek, zarumieniony na pomidorowo, podniósł się leniwym, wężowym ruchem, jak to on. Sięgnął po plecak.

– Spadamy! – powiedział. – Tu mi śmierdzi.

Żaden z kumpli nie drgnął. Zaczęli dogadywać.

– No co ty, Hak! Wlazłeś na lód i pękasz?

– Pogadaj z laską po swojemu, aż jej ćwirki zaptaszkają!

– Spieniona jest, nie przypadłeś jej do gustu!

– Powiedziałem, kurwa, spadamy! – zdenerwował się Kiczorek.

Dopili piwo i zaczęli wychodzić powoli, z ociąganiem. Na do widzenia jeden i drugi beknął głośno, jak to chłopaki mają w zwyczaju.

Barmanka wyszła ze ścierką. Gabi tak była przejęta całym zdarzeniem, że nie zauważyła rozlanej kawy ani poplamionego płaszcza.

– Pani to też odważna, żeby zaczynać z takimi! – dziwiła się kobieta. – Przeklinają, no to na zdrowie. Teraz takie czasy, że wszyscy klną. Inaczej pewnie Polak Polaka by nie zrozumiał. Szkoda płaszczyka, cały dół upaprany.

– Zauważyła pani tego wysokiego, tego, co opowiadał dowcip? Ma posłuch u kumpli, co? Wyszli za nim jak gęsi – powiedziała nie bez dumy Gabriela. – I on jeden pił colę, reszta piwo.

– Lubi pani takich niewyrośniętych dupków? Toż to jeszcze dzieciaki, szkolna młodzież na wagarach!

– A pani takim dzieciakom piwo sprzedaje! – odparła Gabi mściwie. – I dlaczego zaraz na wagarach!? Może wcześniej skończyli lekcje!?

– Piwo, piwo! Szef tu rządzi, nie ja. Klient jest klient – tłumaczyła się zmieszana barmanka, ale patrzyła podejrzliwie, spode łba.

Gabi zapłaciła i wyszła. Spacer starymi śladami nie bardzo jej się udał. Bolała otarta pięta i pobolewała dusza. Z niesmakiem myślała o popisach syna. Rękę by sobie dała odrąbać, że on nie klnie i... byłaby bez ręki. Miała ochotę zawrócić kawałek i jeszcze raz przejść Wiejską, żeby choć z daleka popatrzeć na dom. Na szczęście lub nieszczęście podjechała trzynastka i Gabi wróciła na Zazamcze do swojej kryjówki.

Gabriela od czasu do czasu potrafiła zrobić z siebie niezłą idiotkę. A skoro potrafiła zrobić, to znaczy, że idiotką nie była. Życie, zwłaszcza to z Arturem, zmusiło ją do opanowania trudnej sztuki kamuflażu. Przymykała oczy na zdrady męża, puszczała mimo uszu jego wybuchy złości, godziła się z losem kury domowej, bo innego wyjścia nie miała. Żeby się całkiem nie poddać i zyskać jakiś dyżurny temat do rozmów, poświęciła się koloryzowaniu przeszłości. Powtarzała różne półprawdy i zmyślenia, aż w końcu uwierzyła w swoją dawną urodę i mądrość, liczne talenty i wielkie powodzenie. Zanudzała dzieci i Ewelinę, kosmetyczkę i fryzjerkę. Przyjaciółek od serca nie miała, Artur nie lubił przyjmować gości, wystarczyło mu towarzystwo poza domem. Osamotniona Gabriela kisła sobie w rodzinnym cieple, spokojna o byt i coraz bardziej leniwa. Świat wokół się zmieniał, ona nie. I nawet nie za bardzo marzyła o innym życiu, mówiła tylko, że marzy, a to zupełnie co innego.

Nowa sytuacja ją przerosła. Położyła się na fotelu jako pięćdziesięciolatka, wstała jako młoda kobieta, o której kumple syna mówią „laska". Trzeba nie lada odporności psychicznej, żeby wytrzymać taką przemianę. Po wybuchu pierwszej radości wpadła w dołek psychiczny. Zrozumiała, że to gnuśne i spokojne życie, które wiodła przedtem, było samą kwintesencją szczęścia.

Z każdym dniem coraz bardziej tęskniła do inteligentnych żartów Kiczorka, pouczających rozmów z Muszką i czułości męża. Nie cieszyła jej młodość bez pieniędzy, bo nawyki i przyzwyczajenia miała zgodne z metryką, nie z wyglądem. Zaczęła główkować nad zdobyciem kasy i wymyśliła pracę w Anwilu. To był prawdziwy majstersztyk, jedyny sposób, by wymóc na Joli pożyczkę u Artura. Myślała o Jolce „ta dziewczynina" i była pewna, że tamta pęknie, da się przekonać najdalej za drugim, trzecim podejściem.

Jola wpadła wieczorem. Dorota sprzątała kuchnię, Gabi jak zwykle siedziała przed lustrem.

– Jutro wstajesz o szóstej! – krzyknęła Jolka. – Mój szef nie może się doczekać, kiedy cię pozna. Szuka prawnika ze znajomością rosyjskiego. Jesteś w czepku urodzona, tylko… Gabi, nie maluj się tak mocno! Przypominasz polichromowaną kukłę z drewna.

– Mnie się podoba. Bez makijażu wyglądam jak głupia.

– No to się maluj. Załatwiłam ci pracę.

Gabi wytrzeszczyła oczy.

– Nie mów. Sama się zarzekałaś, że się nie da, że to niemożliwe.

– Łatwo nie było, ale umiem pertraktować. Dyplom doniesiesz przy okazji. Ważne, że mówisz po rosyjsku. Teraz wszyscy znają angielski i niemiecki, brakuje ludzi na rynek wschodni. Za tydzień jedziesz do Moskwy. Aha, dostaniesz trzy tysiące miesięcznie na rękę.

– Powiem ci, że to nie za wiele jak na taki niebezpieczny rynek – zauważyła ostrożnie Gabi.

– Plus premia.

– Życie ważniejsze. Sama do Rosji nie pojadę.

– Dostaniesz dwóch ochroniarzy. Gabi, o co chodzi?

– Bujasz! Robisz mnie w balona, co?

– Jutro o szóstej trzydzieści zabieram cię sprzed domu i jedziemy do firmy.

– Tak? No to… to jestem ci zobowiązana, ale wiesz… wolałabym, żebyś pożyczyła dla mnie te pieniądze od Artura.

I właśnie na taką odpowiedź czekała Jola. Nawet najsubtelniejsze kobiety znają pewne słowa i gesty, które kłócą się z subtelnością. Ona też nie chowała się pod kloszem.

– Tu się zgina dziób pingwina! – powiedziała i pokazała. – Ja ci załatwiłam pracę, a mężulka załatwiaj sobie sama.

Smutne pochlipywanie było jedyną odpowiedzią. Gabi jeszcze nie uznała się za pokonaną, jeszcze walczyła o prawo do mężowskich pieniędzy. Upór Paciorkowskiej bardzo niemile ją zaskoczył. Zawiodła się też na Dorocie, chociaż to właśnie Dorota natchnęła ją wiarą i niezwykłym optymizmem.

– Twoja gosposia miała rację – powiedziała. – Jesteś młoda, piękna, zdolna...

– Inteligentna – dorzuciła Jolka.

– Właśnie – zgodziła się Dorota.

Gabi przestała płakać. Mówiły dokładnie tak, jak ona o sobie myślała. To było bardzo miłe. Gabi lubiła być doceniana i potrzebowała moralnego wsparcia.

– Jesteś naprawdę wspaniałą babeczką – ciągnęła Dorota – i chyba jedyną, która ma okazję po raz drugi przeżyć młodość. – Czy ty to rozumiesz? Możesz poznać nowych ludzi, zakochać się... możesz wszystko.

– Nie sądźcie, że ja zmyślam. Ja kiedyś pasjami uwielbiałam rosyjski, ale...

– Nie o to chodzi! Świat się przed tobą otwiera po raz drugi, rozumiesz?!

– Nie myślcie sobie, ale z tą praktyką to...

– Nie mówimy teraz o praktyce ani o językach. Weź tę pracę w piwiarni, co ci zależy. Znajdziesz się wśród ludzi, może poznasz kogoś ciekawego.

– Właściwie – zawahała się – mogę spróbować. Rosyjski trochę mi wywietrzał, za to gadkę młodzieżową mam w jednym palcu. Nie picuję, zglebić się nie dam i żaden men mi nie podskoczy.

Dorota odetchnęła. Namawiając tak serdecznie Gabi do pracy, miała w tym swój cel: chciała przytrzymać utrapioną Pasjonatę jak najdalej od gabinetu. Dzięki niegłupiemu pomysłowi Joli właśnie nadarzyła się okazja i Dorota nie chciała jej przepuścić.

Pierwsza klientka zapisana była dopiero na jedenastą. Dorota zrobiła sobie wolne przedpołudnie i zamiast siedzieć w gabinecie, pojechała do Sary. Trafiła dobrze, bo w okienko. Dzień zaczęły od kawy, najlepszego lekarstwa na niskie ciśnienie i byle jaki humor.

– Żyję na tym świecie już parę lat, ale wiosny w lutym nie pamiętam – westchnęła Sara.

– Co druga moja klientka mówi podobnie – uśmiechnęła się Dorota. – Widać kobitki w pewnym wieku nie potrafią żyć bez wspomnień.

– Nie bądź wredna! – odrzekła Sara już znacznie weselszym tonem. – Jeśli w porę nie zakręcisz się koło jakiegoś sensownego chłopaka, też zdziwaczejesz, czego ci nie życzę.

– Mam dać ogłoszenie w prasie albo urządzić łapankę?

– Masz wyjść do ludzi, dziewczyno! W gabinecie nie znajdziesz odpowiedniego faceta, chyba że jakiegoś dziwoląga z kolczykiem na fujarce. Był u mnie przedwczoraj taki, dwa srebrne koła sobie zafundował. Jak wstał, to go do ziemi przygięło – roześmiała się cicho.

– Przystojny?

– No co ty! Po diabła przystojnemu kółka.

Od dawna wiadomo, że odrobina śmiechu, zwłaszcza z cudzych dziwactw, działa skuteczniej niż kofeina. Rozpogodziły się obie, a Sara pociągnęła swój ulubiony wątek: mężczyzna w gabinecie kosmetycznym. Nie lubiła facetów. Nie, żeby w ogóle, lecz tylko tych na fotelu. Wydawali jej się nie na swoim miejscu. Rzadko o tym mówiła i nigdy przy klientach.

– Przesadzasz. – Dorota pokręciła głową. – Też mają kłopoty z cerą, z odciskami, to gdzie mają iść?

Sara była pierwszą osobą, której Dorota zdecydowała się powierzyć tajemnicę Tomkowego preparatu. Bliźniaka wykluczyła. Zaraz by spytał: „Jak mogłaś pomylić opakowania? A gdyby tam była maść na pryszcze albo trutka na szczury to co?". Otóż nie wiedziała „co", dlatego wolała nic mu nie mówić. Jodłowskiego też wykluczyła, bo za krótko się znali. Pozostała tylko Sara. Patrzyła oczami wielkimi jak spodki, chłonęła każde słowo i nie przerywała. A Dorota tłumaczyła z przejęciem, że specyfik różnił się od oliwki jedynie delikatnym zapachem łąki, no i działaniem. Sprawdziła w Internecie wszystkie znane firmy, krajowe i zagraniczne, nigdzie nie znalazła zapowiedzi, reklamy, niczego.

– Jedziemy do Warszawy! – zdecydowała Sara. – Wygrzebiemy to choćby spod ziemi.

– Wystarczy znaleźć Tomka. Mam nadzieję, że nie polazł aż tak głęboko.

– Mógł za to poleźć dalej i na dłużej. Gdzie on poprawia tę swoją pomarszczoną urodę? Myślę o Warszawie.

Dorota bezradnie wzruszyła ramionami. Mogła tylko przypuszczać, że gdzieś w śródmieściu, bo skarżył się na kłopoty z parkowaniem, i że – jak przystało na efekciarza – bywał jedynie w dużych, modnych salonach. Sara nie zamierzała się poddać.

– Potrzebne będą zdjęcia Tomka – powiedziała. – I oczywiście adresy salonów, zakładów, gabinetów i tak dalej. To da się zrobić, ściągnę z Internetu.

– Wiesz, ile tego jest? – westchnęła Dorota.

– Dużo, wiem.

Dorota miała wyszukać zdjęcia, a gdyby się dało, to oczywiście Tomka we własnej osobie. Znowu stał się najważniejszy w jej życiu, tylko w nieco innym wymiarze.

Włączyła płytę z balladami Phila Collinsa, a klientka położyła się na fotelu.

– ...i niech pani sobie wyobrazi, pani Dorotko, że pojechałam do tego, co to ma zdrowie i moc w rękach.

– Naprawdę?

– No! Moją sąsiadkę tak wyleczył, że lekarz się zadziwił. Opowiadałam pani ostatnio, co jej było. Spuchło jej...

– Opowiadała pani, pamiętam! – wtrąciła pośpiesznie Dorota.

Klientka należała do kategorii kobiet z uszkodzoną zapadką między mózgiem a językiem. Przynosiła Dorocie w podarunku cudze tragedie wielkiego kalibru. Z upodobaniem opowiadała o chorobach, zgonach i katastrofach, a potem spokojnie wychodziła. Dorota zaś zostawała z głową jak balon i wrażeniem, że te wszystkie nieszczęścia wsiąkają w nią i pęcznieją.

– No właśnie. Więc ja też pomyślałam, że przecież sam dotyk mi nie zaszkodzi, za to może pomóc. Prawda?

– Oczywiście.

– Wziął pięćdziesiąt złotych i nie pomógł. Rozpił się, wrzodów dostał takich wielgachnych, że jak mnie dotykał, to mówię pani...

– Proszę się wygodnie położyć – zaszemrała Dorota – nałożymy maseczkę. Nie przeszkadza pani muzyka? Nie za głośno?

– Niech sobie plumka, ja nie taka wrażliwa. Pięćdziesięciu złotych mi żal. Lepiej bym dzieciakowi coś kupiła.

Cisza. Nie na długo, na czas trwania maseczki rozjaśniającej cerę. Żeby ta malkontentka choć raz opowiedziała jakąś zabawną historię, pomyślała Dorota. Tego dnia brakło jej cierpliwości do cudzych chorób. W głowie miała Tomka i fochy Gabrieli. Poza tym pogoda była prawie wiosenna, taka w sam raz na wagary. Coś jej w duszy mówiło, że to nie będzie normalny dzień, chociaż wszystko wskazywało na to, że jak najnormalniejszy.

O siedemnastej do gabinetu wszedł ostatni już klient. Nazywał się Deszcz.

– Co będziemy robić? – spytała.

Wielokrotnie zadawała takie pytanie kobietom pojawiającym się pierwszy raz w gabinecie i zazwyczaj dostawała rzeczową odpowiedź: henna, masaż, oczyszczanie twarzy. Deszcz zareagował jak typowy facet. Zagrał oczami, uśmiechem, głosem.

– W ciemno zgadzam się na wszystkie pani propozycje – powiedział.

Ciekawe, co byś zrobił, amigo, gdybym zaproponowała ci zamknięcie drzwi z drugiej strony, pomyślała rozbawiona.

– Pytałam tylko, jaki zabieg pana interesuje?

Jej głos brzmiał chłodno i rzeczowo.

– Najlepsze określenie, jakie mi przychodzi do głowy, to obdzieranie ze skóry – odpowiedział.

– Depilacja. – Kiwnęła głową. – Nogi, klatka piersiowa, pachy?

– Dłonie i tułów.

Nie lubiła sprawiać ludziom bólu, nawet w imię estetyki. Co innego korekta brwi czy usunięcie niewielkiego damskiego wąsika, a zupełnie co innego depilacja większych powierzchni ciała. Miała dla Deszcza odrobinę współczucia, które teraz przerodziło się w litość, gdy zobaczyła jego zarośniętą klatkę piersiową i plecy. Nie bardzo rozumiała, dlaczego chciał to wszystko usuwać. Jej akurat nie przeszkadzały męskie owłosione torsy, chociaż ostatnio były niemodne. „Ani jeden włos nie ma prawa pojawić się nigdzie poza głową!" – mówili i pisali ortodoksi spod znaku łysego ciała.

– Myśli pani, że mógłbym konkurować z małpą? – spytał.

Żart nie wynikał z dystansu do własnego wyglądu, lecz był klasycznym wyrazem niepokoju. Mężczyźni w gabinecie dość często maskowali lęk nadmierną szorstkością lub przesadnym dowcipkowaniem. Pod tym względem pan Deszcz nie był wyjątkiem. Puściła małpę mimo uszu i wyjaśniła, na czym polega zabieg usuwania włosów ciepłym woskiem.

– Czy to naprawdę nic a nic nie boli?

– Trochę boli – przyznała uczciwie i szybko dodała, że mężczyźni znoszą ten rodzaj bólu raczej dobrze.

Na wszelki wypadek zaczęła od dłoni. Dopóki smarowała pierwszy palec, klient wydawał się zadowolony. Kiedy zerwała woskowy pasek, był już mniej zadowolony, a z każdym następnym palcem jeszcze mniej i mniej. Nie syczał, nie jęczał, zacisnął zęby, ale wyraźnie miał dosyć. Z trudem go przekonała, że dla ogólnego efektu warto również zrobić drugą rękę. Zanim jednak wspomniała o depilacji klatki piersiowej, włożył koszulę i starannie pozapinał guziki.

– Czy pani wysłałaby swojego faceta na takie tortury? – spytał.

Pytanie było z gatunku niezręcznych. Każdy szanujący się gabinet kosmetyczny ma w ofercie depilację, uznawaną za zabieg rutynowy, powszechny i coraz bardziej modny. Jako profesjonalistka, Dorota wolała nie zdradzać swoich poglądów ani tym bardziej upodobań. A to żmija! – pomyślała z niechęcią o żonie lub narzeczonej Kamila Deszcza.

– Ma pan nauczkę, że nie można się zgadzać na wszystkie propozycje kobiet, i do tego w ciemno.

– To nie dotyczy pani – zapewnił.

Najwidoczniej zapomniał już o bólu, bo uśmiechał się i próbował zajrzeć jej w oczy. Był bardzo, aż za bardzo w jej typie, lubiła szatynów o jasnych oczach. Nie miała nic przeciwko temu, by włosy zachodziły im nieco na kołnierz marynarki, a koszula była pod brodą rozpięta.

– Umówi się pani ze mną na kawę? – spytał.

– Dlaczego myśli pan, że się umówię?

– Jeszcze nie myślę, dopiero kuszę. Jeśli da mi pani trochę czasu, spróbuję udowodnić, że jestem całkiem sympatycznym facetem. Zależy mi na tym.

Przed oczami Doroty zatańczyło widmo Gabrieli. Im dłużej podrygiwało, tym większej ochoty nabierała na randkę z Deszczem. Jakoś nie chciało jej się wracać do domu.

– Godzina panu wystarczy?

– Która godzina? – zaskoczył natychmiast.

Spojrzała na zegarek.

– Od tej chwili najbliższa.

Spędzili razem prawie trzy godziny i nie był to czas stracony. Poznawanie człowieka ma w sobie coś z odkrywania tajemnicy. Dzień wcześniej, kiedy zadzwonił do gabinetu, wiedziała tylko, że ktoś taki jak Kamil Deszcz istnieje. Zapisała nazwisko w notesie, było ono jedynie pustym dźwiękiem. Dzień później zobaczyła w gabinecie jego twarz, ręce, owłosiony tors i uznała, że facet jest przystojny, ale wciąż był dla niej zagadką. Po dwu godzinach spędzonych przy stoliku w Cafe Blue, choć zagadką być nie przestał, co nieco już o nim wiedziała. Na przykład, że trudno się nudzić w jego towarzystwie. Nie był jakimś przesadnym wesołkiem, nie błaznował, choć parę razy rozśmieszył ją do łez. Bawiły ich te same żarty, raczej aluzyjne niż dosłowne, opowiedziane mimochodem, a nie serią z karabinu maszynowego.

– Zaskoczyłaś mnie – powiedział. – Tam, w gabinecie, wydawałaś się taka chłodna, rzeczowa.

– Jak wcielenie gabinetowej nudy?

– Jak siostra przełożona w szpitalu, czyli opanowana, grzecznie uśmiechnięta profesjonalistka, ale wiadomo, że jak taka przywali zastrzyk, to brr.

– Przełożone nie brudzą sobie rąk zastrzykami. Od razu widać, że lepiej znasz pielęgniarki niż szpitalne obyczaje. Boisz się zastrzyków? Depilacja jest gorsza, więc co cię przywiodło do mojego gabinetu, determinacja czy ukłon w stronę mody?

– Serce. Poza tym mówiliśmy o tobie, nie o mnie – zaprotestował ze śmiechem.

– O mnie już powiedzieliśmy, teraz pogadajmy o tobie.

– Zgoda. Jeżeli o mnie chodzi, to uważam, że ta pozornie chłodna dama z gabinetu w rzeczywistości jest cudem natury i balsamem na moją duszę samotnika.

Zapomniałeś, samotniku, o tej małpie, co kazała ci się obedrzeć ze skóry, pomyślała, uśmiechając się do rozpromienionego

Kamila. Wyraźnie ją czarował, zachwycał się jej kobiecością, wdziękiem, oczami, włosami, trochę przy tym przesadzając, ale w granicach przyzwoitości. Była spragniona takich słów, spojrzeń, delikatnych muśnięć dłoni, tego całego teatru uwodzenia, który rozgrywał się nad blatem stolika. Tomek od dawna nie widział w niej kobiety, kto wie nawet, czy nie mylił Doroty ze starszym bliźniakiem, co wcale nie było miłe i wpędziło ją w chorobę sierocą. Tęskniła za życzliwością i ciepłem w męskim wydaniu, chciała kochać i być kochaną.

– Nie wiedziałem, że są jeszcze takie dziewczyny jak ty! – wyznał.

– Ciotka Pasjonata powiedziałaby: picu, picu! – roześmiała się Dorota.

– Pasjonata?

– Znajoma, która chwilowo mieszka u mnie i wszystko robi pasjami: makijaż i bałagan.

– Ale dlaczego ciotka?

– Bo wąsiki każe sobie depilować – odpowiedziała, przeskakując zgrabnie na inny temat.

Deszcza interesowało wszystko, o czym mówiła, ona jednak nie chciała tracić czasu na głupstwa. Dopiero przy pożegnaniu, kiedy Kamil delikatnie odgarnął jej z policzka kosmyk włosów i popatrzył z bliska w oczy, poczuła dla Gabi coś na kształt wdzięczności. Gdyby nie świadomość, że tamta plącze się po mieszkaniu, zaprosiłaby Kamila na górę. A wtedy mogłoby się zdarzyć wszystko, łącznie z tym, co nie powinno się zdarzyć na pierwszym spotkaniu. Biegnąc samotnie po schodach, powtarzała ulubione przysłowie mamy, że pośpiech jest wskazany jedynie przy gaszeniu pożaru. Jej tak bardzo się nie paliło, była już umówiona na kolejne spotkanie.

Gabi wróciła jeszcze później niż Dorota. Z jękiem osunęła się na fotel. Bolał ją kręgosłup, bolały nogi, ręce, a na dodatek uszy od wrzasku. W nozdrzach czuła zapach piwa i dymu tytoniowego.

– Więcej tam nie pójdę! Więcej moja noga... Nigdy więcej... – zarzekała się i zawodziła.

Pierwszy raz od wielu lat spędziła cały dzień w pracy. Poszła do piwiarni Borka na cztery godziny, żeby się rozejrzeć i zastanowić.

– A nad czym tu się zastanawiać? – zdziwił się szef. – Cztery złote za godzinę płacę, to więcej, niż dają w marketach. A tu przynajmniej możesz się wysikać spokojnie, w pampersie nie musisz siedzieć. Zresztą ty nie masz siedzieć, tylko biegać.

Zagonił ją do kuchni za barem, pokazał, gdzie leżą mrożone flaki, gdzie pizza i zapiekanki. Miała odgrzewać w mikrofali posiłki, zmywać naczynia i obsługiwać salę. Niewielką, zaledwie na osiem stołów. Tak ją zagadał, że nawet nie zdążyła obrazić się za to chamskie tykanie.

– Ruszaj się, młoda, ruszaj! – popędzał Gabi, ledwie próbowała na chwilę przysiąść.

– Też mógłbyś się trochę poruszać, bo niedługo własnego tyłka nie udźwigniesz! – odpowiedziała raz ze złością.

– Pyskata jesteś, to dobrze! – Wyraźnie się ucieszył. – Jedną tu miałem taką delikatniutką, że aż strach. Wciąż raki piekła, jakby, kurna, normalnego języka nigdy nie słyszała.

Klepnął Gabi po plecach zadowolony, że wreszcie trafiła mu się pomocnica krzepka w sobie i wygadana.

Do południa jakoś wytrzymywała. Przychodzili głównie emeryci, zamawiali piwo i pięćdziesiątkę lub tylko piwo. Trochę politykowali, trochę narzekali. O pizzę i flaki nikt nawet nie zapytał. Po czterech godzinach Gabriela zaczęła się zbierać do domu. Już ledwie stała na nogach.

– A ty dokąd, młoda? Prawdziwa robota dopiero się zacznie – powiedział szef. – Nie bój się, u mnie jest rzetelnie, ile godzin pracujesz, za tyle płacę. Nie tak jak w marketach, że biorą na pół etatu, płacą za pół, a każą robić za dwa i pół.

Popołudnie przeszło najśmielsze oczekiwania Gabi. Nawet jej do głowy nie przyszło, że mężczyźni mogą tak bezmyślnie trwonić wolny czas, wśród wrzasków, śmiechów, w pomieszczeniu czarnym od dymu. Takich facetów jak ci, którym podawała piwo, omijała dawniej na ulicy szerokim łukiem.

– Co to, wypłata dzisiaj, że tak ich dużo? – spytała, przechodząc obok szefa.

– Dużo? Młoda, ty jeszcze nie widziałaś prawdziwego ruchu. Pusto jest, zobacz tylko, ile krzeseł wolnych. Ludziom się robota pokończyła, nawet na piwo sobie żałują. Jak się nie poprawi, z torbami pójdziemy.

Piwo i wódka, wódka i piwo, nic więcej nie miało wzięcia. Gabi zarobiła trzydzieści sześć złotych i wyszła ledwie żywa.

– Więcej nigdy... Więcej moja noga... – jęczała, masując obolałe łydki. – Dzwoń do Jolki, powiedz, że to robota w sam raz dla niej!

– Ona ma pracę – odpowiedziała spokojnie Dorota. – Dzisiaj właśnie poleciała do Paryża.

– No tak! Ona do Paryża, a ja do śmierdzącej piwiarni. I to ma być koleżanka. Obie jesteście dobre: „Idź, Gabi, idź, poznasz ciekawych ludzi!" – tak mówiłyście, no nie? To ja cię tam jutro zaciągnę na pasku, żebyś też sobie poznała tych ciekawych ludzi. Okazy jeden w drugiego. A jacy kulturalni, jacy rycerscy. Jeden mi powiedział, że ruszam się jak ciężarna kobyłka. Więcej już tak nie powie.

– Wyrwałaś mu język?

– No co ty! Pełna kulturka. Powiedziałam: „Idź, czubasie do sroczyka, obejrzyj się w lustrze, a jak zobaczysz to, co my tu widzimy, przejdzie ci ochota do żartów!". Mówię ci, jak chłopstwo ryknęło śmiechem, to mało szyby nie wyleciały.

– Gabi, ty jesteś stworzona do tej pracy! – wykrzyknęła Dorota. – Podziwiam cię, jesteś rewelacyjna. Mnie by zamurowało.

Pasjonata z wielką przyjemnością wysłuchiwała pochwał. Rozluźniła się, a nawet uśmiechnęła.

– Jakby im na wszystko pozwolić, to na łeb człowiekowi wlezą – odrzekła skromnie. – Ależ jestem zmęczona. Łupie mnie w krzyżu i w kolanach.

– Ja też jestem zmęczona po całym dniu pracy – przyznała się Dorota.

– Akurat! Ty jesteś cała młoda, a ja mam tylko nowe opakowanie na starej maszynerii. Taka jest prawda. I ciężko mi na duszy. Żebym chociaż znała numery komórek dzieciaków, to byłabym spokojniejsza.

– Bardzo tęsknisz?

– One tęsknią...

Obawiam się, że wątpię, chciała powiedzieć Dorota, ale poszła do małego pokoju i przygotowała spanie biednej spracowanej barmance.

Późnym wieczorem zadzwoniła matka. Telefonowała zwykle po dziesiątej, kiedy ułożyła ciotkę do snu. Z wielkim hartem zno-

135

siła liczne obowiązki i kaprysy staruszki, niechętnie też opowiadała o swoich zajęciach. Pytania Doroty o zabytki Londynu kwitowała śmiechem. Jej życie upływało między domem i supermarketem, w którym robiła niezbędne zakupy. Nie narzekała, powtarzając do znudzenia, że wyjechała z własnej woli i własnego wyboru, co było prawdą, choć nie do końca. Najpierw straciła pracę w szpitalu, dopiero potem zdecydowała się na wyjazd, żeby pomóc córce, a przy okazji nie powiększać grona bezrobotnych. Siedząc w Anglii, przestała zamęczać Dorotę telefonami, odzywała się raz, czasem dwa razy na tydzień, jakby wreszcie zrozumiała, że jej maleńka córeczka wcale nie jest taka mała i całkiem nieźle sobie radzi. Dopóki mieszkały razem, chciała wiedzieć o niej wszystko: o czym myśli, o czym nie myśli i dlaczego. Nie była zachwycona Tomkiem i drżała ze strachu, że córka niewłaściwie ułoży sobie życie. Wyjazd bardzo zmienił matkę. I to był największy chyba plus rozłąki. A jednak od czasu do czasu wyłaziła z niej nadopiekuńcza kwoka. Od pewnego czasu bardzo namawiała córkę na jakiś mały flirt. „Plącze się wokół ciebie tylu młodych mężczyzn, dlaczego nie wyskoczysz z żadnym na kawę albo do dyskoteki", mówiła. Szukała gwałtownie jakiejś przeciwwagi dla Tomka, a wiadomość o zerwaniu jeszcze wzmogła te namowy. Ostatnio jednak najbardziej zamartwiała się przeprowadzką Doroty do Kowala.

– Ona mi to zrobiła na złość! – powiedziała bez żadnych wstępów.

– Kto?

– Nie udawaj, że nie wiesz. Twoja babka. Zapisała ci ten dom, żeby nas rozdzielić.

– A teraz niby jesteśmy razem? – zdziwiła się Dorota. – W Kowalu będę tylko pracowała.

– Głupio to wymyśliłaś. Nie znasz ludzi w małych miejscowościach. Tak ci dokuczą, że się nie pozbierasz.

– Dam sobie radę. A co u cioci?

– Co ma być?! Po staremu. Opamiętaj się z tym Kowalem.

Tego dnia matka chciała rozmawiać wyłącznie o tej najważniejszej sprawie. Wracała do niej, krążyła wokół, rozdziobywała pomysł Doroty na okruszki, by za każdym razem dojść do wniosku, że córka robi błąd. Była znowu dawną, upartą i rozhisteryzowaną Antoniną. A przecież Anglia i chora ciotka wyleczyły ją z histerii. Do tej nowej Antoniny nie pasowało namolne trzymanie się jednego tematu.

– Czy ty się czegoś boisz? – spytała Dorota.

Matka prychnęła, zawahała się i odpowiedziała powoli, ważąc każde słowo.

– Boję się wyłącznie o ciebie. Czy to cię dziwi?

Otóż właśnie dziwiło. Skłonna była przypuszczać, że mama, bardziej niż o nią, bała się o własne tajemnice. Przeszłość, przechowywana w cudzej pamięci, była dla Doroty tym, czym zasuszone pęki ziół w domu babki. Domyślała się, że przyczyną obaw mógł być mężczyzna. Przed laty Antonina wolała opuścić rodzinne miasto, niż zdradzić, kto był ojcem jej nienarodzonego jeszcze dziecka. Może on wciąż mieszkał w Kowalu? A jeśli nawet, to co? Dawno już wyrosła z tęsknoty za ojcem. Nie wiedziała tylko, jak to matce wytłumaczyć, żeby chciała zrozumieć.

Klientki Doroty wywodziły się z różnych sfer towarzyskich: od gospodyń domowych po wysokie urzędniczki, lekarki, nauczycielki. Nie zawsze rozmowy prowadzone w gabinecie były zwykłą paplaniną. Zdarzały się bardzo pouczające dyskusje, z których Dorota zyskiwała konkretną wiedzę. Czasem żartowała, że pracując wśród tylu różnych kobiet, może sobie darować czytanie gazet, słuchanie radia i oglądanie telewizji.

Ranki najczęściej zaczynały się od prasówek i pogody. O pogodzie, wiadomo, każdy ma coś ważnego do powiedzenia. W zimie, że zimno, w lecie, że upał, a kiedy wiosna pojawi się w lutym, to można o anomaliach. Gorzej było z prasówkami. Ile pań, tyle interpretacji. Jedne wierzyły słowu pisanemu, inne lansowały własne poglądy i żadnej sprawy nie uważały za oczywistą.

Wczesnym popołudniem na fotelu rozłożyła się pani Surska. Pasjonowała się literaturą pamiętnikarską oraz historiami z życia ludzi, których znała. A znała chyba wszystkich, choć miasto było średniej wielkości. Złośliwiec mógłby powiedzieć, że pani Surska z upodobaniem zajmowała się plotkami, ale Dorota niezupełnie tak uważała. Cudze sprawy były dużo ciekawsze od własnych, poza tym ceniła Surską za dyskrecję. Ta kobieta o literaturze rozmawiała zawsze głośno, o życiu innych ludzi wyłącznie szeptem. Dorota odpowiadała szeptem i wytwarzała się między nimi cicha więź. Zaczynało się zawsze tak samo: „Pani Dorotko, zna pani..." – tu padało nazwisko, za każdym razem inne. Tego wczesnego popołudnia spytała o Pośpieszkę.

– Nie zna pani Pośpieszki? – szeptała. – Pracuje razem z moim mężem u Haczyńskiego. Oczywiście Haczyńskiego pani zna? Jak to nie? Jego żona jest albo raczej była pani klientką.

– Panią Haczyńską znam, jego nie – odszepnęła Dorota.

– Ją też nieprędko pani zobaczy. Uciekła i zatarła za sobą ślady.

– Z mężczyzną uciekła?

– A jaki mężczyzna poleciałby na Haczyńską, pani Dorotko!? Niech pani posłucha. Jest dużo ciekawiej, bo na horyzoncie pojawiła się córka Haczyńskiej z pierwszego małżeństwa lub z okresu między małżeństwami, trudno wyczuć, bo nawet Artur wcześniej nie słyszał o tym podrzutku. Aferę zmontowały obie do spółki. Historia jak ze „Stawki większej niż życie". Pierwsza znika, druga wciska się na jej miejsce, i dodatkowo upiera się, że jest tą pierwszą. Taka J 23, da pani wiarę?

– Skąd wiadomo, że to córka Haczyńskiej?

– Artur miał ochotę ją udusić, tak bardzo mu przypominała żonę z młodych lat. Przyznał się Pośpieszce, że był mocno nieszczęśliwy w małżeństwie.

– Biedna pani Gabriela! – szepnęła przytomnie Dorota.

Surska nie uważała Haczyńskiej ani za biedną, ani za niewinną. Posiłkując się przekazem pana Pośpieszki, wyjaśniła istotę spisku. Gabriela zniknęła mężowi z oczu, żeby córka mogła wskoczyć na jej miejsce, okręcić sobie Haczyńskiego wokół palca, oskubać i zostawić na lodzie.

– Jak to: wskoczyć? – zdziwiła się szczerze Dorota. – I po co, jeżeli pani Gabriela mogła skubać męża do woli, bez wzbudzania podejrzeń. To są jakieś chore urojenia.

– O nie! Mogła go tak samo skubać, jak ja mogę swojego! To oni zakładają konta, żonglują pieniędzmi, wypełniają PIT-y, a my wiemy o ich dochodach tyle, ile nam powiedzą. Artur dawał pieniądze na prowadzenie domu i ani grosza więcej. Jeżeli chciała wspomóc nielegalną córkę, musiała wymyślić jakiś fortel. I wymyśliła coś pod męża, pod jego upodobania do młodych

138

ciał. Niestety, podsunęła mu ciało zbyt podobne do swojego, które mu się źle kojarzyło, i wyskoczyła afera.

– Ale się porobiło! – wykrzyknęła Dorota, zapominając o szepcie.

Po wyjściu Surskiej jeszcze długo nie mogła dojść do siebie. Nawet o jedzeniu zapomniała. Poważnym minusem pracy w gabinecie były późne obiady, zwykle połączone z kolacją. Na zapleczu Dorota miała wprawdzie kuchenkę gazową, jakiś rondelek i patelnię, lecz zapach wędzonki czy gotowanej kiełbasy nie pasował do gabinetu kosmetycznego. Żyła więc głównie kanapkami i drożdżówkami. Tego dnia była umówiona na kolację z Kamilem Deszczem, więc jedzeniem w ogóle się nie przejmowała. Nie mogła natomiast zapomnieć o Haczyńskiej. W jakimś sensie czuła się odpowiedzialna za biedną Gabi, spodziewała się kłopotów, lecz to, co opowiedziała Surska, przerosło wszelkie wyobrażenia! J 23, szantaż, kompletna paranoja, która groziła wielkim nieszczęściem. Dorota zadzwoniła do Sary, żeby opowiedzieć o ciemnych chmurach nad głową Haczyńskiej, a przy okazji wspomnieć o bezowocnych poszukiwaniach Tomka.

– On był jak osa. Odgoniłaś, wracał – tłumaczyła zgnębiona.

– A teraz, kiedy jest naprawdę potrzebny, zabrał się i zniknął. Gdyby nie radość w głosie mamy Szabałowej, zaczęłabym chyba go szukać przez policję. Do mamy podobno dzwoni co drugi dzień, więc raczej nie wyparował.

– Masz jego zdjęcia? – spytała Sara.

– Jedno i to kiepskie. On nie cierpiał... to znaczy nie cierpi zdjęć. Popatrz, czy to nie dziwne: nie przejdzie spokojnie obok lustra czy wystawy, kocha oglądać swoją gębę, więc dlaczego nie lubi zdjęć?

– To jego jedyne dziwactwo? – zdziwiła się Sara. – Jeżeli tak, to facet mieści się w granicach normy. Znam gorszych pomyleńców. To co, zrobimy sobie wolne od środy?

Dorota zgodziła się bez marudzenia, chociaż nieprzewidziane zamknięcie gabinetu wiązało się z całą masą telefonów i przepisaniem wszystkich klientów na inne terminy. To była jednak naprawdę niewielka cena, jaką miała zapłacić za rozpoczęcie poszukiwań Tomka i jego specyfiku. Na samą myśl, że coś się wreszcie zaczyna dziać, poczuła ulgę.

Mimo współczucia dla Haczyńskiej była coraz bardziej zmęczona jej obecnością. Druga osoba w mieszkaniu, całkiem przypadkowa i niechciana, stała się prawdziwym utrapieniem i na dodatek przeszkadzała w życiu towarzyskim. Dorota nie mogła zaprosić starszego bliźniaka na obiad ani Jodłowskiego na herbatę, nie mogła wreszcie urządzić kolacji przy świecach dla Kamila Deszcza, choć bardzo tego chciała. Grzeczne spotkania w Cafe Blue i Teatralnej przestawały jej wystarczać, dojrzała do niegrzeczności. Poza tym była nim zauroczona. Jeszcze nie tak na śmierć i życie, ale wystarczająco, by tęsknić do spotkań we dwoje. Kamil okazał się na tyle dobrze wychowany, że nie naciskał, nie wpraszał się na siłę. Raz tylko spytał, czy może ją odwiedzić w domu.

– Oczywiście – odpowiedziała – tylko najpierw muszę się pozbyć ciotki Pasjonaty.

Rozśmieszył go zwrot „pozbyć się", jakby żywcem przeniesiony z powieści kryminalnej. Trochę się wtedy rozgadała. Niewiele, coś jednak musiała powiedzieć, żeby nie posądzał jej o mordercze zamiary wobec chwilowo bezdomnej kobiety.

– Gdzie ty ją znalazłaś? – spytał zdziwiony.

– To moja klientka. Pożarła się z mężem i sam rozumiesz.

– I tak po prostu u ciebie zamieszkała? Siedzi sobie i już?

– Pracuje. Jest kelnerką w piwiarni, gdzieś w śródmieściu, chyba u Bartka czy tak jakoś.

– Patrzę na ciebie i niemal widzę, jak ci skrzydła u ramion wyrastają. Jesteś aniołem. – Pocałował ją w rękę i tak popatrzył, że mimo anielskich skrzydeł wściekła się w duchu na Gabi.

Remont w Kowalu posuwał się nie tak szybko, jakby Dorota sobie tego życzyła. Jodłowski uspokajał ją, że szybciej się nie da, bo pośpiech nie zawsze idzie w parze z solidnością. Widywali się rzadko i w przelocie, o co miał cichą pretensję. Zapraszał ją do siebie, czasem subtelnie wpraszał się do niej na herbatę i zmuszał Dorotę do krętactw. Wolny czas wolała spędzać z Kamilem, ale on też nie bywał u niej w mieszkaniu. Uznała, że im mniej osób, nawet bliskich, będzie wiedziało o Gabi, tym będzie bezpieczniej.

Jodłowski zadzwonił w chwili, kiedy Gabi brała prysznic.

– To u pani tak szumi woda? – spytał. – Jakaś awaria?

Telefon stał w korytarzu, w pobliżu łazienki, więc wspólnik musiał słyszeć całe kaskady, inaczej się nie dało. Oszczędzanie wody nie leżało w naturze Gabi.

– Kuzynka przyjechała na kilka dni, właśnie bierze prysznic. Co z tym remontem?

Jodłowski chciał jej pokazać nowy, podobno doskonały materiał na ścianki działowe.

– Panie Błażeju, wiem, co to jest karton, wiem, co to jest gips, ale nie wiem, jak z tego można robić ściany. One będą bardziej kartonowe czy bardziej gipsowe? A może by tak z cegieł?

Śmiał się i tłumaczył cierpliwie, że wszystko będzie dobrze.

– Widzę, pani Doroto, że bez kawy i koniaku nie rozbierzemy tego problemu.

– To my rozbieramy czy budujemy? – spytała z rozbawieniem.

– O tym też moglibyśmy porozmawiać przy koniaku.

Ponawiał propozycje i ponawiał, a Dorota wykręcała się brakiem czasu. Nie dość, że karnawał i pełno roboty, to jeszcze miała w planie trzydniowy urlop i musiała się wyrobić przed środą. Nawet Kamila zaniedbała w ostatnich dniach. Jednak Jodłowski się uparł, przyjechał po nią do gabinetu i zabrał na kolację do śródmieścia.

– Co się takiego wydarzyło, co nie mogło poczekać do soboty? – spytała, rozglądając się ciekawie po wnętrzu.

Wszystko tu jeszcze pachniało nowością i pysznym jedzeniem. Dorota poczuła głód i zajrzała do karty. Wybór nie był duży, za to nazwy tak udziwnione, że nie bardzo wiedziała, czego się spodziewać na talerzu.

– Panie Błażeju, pytałam, co się wydarzyło?

– Stęskniłem się za panią. To chyba wystarczający powód?

– Może dla pana – mruknęła bez większego zapału. – Czy jednak nie myli pan interesów z życiem prywatnym?

– A kto pani powiedział, że ja chcę rozmawiać o interesach?

– Tak mi się wydawało.

– Rozumiem. Pani się wydaje, więc pani wie. Typowo kobiecy, choć niepozbawiony uroku sposób rozumowania. A ja choć raz chciałem mieć panią dla siebie, nie mówić o interesach, tylko o przyjemnościach.

– Taka jestem ostatnio zagoniona – powiedziała bez większego związku.

– Jakieś kłopoty rodzinne?

– Dlaczego rodzinne? Mama w Anglii, starszy bliźniak wierci dziury w drogach, żeby miał co łatać, oboje raczej mają się dobrze. Jestem zmęczona zimą, pracą. Stara już jestem, panie Błażeju.

Uśmiechnęła się i spojrzała prawie zalotnie. Słuchał jej z wielką powagą, jakby wierzył każdemu słowu bez zastrzeżeń. Chyba przeceniłam jego poczucie humoru, zmartwiła się w duchu.

– W podeszłym wieku najlepszy jest ruch – powiedział. – Niedługo będziemy mieli we Włocławku bal myśliwych. Musi pani wiedzieć, że to piękne bale, więc może byśmy poszli?

– Ja z państwem?

Jodłowskiego raczej trudno było zaszokować. Wydawał się uosobieniem opanowania i spokoju. Tym razem jednak spojrzał na Dorotę z taką miną, że poczuła ciepło na policzkach.

– Mówiłem o pani i o sobie. A pani o kim mówi? – spytał.

– Ojej, czepia się pan słów jak rzep rękawa – prychnęła. – Dla mnie obrączka na palcu jest symbolem małżeństwa. Pan ma taką szeroką, że trudno jej nie zauważyć. A ja mam swoje zasady. Jedna z nich brzmi: Nie odbijaj mężów innym kobietom, żeby i tobie nie odbiły.

– Przecież nie ma pani męża.

– Kiedyś sobie jakiegoś znajdę.

– I w trosce o tego przyszłego szczęśliwca nie chce pani iść ze mną na bal? Czy to nie nadmiar ostrożności?

– Myślałam raczej o pana żonie, która wydaje się jak najbardziej teraźniejsza – odpowiedziała Dorota, grzebiąc bez przekonania w talerzu wielkim jak młyńskie koło, pełnym niedogotowanych marchewek, brokułów i fasolek szparagowych.

– Nie smakuje pani? – zatroszczył się Jodłowski.

Spojrzała z przepraszającym uśmiechem. To nie jego wina, że zamówiła polędwicę, a dostała na talerzu jawny przerost formy nad treścią, czyli dekoracji nad jedzeniem. Z pobytów w innych miastach znała już tę modę na wypasanie gości warzywami i wcale jej nie pochwalała. Mruknęła, że pyszne, i odsunęła talerz. Koniecznie chciał zamówić dla niej coś innego, martwił się, że będzie głodna. Troszczył się tak przekonująco, tak naturalnie, że dla świętego spokoju, by nie okazać niewdzięczności, poprosiła o koniak.

– Podobnie jak pani, ja też nie tracę nadziei na szczęśliwe małżeństwo – powiedział.

– A to? – spytała, pokazując palcem na obrączkę. – Kupił pan wcześniej, żeby się oswoić z pomysłem?

Rozbawiła go, ale dopiero przy koniaku zaczął trochę opowiadać o sobie. Trochę – to też za dużo powiedziane. Małżeństwo, rozwód i za ciasna obrączka, która nie chce zejść z palca. Tyle się dowiedziała. Nie dręczyła go pytaniami, bo ta wiedza w zupełności jej wystarczyła. Obiecała, że pomyśli o balu.

Przy jednym stoliku pan Heniek snuł wspomnienia z wczesnych lat osiemdziesiątych, kiedy to budował drogi w Iraku. Po trzech piwach i pięćdziesiątce zawsze się rozkręcał, nawet jeżeli chwilowo nie miał słuchaczy. To był czas młodości, egzotyki, a przede wszystkim pewnych zarobków, za którymi tęsknił najbardziej. Teraz, niestety, pracował jedynie w transporcie, to znaczy transportował piwo z kufla w siebie, a tak ogólnie to był bezrobotny. Przy drugim stoliku Grzesiek z piekarzem kompletowali drużynę Anwilu. Z boku wyglądało to tak, jakby skakali sobie do oczu, a oni wcale nie skakali, tylko głośno wyrażali zastrzeżenia. Przy trzecim stoliku, zarezerwowanym dla najstarszych bywalców piwiarni, siedział samotnie emerytowany strażak. Ten trzymał ze wszystkimi, raz się wtrącił do dróg w Iraku, raz do Anwilu, w przerwie mrugał na Gabi i powtarzał swoje ulubione powiedzonko:

– Cicho być to dobrze żyć. Dobrze żyć to cicho być.

Z całą pewnością należał do cichych bywalców lokalu. Pił niezbyt dużo, klął tylko wtedy, kiedy musiał, i ogólnie był sympatyczny. Piwiarnia Borka, nazywana przez właściciela salonem piwnym, na oko przypominała mordownię. Młode dziewczyny omijały ją z daleka. To nie był pub młodzieżowy.

Gabi przeszła po sali, opróżniła popielniczki, zebrała puste kufle.

– Gabrysiu, a na kredyt dasz? – zawołał piekarz.

– Chyba że w gębę, cwaniaku! – odkrzyknął Borek.

To on trzymał w garści kasę i dobrze wiedział, kto wypłacalny, a kto nie. Na kredyt nie dawał nawet najstarszym bywalcom.

– Nie masz forsy, nie wypijesz. Będziesz miał forsę, sami ci piwa naleję. Biznes jest biznes i nie chce być inaczej! – powtarzał.

Miał oko na wszystko, również na Gabi. Parę razy w kuchence próbował przycisnąć ją do zlewu.

– Gabi, takiej babki mi trzeba! – szeptał. – Z przyjemnością bym cię pożarł.

Zgrzytał nadwątlonymi zębami i patrzył na nią gorąco, spod oka.

– Borek, chłopie, chcesz mieć przyjemność za cztery złote na godzinę!? Chyba się z choinki urwałeś – odpaliła.

Zgłupiał. Zamrugał bezradnie oczami, otumaniony jej rezolutnością. Skąd mógł wiedzieć, że nie ona to wymyśliła, tylko zacytowała żartobliwą odzywkę Jolki. Co prawda Jola mówiła o zupełnie innych pieniądzach, ale Gabi umiała dostosować się do sytuacji.

– Płacę lepiej niż w markecie, spytaj, kogo chcesz! – wykrzyknął.

Miał fioła na punkcie marketów i stale się do nich przyrównywał.

– Borek, za takie pieniądze nikt cię nawet po plecach nie podrapie.

Wywinęła się zręcznie i wcale nie czuła dla niego respektu. Mógł mieć gdzieś ze trzydzieści pięć lat, więc uważała go za smarkacza i odpowiadała jak smarkaczowi. A jego właśnie to najbardziej rajcowało, że taka pyskata, trochę krnąbrna, a na dodatek zaokrąglona wszędzie tam, gdzie kobitka powinna być zaokrąglona. Nogami przebierał, drobił, aż Gabrieli czasem ciarki po plecach latały i to bez żadnego powodu. O tych uciechach, o których Borek szeptał jej do ucha, dawno zapomniała i, prawdę mówiąc, nie zdążyła do nich zatęsknić. Za krótko jeszcze była młoda, a poza tym Borek ją śmieszył i nawet w najmniejszym stopniu nie podniecał. Uważała go za strasznego prostaka, dobrego w pubie za barem. O wspólnym łóżku w ogóle nie pomyślała.

Każdy nowy gość w piwiarni natychmiast podnosił wszystkie głowy znad blatów i ściągał spojrzenia obecnych. Bywalcy taksowali go mniej lub bardziej trzeźwymi oczami, by zaraz wrócić do przerwanych rozmów. Wchodził, kto chciał, lecz nie każdy budził sympatię. Z nowymi nikt się nie witał, łapy im nie fundował. Miał wypić swoje piwo i spokojnie wyjść.

Gabi dostrzegła przybysza w kącie sali. Widać nie zorientował się jeszcze, że zamawiać i płacić trzeba przy barze. Zlitowała się i podeszła. To był raczej gość kawiarniany, restauracyjny, do Borkowego lokalu pasował jak rasowy wyżeł do budy i łańcucha.

– Witam w naszym piwnym salonie – powiedziała. – Czego się pan napije?

Spojrzał na nią tak jakoś od dołu do góry, że zmącił jej myśli. Zamówił małe piwo. Faceci zawsze zamawiali duże, no, chyba że była to ósma lub dziesiąta kolejka i forsa się kończyła. Małe pasowało tylko do kobiet. Wieczorami wpadały stęsknione żony po swoich mężów i jeśli nie były zbyt wnerwione, wychylały dla towarzystwa jedno małe.

– Jakie podać? Mamy duży wybór, największy w mieście – pochwaliła się z dumą, choć wybór był mizerny, dostosowany do potrzeb. Droższe piwa w pubie nie szły.

– Zdaję się na panią. Z pani rąk wypiję nawet truciznę.

– I co pan plecie! – zdenerwowała się Gabi. – Świeżutkie piwo, dzisiaj po południu otworzyłam beczkę. Nie zatruje się pan, spokojna głowa. To co, chce pan kasztelana?

Chciał, oczywiście, że chciał. Kiedy stawiała przed nim szklankę, przytrzymał jej rękę.

– Niech pani usiądzie ze mną na chwilę – poprosił.

Gdyby to któryś ze starszych bywalców zaczął ją tak podrywać, odpowiedziałaby bez zmrużenia oka, dowcipnie i stanowczo. Ale ten był jakiś taki nieporadny, jakby się matce od piersi urwał. Patrzył prosząco, uśmiechał się nieśmiało.

– Pardon, a o co chodzi?

– Czuję się taki samotny.

– Picu, picu! – roześmiała się Gabriela. – Wszystkim dziewczynom pan tak mówi, co?

– Gabi! Popielniczki – huknął Borek.

Rozłożyła ręce i spojrzała na nowego prawie czule.

– Służba nie drużba, sam pan słyszy. Szef mnie woła.

– O której kończy pani pracę, Gabi? – szepnął.

– O dwudziestej pierwszej... w zasadzie, choć czasem wcześniej.

Odwróciła się i zaczęła zbierać ze stołów brudne popielniczki. Ludzi przybywało, nie miała czasu na amory.

Jodłowski zadzwonił wieczorem, żeby spytać, czy Dorota zdecydowała się iść na bal.

Musiała odpowiadać półsłówkami, że jeszcze nie, ale wkrótce się odezwie. Gabriela wachlowała uszami jak słonica. Nie wiadomo czemu wydawało jej się, że takie dziewczyny jak Dorota, czyli młode od urodzenia, mają tłumy wielbicieli i rozmawiają wyłącznie o miłości.

– Ty naprawdę puściłaś kantem chłopaka, nie mając na oku żadnego innego? – spytała.

– Nie puściłam, Gabi, po prostu się rozstaliśmy.

– A jeżeli on popełnił samobójstwo z rozpaczy?

– Nie pleć głupstw – zdenerwowała się Dorota.

Tomek nie był skłonny do wielkich namiętności, nie można jednak było wykluczyć depresji amfetaminowej. Co kilka dni dzwoniła do pani Szabałowej, by się upewnić, że „Tomusiowi za granicą wiedzie się fantastycznie".

– Wiesz, co sobie pomyślałam – powiedziała Gabi – mnie jest potrzebny chłop!

Dorota o mały włos nie wypuściła z rąk szklanki. Nie podejrzewała poprawnej, nudnej Gabi o takie tęsknoty.

– Jednego już masz... wstrzymaj się może do rozwodu.

– Coś ty! Prawdę powiedziawszy, to ja go wcale nie mam. Jola go mogła mieć, tylko widocznie była dla niego za głupia. On lubi młode, ale głupich nie lubi. Nie musisz jej tego powtarzać, bo się zmartwi. Nie czuję do niej żalu, całe życie miałam jakieś rywalki, nikomu się nie chwaliłam, bo po co. Ludzie przecież nie pomogą, najwyżej się ucieszą. Siedziałam z nim, bo wiesz, co sobie myślałam? Myślałam sobie tak: za parę lat, jak on już zapomni, po co odziedziczył po tatusiu fąfelek, jak zacznie go łupać w kolanach i w krzyżu, to ja mu zapłacę za wszystkie swoje krzywdy. Ziółka podam, okład zrobię, ale tak dam popalić, że będzie się modlił o łagodne zejście z tego świata. I ta nadzieja mnie trzymała. Teraz uważam, że to byłaby głupota. Niech te młodsze parzą mu ziółka, ja do niego nie wrócę. Sama powiedz, z takim staruchem mam siedzieć?!

– A dzieci? – spytała zdumiona Dorota.

– Dzieci obowiązkowo muszą zostać przy ojcu, pilnować tego, co im się prawnie należy. Jak wszyscy odejdziemy, to on cały majątek babom rozda. Z dziećmi będę się spotykała, nie może być inaczej. Muszę się tylko jakoś urządzić, znaleźć sobie fajnego, młodego... no nie tak całkiem, chłopa, który mnie utrzyma. Nie mam zamiaru do końca życia walić głową w mur i udawać, że praca w knajpie jest moim marzeniem. Powiem ci, że Borek nie może się mnie nachwalić. Chłopstwo, bo ja na nich mówię „chłopstwo", też mnie lubi. W języku oni są strasznie chamowaci, ale potrafią chwycić człowieka za serce. Beczułkę z piwem przetoczą, skrzynki przeniosą... dla mnie to robią, żebym się nie naderwała, nie przemęczyła. Czy myślisz, że Artur zrobiłby coś dla mnie? Wykluczone. Dzieciaki w niego się wrodziły, niestety.

– Ten chłop, o którym mówiłaś, to abstrakcja czy konkret?

– A mnie po co abstrakcja? Miałam już Artura, teraz chcę konkretnego chłopa.

– Poznałaś kogoś takiego czy dopiero masz zamiar poznać? O to pytałam.

Gabriela zachichotała. Przez chwilę burzyła sobie włosy i spoglądała na Dorotę niemal zalotnie.

– Może tak, może nie... To się okaże w najbliższym czasie. Teraz wolę nie zapeszać.

Dorota musiała zmienić zdanie o Gabi. Już nie uważała jej za kobietę nieskomplikowaną niczym disco polo.

Kończyła nakładać hennę ostatniej klientce, kiedy zadzwonił Jodłowski. Chciał uzgodnić jakieś szczegóły dotyczące okien. Nie mogła, nie miała ochoty spotykać się z nim po pracy, bo była umówiona z Kamilem w Teatralnej, co dyplomatycznie przemilczała.

– Pani Doroto! Jutro majster musi mieć jasność. Ustalenia zajmą nam pół godziny.

Z ciężkim sercem zgodziła się, żeby po dwudziestej przyjechał do gabinetu. Czasem wręcz nienawidziła swojej sumiennej natury. Ale taka już była od dziecka – najpierw obowiązki, potem przyjemności. Nie mogła nawet zawiadomić Kamila, bo nie miała jego numeru telefonu. Do tej pory to on biegał wokół niej, starając się o spotkania, i nie musiała do niego wydzwaniać.

Pod teatr podjeżdżała więc z czterdziestominutowym opóźnieniem. Nie spodziewała się zastać Kamila w kawiarni, chciała jedynie uspokoić własne sumienie. Zwolniła, żeby wjechać na parking, i wtedy zauważyła parę, mężczyznę i kobietę. Podchodzili do taksówki, ona zwisała mu z ramienia jak winorośl, on ją czule obejmował i jeszcze czulej upychał w aucie. Miała ich kilka metrów przed maską. Jasne światło latarni nie pozostawiało najmniejszych złudzeń. Dorota dodała gazu. Nim dojechała do ronda, zdążyła doświadczyć wielu skomplikowanych uczuć: od zdziwienia do wściekłości.

– No to udowodniłeś, amigo – mruknęła – że jesteś całkiem sympatycznym gnojkiem. A przecież nie tak się umawialiśmy.

Na rondzie, zamiast skręcić na Zazamcze, pojechała w lewo, żeby dostać się na osiedle Kazimierza Wielkiego. Musiała pogadać z kimś normalnym. Nie znała nikogo bardziej odpowiedniego niż starszy bliźniak.

– Wszyscy faceci to zdradliwe gnojki – powiedziała na powitanie.

Wpadła do mieszkania zziajana po ostrym sprincie na schodach i rozgrzana jak piecyk. Piotr nie wydawał się zaskoczony ani wizytą, ani opinią.

– Za wszystkich nie mogę odpowiadać – zastrzegł – ale o tym jednym, co dał ci kosza, chętnie posłucham – dokończył, wieszając kurtkę Doroty.

– Skąd wiesz, że kosza?

– Nietrudno zgadnąć, jak się trochę zna kobiety.

– Nie znasz kobiet, bo jesteś zatwardziałym starym kawalerem.

– Odwrotnie. Dlatego jestem kawalerem, że znam kobiety. Mów o tamtym biedaku.

– Ładny mi biedak! Nazywa się Deszcz. Znasz takiego pacana? Mniej więcej w twoim wieku.

– Ty wiesz, ilu jest w mieście facetów mniej więcej w moim wieku? Całe mnóstwo. Wśród nich na pewno znajdzie się paru gnojków. I co ten Deszcz takiego zrobił?

– Przyszedł na randkę z… z babą.

– To źle?

– Na randkę ze mną. Skup się na tym, co mówię. Na randkę ze mną przyszedł z babą, i to z moją klientką. Czujesz, co by było, gdyby Jodłowski mnie nie zatrzymał? Krwawa jatka. A ja się

148

nie umiem bić. Baby to tak jakoś z pazurami do oczu sobie skaczą, prawda?

– Raczej do włosów. Warunki lepiej ustalić przed bitwą.

– Cholera. Przecież nie biłabym się o Deszcza. Głupi kurz!

– Kto taki?

– Tuman – burknęła.

– Deszcz i kurz nie bardzo do siebie pasują, ale skoro się upierasz, to ci powiem, że kiepsko z tobą, jeżeli dajesz się podrywać tumanom. Przypuśćmy jednak...

Nie skończył, bo oberwał poduszką. Dorota wcale nie była usposobiona do żartów. Miała wielką ochotę podrzeć coś, rozerwać na kawałki. Nie poduszkę, nie Piotra, najchętniej Deszcza.

– Przypuśćmy jednak, daj mi skończyć, że Deszcz przyszedł sam, a ta kobieta go wyśledziła? I dlaczego ty się umawiasz z facetami, którzy mają babki? Poszukaj sobie wolnego.

– Nie znam żadnego, z wyjątkiem ciebie. Kiedyś jeszcze znałam Tomka.

– No to umawiaj się z zajętymi. Trzeba próbować, a nuż się uda.

– Nóż to ja ci zaraz wsadzę pod żebro – odpowiedziała nieco pogodniej. – To mówisz, że ona go śledziła? Powiedziałeś tak, nie zaprzeczaj!

– Po co? Za chwilę sama sobie zaprzeczysz. Nie powiedziałem, tylko rozważałem jedną z wielu możliwości. Na przykład facet może być ministrem, a ta babka jego ochroniarzem. To druga możliwość. Trzecia...

– Bzdura. Znam babę jak zły szeląg. Od kilku tygodni mieszka u mnie...

Zagalopowała się, urwała. Bliźniak ucho miał wyjątkowo czułe, zwłaszcza na niedomówienia. Przyparł ją do muru i wypytał o wszystko rzetelnie. Dorota umiała kłamać na każdy temat, ale tylko wówczas, gdy zachodziła wyraźna potrzeba, kiedy prawda mogła zaszkodzić jej lub komuś innemu. Teraz, skoro już sama lapnęła o jedno słowo za dużo, nie chciała zmyślać. Wystarczająco długo gniotła w sobie tajemnicę, by gnieść ją dłużej. Opowiedziała o Tomku, o zamianie opakowań, masażu Haczyńskiej i jego konsekwencjach.

– Dorotko, ja nie jestem taki mądry, na jakiego wyglądam, ja

149

jestem jeszcze odrobinę mądrzejszy. Nie wciskaj mi głodnych kawałków, nie sól i nie pieprz, powiedz, o co chodzi z tą lokatorką? Albo powiedz, że nie masz ochoty o tym ze mną gadać. Wściekłę się, ale przynajmniej zrozumiem.

– Naprawdę myślisz, że kłamię?

– Skądże! Nie kłamiesz, tylko konfabulujesz.

– A to nie to samo? – spytała zbita z tropu.

Stanął w oknie i patrzył sobie na oświetlone kominy Drumetu. Dorota wyszła po cichu, łykając łzy. Jeżeli on nie uwierzył, to znaczy, że była to prawda nie do wiary. Nic, tylko strzelić sobie w łeb. A przecież miała też inne zmartwienia, te z Deszczem i Gabi. Z nim przynajmniej sprawa była prosta, do załatwienia od ręki. Wylatywał poza grono ludzi, z którymi chciała się widywać. Co jednak zrobić z Haczyńską? Musiała ją oglądać, znosić i jeszcze udawać, że nic się nie stało.

Od bliźniaka pojechała do Sary. Coś ją odpychało od własnego domu, w którym i tak nie byłaby sama. Z ludzi bliskich pozostała jej tylko Sara, kochana i dobra, prawie jak mama.

Dorota miała oczy w suchym miejscu. Jedne kobiety mają w mokrym, inne w suchym. Te drugie rzadko kiedy szukają ukojenia w płaczu. Wściekają się, krzyczą lub zamykają w sobie, to zależy od charakteru, ale bezradne chlipanie na pewno nie leży w ich zwyczaju. Sara na widok zaryczanej Doroty najpierw się wystraszyła, potem przyniosła tacę z herbatą. Przezornie obok filiżanek położyła paczkę chusteczek higienicznych, żeby nic nie przeszkodziło w rozmowie.

– Opowiadaj po kolei – poprosiła.

Dorota siedziała, brzydła od płaczu, próbowała mówić po kolei, jednak niepokój pomieszany z żalem i upokorzeniem rzadko kiedy poddaje się prawom logiki. Ze trzy razy zaczynała i nie kończyła.

– Zaraz, zaraz, Dorotko! Płaczesz z obawy, że nikt ci nie uwierzy w ten odmładzający lek, czy też z powodu zdrady bliźniaka? – próbowała uściślić Sara.

Znowu musiała tłumaczyć od początku, że bliźniak nie zdradził, tylko jej nie uwierzył, za to zdradził Deszcz, któremu ona uwierzyła. Sara miała dwa wyjścia: albo zacząć udawać, że doskonale się w tych zawiłościach orientuje, albo zmienić temat na nieco weselszy. Wykorzystała moment, kiedy Dorota sięgała po przedostatnią chustkę, żeby się odłzawić do reszty.

– Masz może zdjęcie naszego Narcyza? – spytała.

Potem płakały obie, ale już ze śmiechu. Czy to obiekt był niefotogeniczny, czy też starszy bliźniak cyknął go złośliwie, dość że Tomek wyglądał jak ostatnia sierota. Na jego wystających żebrach można było marsza zagrać.

– I my chcemy to zdjęcie pokazywać w salonach piękności – jęczała ze śmiechu Sara. – Zagłodzonego, gołego chłopa.

– No nie, slipki widać.

– Chyba tylko slipki.

– Może coś żuł, bo jeden policzek ma wypchany.

– A jakby tak ze zdjęcia zrobić plakat i porozwieszać w salonach zamiast listu gończego?!

Dorota próbowała bronić Tomka, ale zdjęcia nie dało się wybronić. Osiągnęła przynajmniej tyle, że wrócił jej humor i mogła wreszcie pojechać do domu.

Gabi oglądała film w dużym pokoju i malowała paznokcie.

– Dawno wróciłaś? – spytała Dorota.

– Płakałaś? – zdziwiła się Gabi i z wrażenia maznęła sobie kawałek palca nad paznokciem.

– Trochę. Byłam u przyjaciółki, nasłuchałam się bardzo smutnych historii.

– Jakich?

– Smutnych, przecież mówię. – Rozejrzała się po mieszkaniu i sztuczny spokój, który w sobie hodowała w drodze od Sary do domu, diabli wzięli. Gabi jak zwykle nabałaganiła i spokojnie sobie siedziała wśród porozrzucanych ciuchów, brudnych szklanek, jakichś watek i śmieci. – Czy ty nigdy nie sprzątasz po sobie? – warknęła.

– Ewelina jutro sprzątnie.

– Jaka Ewelina, Gabi! Jesteśmy tu tylko we dwie, a ja się nie czuję twoją gosposią!

– Tak, wiem. Zaraz sprzątnę. Trochę mi się w głowie kręci.

– Źle się czujesz? – wystraszyła się Dorota. Do pełni nieszczęścia brakowało jej tylko choroby Gabi.

– Nie, już nie.

– Co u twojego chłopstwa?

– Borek zrobił mi dzisiaj nieprzystojną propozycję. Powiedziałam mu tylko: „Kulaj się, byle daleko ode mnie" i to wszystko. Trochę brakuje mi słownictwa, bo moje dzieciaki nigdy o seksie nie rozmawiały. To znaczy w mojej obecności nie rozmawiały.

– Nic weselszego się nie zdarzyło?

– Nic – odpowiedziała Gabi.

Moda na kolczyki zboczyła na manowce. Tradycyjne kółko w uchu przestało cieszyć. Owszem, jeżeli w uchu, to albo jeden kolczyk wielkości słupa telegraficznego, albo kilka mniejszych, byle na różnej wysokości. Pęd do dziurawienia stał się tak ogromny, że objął pępki, łuki brwiowe, nosy, języki, policzki. Ładna, pyzata nastolatka zażyczyła sobie ośmiu ozdób na buzi.

– Chcesz wyglądać jak sitko? – zdziwiła się Dorota.

– Mogę iść do innego gabinetu – odpowiedziała wyniośle mała. – Teraz taka moda, wszyscy noszą.

– Za rok moda się zmieni, a dziury zostaną. Co wtedy?

Jedyną odpowiedzią było pogardliwe wzruszenie ramion.

Moda! Na modę nie można się obrażać, zwłaszcza gdy się z niej żyje. Dorota skończyła fachowe kursy, zdobyła certyfikaty upoważniające do kolczykowania różnych części ciała, nawet tych zwyczajowo osłoniętych. Szła z duchem czasu, chociaż wbrew własnym upodobaniom. Nie lubiła ludzi, których musiała kłuć, i nie lubiła zabiegów sprawiających ból. Nawet jeśli był to ból na życzenie klienta i za jego pieniądze. Dlatego rozumiała strach Deszcza, a nie rozumiała wyblakłej brzyduli, która umówiła się na przekłucie sutków. Siedziała rozebrana do połowy, przypominając ślimaka wywleczonego ze skorupy, i z ufnością czekała na cud, czyli na chwilę, gdy srebrne wisiorki dodadzą urody jej nagości. Z roztargnieniem słuchała ostrzeżeń o komplikacjach przy karmieniu piersią. Zamachała rękami.

– Ja wiem, czytałam! Zdecydowaliśmy z narzeczonym i nie ma o czym mówić.

Popołudnie natomiast przedstawiało się o wiele przyjemniej. W notesie Doroty figurowały głównie zwolenniczki manikiuru. Miała robić to, co najbardziej lubiła: sztuczne paznokcie, czyli tipsy. Jeżeli chodzi o stylizację paznokci, zwłaszcza ich artystyczne zdobienie, była mistrzynią. Dzięki umiejętnościom wyniesionym z kursu, a przede wszystkim talentowi plastycznemu, tworzyła kolorowe arcydziełka. Nawet Sara uznawała kiedyś wyższość Doroty pod tym względem, chociaż prawdziwa moda na tipsy dopiero się zaczynała. Pierwsza przyszła pani Stoporska.

– Pani Dorotko, wciśnie pani w najbliższy piątek jedną moją kumpelę? Zależy jej na piątku. Też tipsy.

Dorota kiwnęła głową, zajrzała do kalendarza i z żalem musiała odmówić.

– Od środy do końca tygodnia mam urlop – powiedziała.

– Pewnie, jak się dobrze zarabia, to można odpoczywać – westchnęła klientka z miną osoby, która zarabia źle albo i wcale. Miała duży sklep na osiedlu, widać jednak wolała liczyć cudze pieniądze niż własne.

Skrzypienie drzwi w pierwszym pokoju oderwało Dorotę od rąk Stoporskiej. Na następną klientkę było jeszcze za wcześnie. Wybiegła i stanęła oko w oko z Deszczem. Jej oficjalne „słucham pana" nie było zachętą do towarzyskiej pogawędki. Nawet nie zdążyła się zdenerwować. Patrzyła spokojnie, jak na klienta, który wpadł, żeby się umówić na wizytę, bo przecież nie na randkę.

– Chciałem przeprosić za wczoraj…

Nie dała mu skończyć.

– Drobiazg, było mi bardzo miło.

– Chcę przeprosić za wczorajsze spóźnienie. Byłem tam… – ściszył głos do szeptu, bo Stoporska ciekawie wyjrzała zza drzwi.

– Wiem, wiem. To naprawdę drobiazg. Niepotrzebnie pan się trudził.

Skinęła głową na pożegnanie i wróciła do pracy. Po sekundzie usłyszała skrzypienie drzwi – znak, że Deszcz opuścił gabinet. Próbowała skupić się na gadaniu klientki, ale nie było na czym. Stoporska narzekała na supermarkety i ciężkie czasy. Co trzecia klientka narzekała, Dorota zdążyła się więc uodpornić.

– Pod słowem honoru mówię, że mnie nie starcza pieniędzy do pierwszego. To wegetacja, nie życie. A co mają powiedzieć ludzie, którzy nie mają pracy? – zawodziła.

– No właśnie, choćby te dziewczyny, które pani zwalnia po pół roku, prawda?

– Jedne zwalniam, żeby dać zarobić innym – odpowiedziała z godnością klientka.

Poprzednim razem całkiem niepotrzebnie pochwaliła się Dorocie, że zatrudnia dziewczyny jedynie na czas szkolenia, a potem zwalnia i bierze nowe. W ten sposób oszczędza na ubezpieczeniu, podatkach i czymś tam jeszcze. Wtedy rozmawiały o zaradności i to był bardzo dobry przykład.

Na biurku Dorota znalazła kartkę: „Pozwól mi przynajmniej wytłumaczyć się ze spóźnienia. To dla mnie bardzo ważne". Przeczytała ją jednocześnie ze Stoporską, potem zmięła i wyrzuciła do kosza. Wyglądało na to, że na wczorajsze spotkanie w Teatralnej spóźnili się oboje. Jedno z nich miało pecha. To pech czy fart, zastanawiała się Dorota.

Sobota miała być dniem solidnego sprzątania. Ledwie Dorota wyciągnęła odkurzacz, zadzwoniła matka. Godzina była dla Antoniny nietypowa, a prośba chyba jeszcze bardziej.

– Dorotko, wyjrzyj przez okno kuchenne i powiedz mi, kogo widzisz?

– Tak bardzo tęsknisz?

– Wyjrzyj i powiedz.

– Maskotkę widzę.

– Maskotka – rozrzewniła się Antonina.

– Właśnie. Grzebie w śmietniku. Ma na głowie beret w odcieniu morza. Wygląda super...

– Kogo jeszcze widzisz?

Przez piętnaście minut albo i dłużej Dorota opowiadała o sąsiadce, trzepiącej dywan, o jamniku z pierwszego piętra, który gonił kota, oraz o wszystkim, co zdołała zauważyć przed wielką, dziesięciopiętrową szafą. Głównie o ludziach.

– A wiewiórki biegają po sosnach?

Antonina tak była przejęta doniesieniami z życia blokowiska, gdzie spędziła ładnych kilka lat, że nawet nie spytała o Kowal.

Dorota wybierała się tam tuż po sprzątaniu. Przetarła meble, podlała kwiaty i wzięła się do budzenia Gabrieli, co było zajęciem najtrudniejszym tego ranka. Gabi jęczała, że ma wolny dzień, i zakrywała głowę poduszką.

– Wobec tego pojedziesz ze mną do Kowala – zdecydowała Dorota.

Na myśl, że Gabriela mogłaby pod jej nieobecność podejmować herbatą Kamila, poczuła złość. Była typem choleryczki, na szczęście niezbyt zaawansowanej: szybko się wpieklała i szybko odzyskiwała równowagę. Kiedy wróciła jej zdolność trzeźwego myślenia, sama doszła do wniosku, że to głupie posądzenie. Może biedna Gabi nie była geniuszem, bo na pewno nie była, lecz miała swoje lata i swoje zasady.

Kowal zaczęły zwiedzać od sklepu Rydza w rynku. Dorota musiała zrobić zakupy na niedzielę.

– Ale śmieszny pies! – zawołała Gabi.

Przed sklepem, przy schodkach, karnie czekał na swojego właściciela niewielki pies, może nie tyle śliczny, ile zabawny. Machnął Gabrieli obwarzankiem ogona i chyba się uśmiechnął. Gabi stopniała jak wosk. Nie chciała się ruszyć, przemawiała doń najczulszymi słowami, niemal mizdrzyła się do zwierzaka, który nie miał jej tego za złe i nawet podał łapę. Dorota nie mogła dłużej stać na schodkach, bo skutecznie tamowała ruch. Próbowała przepuścić wychodzących i nagle radosny ryk, jakieś „uu", zmieszało się z radosnym „aa" i trzy dziewczyny musiały zeskoczyć ze schodków, bo inaczej sturlałyby się jak gruszki. Dorota nie wierzyła własnym oczom. Za Zuzanną Korecką stała jej nieodłączna przyjaciółka Malwina. Brakowało trzeciej z paczki, Liliany. Śmieszny piesek, ten który fundował łapę Gabrieli, zdradziecko przemknął do dziewczyn i dołączył do szaleństw.

– Gabi, chodź! – zreflektowała się Dorota. – To moje koleżanki z Torunia, z akademika.

– Jedno piętro, sąsiednie pokoje! – wykrzyknęła Malwina. – Przez dwa lata... albo... Ty skończyłaś przed nami, prawda?

– Wspólna suszarka do włosów – dorzuciła Dorota – i przechodni budzik.

– Zegar był waszym niezbędnikiem, mnie budziły skowronki – roześmiała się Zuzanna i natychmiast zaczęła ciągnąć Dorotę i Gabrielę do siebie, czyli do mieszkania rodziców, na domowe ciasto i pogaduchy.

Umówiły się za godzinę, a Zuzanna uprowadziła Gabrielę jako zakładniczkę. Prawdę mówiąc, Gabi nie miałaby co robić w remontowanym mieszkaniu, gdzie panował nieopisany bałagan.

Chwilowo jeszcze nic nie wskazywało na to, że w przyszłości to miejsce przyćmi warszawskie instytuty piękności. Dorota rozejrzała się ciekawie po wielkim, pustym wnętrzu i nic, kompletnie nic nie potrafiła sobie wyobrazić, mimo że projekt Jodłowskiego miała w głowie. Zamknęła oczy, widziała gabinet główny i te mniejsze, łazienkę, swój pokój – ale otworzyła oczy i nic. Tylko pył, gołe ściany i pety na brudnej podłodze.

– Będzie pięknie, niech się pani nie boi – zapewnił majster.

Uwierzyła na słowo i bardzo zatęskniła do chwili, kiedy w pachnącym świeżością gabinecie pojawi się pierwsza klientka. Na razie musiała jej wystarczyć Kuciowa. Kobiecina zaczaiła się w sieni i niemal siłą wciągnęła Dorotę do swojej kuchni, gdzie w nozdrza bił zapach pieczonego mięsa i przysmażanej cebulki. Dorota poczuła głód.

– Długo jeszcze tego bałaganu? – natarła Kuciowa. – Życie obrzydło od kurzu i brudu. Wy sobie tyłki w garść, a my co? I czy nie lepiej było zacząć od góry, od mieszkań, żeby tak na okrągło brudu nie roznosić? Sabinka, ta, co nade mną, mówi, że dach cieknie i wilgoć się wdaje. U Szostakowej woda po ścianach leci. Tak chyba nie może być!?

Kuciowa zaczęła temat i z cwaną miną czekała na odpowiedź. Nie pytała wprost, dała tylko do zrozumienia, że kapitalny remont budynku jest niezbędny. Dorota zgrabnie zasłoniła się pełnomocnikiem i nie chciała rozmawiać o szczegółach.

– Co mnie tam pełnomocnik, ja z właścicielką rozmawiam! – wykrzyknęła Kuciowa.

– Właśnie pani tłumaczę, że remontem zajmuje się pan Jodłowski – odpowiedziała Dorota. – Ja pani niczego nie wyjaśnię, bo nie wiem.

– Najłatwiej tak powiedzieć. Najlepiej nie wiedzieć!

Wsiadając do samochodu, wciąż słyszała ten poirytowany głos. Postanowiła wieczorem porozmawiać z Jodłowskim.

Dorota nie znała wcześniej rodziców Zuzanny, poczuła się jednak w ich domu i w ich obecności tak swojsko, jakby co najmniej wszystkie weekendy tam spędzała. Zuzanna, Malwina, wiadomo, jeden akademik, jedno piętro, ale żeby z rodzicami tak łatwo dojść do porozumienia, to chyba rzadkość, myślała. Oczywiście pytali ją o remont i plany związane z kamienicą po babci. Sporo się w mieście na ten temat mówiło.

– Ja chcę tu urządzić zwykły gabinet kosmetyczny – powiedziała Dorota. – A mój wspólnik jest przekonany, że niesie waszemu miastu europejską kulturę.

– Europejskiej chyba nie kupimy – roześmiała się matka Zuzanny. – Mamy swój hymn, swojego aktora i poetkę, Europą nam oczu nie zamydlicie.

Dorota zasiedziała się u Zuzanny nieprzyzwoicie długo, a i tak musiała wyciągać Gabi niemal na siłę. Ta zasiedziała się jeszcze bardziej, mimo że nie znała nikogo, o kim dziewczyny rozprawiały z takim ożywieniem. Podobało się jej mieszkanie: duże, przestronne, z tarasem wychodzącym na ogród. W blokach więdła, tak przynajmniej zapewniała co kilka minut. Trochę przeszkadzała im swoim ględzeniem, ale co miały robić. Umówiły się na niedzielę we Włocławku, żeby wreszcie solidnie pogadać.

– Ty naprawdę nigdy nie mieszkałaś w bloku? – spytała Dorota już w drodze powrotnej.

– Kiedyś, dawno temu, jak nie miałam innego wyjścia... Tylko wiesz, łatwiej się przyzwyczaić do dobrego niż do złego. Chciałabyś teraz oglądać czarno-białą telewizję? Albo jeździć bryczką?

Porównania Gabi miewała czasem dobre, co nie znaczy, że pamięć też. Nie przypomniała Dorocie o zakupach i w sobotnie popołudnie zostały bez chleba. Dorota ze skwaszoną miną skręciła do Realu. Nie lubiła supermarketów, miała swoje wybrane, małe sklepy na osiedlu, gdzie ekspedientki ją znały, pamiętały, jaką pije kawę, a jaką herbatę. Tam czuła się kimś, nie tylko bezimienną mrówką bacznie obserwowaną przez kamery.

– Mam przy sobie dwadzieścia złotych i śpieszę się, bo czekam na ważny telefon – powiedziała z dyplomatyczną przebiegłością, zanim jeszcze weszły na salę. – Rozumiesz, Gabi, czy mam cię przywiązać do wózka?

Gabi nie miała przy sobie nawet dwudziestu złotych, więc zrozumiała. Raz tylko, na krótko, zawieruszyła się przy stoisku perfumeryjnym. Brak pieniędzy doskwierał jej bardziej niż bóle krzyża po całym dniu pracy w piwiarni. Jeszcze do niedawna nie interesowało jej zarabianie, tylko wydawanie, teraz nie miała czego wydawać. Pieniądze z konta prawie roztrwoniła na ciuchy, a to, co dostawała od Borka, trudno było nazwać pieniędzmi.

Na zakupy straciły osiem minut, w kolejce stały czterdzieści osiem i obie wyszły zdenerwowane.

Zlecenie na makijaż w domu spadło na Dorotę całkiem nieoczekiwanie. Zwykle klientki umawiały się na takie wizyty przynajmniej kilka dni wcześniej. A tu w sobotę po południu zadzwoniła pani Gusia z prośbami, z zaklęciami, że ma wielkie wyjście, a została bez kredki, szminki, tuszu do rzęs. Dorota zapisała adres, sięgnęła po swój kuferek i szlag ją trafił. Paleta cieni i różów zapaćkana dokładnie, gąbki lateksowe brudne, pędzelki pozasychane, fluidy bez zakrętek. Wszystko to była robota jednej Gabi, która pasjami lubiła się malować. Dorota już dawno zmieniła zdanie o Nodierze i nawet zaczynała mu współczuć, że obracał się wyłącznie wśród kobiet pokroju Gabi.

– Czy ty od urodzenia jesteś takim cholernym flejtuchem, czy dobrobyt tak cię rozpuścił?! Jak jeszcze raz mi to ruszysz, nogi z tyłka powyrywam! – krzyczała.

– A wyrywaj, wyrywaj i tak mnie bolą – mruknęła pogodnie Gabi.

Zaczynała traktować Dorotę jak kiedyś Artura. Wzruszała ramionami i robiła swoje, a krzyków starała się nie słyszeć.

Dopiero w samochodzie Dorota spojrzała na kartkę z adresem. Na Wiejską na szczęście nie było tak daleko, chociaż to już inne osiedle. Wśród identycznych domków, jakby odbitych przez kalkę, znalazła ten właściwy. Gdzieś obok, z prawej lub lewej strony, musiała do niedawna mieszkać Gabriela.

Drzwi otworzył mąż pani Gusi. Obrzucił Dorotę uważnym, taksującym spojrzeniem, odebrał od niej kurtkę i wskazał drogę do największego pokoju. Milczał, a pantomima w jego wykonaniu wcale się Dorocie nie spodobała, raczej ją wystraszyła. Na szczęście pani Gusia nawet w połowie nie była tak milcząca. Ogromnie podekscytowana, zaczęła opowiadać o nagłej kolacji i gościach z Warszawy. Niemy mąż usiadł w fotelu i nie spuszczał oczu z Doroty. Odetchnęła, kiedy wyszedł odebrać telefon. Gusia też odetchnęła.

– Pani Dorotko, jak on się pani podoba? – szepnęła.

– Milczy jak macho, pachnie fantastycznie, czego więcej można wymagać od mężczyzny.

– Prawda? A jaki czuły, mówię pani! Ta kolacja dzisiaj tak nagle... a ja nie wzięłam kosmetyczki. Czysta tragedia. Kieckę mam odpowiednią, buty też... On wpadł na pomysł, żebym do pani zadzwoniła. Bo on...

Wejście pana domu przerwało zwierzenia.

Dorota odjeżdżała z niejasnym przeczuciem, że coś jej w tym wszystkim nie pasuje, tylko nie chciało jej się dochodzić, co.

Zuzanna z Malwiną prowadziły w Toruniu własne wydawnictwo. Śmiały się, że produkują ludziom życiorysy.

– Da się z tego żyć? – zdziwiła się Dorota.

– A co, wyglądamy na nieżywe? – zmartwiła się Malwina.

Na szczęście wszystkie trzy wyglądały na bardzo żywe, bo duchy podobno nie piją drinków i nie pękają ze śmiechu.

Spotkały się w Cafe Blue, żeby wreszcie swobodnie pogadać i uzupełnić kilkuletnią lukę informacyjną. Ostatni raz widziały się w szczęśliwych, studenckich czasach. Potem każda z nich dostała od życia swoją porcję goryczy, ale jakoś utrzymały się na powierzchni i nie straciły humoru.

– Następne spotkanie robimy u mnie, w Lipiankach – zarządziła Zuzanna. – Faceci mile widziani, bo trzeba narąbać drewna do kominka. Znasz jakichś sensownych? Mój Łukasz boi się siekiery, a Malwa boi się facetów. Efekt jest taki, że to ja za każdym razem rąbię drewno.

Dorota, choć nigdy w życiu nie miała siekiery w ręku, zgłosiła się na ochotnika do rąbania. Kogo mogła im zawieźć? Kochliwego zdrajcę Deszcza czy Jodłowskiego? Co prawda był jeszcze bliźniak, ale dopóki się dąsał, lepiej go było nie ruszać. Posmutniała. Gotowa była zazdrościć Zuzannie, że ma swojego chłopaka i na Wielkanoc będzie już żoną, a potem pewnie mamą. Dom i rodzina to było zwykłe, ludzkie szczęście, które jakoś nie chciało się uśmiechnąć do Doroty. Myślała, że może wreszcie Kamil wypełni puste miejsce obok niej, i mocno się zawiodła. Nie zdążyła jeszcze wybudować zamku na lodzie, zaledwie wytyczyła fundamenty, ale mimo wszystko bolało. Próbowała o tym nie myśleć i myślała.

Rozmowa z Jodłowskim wprawiła Dorotę w zakłopotanie. Chciała pogadać o remoncie, pretensjach lokatorów i balu. Kiedy Deszcz okazał się świntuchem podrywającym Gabi, nie miała już żadnych powodów, żeby nie potańczyć w towarzystwie wspólnika. Wpadła do niego wieczorem, po pracy.

– Oni, znaczy Kuciowa i reszta, chyba mają rację, panie Błażeju. Powinniśmy zacząć od góry – powiedziała.

– Tak? To dlaczego ja zawsze myślałem, że dom zaczyna się stawiać od fundamentów?

Odsunął się, żeby ją przepuścić. Zaprotestowała. Nie chciała się rozbierać ani rozsiadać, tylko namówić go, żeby porozmawiał z lokatorami.

– Może chociaż wejdzie pani do środka, a ja zamknę drzwi. Trochę wieje.

Jodłowski niczego nie lubił robić na łapu-capu. Zapewnił Dorotę, że da się przekonać do każdego, nawet najbardziej szalonego pomysłu, byle zostawiła mu trochę czasu na zastanowienie. Weszła więc, zdjęła kurtkę i rozsiadła się w salonie, czyli zrobiła wszystko to, czego pierwotnie nie miała zamiaru robić. Ona też była podatna na rzeczowe argumenty. Pierwszy nieco ją stropił.

– Od głodnego człowieka nie można wymagać logicznego myślenia – powiedział pan domu. – W Kowalu wprowadzimy przerwę obiadową, inaczej nabawi się pani wrzodów żołądka.

Uparł się, że musi ją nakarmić. Na nic się zdały wymówki, że kanapki, że kolacja w domu. Posadził Dorotę przy stole, przyniósł talerzyk z wędliną, bułki, masło i szynkę, która swoim zapachem ostatecznie złamała jej upór. Jak każdy normalny człowiek lubiła być obiektem czyjejś życzliwej troski. Od wyjazdu matki nikt o niej nie myślał w ten sposób: że głodna, że powinna w porę zjeść.

– Więc co z tym remontem? – spytała, dokładając sobie szynki, tak pysznej, że się nie mogła oprzeć.

Poczekał, aż zjadła i sięgnęła po filiżankę z herbatę. Dopiero wtedy wyłożył swój plan, dotyczący całej kamienicy, bez lokatorów. Na parterze salon kosmetyczny i obowiązkowo siłownia, na piętrze przytulne eleganckie mieszkanie dla rozwojowej rodziny, czyli na dole coś dla pań i panów, na górze dla właścicieli.

– A lokatorzy?

– Myślałem, że najpierw spyta pani o to mieszkanie na piętrze?

– Zaraz spytam. Teraz niech mi pan powie, co z lokatorami? Bo jeżeli wymówienie najmu i na bruk, to ja...

Gdyby rozmawiała z bliźniakiem, powiedziałby: *piano, piano*. Jodłowski powiedział: „spokojnie, spokojnie", co znaczyło, że podniosła głos bardziej, niż wypadało. Nie chciał wyrzucać Kuciów, Sabinki i Szostakowej na bruk. Zdecydował się na kupno domu, który po niewielkim remoncie nada się na trzy, nawet cztery oddzielne mieszkania, i tam zamierzał przenieść lokatorów z kamienicy.

– Skoro tak – zawahała się – to chętnie posłucham teraz o piętrze.

– Salon kosmetyczny i siłownia to spore przedsięwzięcie wymagające stałego nadzoru właścicieli. Zamiast się sprzeczać, jak podzielić cztery pokoje, kuchnię, łazienkę i niewielki hol, możemy od razu wprowadzić się tam jako para.

– Pan i ja?

– Pary z reguły składają się z dwóch osób – przytaknął. – A kto wie, czy nie wyłącznie z dwóch.

– Panie Błażeju – Dorota z trudem utrzymywała powagę – pięć minut wcześniej mówił pan o rozwojowej rodzinie, pięć minut później proponuje mi pan kombinat?

– To nie kombinat – zaprotestował.

– Ojej, przecież wiem! Użyłam studenckiego określenia.

– Ojej, przecież ja też wiem, Dorotko! Mnie nie interesuje kombinat. Zamieszkamy jako małżeństwo. I nie pytaj mnie, czy znamy się wystarczająco długo. Od dwóch lat patrzę na ciebie, słucham nie tylko twojego głosu, ale przede wszystkim łowię sens tego, co mówisz, i wiem, że znalazłem swoją dziewczynę.

Oznajmił to całkiem poważnie, patrzył też poważnie, a Dorocie wciąż chciało się śmiać. To nie był odpowiedni moment na nagły i niekontrolowany wybuch wesołości.

Uniósł jej rękę i przytulił do policzka.

– Kocham cię! – powiedział cicho.

Zarost drapał ją w dłoń, nie wiedziała, co odpowiedzieć, czuła wzbierający napad głupawki i zastygła jak słup soli. On to zupełnie źle odczytał, zdumienie wziął za radość i próbował ją przytulić. Odsunęła się na wyciągnięcie ręki.

– Nie, nie, poczekaj! Zaskoczyłeś mnie, ale chyba nie mogę, to znaczy na pewno nie mogę, powiedzieć, że cię kocham. To byłoby przekłamanie. Małżeństwo chyba nie wchodzi, to znaczy na pewno nie wchodzi, w rachubę... Tego nie mieliśmy w umowie.

– Zawsze możemy wprowadzić korektę.

– Ale po co, jeżeli tak jest dobrze?

Jodłowski wcale nie uważał, że jest dobrze. Nie chciał po dziesięć razy dzwonić do Doroty, żeby raz wyciągnąć ją na kolację. Pragnął ją mieć przy sobie, pieścić jej włosy, ręce, piersi. Tak się rozochocił swoim gadaniem, że od razu próbował przejść do czynów. Z trudem wyplątała się z jego słów, dotknięć, pocałunków. On był namiętny, jej zaczynało się to podobać, a każda minuta działała na jego korzyść.

– Poczekaj, nie szalej, daj mi zebrać myśli! – zawołała, odsuwając się gwałtownie.

– Potem pomyślisz – szepnął.

– Nie! Potem mogę żałować, że...

– Nie będziesz, przysięgam!

– Nie mówię o tobie, tylko o sobie i wiem, że będę. Może ty nawet mnie kochasz, ale przynajmniej daj mi się oswoić z tą myślą i zdecydować samej, czy chcę iść z tobą do łóżka, czy nie. Czy chcę wyjść za ciebie, czy nie. Teraz wiem, że nie... ale mogę zmienić zdanie.

– Oby jak najprędzej! – westchnął.

– Uwinę się z tym przed emeryturą – obiecała. – Wiesz, co zauważyłam? Jak się od początku znajomości zaszufladkuje kogoś na przykład jako wspólnika czy kolegę, to potem bardzo trudno przeskoczyć do innej szuflady. Dla mnie wciąż jesteś wspólnikiem.

– Trochę mi nie wierzysz, prawda? Możesz mi zdradzić wyniki śledztwa?

Uśmiechał się pogodnie, serdecznie.

– Żartujesz czy bredzisz?

– Posłuchaj – powiedział. – Kiedy pierwszy raz zobaczyłem go obok mojego domu, pomyślałem, że to zwykły przypadek. Kiedy drugi raz wpadłem na niego przed firmą, pomyślałem: oho, coś za dużo przypadków. A kiedy zobaczyłem was razem, to już miałem pewność, że to nie zbieg okoliczności, nie przypadek, tylko praca na zlecenie.

– O kim tak ładnie opowiadasz?

– Na pewno dostajesz dużo kwiatów od mężczyzn, ale tę czerwoną różę sprzed kilku dni powinnaś jeszcze pamiętać.

– Różę pamiętam – przytaknęła zaskoczona. – W Cafe Blue mały chłopiec sprzedawał róże... Deszcz?

Jodłowski odruchowo spojrzał w okno.

– Zdaje ci się. Na dworze jest mróz.

– Pytam o Kamila Deszcza.

– Tak się przedstawił? Naprawdę nazywa się Sieja. Prywatny detektyw, nawiasem mówiąc, dość nieskuteczny, Kamil Sieja.

– A to...

Nie bez trudu zdusiła i połknęła wszystkie parkanowe epitety, które miała ochotę wykrzyczeć. Matka zawsze jej powtarzała, że nic tak nie odziera kobiety z uroku, jak niekontrolowana wiązanka przekleństw puszczona w momencie prawdziwej złości.

– Jesteś pewien czy żartujesz sobie ze mnie? – spytała.

Był pewien, że Sieja to detektyw, lecz patrząc na Dorotę, głowy by już nie dał, czy tamten rzeczywiście pracował na jej zlecenie.

– Potrafisz mi wytłumaczyć, dlaczego snuł się za mną?

– Mam wrażenie, że raczej za mną – odpowiedziała ze zgrozą.

– Sama widzisz, że nawet dla obcego faceta, niezbyt zresztą rozgarniętego, jesteśmy parą – uśmiechnął się bez specjalnej wesołości.

Próbował wypytać, o co chodzi, Dorota jednak straciła wszelką ochotę do śmiechów i rozmów. Zaczęła zbierać się do wyjścia i prawie nie zauważyła, że zapakował jej solidny kawałek szynki z kością i włożył do torby. Myślała już tylko o rozmowie z Gabi.

Układanka nie była skomplikowana, mimo to poszczególne elementy do siebie nie pasowały. Wyciągnięta z łóżka Gabi za nic nie umiała sobie przypomnieć, kim był facet, z którym wsiadała do taksówki. Zagalopowała się tak dalece, że w ogóle nie wiedziała, co to taksówka. Wyjawienie prawdy wymagało od niej sporego heroizmu, musiała bowiem przyznać się do pewnej brzydkiej rzeczy. Tamtego wieczoru, kiedy w salonie piwnym po raz drugi pojawił się nieznajomy młody facet, wypiła z nim duży kufel piwa i trochę się wstawiła. Nawet nie trochę, bo trzeba mieć mocno w czubie, żeby wyjść za obcym i śledzić go aż do banku.

– Gabi, do jakiego banku!? Było dobrze po dwudziestej, ciemno, zimno i mróz.

– Doszłam za nim aż na Wojska Polskiego, pod mój bank, to znaczy pod bank Artura – wyjaśniła z godnością Haczyńska.

Dla Doroty ulica Wojska Polskiego kojarzyła się głównie z Teatralną, jej bank był w innym miejscu.

– Gabi, mów od początku, to bardzo ważne – poprosiła.

Od początku nie było o czym opowiadać. Borek stał za ladą, więc Gabi musiała udawać, że nie widzi zachwyconych oczu tego młodego, który siedział przy stole i sączył małe piwo. Dopiero kiedy przyszli ci dwaj od interesów i zamknęli się z szefem w kuchence, solidnie wykorzystała swoje dziesięć minut. Tamci nigdy nie siedzieli dłużej, krócej też nie. Napełniła dwa duże kufle i przysiadła się do faceta, który lustrował ją dokładniej niż rentgen. Nawijał głównie o samotności. Obudził w niej matczyne uczucia, zaczęła głaskać go po głowie, bo piwo wypite na chybcika zneutralizowało towarzyskie skrupuły. W porę się opamiętała, sprzątnęła kufle i nim ci dwaj wyszli, znowu stała za ladą.

– Przecież mówiłaś, że poszłaś za nim aż do banku?

Gabi przytaknęła. Poszła, ale nie od razu. Najpierw zapłakało w niej piwo. Wylało się oczami, kiedy młody wstał i zaczął zapinać kurtkę. Pomyślała, że trzeci raz może już nie wrócić, więc złapała płaszcz i pobiegła za nim w ciemną noc. Zmęczyła się, zziajała, dopadła go przed bankiem, dostała mdłości i na śmierć zapomniała, po co za nim biegła. Wszystkie słowa uleciały jej z pamięci i koniecznie chciała go znów pogłaskać po głowie. Pomógł jej dojść do siebie i wtedy trochę pogadali.

– O czym rozmawialiście? Przypomnij sobie, skup się, Gabi!

– O niczym ważnym – odpowiedziała bez przekonania. – A nawet jeżeli o ważnym, to niewiele pamiętam. Przykro mi.

– Pytał cię o matkę?

– No co ty! Czekaj, pytał, po kim mam takie ładne imię.

– O męża nie pytał?

– Od razu powiedziałam, że jestem wolna, samotna i mam tylko ciebie.

– Fajniutko! Ja akurat powiedziałam mu, że jesteś mężatką – mruknęła Dorota. – Wypytywał o mnie? Co robię, z kim prowadzę interesy?

– Chyba nie... A powinien pytać czy nie? I powiedz wreszcie, o co chodzi?

– Nie wiem – westchnęła Dorota. – Nie wiem, tylko przypuszczam, że to sprawka twojego męża.

– Źle przypuszczasz. Artur za bardzo się cieszy z mojego zniknięcia, żeby chciał mnie znaleźć. Wysłał dzieciaki na zimowisko i wreszcie robi to, co lubi. On się łajdaczy, rozumiesz! Co zadzwonię, to odzywa się jakaś młoda pindula. Bardzo młoda. Ty wiesz, chyba się przerzucił na nieletnie! – dokończyła ze zgrozą.

– Kiedy dzwoniłaś?

– Nie krzycz na mnie! Mam chyba prawo wiedzieć, co się dzieje w moim domu?

– Nie krzyczę, powiedz tylko, kiedy ostatnio dzwoniłaś?

– W sobotę po południu – odpowiedziała niechętnie. – Po tej awanturze o kuferek poczułam się taka samotna. Trzasnęłaś drzwiami, a ja zadzwoniłam. Pinda odebrała telefon, nie on.

Łamigłówka już prawie się układała w ładny obrazek, a tu nagle doszedł następny element, który do niczego nie pasował.

– Gabi, opowiedz mi, jak miałaś urządzony salon – poprosiła Dorota, sadowiąc się wygodniej na dywanie.

Gabi natychmiast ożyła. Własne mieszkanie, odkąd je straciła, było dla niej miejscem, gdzie znakomity gust krzyżował się z wyrafinowanym smakiem. Niczego podobnego nie znajdowała na przykład u Doroty. Samo wnętrze uważała za skromne, ale do wytrzymania, natomiast drażnili ją sąsiedzi. Gabi, która była urodzoną bałaganiarą, irytowała się na widok różnych rzeczy wywalanych przez okna. Potrafiła stać i śledzić, co i skąd wylatuje. Od strony pokoju wylatywały oblazłe choinki, butelki, podpaski, raz nawet wypatrzyła sedes, a od strony kuchni głównie jedzenie, całe bochenki zeschniętego chleba, spleśniałe bułki, resztki z talerzy. W domkach jednorodzinnych nikt niczego nie wyrzucał, każdy dbał o swój ogródek. A w mieszkaniach było to, co najważniejsze: przestrzeń. Taki wypoczynek, jaki stał u Gabi w salonie, zająłby obydwa pokoje Doroty. Narożna kanapa obciągnięta czarną skórą, cztery wielkie fotele, ława, kominek z piaskowca i marmuru, palma w rogu. Dorota słuchała, kiwała głową. Nie musiała wysilać wyobraźni. Wystarczyło, że przypomniała sobie panią Gusię na fotelu, między palmą i kominkiem.

– Rozumiesz coś z tego? – Dorota patrzyła bezradnie na Jolę. – Z całej misternej układanki został mi jeden klocek, jeden pewnik: ten detektyw pracuje na zlecenie Haczyńskiego. Na zdrowie, niech sobie pracuje, bo z czegoś żyć musi. Ale po jakie licho Haczyński ściągnął mnie do swojego mieszkania? Dlaczego jego detektyw zajmuje się mną i moim wspólnikiem? Kogo oni szukają, Haczyńskiej czy mnie?

– Jak Artur szuka, to znajdzie. Mnie dorwał w Paryżu. Idę sobie ze znajomymi ulicą, chłonę obrazy, dźwięki, spaliny, nagle komórka drynda i co słyszę? „Jolu, musimy poważnie porozmawiać". Choćbym pękła, to za godzinę nie mogłam się z nim spotkać. Zresztą wcale nie miałam zamiaru pękać. Trzeba schować Gabi.

Dorota wzruszyła bezradnie ramionami. Myślała już o tym wcześniej, tylko nie bardzo wiedziała, gdzie można ukryć taką dużą, rozgadaną babę, która na dodatek wcale nie chce się ukrywać. „Wystarczająco długo Artur trzymał mnie w domu", mówiła i miała w nosie wszystkie zagrożenia. „Nie ukradłam, nie zabiłam, a reszta to twoje zmartwienie, nie moje". Gabi bez najmniejszych skrupułów zwalała winę i odpowiedzialność na bliźnich. Dorocie nie pozostawało nic innego, tylko zacisnąć zęby.

– Gabi jest przekonana, że on się cieszy z jej zniknięcia – powiedziała Dorota.

– Wiesz, to jest tak: każdemu facetowi wolno płakać po swojej żonie, jak mu się chce i każdemu wolno się cieszyć, jeśli ma powody. Im lepiej poznaję naszą nową koleżankę, tym mniej dziwię się Arturowi. Nie przepadam za nim, ale facet ma swoje zalety: jest w miarę uczciwy, przynajmniej w interesach, i niegłupi.

– Gabi jest przekonana, że on się cieszy z jej zniknięcia, rozumiesz, co to znaczy? Po rozwodzie ona zamieszka u mnie i będzie uważała, że tak musi być.

– Przestań krakać – zdenerwowała się Jola – bo jeszcze wykraczesz w złą godzinę. Nie bój się, podpytam Artura.

– Jeżeli on w ogóle umie mówić.

– Nie odezwał się słowem? – spytała zaskoczona przyjaciółka.

– Nie wierzę. W twojej obecności Artur obowiązkowo tokowałby jak cietrzew. Ciemne włosy, krótko przystrzyżona broda, wąsy, na nosie okulary?

– Nos długi, ostry, ale facet nie nosił okularów, więcej łysiny niż włosów, twarz wygolona.

– To nie Artur – powiedziała z całym przekonaniem Jolka.

– Ale salon się zgadzał, wszystko się zgadzało.

– To nie był Artur!

Gabi coraz sprytniej radziła sobie w piwiarni. Nie chodziło o klientów, bo z nimi poradziła sobie najprędzej. Borek, jak przystało na mężczyznę, chciał poznać sekrety swojej pracownicy, zwłaszcza te ukryte pod bluzką i gdzie indziej, w interesy natomiast przesadnie jej nie wtajemniczał. Zwykle to on panoszył się za barem, ale czasem musiał wyjść choćby do toalety lub do urzędu.

– Jak klient powie: jeden, kapujesz, albo dwa, albo trzy i położy pieniądze, to o nic nie pytaj, to będzie chodziło o to, kapujesz? – Pokazał pod ladą kartonowe pudełko, w którym leżały luzem papierosy i drobne pieniądze.

– Narkotyki? – wystraszyła się Gabi.

– No co ty, młoda, głupia jesteś? Grosiaków nie widzisz? Za maryśkę się buli, a to tylko monopol tytoniowy na sztuki. Trzeba ułatwiać ludziom życie w tych ciężkich czasach. Kto chce całą paczkę, to mu sprzedasz całą, a kogo stać na dwie sztuki, to mu dasz dwie. Pieniądze do pudełeczka z papierosami, kapujesz?

Gabi kapowała. Następnego dnia kupiła w kiosku paczkę papierosów i schowała do kieszeni. Jak tylko Borek wyszedł, sprzedawała ze swoich. Trochę jej przeszkadzało, że po jednego czy dwa przychodzili głównie smarkacze w wieku szkolnym. Zastanowiła się jednak i znalazła wytłumaczenie. Jak kupi dwa, pomyślała, wypali mniej, niż gdyby kupił całą paczkę. To ją uspokoiło. Zarobek nie był wielki, piętnaście groszy na papierosie, trzy złote na paczce, lecz Borek nauczył ją szanować każdą złotówkę.

Nie mógł się tylko nadziwić, że pod jego nieobecność ruch w interesie tytoniowym spada.

– Czy ty ich czasem nie próbujesz wychowywać? – pytał.

– Pardon! A z jakiej niby racji? – wykrzyknęła Gabriela i o mały włos nie dodała, że jej dzieci nie palą.

Czasem naprawdę bardzo musiała się pilnować, żeby za dużo nie powiedzieć, nie wyskoczyć z czymś, co mogłoby zdemaskować jej wiek.

Gabi chwaliła sobie pracę w salonie piwnym. Dorocie i Jolce tłumaczyła, że z wielką ciekawością zgłębia drugi nurt życia, ten którego do tej pory nie znała. „Czy ja mogłam przypuszczać, mówiła, że ludzie utrzymują się za pięćset złotych miesięcznie!". Traktowała salon piwny jak swoje uniwersytety. Czasem, kiedy patrzyła na zapite twarze klientów, gdy słuchała ich bełkotu, miała wrażenie, że życie zatoczyło koło, cofnęło się i wróciło do czasów, o których nie lubiła nawet myśleć. Przypominała sobie inną zapitą twarz i inny bełkot. I matkę sobie przypominała, jak mówiła: „Ucz się, Gabryśka, ucz, żebyś miała lżejsze życie niż ja, żebyś nie musiała męczyć się z pijakiem". Gabryśka nie miała nic przeciwko lepszemu życiu, ale uczyć się za bardzo nie lubiła. Studia ją nudziły. Wciąż ciągnęła za sobą jakieś ogony, jakieś poprawki, niezaliczone ćwiczenia, aż w końcu zawaliła rok zdecydowanie i ostatecznie. Miała w życiu fart, bo mimo nieskończonych studiów biedy nie klepała.

Gabi chwaliła więc sobie pracę w salonie Borka, bo nie traktowała jej poważnie. Czekała, aż Dorota coś wymyśli, i skracała czas oczekiwania myciem kufli. Rozglądała się też bacznie za jakimś innym miejscem, najlepiej u boku solidnego i niebiednego mężczyzny. Niestety, w piwiarni łatwiej było o solidnego niż bogatego.

– Gabi, powtarzamy! – krzyknął majster feler.

To znaczyło, że do stolika pod oknem powinna donieść trzy piwa i trzy setki. Sięgnęła po tacę i zamarła. Drzwi otworzyły się z hukiem, coś wielkiego i czarnego wskoczyło szczupakiem do środka i zerwało się na równe nogi. Gabi zobaczyła pistolet wymierzony w swoją pierś i usłyszała ostry krzyk:

– Brygada antyterrorystyczna! Nie ruszać się!

Upuściła tacę i z miejsca pomyślała, że ktoś musiał donieść o tych papierosach sprzedawanych spod lady. Nie miała siły nawet krzyknąć. Za tym, co wdarł się szczupakiem, natychmiast wbiegli inni. W kominiarkach, z pistoletami przygotowanymi do strzału.

W pubie zapanowała taka cisza, że słychać było burczenie w czyimś brzuchu. Majster feler patrzył baranim wzrokiem znad szklaneczki z wódką. Zapłacił za nią, trzymał przy ustach i nie wiedział, wychylić czy nie wychylać, bo odstawić się bał. W końcu musiał odstawić, żeby pokazać dowód osobisty. Gabi z jednego strachu wpadła w drugi, jeszcze większy. Nie miała żadnego dokumentu, który mogłaby pokazać antyterrorystom. A jeden z nich już coś tam szeptał z Borkiem, o coś wypytywał, a szef tylko głową kręcił i zaprzeczał. Gabi znowu pomyślała, że pewnie o nią pytają i o te papierosy spod lady.

– To kuzynka – powiedział Borek i łapą pokazał na Gabi. – Przyszła pomóc, bo mnie coś lumbago łamie.

Swój dowód podał i na Gabi kiwnął, żeby też podała. Antyterrorysta rękę wyciągnął, a Gabi nic, słup soli. Przemogła w końcu strach, uśmiechnęła się nieśmiało do otworu w kominiarce.

– Wyskoczyłam z domu tak, jak stałam, bez torebki – powiedziała.

Gdyby nie Borek, kto wie, czyby jej nie zabrali. A tak wyszli bez niej.

Strachu było dużo, na szczęście na strachu się skończyło. Borek zza lady uspokoił gości.

– Przeczesują ulice i lokale – powiedział. – Strzelanina była w mieście. Jutro o wszystkim przeczytacie w gazecie.

Choć początkowo Gabi miała wielką ochotę na wycieczkę do Warszawy, dzień przed wyjazdem zaczęła się wykręcać, a to bólem w łopatkach, a to pracą u Borka. Najwyraźniej chciała zostać sama. To wystarczyło, żeby poważnie zaniepokoić Dorotę. Najczarniejszy scenariusz, jaki przewidywała, to napad na mieszkanie. Napadać powinien Deszcz-Sieja z polecenia Artura. Gabi nie miała dokumentów, stałego adresu, pracy, nic. Wielu ludzi nie ma dokumentów, adresu i pracy, ale tamci koczują po piwnicach, na dworcach, w schroniskach dla bezdomnych i nie nachodzą Artura Haczyńskiego w domu. To był, zdaniem Doroty, wystarczający powód nawet do aresztowania Gabi.

– Sama tu nie możesz zostać – powiedziała kategorycznie. – Lekceważysz sobie wszystkie ostrzeżenia i nie chcesz zrozumieć, że grozi ci niebezpieczeństwo.

– Dlaczego z tobą mam być bezpieczna, a sama nie? Właśnie że zostanę, tylko musisz mnie dofinansować, bo już nie mam kasy.

– Ja z tobą ślubu nie brałam – zdenerwowała się Dorota. – Musi ci wystarczyć to, co zarobisz u Borka.

Gabi zaczęła chlipać. Ubzdurała sobie, że młodym buziom łzy dodają uroku, i z wielkim zapałem chlipała z byle powodu. Borek, na przykład, był bardzo wrażliwy na jej łzy, Dorota natomiast tylko się wkurzyła. Chodziła po pokoju i zastanawiała się, co zrobić z tą starą, upartą babą. Podrzucić Jolce? Niebezpiecznie, bo adres przyjaciółki był dobrze znany Haczyńskiemu. W żadnym wypadku nie mogła jej podrzucić Sarze ani starszemu bliźniakowi. Zostawał tylko Jodłowski. Pomyślała sobie chytrze, że gdyby Jodłowski zainteresował się Gabi na dłużej, to wtedy ona, Dorota, za jednym zamachem miałaby z głowy utrapioną Pasjonatę i kłopotliwego amanta. Niestety, on chyba pomyślał podobnie.

– Mówisz, miła, fajna, na oko trzydziestka, i prosisz, żebym ją wziął pod swój dach? Chcesz sprawdzić moją wierność czy jej lojalność?

Im bardziej próbowała się potem wycofać z niefortunnego pomysłu, tym bardziej on czuł się dotknięty w swojej męskiej ambicji. Wyszło tak głupio, że już głupiej nie mogło. Dorota odkładała słuchawkę z pałającymi policzkami i nawet to, że nawymyślała sobie w duchu od idiotek, nie poprawiło jej humoru. Całą złość wyładowała na Gabi. Nakrzyczała na nią za bałagan, za wieczne humory i zatruwanie ludziom życia. Gabi momentalnie wytarła nos i oczy.

– Nawet mnie nie spytałaś, czy poszłabym mieszkać do jakiegoś obcego faceta – powiedziała z wyrzutem. – Czy ja jestem beret, żeby mnie przerzucać z jednego podwórka na drugie?

– Dlaczego akurat beret?

– To nie ma znaczenia. Zostawiasz mi dwie stówy i więcej nie będziemy o tym mówić.

Wyjazd do Warszawy udał się, ale tylko pod względem towarzyskim. Zamieszkały na Powiślu u Marii Krystyny, kuzynki Sary. Wyjeżdżały rano, wracały wieczorem, zgonione jak charty. Bieganie po salonach piękności odpuściły sobie już pierwszego dnia. Gdyby choć na moment chciały zajrzeć pod każdy ze stu trzydziestu adresów wynotowanych przez Sarę, musiałyby na samo zaglądanie poświęcić miesiąc lub więcej. A gdzie czas na pokazanie zdjęcia i rozmowę. Zdjęcie Tomka nie mogło zrobić furory, podobnie jak zmyślona historia o chłopaku, który się ulotnił i zostawił w gabinecie Doroty bardzo ważne papiery. A w papierach zdjęcie, inaczej być nie mogło.

– Wiesz, co ja myślę – powiedziała Dorota – wezmą nas za dwie zdradzone harpie, które w niecnych zamiarach gonią biednego chudzielca. Jest coś takiego, jak ochrona danych osobowych. Nawet jeżeli trafimy, i jeżeli zechcą nam pomóc, w co wątpię, to same będą próbowały zadzwonić do niego i klops. Numer nie odpowie. Jeżeli chodzi o oliwkę, nie pogadają z nami. Gdyby coś takiego miały, cała Polska by o tym wiedziała.

– Musiałaś aż do Warszawy przyjechać, żeby zacząć tak ładnie i logicznie myśleć. W domu nie mogłaś na to wpaść? – zdziwiła się Sara.

– Wpadłam, wpadłam, ale dawno już nie byłam na zimowych wakacjach. Zrobimy sobie trzy dni laby, chcesz?

– A po co tu przyjechałam, jak myślisz?

Sara jednak za bardzo była zainteresowana cudownym preparatem, żeby tak zupełnie zaprzestać poszukiwań. Obie z Dorotą miały w Warszawie sporo koleżanek po fachu, ze studium i z kursów. Takie niezobowiązujące rozmowy mogły czasem nasunąć jakiś pomysł. Biegały razem, bo to raźniej. Na Marszałkowską do Izis i Pretty You, na Złotą do Guerlain Paris, na Foksal do Sothys i jeszcze na Kruczą do Excel w Grand Hotelu. Zwiedziły kilka ładnych wnętrz, odświeżyły kontakty towarzyskie, ale nie dowiedziały się niczego. Ten trop prowadził donikąd.

– Przecież musiał od kogoś dostać tę oliwkę – zastanawiała się Dorota. – Nie od szewca, nie od krawca, może od producenta?

Siedziały w kawiarni przy Nowym Świecie. Zwiedzanie wnętrz kawiarnianych było drugim punktem programu skróconego zimowiska. Trzecim zaś oglądanie sklepów.

W piątek Dorota zaciągnęła Sarę na Pragę. Chciała mieć czyste sumienie, niczego nie zaniechać i dlatego postanowiła odwiedzić gospodynię Tomka. Kiedyś bywała w tej odrapanej kamienicy częstym gościem. Wciąż jeszcze pamiętała, że trzeci schodek od góry jest wyższy od pozostałych i można się na nim potknąć, i że do mieszkania Tomka lepiej pukać niż dzwonić.

– Pamięta mnie pani? – spytała.

– Jakże mam nie pamiętać! Zdjęcie pani Dorotki cały czas stało u pana Tomka na stoliku. Oj, biedny on biedny! Nic pani nie wie? – rozczuliła się gospodyni.

– Przecież dzwoniłam do pani i pytałam – powiedziała cicho Dorota.

– A bo to ja wiem, z kim przez telefon rozmawiam? Przez telefon można mówić tylko dobre rzeczy i to nie wszystkie.

To, czego gospodyni nie powiedziała Dorocie przez telefon, na pewno nie było dobrą wiadomością. Tomek trafił do szpitala. Gdzie, do którego, kobieta nie wiedziała.

– Tak mocno się zwijał z bólu, że zadzwoniłam po mamusię. Zabrała jego i rzeczy. Pewnie już do mnie nie wróci.

Zbiegając na dół, Dorota zapomniała o schodku i zjechała na pupie. Potłukła się, otarła łydkę, ale to i tak było nic wobec wewnętrznego bólu.

– Powiedz, dlaczego ludzie są tacy podli? – spytała.

Sara patrzyła i nie rozumiała.

– Dzwoniłam do Szabałowej kilka razy. Wiedziała, że on leży w szpitalu, że chory, i opowiadała mi takie głupie głodne kawałki. „Tomuś na placówce, Tomuś awansował". Bała się, że pojadę i wykradnę jej Tomusia, że będę się cieszyła z jego choroby?

– Może słowo „narkotyki" nie chciało jej przejść przez gardło, a może miała jakieś inne powody, których nigdy nie poznasz – odpowiedziała wolno Sara. – Najpewniej przesadziła z miłością. Niestety, wiem coś na ten temat.

– Na temat przesadzania? – zdziwiła się Dorota.

– A tak. Byłam już zaręczona, kiedy matka mojego chłopaka zdecydowała za niego, że ślubu nie będzie. I nie było, jak wiesz.

Dorota ujęła Sarę pod rękę i mocno przytuliła się do jej ramienia. Szła i myślała, że bardzo niewiele wie o ludziach, których kocha. Choćby o Sarze czy swojej matce.

Wieczorem przemogła się i zadzwoniła do Siedlec, do Szabałowej. Odpuściła sobie dyplomatyczne wstępy, od razu spytała, gdzie, w którym szpitalu leży Tomek. Przerwane połączenie było jedyną odpowiedzią.

– Uspokój się, kochanie. – Sara pogładziła ją po głowie. – W końcu postawią go na nogi i sam się odezwie. Poczekamy. A teraz chodź, Maria Krystyna przygotowała pożegnalną kolację.

Akcja antyterrorystów w salonie piwnym dostarczyła bywalcom wdzięcznego tematu do rozmów. Następnego dnia o niczym innym się nie mówiło. Im bliżej wieczoru, tym napastnicy okazywali się mniej groźni. Majster feler podłożył jednemu nogę, a pan Heniek wylegitymował się żoninym dowodem osobistym. Co rusz ktoś sobie przypominał własny gest odwagi i samopoczucie bywalców lokalu wyraźnie się poprawiało. Strzelanina w klubie nikogo nie zabolała. To nie był ich klub, oni mieli swój, u Borka.

– Wiadomo chociaż, kto strzelał i dlaczego? – dopytywała się Gabi.

– Przecież i tak ich nie znasz. – Borek wzruszył ramionami. – To ci tylko powiem, że teraz szybciej ludziska za broń chwytają, niż zdążą pomyśleć. Kufle umyte? Jak umyte, to odgrzej mi flaczków, bo mnie ssie z głodu.

– W kuflu?

– Oj, Gabryśka, Gabryśka! – Pogroził jej palcem.

Oczy mu się śmiały i gdyby to było na zapleczu, pewnie by ją po swojemu do ściany przyparł. Podała mu flaki. Zjadł, popił herbatą, nie piwem, co znaczyło, że wybiera się do urzędów w interesach.

– Jak wódeczkę przywiozą – powiedział – to schowaj w pojemniku na plastikowe odpadki.

– Jasne – mruknęła Gabi.

Z wódką w pojemniku na odpadki było tak, jak z papierosami na sztuki. Szef nie wprowadzał Gabrieli w szczegóły, powiedział tylko, że dla swoich nalewa się w kuchence, i pokazał, gdzie stoją butelki. Oho, pomyślała Gabi, trefny towar. Nauczyła się już patrzeć i nie gadać, przynajmniej o sprawach oczywistych, choć objętych tajemnicą.

Szef tak szybko się zwinął, że nie zdążyła poprosić o wolny wieczór. W południe wpadła Alutka, siostra Borka i koleżanka Joli. Zagnieździła się w kuchence, bo na sali nigdy nie siadała.

– Piękna podobno wróciła już z Paryża?

Inaczej o Jolce nie mówiła, tylko „piękna". Nie było to podyktowane złośliwością, raczej językową modą. Jedni mówią „laska", inni „kobitka" lub ostatnio „panna", a dla Alutki każda młoda kobieta była „piękną". Patrzyła na Gabrielę z uważnym zainteresowaniem.

– Gabi, stałaś kiedyś w Realu?

– Bo to raz! – zdziwiła się Gabi. – Najgorsze są kolejki do kasy.

– Jako hostessa? Pytam, czy stałaś jako hostessa?

Gabi zupełnie zapomniała, co znaczy słowo hostessa. Słyszała je wielokrotnie, ale właśnie w tym momencie pamięć odmówiła jej posłuszeństwa.

– Na ten weekend potrzebna mi jeszcze jedna dziewczyna do promocji serów. Staniesz?

Alutka miała znakomity dar przekonywania. Po chwili Gabi wiedziała już o promocjach i hostessach prawie wszystko. Stoi się z tacą, zachęca klientów do próbowania koreczków serowych, namawia do kupna, zachwala.

– Wiem, przecież wiem – Gabi zamachała rękami – ale tam stoją tylko młode dziewczyny.

Alutka parsknęła śmiechem. Jej najlepsza, najskuteczniejsza hostessa miała trzydzieści pięć lat i grypę. Gabi była od tamtej młodsza, do tego zdrowa.

– Słuchaj, płacę siedem złotych za godzinę! Policz sobie: piątkowe popołudnie, cała sobota i niedziela. To jest kupa kasy. W lecie nie ma takiego kłopotu z dziewczynami, ale teraz studentki myślą o sesji, nie o zarobkach.

– Borek mnie zabije!

Brata wzięła na siebie Alutka.

Szef zgodził się puścić Gabi na weekend, choć marudził przy tym i jęczał okropnie. O wolnym czwartkowym wieczorze nie chciał słyszeć. Mówił, że nie radzi sobie z myciem szkła, obsługą gości i sprzątaniem po nich. Gabi wiedziała, że radzi sobie doskonale, tylko nie lubi się przemęczać. Z wielką ulgą zwalał na nią najczarniejszą robotę i udawał wielkie panisko. W przerwach między udawaniem próbował ją podszczypywać.

Tym razem Gabi ustąpiła, chociaż upór Borka pokrzyżował jej osobiste plany. Chciała pojechać na Wiejską, możliwie jak najszybciej, dopóki dzieci były na zimowisku, i rozmówić się z Arturem. Od kilku dni, dokładnie od soboty, starannie obmyślała przebieg tej rozmowy. Miała nadzieję, że ta młoda dziewczyna, ta pinda od telefonów, nie zasiedziała się na stałe, bo świadkowie nie byli im potrzebni. Nie, Gabi nie była zazdrosna o Artura. Z zazdrości wyrosła już dawno. Nie planowała też powrotu do domu. Coraz chętniej godziła się z myślą, że będzie żyła po swojemu, wśród ludzi, którzy ją lubią i cenią. Znowu, jak za dawnych, młodych lat uwierzyła w siebie, nie uwierzyła natomiast, że potrafi na siebie zarobić, czy to w salonie piwnym, czy gdzie indziej. Wystarczająco dużo nasłuchała się o różnych chachmęckich firmach, o groszowych płacach i wyzysku. Postanowiła, że zwróci mężowi wolność za przyzwoite alimenty i część wspólnego majątku. Musiała tylko przekonać Artura, że jest jego ślubną żoną. Zamierzała powiedzieć tak: „Kolor włosów i twarz można zmienić. Popatrzmy teraz na to, czego nie udało się zmienić. Miałam koronkę na zębie? Miałam i mam. Miałam usuwany wyrostek w dziewięćdziesiątym pierwszym? Miałam. Proszę, oto blizna. Skaleczyłam sobie kiedyś tyłek na rozbitej butelce? Jest ślad? Jest. Pytaj, o co chcesz, o najintymniejsze szczegóły z naszego życia. Mam ci powiedzieć, co wykrzykiwałeś w chwili orgazmu? Albo kiedy pierwszy raz złapałam cię na kłamstwie? Pytaj, proszę". Tak właśnie zamierzała poprowadzić tę rozmowę i była spokojna o wynik. Początkowo chciała jeszcze namówić Artura, żeby porównał jej linie papilarne z odciskami pozostawionymi choćby w pokoju, ale się rozmyśliła. Ewelina miała zwyczaj pucowania mebli różnymi piankami i na pewno pozacierała wszystkie ślady. Na szczęście zęba, wyrostka i tyłka nie dało się zatrzeć. Te ślady zostały.

Majster feler miał zły dzień. Pił czystą, zakąszał piwem i najwyraźniej szukał zwady. Zaczepił już ze trzech facetów, ale za każdym razem trafiał na trzeźwych i awantura przeszła mu koło nosa.

– Gabi! Jeszcze raz to samo! Jak jest chujowo, niech będzie bojowo!

– Nie masz dosyć? – spytała, stawiając przed nim pięćdziesiątkę i duży kufel kasztelana.

– Taki piękny dzień, warto by się upić! – wybełkotał.

I gadaj z takim, jak on już ledwo na stołku siedział. Zresztą spadł, nim Gabi wróciła za ladę. Kumple go podnieśli i próbowali posadzić, ale się nie dał. Jedni upijają się na sztywno, inni na lejąco. Wszedł Borek i kazał pijaka wystawić za próg.

– Zamarznie! – przestraszyła się Gabi.

– Nic mu nie będzie. Od dwudziestu lat do swojej starej trafia, to i dzisiaj, przy słoneczku, też trafi. Nie mogę tolerować pijaków, bo mi klientów odstraszą. A ty nie gadaj tyle, daj coś na rozgrzewkę.

Lubił sobie wypić grzańca, takiego prawdziwego, z goździkami, cynamonem i łyżką cukru. Gabi jeszcze nie zdążyła włączyć gazu, kiedy Borek wpadł do kuchenki. Wymachiwał gazetą i rżał jak koń.

– Gabi, ty się nazywasz Haczyńska, no nie? To sobie zobacz! – Podsunął jej gazetę. – Gdyby nie ta raszpla na fotografii, pomyślałbym, że o tobie piszą. Wyszła z domu i zaginęła Gabriela Haczyńska, lat pięćdziesiąt.

– Czterdzieści dziewięć – poprawiła odruchowo.

– Znasz ją?

Zamarła. Wzięła głęboki oddech.

– Nie. Przed chwilą chłopcy pokazali mi to ogłoszenie – skłamała czysto i gładko. – Pewnie coś mi się z latami przestawiło.

Położyła gazetę na szafce, żeby nie zauważył, jak bardzo drżą jej ręce. Zobaczyła zdjęcie, to samo, które miała w dowodzie. „Ubrana była w brązowy skafander z beżowymi lamówkami... niebieski beret z moherowej włóczki... brązowe, krótkie kozaczki... Ktokolwiek wiedziałby o losie zaginionej, proszony jest...".

– I co, Gabi? To jakaś krewna? – dopytywał się Borek.

– Nie, chociaż trochę podobna, co?

– Wszystkie baby są trochę do siebie podobne – zaśmiał się hałaśliwie i klepnął ją w tyłek.

– Jeszcze raz mnie klepniesz, to ci nochal rozkwaszę! – krzyknęła Gabi.

Ten krzyk ją uspokoił i przywołał do równowagi. Zrobiła grzańca i podała Borkowi.

Ogłoszenie w prasie trochę pokrzyżowało plany Gabi. Klęła w duchu Artura, że tak się pośpieszył z uznaniem jej za zaginioną. Gdyby trochę poczekał, pewnie obeszłoby się bez zawiadamiania policji. Nie bardzo wiedziała, co dalej robić. Na wszelki wypadek wstrzymała się z wyjazdem na Wiejską. Nie zamierzała natomiast zrezygnować z Realu. W końcu nie była tamtą Gabrielą Haczyńską, której szukała policja, tylko kimś zupełnie innym.

Alutka stała z dziewczynami w umówionym miejscu, koło perfum.

– Na lodówkach jest trochę zimno – tłumaczyła nowym – zostawcie sobie kurtki i płaszcze. Dla Gabi mam skórę misia. – Potrząsnęła wielką torbą, z której wystawał nos niedźwiedzia.

– No to lecimy na zaplecze. Przygotujcie dowody osobiste.

Na bramce ochroniarz przepuścił wszystkie dziewczyny, a potem cierpliwie czekał, aż Gabi przetrząśnie całą torebkę w poszukiwaniu dowodu lub jakiegokolwiek innego dokumentu. Podpowiadał jej, że może być legitymacja lub prawo jazdy. A ona przetrząsała torbę uczciwie, choć wiedziała, że za skarby świata nie pokaże nikomu żadnego swojego dokumentu. Spociła się z wrażenia na myśl, że będzie musiała podać nazwisko. Pół biedy, jeżeli ochroniarze nie czytają „Nowości". Rozłożyła bezradnie ręce. Uratowała ją Alutka. Dała słowo, że to jej nowa hostessa, i dopiero na zapleczu solidnie ochrzaniła Gabi.

– Nie mam dowodu. Całą torbę zostawiłam u ciotki na wsi, teraz czekam, aż mi przywiozą.

W skórze misia Gabi z początku czuła się bardzo nieporadnie. Z zazdrością patrzyła na inne dziewczyny, które poruszały się lekko, z wdziękiem. Kupujący widać nie mieli jednak apetytu na sery. Przechodzili obojętnie obok dziewczyn i tac. Jedni udawali, że nie widzą i nie słyszą, inni dziękowali grzecznie, choć stanowczo. Ktoś spróbował i nie mógł się doszukać smaku. Wreszcie Gabi nie wytrzymała.

– Pan mi wygląda na rodowitego Francuza. Mam tu coś wyjątkowego, serek pleśniowy dla smakosza. Pycha.

Zabajerowała, zagadała, a potem nie mogła faceta od tacy oderwać. Ośmielona ruszyła do innych. Czuła, że się rozluźnia, rozkręca. Gadała, zaczepiała ludzi, mizdrzyła się i rozśmieszała ich, plotła o Francuzach i Szwajcarach. Sama nie wiedziała, skąd jej się brały te błazeństwa.

– Tobie to dobrze – powiedziała Elka – masz zakrytą twarz i możesz się wygłupiać.

Trafiła w dziesiątkę. Gabi mogła się wygłupiać, bo była niewidoczna dla innych, siedziała w cudzej skórze i nie ponosiła odpowiedzialności za swoje słowa. Na szczęście Alutka ją zauważyła i doceniła. Powiedziała krótko: „Gabi, byłaś świetna". Gabriela wracała do domu szczęśliwa. Jestem świetna, powtarzała sobie w myślach, jestem znakomita. Kłamię, robię z siebie pajaca, rozśmieszam ludzi… Kurde, jestem naprawdę świetna… O, nawet kląć już umiem!

Sukces zawsze dodaje człowiekowi pewności siebie. Gabi w sobotę nie chciała być gorsza i nie była, chociaż pod koniec dnia ledwie stała na nogach. Skóra niedźwiedzia trochę jednak ważyła. Wprawdzie „na lodówkach" było zimno, ale Gabi czuła na plecach strugi potu i prawdziwe zmęczenie. Hostessom nie wolno siadać ani odpoczywać, muszą chodzić przez cały dzień miłe i uśmiechnięte. Ona przynajmniej nie suszyła zębów, których pod łbem misia i tak nikt nie widział. Po południu, w porze największego ruchu, mignęła jej w tłumie znajoma twarz. Najpierw jedna, drugą dostrzegła chwilę później. Ewelina szła z koszykiem i z dziewczynką, Artur pchał wózek, przy którym szła druga dziewczynka. Gabrielę zatkało. Wyglądali jak normalna rodzina na sobotnich zakupach. Podeszli do stoiska z nabiałem. Wzięła tacę, ruszyła w ich stronę, ale po kilku krokach zawróciła. Bliżej stała Elka. Oni jednak należeli do grupy głuchych i niemych. Odpłynęli majestatycznie i zmieszali się z tłumem.

Do końca dnia Gabi nie miała już humoru. Artur nie lubił supermarketów, puszył się, że nigdy nie był w Realu. W końcu jednak ktoś go namówił. I to kto, jakaś tam pomoc domowa z dwójką dzieci! To było zagrożenie, jakiego Gabi nawet nie brała pod uwagę.

Dorota przywiozła z Warszawy piękną suknię balową, chociaż nie miała pewności, czy propozycja Jodłowskiego jest wciąż aktualna. Rozstali się mocno poróżnieni. Był piątek, wigilia balu. Musiała zadzwonić.

– Hej! – powiedziała. – Pamiętasz mnie jeszcze?

Nawet nie próbował udawać, że nie pamięta. W jego głosie wyłapała wyraźną ulgę. Nie wspomniał słowem o sprzeczce. Zachował się eleganczo i wielkodusznie, czym bardzo ujął Dorotę. Nie lubiła przepraszać, przyznawać się do winy, ale jeszcze bardziej nie znosiła wiercenia dziury w brzuchu w męskim wykonaniu, tych wszystkich dąsów i cichych dni. Sama była choleryczką, potrafiła wykrzyczeć złość, a potem spokojnie chciała żyć dalej, bez niepotrzebnego balastu wspomnień i dzielenia włosa na czworo.

Musiała zadzwonić jeszcze do drugiego obrażonego, po którym już nie spodziewała się takiej wielkoduszności.

– Panie Sułku, kocham pana!– szepnęła.

– Cicho, babo! – odpowiedział niezupełnie po Sułkowemu i nie tak od razu.

Jeżeli kupił żart, to znaczyło, że złość powoli mu przechodziła.

– Stęskniłaś się? – spytał.

– Gdzieś tam obok ciebie była strzelanina w klubie, a potem antyterroryści przeczesywali pół miasta. Chciałam sprawdzić, czy cię nie zamknęli.

– Zadzwoń raczej do Jodłowskiego. Jego mogli nawet postrzelić! Czarne interesy to nie patrolowanie dziurawych dróg.

Bliźniak mógł długo truć o Jodłowskim, więc czym prędzej zmieniła temat. Zaprosiła go w imieniu Zuzanny do rąbania drewna w Lipiankach. Wyraźnie się rozpogodził, a nawet zapalił do wyjazdu. Pogadali więc bezpiecznie i miło na temat magii ognia. Ale Dorota miała w zanadrzu jeszcze jedną sprawę, trudną i bolesną. Musiała namówić bliźniaka, żeby spróbował odwiedzić Tomka w szpitalu. Był jedynym człowiekiem, który mógł tam dotrzeć, nie wzbudzając podejrzeń mamy Szabałowej.

– Wcale nie wiem, czy chcę do niego jechać. I dokąd niby, do Warszawy, do Gostynina, do Siedlec?

– Szabałowa ci powie, dokąd.

Obiecał pomyśleć. Była zima, musiał pilnować swoich dróg, żeby mu się do reszty nie rozsypały. Tak przynajmniej zapewniał. Dorota uśmiechnęła się do słuchawki. Gdyby starszy bliźniak nie chciał czegoś zrobić, odmówiłby bez ogródek, ostro i zdecydowanie. Jeżeli obiecał pomyśleć, to znaczyło, że zrobi wszystko, o co Dorota go prosi.

Z mężczyznami się udało, ugłaskała obydwu. Znacznie gorzej było z Gabi. Wpadła późnym wieczorem, wystrojona w czapkę i sweter Doroty. Bez słowa zaczęła się przebierać. Sweter strzeliła w jeden kąt, swoje spodnie w drugi. Dorota była uczulona na bałagan, a jeszcze bardziej, wręcz obsesyjnie, na pożyczanie ciuchów. Wcale nie zamierzała udawać, że jest inaczej. Na dzień dobry przejechała się po Gabi gruntownie i z włoskim temperamentem.

– Nie pytałaś… jakim prawem… kto ci pozwolił! – krzyczała.

– Przecież nie było cię w domu, to kogo miałam spytać!

Czasem ten jej flegmatyczny spokój doprowadzał Dorotę do furii. Podniosła sweter z podłogi. Był wymiętoszony i śmierdział potem.

– Masz to natychmiast uprać!

– Mogę nawet wygotować. Nic mu nie będzie, bo to kiepski gatunek, z pokrzyw albo z czegoś. Strasznie gryzie.

Kobiety potrafią zgodzić się w wielu poważnych kwestiach, będą też współpracować i wspierać się wzajemnie, byle tylko nie zostawiać ich razem w kuchni i przy szafie. Tak mawiała matka Doroty. Córka w pełni przyznawała jej rację.

Kiedy Jodłowski zadzwonił do drzwi, Dorota była już ubrana i umalowana.

– I jak? – spytała, pokazując suknię i figurę w zgrabnym piruecie.

– Wspaniale – powiedział cicho.

Spodziewała się większego entuzjazmu, zwłaszcza dla sukni. On jednak bardziej patrzył na to, czego suknia nie przykrywała, na piękne ramiona i dekolt. Patrzył tak łakomie, że przeraziła się, czy w ogóle pojadą na bal. Szybko narzuciła na siebie wdzianko.

– Nie zmarzniesz? – spytał.

Dotknął wdzianka, i wtedy zauważyła, że prawą rękę ma obandażowaną.

180

– A to co? – spytała przerażona.

Przypomniała sobie słowa bliźniaka i nie mogła oderwać oczu od owiniętej ręki.

– Skaleczyłem się, to głupstwo – odpowiedział i chyba całkiem nie tak wytłumaczył sobie jej przerażenie.

Chciał ją objąć, przytulić, ale zgrabnie się wymknęła, więc tylko sprawdził, czy wdzianko jest odpowiednio ciepłe. Zawsze troszczył się o nią tak po matczynemu, czy nie głodna, czy nie zmęczona. To było bardzo miłe, chociaż wolała na ten temat nie mówić, bo nie nadawało się na komplement.

Ostatni raz na prawdziwym balu Dorota była jeszcze w czasach warszawskich. Potem to już tylko plątała się po dyskotekach, ale rzadko, i po towarzyskich spędach, gdzie tańczyło się przy magnetofonie. Spędy były jeszcze rzadsze. Chociaż należała do pokolenia dyskotekowców, lubiła tańce klasyczne i, co najważniejsze, umiała tańczyć. Matka uczyła ją podstawowych kroków walca, tanga, fokstrota. Nastawiała płytę, kłaniała się elegancko i porywała córkę na środek pokoju. Sporo było przy tym błazeństw i śmiechu, nauka jednak nie poszła w las. „Zobaczysz, jeszcze będziesz mi kiedyś wdzięczna", mówiła Antonina. Parę razy Dorota była już wdzięczna.

– Słyszałaś o takiej kapeli, która nazywa się Egzamin? – spytał Jodłowski.

Nie słyszała, choć była to podobno kapela miejscowa i całkiem niezła, jak zapewniał. Pomyślała tylko, że ten egzamin na pewno zda, nawet jeżeli Błażej okaże się mistrzem tańca. Wprawdzie nigdy nic takiego nie mówił, lecz on w ogóle niewiele mówił o sobie i wciąż ją czymś zaskakiwał. Nie wiedziała na przykład, że był myśliwym. Uważała go za samotnika, a okazało się, że miał spore grono sympatycznych znajomych. Siedzieli przy dużym, ośmioosobowym stole, niedaleko orkiestry. Z podwyższenia patrzyła na Dorotę sarenka. Były i inne zwierzaki, które ktoś na ten bal myśliwych zaprosił, po uprzednim odstrzeleniu i wypchaniu.

– Lubi pani dziczyznę? – spytał sąsiad przy stoliku.

– Nie wiem – odpowiedziała szczerze.

– To całkiem jak moja żona. Nie wiem, mówi, czy lubię, i rzuca się na kurze udka.

Dorota nie wiedziała z całkiem innych powodów, ale Błażej nie dał jej niczego wyjaśnić. Nadeszła pora egzaminu. Tańczył naprawdę dobrze. To było całkiem inne uczucie niż skakanie w dyskotece, gdzie zupełnie nieważny jest partner, a liczy się tylko swobodny ruch ciała i poczucie rytmu. Zaczęli od tanga, trzymał ją blisko, ale z zachowaniem przepisowej odległości. Parę razy poczuła delikatne muśnięcie na włosach.

– Czemu ja myślałem, że dzisiejsze dziewczyny potrafią tylko przebierać nogami w miejscu i falować biodrami? – spytał z ustami przy jej uchu.

– Co jeszcze paskudnego myślałeś o dzisiejszych dziewczynach?

– Chciałabyś wiedzieć! – roześmiał się tylko.

– Chciałabym.

– Jesteś prześliczna.

– I co w tym paskudnego?

– Ty nie jesteś „dziewczyny", ty jesteś jedna i niepowtarzalna. O tobie nigdy nie myślę paskudnie.

– A jak?

– Nie umiem mówić o uczuciach. Ja jestem stary praktyk, wolę okazywać niż gadać. Spędź ze mną tę noc do białego rana, a potem wszystkie następne, ile ich tam los nam zapisał, wtedy przekonasz się sama.

– Doba składa się nie tylko z nocy.

– Tak, tak, coś mi się obiło o uszy. To powiem inaczej: spędź ze mną tyle dób, ile los nam zapisał, wtedy przekonasz się sama. Brzmi lepiej?

Kłopot Doroty polegał na tym, że nie wiedziała, czy chce się przekonywać, i to aż tak długo. W tańcu, kiedy ją przytulał i szeptał, że kocha, była niemal gotowa na tę jedną noc. Poddawała się magii muzyki i słuchała silnego mężczyzny, który był zamieszany w niebezpieczne interesy.

Przy stoliku nie była już taka pewna, czy z tą nocą to najlepszy pomysł. Patrzyła na Błażeja, który nie był przesadnie piękny ani młody, i powtarzała sobie w duchu, że to nie ten mężczyzna. Wprawdzie teraz nie powiedziałaby o nim, jak kiedyś na początku, że jest niespecjalny i taki sobie. Prezentował się całkiem nieźle, był błyskotliwy, potrafił też sprawić, że głupie serce biło żywiej, lecz nie tak żywo, jak dawniej przy Tomku i ostatnio, całkiem niedawno, przy Kamilu. Kiedy jednak widziała spojrzenia innych kobiet, rzucane niby mimochodem na jej partnera, coś ją raz i drugi zakłuło. Byłaby niepocieszona, gdyby zajął się choćby tą blondynką z drugiej strony stolika. Spojrzała na niego przeciągle i zauważyła, że jest świetnie zbudowany, sprężysty i wcale nie taki stary. W miarę jak pochłaniali różne dzikie pyszności, zająca w śmietanie, pieczeń z dzika, filety z sarny, tatara z jelenia, zapijając to zimną wódką, wydawał jej się coraz atrakcyjniejszy. I nawet nie miała mu za złe, że w tańcu nie przestrzegał już tej przepisowej odległości, tylko tulił ją mocno. Kiedy jednak namacalnie się przekonała, jak bardzo jest w jego typie, speszyła się i próbowała zwiększyć dystans. Doznanie wcale nie było niemiłe, jedynie krępujące. Przez moment ich oczy się spotkały. Jeszcze żaden mężczyzna tak na nią nie patrzył. Żaden i nigdy.

– Gdybyś nie była taka piękna – szepnął jej do ucha – mógłbym cię nawet przeprosić. Ale to jest silniejsze ode mnie.

– Przepraszać chyba nie masz za co – odszepnęła.

Za sprawą Błażeja została królową róż swojego stolika. Panowie kupowali kwiaty, żeby je wręczyć wybranym paniom, swoim lub cudzym. Jeden natychmiast kupił całe wiadro i reszta załapała się dopiero na drugie. Dorota dostała pięć róż. Panienki od wiadra nie przebiła, lecz i tak było jej przyjemnie.

– Co ty właściwie robisz? – spytała.

– Próbuję cię przekonać, że jesteś stworzona dla mnie.

– Pytam, co robisz, kiedy mnie nie przekonujesz. Tak normalnie, na co dzień.

Roześmiał się, pocałował ją w policzek i poprowadził na parkiet prosto w tony tanga dla dwojga. Ta nadmierna dyskrecja wydawała się Dorocie dziwna, nawet dwuznaczna. Ilekroć pytała go o pracę, zamiast odpowiedzi dostawała lapidarny wykręt. Coraz bardziej upewniała się, że z mafią to jednak prawda.

– Co ci się stało? – spytała, dotykając bandaża.

– To? – Obejrzał rękę, jakby widział ją po raz pierwszy. – To efekt dawnej pomyłki życiowej.

Kłamiesz, amigo, pomyślała. To sprawa sprzed niedzieli, kłamiesz jak z nut.

Opuszczali salę Cechu Rzemiosł Różnych przed trzecią. Dorota miała wrażenie, że wyszalała się za wszystkie stracone lata. Błażej śmiał się, że z szaleństwem jest podobnie jak z jedzeniem: nie można wstecz i nie można na zapas. W taksówce podał swój adres. Spojrzał przy tym tak, że Dorota nie zaprotestowała. W głowie czuła lekki szmer, pomyślała, że on nie wygląda na ludożercę, a na pewno nie chrapie głośniej od Gabi. To były tylko niewinne wykręty, które ją samą rozśmieszyły. Nie wiedziała jeszcze, czy chce z nim spędzić wszystkie noce, lecz tę chciała na pewno.

Kiedy się obudziła, był jasny dzień. Błażej nie spał. Leżał i patrzył na nią. Uśmiechnęli się jednocześnie. Delikatnie powiódł palcem od jej czoła, przez nos, usta, brodę aż do szyi.

– Masz piękny profil – powiedział. – Taki rozbrajająco dziecięcy. Masz też sine plecy i kawałek pupy. Czy ktoś cię ostatnio maltretował?

– Aż tak dokładnie mnie obejrzałeś?

– Staram się, jak mogę. Więc co z tym maltretowaniem?

– Pamiętasz Kucia? Powiedział tak ładnie: „Spartoliłem się ze schódka". Ja spartoliłam się z całego półpiętra, to chyba mam prawo do siniaków.

– I co? Doczekam się przeprosin?

– Za co? Za to, że moje siniaki psuły ci wrażenia estetyczne?

– Za brak wiary we mnie.

Zamruczała po kociemu i wtuliła się w niego całym ciałem.

– Byłeś wyjątkowo oszczędny przy autoreklamie, a co do działań – roześmiała się – to poproszę o bis. Nie, nie, niekoniecznie w tej chwili. Zostaję do wieczora. Nie mogę wracać do domu w samo południe, i to w balowej sukni. Nie zrobię sąsiadom aż takiej frajdy.

Dorota wróciła do domu radosna. Nie myślała o przyszłości, jeszcze nie wiązała swojego imienia z Błażejowym, ale czuła się lekka i pogodna. Podobała jej się zwłaszcza pewność, że jest ktoś, kto ją kocha i chce otoczyć opieką. Co do opieki nie była zbyt wymagająca, nauczyła się radzić sobie w życiu sama, ale nie miała nic przeciwko temu, żeby być kochaną, i to tak namiętnie. Przy okazji odkryła całkiem innego Błażeja. Na samą myśl o tym czuła mrowienie w całym ciele i wielką ochotę na bisy.

Gabi z Jolą siedziały w kuchni, przy oknie. Nie zapalały światła, bo latarnie na zewnątrz świeciły wystarczająco jasno i nastrojowo.

– A to co? Romantyczna randka we dwie? – roześmiała się Dorota.

– Nie grzesz! – fuknęła przyjaciółka. – Zaraz ci odejdzie ochota do żartów, jak się dowiesz, że pan Haczyński nie chce ze mną rozmawiać.

– Bo ty nie masz do niego podejścia – zdenerwowała się Gabi.

– Wiem, ty miałaś!

– Pewnie, że miałam. Z nim trzeba gadać jak z niedorozwiniętym dzieckiem. Grzecznie i spokojnie, myśleć swoje i potakiwać.

– Zamknij się, Gabi! Jolka nie poszła potakiwać, tylko czegoś się dowiedzieć – nie wytrzymała Dorota.

Bardzo się cieszyła, że w kuchni jest ciemno, i że nie musi patrzeć na Gabi. Denerwowało ją dosłownie wszystko, każda odzywka, każde kichnięcie tamtej. Nie pomógł wyjazd do Warszawy, nie pomógł Błażej, ledwie wróciła do domu, złość też wróciła.

Gabi bardzo skutecznie przeszkadzała w rozmowie. Postrzegała wydarzenia prosto i po swojemu, nie łączyła ich w ciąg i nie przewidywała skutków. List gończy w gazecie nie był groźny, bo dotyczył pięćdziesięcioletniej Gabrieli Haczyńskiej, natomiast zakupy Artura i Eweliny w supermarkecie urosły do rozmiarów tragedii. Na próżno Jola tłumaczyła, że jeśli były dwa koszyki, to każde z nich kupowało dla siebie, najwyżej gosposia służyła mu radą, a on jej samochodem.

– Dobrze wam mówić, bo nie macie mężów! – odrzekła płaczliwym tonem Gabi. – Ewelina tam mieszka, to jej dziewuchy odbierały moje telefony.

– Mówiłaś, że nie chcesz do niego wracać – przypomniała Dorota.

– Nie chcę, ale muszę myśleć o swoich dzieciach. Jak on się ożeni z Eweliną, to tak jakby się ożenił z jej córkami.

I znowu Jola musiała tłumaczyć, że trzydziestopięcioletnia Ewelina, obarczona dwójką dzieci, nie jest kobietą w typie Artura. On lubił młode, wykształcone i wolne. Chwilowo nie myślał o małżeństwie, co znaczyło, że rodzinne pieniądze i klejnoty zostaną w domu, a wszystko skończy się słodko i szczęśliwie. Gabi nie uwierzyła, ziewnęła szeroko i wstała.

– Jestem skonana – powiedziała. – Od piątku do dzisiaj zarobiłam sto czterdzieści złotych. W domyśle, bo dopiero wyślą mi na konto. Nie uważacie, że to oszustwo w biały dzień? Sto czterdzieści złotych za dwadzieścia godzin!

– To całkiem nieźle, Gabi. Ludzie naprawdę zarabiają mało.

– I co ty pieprzysz, Dorotko! Ile u ciebie zostawiałam? Dwieście, trzysta złotych, prawda? Za dwie godziny leżenia na fotelu. I nie mów mi, do kurwy nędzy, ile ludzie zarabiają, bo sama wiem najlepiej!

Trzasnęły drzwi od toalety, potem od łazienki. Gabi poszła się myć. Szum wody w spłuczce skutecznie zagłuszył chichoty w kuchni.

– Jestem pewna, że wyglądam teraz jak żywy pomnik idiotki – śmiała się cicho Jola. – Gabi klnie nie gorzej od klientów piwiarni i popatrz, nauczyła się liczyć pieniądze. Nie tylko swoje, cudze też. Ładnie cię podsumowała.

– Ładnie. Bez kosmetyków, bez czynszu i światła, ale ładnie. Za to teraz odgrywa się na mnie codziennie. Przez godzinę będzie lała wodę w łazience, nachlapie i pójdzie sobie spać. Mnie natomiast zostawi płacenie rachunków i sprzątnięcie. Wiesz, że ja czasem mam ochotę ją udusić.

– Jak masz ochotę, to uduś. Na zdrowy rozum, jej nie ma. Policja szuka starej Haczyńskiej. Nie znajdzie, umorzy śledztwo, a ty sobie tę nową – khy! – i po kłopocie.

– Siedemdziesiąt kilogramów żywej wagi, jak nie więcej, a ty mówisz, że po kłopocie? Przecież jej nie poćwiartuję.

– Wsadzisz w paczkę i wyślesz Haczyńskiemu.

– Nam obu chyba odbiło – powiedziała Dorota, wycierając oczy. – Haczyński mi nic nie zawinił. A tobie?

Joli też nie zawinił i nawet przestał się naprzykrzać z uczuciami. To mogło znaczyć, że znalazł już inną dziewczynę lub chwilowo nie miał głowy do dziewczyn, bo nękały go inne kłopoty.

– Mówił coś o żonie?

– Owszem. Ja reżyseruję, stara Haczyńska gra w moim teatrze. Akt pierwszy: zabranie pieniędzy z konta, akt drugi: ucieczka, trzeci: zaginięcie. Tylko akt pierwszy z grubsza się

186

zgadza. W przypływie głupiego współczucia poradziłam jej, żeby założyła sobie konto. Denny pomysł, co? Też tak uważam, ale on był wtedy nieznośny, gdzie go nie posiałam, tam wyrastał. Płakał, że ona odbiera mu chęci do życia. Współczułam jej, nie jemu. Wydawała mi się taka biedna, zdradzana i zagubiona. A ona była tylko zdradzana. W każdym razie nie zdziwię się, jak policja zacznie szukać Haczyńskiej pod moimi meblami.

– Cholera! Wychodzi na to, że w naszym teatrze jest dwóch reżyserów i jeden aktor – powiedziała Dorota.

Gabi wyczuwała, że Dorota przestała ją lubić. Tłumaczyła to po swojemu, czyli prosto: dopóki przynosiłam do gabinetu grube pieniądze, byłam lubiana, jak przestałam, skończyła się sympatia. Gabi też coraz mniej lubiła Dorotę. Nie okazywała tego jawnie, bo była zbyt dobrze wychowana, zdecydowanie lepiej niż tamta, która pozwalała sobie na krzyki i pohukiwania. Gabi nie przejmowała się złośliwościami, za dobrze znała ludzką naturę, by brać sobie do serca czyjeś kaprysy. Żyła po swojemu, przeświadczona, że jest okazem wyjątkowym. Spóźniona młodość trochę ją zaskoczyła. Nie bardzo umiała się przystosować do nowych, drapieżnych czasów, co oczywiście było winą czasów, a nie jej. Gdyby znalazła jakieś inne wyjście, chętnie odeszłaby od Doroty. Dopóki jednak potrzebowała dachu nad głową i pieniędzy, nie mogła sobie pozwalać na nieprzemyślane posunięcia. Gdzie mogła pójść: do Borka? Szukała mężczyzny statecznego, bez nałogów, nieźle ustawionego w życiu i z mniejszym niż Borek temperamentem. Oczywiście miał to być mężczyzna również do łóżka, lecz w innym nieco rozumieniu. Nie chodziło o łóżkowe uciechy, tylko o porządne spanie. Pod tym względem Artur był idealny. Przestał jej się naprzykrzać z piętnaście lat temu.

Ogłoszenie w prasie o swoim zaginięciu Gabi przyjęła najpierw ze strachem, potem się uspokoiła, a na końcu zdenerwowała. Nie odpowiadał jej status zaginionej żony. Taka zaginiona nie ma prawa do wspólnego majątku. A ona przecież żyła, była i jej się należało. Wyskoczyła po południu na pół godzinki z piwiarni i pobiegła na plac Wolności do budek telefonicznych, żeby zadzwonić do Artura. To nie była sympatyczna rozmowa, ale Gabi wcale nie zakładała, że będzie sympatycznie. Miało być skutecznie. W każdym razie zdążyła powiedzieć to, co chciała. Nie zginęła, tylko wzięła sobie urlop od męża, który ją lekceważył, zaniedbywał i zdradzał. Odezwie się za tydzień. Może nawet zgodzi się na rozwód, lecz na swoich warunkach. Nie chciała słuchać jego odpowiedzi. Z grubsza ją znała.

Wróciła do salonu piwnego uspokojona, przekonana, że tę rundę rozegrała po mistrzowsku.

W nocy ktoś ustawił za oknem dekoracje do „Królowej śniegu". Na pierwszym planie nagie gałęzie klonów i brzóz pokryte szadzią, trochę w głębi pobielone sosny. Czysto, biało, dziewiczo. Nawet Gabi na moment przestała gadać i dała się oczarować pięknu.

– Okno wygląda teraz jak obraz – powiedziała. – Ale tego bohomaza na ścianie mogłabyś zmienić. Ci ludzie są jacyś tacy, sama nie wiem. Lalki nie ludzie. Co spojrzę na babę, to mi się wydaje do kogoś podobna. Denerwuje mnie, a ciebie nie?

– Gabi! – wykrzyknęła Dorota – popatrz tylko! To jest rodzina, rozumiesz! Ojciec z synkiem wyjeżdżają, matka niby wyszła ich pożegnać, ale patrzy gdzieś daleko, jakby miała w nosie ich obu i sam wyjazd. Na pierwszy rzut oka widać, że ona myśli o jakichś swoich sprawach. Nawet jest inaczej namalowana, niepodobna do męża i syna, jakby wyjęta z innego obrazu.

– No, widzę! I co z tego?

– Nic – odrzekła Dorota.

Miała ochotę powiedzieć: „Gabi, ta postać z całkiem innego obrazu to jesteś ty! Niby z rodziną, a oddzielnie, przez całe życie zapatrzona tylko w siebie. Przekichałaś pierwszą młodość, przekichasz i tę drugą, którą ci niechcący podarowałam".

Gabi jeszcze chwilę pogapiła się na świat za oknem i poszła do łazienki.

Na wtorkowe przedpołudnie zapowiedziały się dwie miłe klientki. Niestety, przedpołudnie wcale nie było miłe, i to z dwu powodów. Pierwszym był brzuch pani Stelażowej. Dorota miała wrażenie, że patrzy na górski krajobraz z wyraźnie zaznaczonymi szczytami i wąwozami. Zabieg operacyjnego odsysania tłuszczu robił lekarz w profesjonalnej prywatnej klinice i superprofesjonalnie go schrzanił. Możliwe, że Stelażowa trafiła na jakiegoś przekwalifikowanego cwaniaka, w każdym razie Dorota niewiele mogła jej pomóc.

Druga klientka uparła się, że chce zostawić w gabinecie co najmniej z pięć lat.

– Nie biorę, mam swoje. – Dorota się wzdrygnęła, bo przypomniała sobie Haczyńską. Następnej lokatorki we własnym mieszkaniu pewnie by już nie zniosła.

O pierwszej miał przyjść nowy klient. Zapisał się na manikiur i albo zapomniał, albo coś mu wypadło. Zadzwoniła za to Zuzanna i powiedziała, że w sobotę spotykają się w Lipiankach. To znaczy spotykają się w Kowalu i dalej pojadą razem.

– Znalazłaś chociaż z jednego faceta chętnego do machania siekierką? – spytała.

– Kto to powiedział, że od przybytku głowa nie boli, pamiętasz może?

– Jak masz dwóch, też ich zagospodarujemy – ucieszyła się Zuzanna.

Dorota nie była taka pewna. Miała dwóch i w tym problem. Namawiając bliźniaka w wigilię balu, nie wiedziała, że po balu Błażej zajmie zupełnie inne miejsce w jej życiu. Znowu namotała jak gapowata prząśniczka. Teraz wyszło tak, że Błażej miał na weekend swoje plany, ona z bliźniakiem swoje i w żaden sposób nie dało się obu planów pogodzić. Zaprosić ich razem nie mogła, za dobrze znała bliźniaka. „Coś mi się wydaje, powiedziała kiedyś Antonina, że prędzej ja się przekonam do swojego zięcia niż Piotrek do przyszywanego szwagra". To była szczera prawda, chociaż teraz mniej chodziło o ewentualnego szwagra, bardziej o wspólnika. Gdyby bliźniak miał zastrzeżenia jedynie do wyglądu lub zachowania mężczyzny towarzyszącego Dorocie, siedziałby z miną skwaszonego ogórka, lecz wszystkie uwagi zachowałby dla siebie i dla niej na później. Ale jeśli chodziło o wspólnika – już tej pewności nie miała. Wręcz przeciwnie, była przekonana, że przez cały pobyt w Lipiankach o niczym innym by nie mówił, tylko o interesach lub o mafii.

Mocne, zdecydowane pukanie do drzwi oderwało ją od niewesołych rozważań. Pukały zapewne dłonie, na które czekała. Podniosła się i natychmiast usiadła. Zamiast obcego faceta w drzwiach zobaczyła Deszcza. Musiała mocno nad sobą zapanować, żeby nie ucieszyć go zaskoczoną miną.

– Głuszek to ja – powiedział.

– Deszcz, Głuszek, Sieja, tyle nazwisk i jedna twarz? Bez peruki, bez dolepianych wąsów, co to za detektyw? – spytała z ironią.

– Dzwoniłem z piętnaście razy. Nie odbierasz telefonów?

– Jak to nie? Głuszek dodzwonił się wczoraj.

– Sam go o to poprosiłem.

– Skoro tak, to ściągaj koszulę. Możesz się położyć na tym drugim fotelu. Już włączam podgrzewacz do wosku.

– Dorotko, błagam, nie! Chcę tylko porozmawiać.

– To nieuczciwe, amigo! Raz już podszyłeś się pod klienta, to chyba wystarczy. Albo depilujemy klatkę piersiową, albo cześć! W gabinecie pracuję, nie gadam.

Musiał czuć wyjątkowe obrzydzenie do depilacji, bo aż go skręciło na wspomnienie wosku. To już nie był ten Kamil, którego znała z Cafe Blue, zabawny, trochę uwodzicielski. Wyglądał teraz bardziej na desperata niż podrywacza.

– Zajmę ci tylko pięć minut. Pozwolisz?

Nie poprosiła go, żeby usiadł. Sam sobie przysunął krzesło do biurka.

– Wysłuchaj mnie i nie osądzaj z góry. Przecież nic złego ci nie zrobiłem.

Jak on ładnie potrafi się maskować, pomyślała, patrząc na szczerze zatroskaną minę detektywa. Ma rację, nic takiego nie zrobił. Postawił kawę i koniak, kupił różę, co prawda za pieniądze Haczyńskiego, ale zawsze. Gabi też nie podrywał, bo to nie on za nią, tylko ona za nim pędziła przez pół miasta. Na spotkanie się spóźnił, ale Dorota też się spóźniła. On naprawdę nic nie zrobił, poza jednym drobiazgiem: pozwolił jej uwierzyć w szczerą, bezinteresowną sympatię, może nawet w coś więcej niż sympatię. Uwierzyła i właśnie tego nie mogła mu teraz darować.

– Dorotko, wysłuchasz mnie?

– A co ja innego robię, odkąd tu wszedłeś? Słucham.

– I straszysz. – Uśmiechnął się lekko. – Mogę mówić?

– Chyba nie. Widzisz, straciłam pewność, czy chcę wiedzieć,

dlaczego nie pojawiłeś się w Teatralnej – odpowiedziała powoli, z namysłem. – Jak zaczniesz mówić, znowu będziesz kłamał. Naprawdę było miło cię poznać i niech już tak zostanie. Przy okazji, przekaż ukłony panu Haczyńskiemu. Wprawdzie nie znam faceta osobiście, ale imponuje mi jego zainteresowanie. Żeby aż zatrudniać detektywa, no, no!

Przez jeden moment, bardzo krótki zresztą, Kamil wyglądał tak, jakby zobaczył ducha. Dorota zyskała pewność, że strzeliła w dziesiątkę.

– Haczyńskiego, powiedziałaś?

Jeżeli powiedziała, a on usłyszał, to nie było powodów do odmieniania nazwiska przez przypadki. Wstała. Kamil jeszcze siedział, grzebiąc w portfelu, i wystraszyła się, że zechce jej płacić za zabieg, którego cudem uniknął.

– Nie wyrzucaj tego – odezwał się, kładąc na biurku wizytówkę. – Jeżeli zmienisz o mnie zdanie, zadzwoń, i to bez względu na porę. Jest jeszcze jeden drobiazg, pewnie bez znaczenia dla ciebie, ale tamtego wieczoru Teatralna była zamknięta.

Wyszedł. Przez chwilę oglądała mały kartonik, na którym znalazła tylko imię, nazwisko i dwa numery telefonów. No to klops! – pomyślała. Nawet jeśli kawiarnia była otwarta, i tak dołożył mi jeden zero. Wizytówkę mogę schować, tylko czy kiedyś będę potrzebowała detektywa? Gabi chyba sama odnajdzie moje pogubione ciuchy.

Kpiła sobie z wizytówki i jej właściciela, było jej jednak smutno. Żałowała niemal, że nie pozwoliła mu na następne kłamstwa, nie próbowała wysondować, do jakich wniosków doszedł, łażąc za nią i Gabi. On nawet kłamał z dużym wdziękiem.

Błażej wymyślił na weekend wycieczkę do Lubostronia. Blisko, mówił, około dwu godzin jazdy samochodem, na miejscu hotel i restauracja w pięknym, klasycystycznym pałacu, wielki park, cisza i spokój. Oczy mu błyszczały, kiedy roztaczał przed Dorotą perspektywę dwóch dni cudownego leniuchowania.

– Jutro zadzwonię i zamówię pokój. Wreszcie porządnie odpoczniesz – powiedział, rozpinając jej bluzkę.

Odsunęła delikatnie jego ręce i zapięła guziki. O Lubostroniu wspominał od paru dni, a ona wciąż nie wiedziała, jak mu powie-

191

dzieć o Lipiankach, czy posłużyć się zgrabnym zmyśleniem, czy raczej wybrać prawdę. Wybrała prawdę, chociaż całej ujawnić nie mogła. Z wielkim trudem, jakby była jakimś gapiszonem, wydukała wreszcie, że bliźniak, że przyjaciółka, że pomysł zrodził się dużo wcześniej.

– A nie moglibyśmy tam pojechać razem?

Pytanie było z gatunku prostych i walących między oczy.

– Pojedziemy, ale nie tym razem – odparła stanowczo.

Zasępił się i posmutniał, aż była na niego zła. Nie czuła się winna, a jego mina sprawiała, że taka zupełnie niewinna też się nie czuła. Do diabła z chłopami, mruczała sobie w duchu. Nadął się jak balon, zaraz pęknie i będzie przykrość.

– Czy nie jest czasem tak – spytał – że chcesz mieć dwa życia, jedno tu ze mną, drugie wśród przyjaciół?

Trochę ją zdenerwował.

– Dłużej żyłam wśród przyjaciół, niż jestem z tobą – odpowiedziała. – A to, że jestem z tobą, wcale nie znaczy, że przeszłam na twoją wyłączną własność. Na razie jeszcze sama o sobie decyduję.

– Temperament masz niezły, tylko czy aby na pewno masz rację? Być z kimś to znaczy być skłonnym do kompromisów. A ty mi tu krzyczysz, że sama będziesz o wszystkim decydować.

– Nie o wszystkim, tylko o sobie – odrzekła już nieco ciszej. – I właściwie o co ta sprzeczka? Pomysł Lipianek narodził się przed twoją erą. Czy ja biegam za tobą, śledzę cię, wypytuję o twoje życie?

– O czym ty teraz mówisz?

Zasępił się i spojrzał na nią spod zmarszczonych brwi.

– O własnej wspaniałomyślności – wyjaśniła, sięgając po torebkę.

Mimo gorących próśb nie została u niego na noc. Nie chciała też przyjąć wielkiego kawałka szynki wędzonej w dymie i jałowcu. Poprzedni kawałek w całości zżarła Gabi, ten pachniał tak niesamowicie, że Dorota mówiła „nie" i jednocześnie wpakowała go do torby. Ledwie znaleźli się przed domem, wzięła Błażeja mocno pod rękę i tak sobie szli w milczeniu, pogrążeni we własnych myślach. U Doroty w kuchni świeciło się światło. Gabi nie miała zwyczaju zaciągać zasłonek. Stała w oknie i chyba popijała herbatę.

– Czy u ciebie ktoś jest? – zdziwił się Błażej.

– Ciotka Pasjonata zasiedziała się nieco dłużej, niż nakazuje przyzwoitość.

Poczuła, że jego ramię sztywnieje, ale pomyślała, że chciał ją tylko podtrzymać, bo lekko się zachwiała.

Błażej dość niechętnie pogodził się z samotnym weekendem, Gabi natomiast znalazła wygodny pretekst, żeby choć raz zrobić Dorocie awanturę za ciągłe przebywanie poza domem. Powtarzała w kółko, że dosyć ma pilnowania pustej chałupy, co było jawną nieprawdą. Ostatnio rzadko przesiadywała w domu, pochłonięta pracą w salonie piwnym. Czepiała się wyłącznie dla zasady.

– Nie będę więcej odbierała telefonów – powiedziała ze złością.

– Jakich? Nigdy nie mówiłaś, że ktoś dzwonił! – zdenerwowała się Dorota.

– Widocznie zapomniałam.

Jak Gabi mówiła, że zapomniała, to nic nie mogło przywrócić jej pamięci; krojenie na kawałki, darcie pasów – nic. Złościła się, że Dorota próbuje ją wykorzystywać z czystego skąpstwa.

– Jak kogo stać na luksusy, to powinien sobie założyć automatyczną sekretarkę – odwarknęła.

Luksusy Doroty polegały na tym, że w zieleniaku czy sklepie spożywczym nie pytała o ceny, tylko kupowała to, na co miała ochotę. W innych sklepach, choćby z ubraniami, już taka rozrzutna nie była. Gabi jednak wciąż patrzyła na nią przez pryzmat stużłotówek zostawianych kiedyś w gabinecie, wiedziała swoje i nie miała skrupułów. Tym razem uparła się, że nie zostanie w domu na cały weekend, ponieważ się boi.

– Kogo się boisz? – przeraziła się Dorota.

– Siebie, ciebie, bandytów. Wszystkiego się boję.

– To każ się zamknąć w więzieniu albo w wariatkowie. Nie znam bezpieczniejszych miejsc.

– Ale ja znam.

Gdyby Gabi powiedziała normalnie: „idę do dyskoteki", wrażenie byłoby mniejsze. Ale kiedy powiedziała: „Mnie Lipiankami nie zaimponujesz, ja idę na dyskotekę" – Dorota wręcz zaniemówiła z wrażenia. Gabriela znała dyskoteki jedynie z opowiadań swoich dzieciaków. W zamierzchłej przeszłości była parę razy na zabawach tanecznych i to wszystko.

– Sama idziesz? – spytała Dorota.

– Chyba ocipiałaś! Sama w życiu bym nie poszła nawet do kawiarni. Myślę, że kobiecie nie wypada. A ty jak sądzisz?

– Wypada. Zaprosił cię jakiś facet?

– A co, uważasz, że nie mam powodzenia? – spytała z kokieterią.

Dorota zbyt dużo nasłuchała się o Borku oraz bywalcach piwiarni, by wątpić w powodzenie Gabi. A jeszcze kiedy ta przegarnęła sobie włosy, zaczęła rzucać spojrzenia spod rzęs i falować biodrami, uspokoiła się całkowicie.

– Zrobisz furorę, podbijesz dyskotekę, a didżeja powalisz na kolana.

– Ja nie idę z żadnym didżejem, tylko z hostessami. Zakumplowałam się z taką Elką i jej siorą.

– Didżej to, oprócz ochroniarzy, najważniejszy facet w dyskotece. To ten, co puszcza płyty, czyli robi za całą orkiestrę.

– Mówię ci, że ja idę z hostessami.

– Dobrze, Gabi, dobrze. Tylko poćwicz trochę młodzieżowe tańce. I pamiętaj, że żaden men nie przyjdzie cię poprosić. Chcesz poskakać, walisz na parkiet z innymi i ruszasz się, jak ci w duszy gra. Tylko masz iść w swoich rzeczach, nie w moich, bo ci nogi powyrywam!

– Ja to wszystko wiem – odpowiedziała Gabi z nutą urazy w głosie.

Z Kowala wyruszyli koło południa. Pierwsze jechało audi z Zuzanną, Malwą, Łukaszem i Cymbałem, drugi opel z Dorotą i bliźniakiem. W obydwu bagażnikach obiecująco pobrzękiwały butelki z piwem. Według wyliczeń Zuzanny dwa browarki na głowę to była równowartość biletu ulgowego na imprezę. Nikt nie czuł się na tyle młodociany, leciwy ani skąpy, żeby nie wykupić co najmniej dwu normalnych biletów. Stąd owo grzechotanie w bagażnikach.

Bliźniak prowadził, Dorota siedziała obok i wpadała z zachwytu w zachwyt.

– Tylko zobacz! – wołała. – Ta wielka kępa drzew tam, i to pole tu... Jak z Chełmońskiego! Ojejku, jaka cudna kapliczka! Widziałeś tę sosnę wyrwaną z korzeniami! O matko! Zamarznięte jezioro, Piotr, widzisz!? Uważaj, dziura!

– Słuchaj, egzaltowana babo, kto tobie dał prawo jazdy? – zainteresował się bliźniak, kiedy minęli jezioro oraz dziurę w asfalcie i szczęśliwie dojechali do Gorenia, gdzie widoki nie były już takie piękne. Jeszcze tylko Dorota zachwyciła się bocianim gniazdem, chałupą krytą strzechą i przycichła dla złapania oddechu.

– Zdałam egzamin za trzecim podejściem, najlepiej z grupy. Jeżeli czujesz się niepewnie za kierownicą, to chętnie poprowadzę.

– Czuję się niepewnie obok ciebie. Nie mówili ci na kursie, gdzie kierowca powinien patrzeć? Przed siebie, na drogę, nie na krajobrazy, bo wyląduje w rowie. I nie wal mnie w bok, bo mi narobisz siniaków.

– Zależy ci? Przecież i tak nie rozbierasz się publicznie. Piotr! Chyba widzę lisa! Tam, tam w polu! Zatrzymaj się na moment!

Roześmiał się, pokręcił głową, ale nie stanął. Nie miał ochoty puszczać się w pościg za lisem.

Dom Zuzanny, ogrodzony drewnianym płotem, też wart był zachwytu. Wjechali na obszerne podwórze. Kiedy zaczęli wyciągać z bagażników koszyki z jedzeniem i piwem, mogło się wydawać, że to tygodniowe zaopatrzenie dla kompanii wojska. Łukasz był dobrej myśli, uważał, że z pomocą Cymbała spokojnie przerobią wszystko, a gdyby wieczorem dojechał z Torunia Cezary, to może być mało.

Ledwie otwarto okiennice i pochowano jedzenie, Piotr zaczął się dopominać o siekierę. Rwał się do rąbania drewna, aż iskry szły. Dorota też się rwała, ale odsunięto ją stanowczo i zdecydowanie. Razem z Łukaszem została zaliczona do fizycznych, czyli takich, którzy pracują rękami, więc muszą je chronić. Reszta przechwalała się, że pracuje wyłącznie głowami, i ta reszta, według Zuzanny, nadawała się do siekiery. Na ochotnika wyznaczyła mózgowca Piotra i jemu wręczyła groźne narzędzie, co prawda trochę ciężkie i tępe, ale jedyne w gospodarstwie.

– A szkolenie bhp? – spytała przytomnie Malwa. – Bez szkolenia nie możemy dopuścić ochotnika do pracy.

Szkolenie w wykonaniu Malwy wyglądało tak: tu jest pieniek, tu siekiera, a tu klocek. Najlepiej trafić siekierą w środek klocka, a gdyby coś nie wyszło, to tu jest Łukasz, z zawodu ortopeda. Łukasz bez problemu pozszywa wszystko, co nie będzie drewnem.

Bliźniak oniemiał. Nigdy jeszcze nie został tak sprawnie przeszkolony, nie mówiąc o tym, że żaden ze znanych mu behapowców nie miał takich błękitnych oczu i ślicznych włosów. Zamachnął się i dość gładko przepołowił pierwszy klocek. Malwa stała i patrzyła. Zamachnął się drugi raz, a potem machał i machał. Nic tak nie uskrzydla mężczyzny pracującego fizycznie jak podziw w oczach pięknej kobiety. Narąbał drewna co najmniej na tydzień palenia w kominku.

– Nieźle! – powiedziała z uznaniem Malwa. – A właściwie fantastycznie. Mógłbyś u Hłaski robić za drwala.

Bliźniak poczuł się uskrzydlony powtórnie. Osobiście poznosił cały „urąbek" pod wiatę, a dwa solidne wiadra zataszczył do domu. Był wolny. Kuchnia interesowała go wyłącznie w postaci potraw na talerzu, paleniem w kominku zajął się Łukasz, więc Piotr mógł się zająć Malwą. Znała w tym domu każdy kąt i z przyjemnością wzięła na siebie rolę przewodniczki. Obeszli cały parter, potem zwiedzili piętro, zajrzeli nawet do piwnicy.

W kuchni Zuzanna z Dorotą próbowały sklecić jakieś uniwersalne danie obiadowe. Mama Korecka przygotowała pieczony karczek oraz roladę z boczku, Dorota przywiozła dwa kulebiaki i szynkę z kością, Malwa ciasto rumowe. Wszystko z osobna było bardzo pyszne, ale nie dało się z tego zrobić wspólnego dania. Zdecydowały, że najlepszy będzie szwedzki stół, który powinien nieźle współgrać, przynajmniej narodowościowo, ze szwedzkim ogrzewaniem. Ledwie Łukasz zaczął palić w kominku, zadziałał system rurek rozprowadzających ciepło i w całym domu zrobiło się przytulnie.

– Widziałaś Malwę i tego twojego bliźniaka? – spytała Zuzanna.

Dorota widziała Malwę i bliźniaka przy rąbaniu drewna, ale jeszcze nie widziała ich w pokoju kominkowym. Pobiegła tam natychmiast, żeby przygotować stół. Stali przy oknie, na wprost kominka, oświetleni blaskiem ognia. Na Dorotę nawet nie spojrzeli, nie zauważyli, że kręciła się po pokoju i szarpała z meblami. Wróciła do kuchni po talerze.

– Nie wiem, co mu się stało. – Rozłożyła ręce. – Jak tu jechaliśmy, wyglądał całkiem normalnie, mądrzył się po swojemu i minę też miał normalną, nie taką rozmazaną.

– Co się czepiasz! Dla ciebie ma minę rozmazaną, bo patrzysz z boku, a Malwa patrzy na wprost i widzi wyłącznie zachwyt. Aż rumieńców dostała. – Zuzanna zniżyła głos do szeptu. – Wiesz co, Malwa zawsze przyciągała świrów, mitomanów, zapoznanych poetów i różne inne męskie odrzuty. Jakby raz się zakochała w normalnym facecie, nie byłoby źle.

Dorota poczuła coś jakby delikatne ukłucie. Złościła się na bliźniaka, że jemu żaden przyszywany szwagier nie pasuje, sama jednak nie była lepsza. Piotr od czasu do czasu pojawiał się w towarzystwie jakiejś dziewczyny i jeszcze ani jedna z tych sympatii nie zyskała aprobaty Doroty. Każdej miała coś do zarzucenia: za mocny makijaż, za głośny śmiech, jawny egoizm. O Malwie nic takiego nie mogła powiedzieć. Pomyślała, że Zuzanna ma rację. Gdyby bliźniak zakochał się w Malwie, ona, Dorota, nie musiałaby się martwić o jego przyszłość. Dopiero w czasie posiłku dotarło do niej, że została bez pary. Zuzanna miała Łukasza, Malwa bliźniaka, a jej został Cymbał, nad podziw sympatyczny mops. Co prawda nie mogła narzekać, bo towarzystwo, choć dobrane parami, wygłupiało się wspólnie i wspólnie chwaliło szynkę. Żadna z potraw nie cieszyła się aż takim wzięciem. Kiedy późnym popołudniem pojawił się Cezary, z szynki została tylko kość.

Nie prowadzili uczonych dyskusji, nie sprzeczali się o głupstwa ani o pryncypia. Zostawili za ogrodzeniem domu swoje codzienne kłopoty i bawili się jak dzieciaki. Byle żart, niekoniecznie świetny, budził szalony śmiech. I chyba o to chodziło, właśnie o ten śmiech, który oczyszcza duszę bardziej niż spowiedź na kozetce terapeuty. Szaleli tak do trzeciej nad ranem. Cezary pierwszy poczuł zmęczenie.

– Jak śpimy? – spytał.

– Jak kto chce. Na wznak, na boku, na brzuchu – odpowiedziała Zuzanna, wywołując kolejny wybuch wesołości.

– Chciałem zapytać, kto na górze, kto na dole…

Znowu nie dali mu skończyć, bo przy odrobinie dobrej woli z każdego zdania można zrobić wypowiedź dwuznaczną.

– Dorotka ze mną na górze, ty z Piotrem tu, na dole – zdecydowała Malwa i wcale nie przejęła się smętnym jękiem Cezarego.

Z piętyrka zjechały zapasowe poduszki i koce, a po drobnym przemeblowaniu pokój kominkowy przemienił się w męską sypialnię.

Dorota, kiedy już przegapiła godzinę swojego snu, spokojnie mogła łazikować do rana. Z Malwą było chyba podobnie. Usiadła na łóżku, z nogami pod brodą, wlepiła błękitne oczy w Dorotę i milczała.

– Co chcesz wiedzieć? – uśmiechnęła się Dorota. – Pytaj!

Malwa oczywiście była ciekawa wszystkiego, co dotyczyło bliźniaka, a jednocześnie przez kilka godzin zauważyła tyle, że Dorota nie mogła wyjść z podziwu dla jej spostrzegawczości. Sama by nigdy na to nie wpadła, że Piotr jest wyjątkowo bystry, inteligentny, dowcipny, uroczy, fantastyczny i jeszcze jakiś. Owszem, nawet jeżeli miał te wszystkie cechy, to w stopniu umiarkowanym, nie jakimś wyjątkowym. Poza tym bywał jeszcze złośliwy i marudny, czepialski i apodyktyczny, czego Malwa najwyraźniej nie przyjmowała do wiadomości.

– No powiedz, powiedz, czy on ma jakieś wady? – pytała.

– A widziałaś nad jego głową aureolę, bo ja nie. Poczekaj, nie gorączkuj się, poznasz go bliżej, to sama zobaczysz.

– Czy to nie jest czasem tak, że trudno dostrzec ideał w człowieku, którego zna się od dziecka… wiesz, z którym jada się codziennie śniadania i tak dalej.

– O, wypraszam sobie! Ostatni raz jedliśmy śniadanie we wczesnym dzieciństwie, teraz od czasu do czasu zapraszam go na obiad, który wcześniej muszę ugotować. On nie lubi restauracji.

– Ja też nie lubię – ucieszyła się Malwa. – Powiedz, czego on jeszcze nie lubi?

Dorota udała poważne zastanowienie.

– Ciągłych reorganizacji drogownictwa, wiecznego braku pieniędzy na drogi, dziur w tychże drogach… hm…

– O tym już wiem! – roześmiała się Malwa. – Mnie chodzi o takie bardziej osobiste lubienia i nielubienia. A te kulebiaki to jak się robi?

Najwyraźniej kuła żelazo, póki gorące. Nie chciała być gorsza w dokarmianiu bliźniaka, a Dorota nie zamierzała jej tego utrudniać. Obiecała dać wszystkie przepisy, które dostała od matki Piotra, i jeszcze na dokładkę kilka swoich. Patrzyła na rozświetloną szczęściem twarz Malwiny i drugi raz poczuła ukłucie zazdrości. Tym razem nie o bliźniaka, bo o niego była już spokojna. Zazdrościła przyjaciółce zauroczenia. Pewnie, że ta krótka znajomość może się skończyć różnie, lecz Malwa przynajmniej była pewna, że Piotr wart jest jej zachodu i starań. Dorota nie miała nikogo takiego. Był niby Błażej. Wystarczyło jednak, że straciła go z oczu, i wcale za nim nie tęskniła. Nawet była zadowolona, że nie przywlokła go ze sobą na Lipianki. Bliźniak, zajęty Malwą, może nawet odpuściłby sobie złośliwości, nikt by nic nie powiedział, ale Jodłowski nie byłby tutaj na swoim miejscu. On był z innego obrazu, z innej scenerii.

– A jednak to wyjątkowy facet – powiedziała sennym głosem Malwa.

Jakieś czternaście godzin później, w drodze powrotnej do domu, bliźniak był niesamowicie ożywiony.

– To wyjątkowa dziewczyna! – powtarzał kolejny raz.

– Mhm – przytaknęła Dorota.

– Słuchaj, ja myślałem, że takich dziewczyn dzisiaj już nie ma, że w drodze ewolucji wyginęły lub przekształciły się w to, co na pęczki widać na dyskotekach i ulicach. A tu w samym środku lasów spotykam dziewczynę wyjątkowo subtelną, błyskotliwą, oczytaną...

Dorota słuchała z rosnącym przygnębieniem. Wszyscy faceci są chyba wymodelowani na jedno kopyto, myślała. Kamil mówił słowo w słowo to samo. Może w Internecie jest jakiś wzór, według którego nas bajerują? Chociaż nie, dla Malwy Piotr też był wyjątkowy. To może są dwa wzory, jeden dla dziewczyn, drugi dla facetów?

Piotr gadał, nawijał, machał rękami, raz nawet o mały figiel nie zjechali do rowu.

– Słuchaj, amigo, pamiętasz może, kto ci dał prawo jazdy? – zainteresowała się Dorota, gdy zbyt ostro wziął zakręt.

Parsknął śmiechem i nawet zaproponował, że chętnie odda jej kierownicę. To było coś zupełnie nowego. Zwykle musiała żebrać o każde pół godziny jazdy. A więc to prawda, pomyślała, że nie muzyka, tylko miłość łagodzi obyczaje. Piotr kochał muzykę od dawna, ale złagodniał, dopiero kiedy zakochał się w żywej dziewczynie.

– Jedź, amigo, jedź, tylko częściej zerkaj na drogę – powiedziała.

Po dwóch dniach beztroskiej zabawy i wygłupów Dorota wróciła do domu wypoczęta, przekonana, że nic nie wyprowadzi jej z równowagi, przynajmniej tego wieczoru. Zadzwoniła. Drzwi powinna otworzyć Gabi ewentualnie Jolka, w każdym razie nie mężczyzna, a już na pewno nie Jodłowski.

– A ty co tu robisz? – spytała niemile zdziwiona. – Nie byliśmy na dzisiaj umówieni.

Nie wydawał się przejęty jej dąsami. Czekał, aż zdejmie botki i kurtkę. Za jego plecami Gabi uśmiechała się przymilnie i dawała Dorocie jakieś znaki. Sam czort by się nie połapał w tej pantomimie, a co dopiero zdenerwowana Dorota. Odsunęła Jodłowskiego, sama powiesiła kurtkę, schowała buty i bez słowa zniknęła w łazience. Musiała ochłonąć i pozbierać myśli. Nie obchodziło jej, że pukali do drzwi. Nagle, z minuty na minutę, poczuła się intruzem we własnym domu. Właził tu każdy, kto chciał. Najpierw ciotka Pasjonata na wieczne przechowanie, teraz nie wiadomo po co Jodłowski. Była pewna, że wyciągnął z głupiej Gabi wszystko, co chciał. I jakby tego było mało, zaczął dobijać się do łazienki. Powtarzał jak katarynka:

– Dorotko, czekamy!

A czekajcie sobie do ukichanej śmierci, pomyślała. Rozebrała się i weszła pod prysznic. Ciepłe strumienie wody trochę ją orzeźwiły. Zamotała na głowie turban i próbowała znaleźć swoją podomkę. Niestety, Gabi musiała być szybsza i teraz pewnie szlafrok leżał gdzieś w małym pokoju wśród sterty ciuchów. Dorotę zalała fala wstrętu na myśl, że ten sam kawałek materiału osłaniał na zmianę jej ciało i ciało Pasjonaty.

– Gabi, szlafrok! – krzyknęła.

W przedpokoju rozległy się chichoty i piski. Uchyliła drzwi, żeby odebrać okrycie, i już nie mogła ich zamknąć. Razem z podomką do łazienki wszedł Błażej. Wszedł i tym samym naruszył ostatni skrawek miejsca, jaki miała tylko dla siebie. Jego troska wydała się Dorocie obraźliwa. Miała ochotę krzyczeć, rąbnąć go szamponem, szczotką do sedesu, obojętnie czym, byle tylko zniknął jej z oczu.

– Wyjdź! – powiedziała z furią, ale na tyle cicho, by nie sprawić uciechy sąsiadom. – Wyjdź stąd natychmiast!

Łudziła się, że zrozumie to dosłownie i pójdzie do domu. Niestety, z dużego pokoju wciąż dochodził świergot Gabi, co znaczyło, że gość czeka. Powoli się uspokoiła. Podsuszyła włosy i wreszcie weszła do pokoju.

– Przepraszam was – powiedziała. – O mały włos nie staranował nas tir i jestem trochę zdenerwowana.

– Ładne mi trochę – zauważyła Gabi.

Jodłowski miał więcej delikatności, bardzo się przejął i zaczął wypytywać o szczegóły, co było jeszcze gorsze niż nietaktowna uwaga Gabi.

– Daj spokój, nie chcę teraz o tym mówić – mruknęła.

– No to nie mów, tylko zadzwoń do Serocka – powiedziała Gabi.

– Do jakiego Serocka? Może do Siedlec? – wykrzyknęła.

– Może – zgodziła się Gabi. – Pomyślałam o Serocku, bo kiedyś miałam tam ciotkę.

– Kto dzwonił: kobieta czy mężczyzna?

– Babeczka. Ona mówi, że już kiedyś dzwoniła… ale ja nie pamiętam.

Dorota wyszła do przedpokoju i starannie zamknęła drzwi. Bardzo liczyła, że Gabi znowu się rozgada, czy to jednak za sprawą wspomnień o Serocku, czy z innych powodów, w pokoju zapadła cisza.

Szabałowa, zwykle tak opanowana i wyniosła, była chyba na granicy histerii. Z trudem panowała nad głosem, powtarzała, że Tomuś umiera i niewiele więcej można było od niej wydobyć. Umierał podobno w Siedlcach, jeżeli rzeczywiście stan był aż taki ciężki. Dorota o chorobie wiedziała od warszawskiej gospodyni, a w umieranie po prostu nie uwierzyła.

– Przyjadę w sobotę – powiedziała.

– On nie doczeka do soboty! – Matka Tomka zaniosła się płaczem.

– Powie mi pani, co się stało?

– Mój syn umiera, to się stało!

Z dalszego szlochu nie wynikało już nic. Dopiero w rozmowie z bliźniakiem Dorota spróbowała jakoś uporządkować myśli. Znała skłonność Szabałowej do przesady i znała Tomka. Mógł spaść ze schodów lub skręcić nogę, ale mógł też przedawkować narkotyk lub w przypływie depresji targnąć się na życie. Obojętnie, co się stało, Dorota czuła, że musi pojechać, i to nie tylko ze względu na tajemniczy eliksir.

– To prawie dwieście siedemdziesiąt kilometrów – powiedział bliźniak. – Cztery i pół godziny jazdy, może pięć. Jak wyruszymy w południe, przed wieczorem będziemy na miejscu. To co, umawiamy się na sobotę?

Cały bliźniak. W sprawach drobnych truł czasem skuteczniej niż cyjanek, w naprawdę ważnych był niezawodny. Malwa ma chyba rację, on rzeczywiście jest wyjątkowy, pomyślała z ulgą Dorota. Spojrzała na zamknięte drzwi pokoju, w którym czekał na nią inny mężczyzna. Ten drugi był z kolei wyrozumiały aż do mdłości. Wyrozumiałymi facetami musi być wybrukowane piekło, szepnęła.

Telefon Szabałowej przygnębił Dorotę, ale też – jak to zwykle bywa w chwilach szczególnie trudnych – pozwolił ustalić właściwą hierarchię nieszczęść. Niechciana wizyta Jodłowskiego w porównaniu z poważną chorobą Tomka była zaledwie towarzyskim zgrzytem, niczym więcej. Kiedy po raz drugi pojawiła się w pokoju, była smutna i spokojna. Powiedziała, że ważne sprawy rodzinne, że jest przygnębiona i zmęczona. Jodłowski oczywiście zaczął wypytywać, jakie sprawy, chciał jej służyć opieką i pomocą.

– To wyłącznie moje, prywatne sprawy – wyjaśniła zwięźle.

W końcu pożegnał się i wyszedł. Jeżeli wciąż myślał, że przez dwa lata wystarczająco poznał Dorotę, to teraz mógł się przekonać o swojej pomyłce. Takiej złej, fukającej i nie do ugłaskania jeszcze nie widział.

Dyskoteka nie była fajna. To znaczy może i była, ale nie dla Gabi.

– Skąd mogłam wiedzieć – utyskiwała – że oni tam hałasują

na cały regulator, walą światłem po oczach i tak okropnie dymią. Byłam jak kret, oślepiona, ogłuszona i w ogóle cała głupia.

– Mówiłaś, że o dyskotekach wiesz wszystko – przypomniała nielitościwie Dorota.

– Tak mi się wydawało. Idź i zobacz, czy ci się to spodoba! Dziki tłum na parkiecie, stoliki trzeba rezerwować wcześniej... Ty, Dorota, tam się schodzi w dół po schodkach, wiesz, i myślałam, że zstępuję do piekieł. Nie śmiej się, ja tak sobie wyobrażam piekło: dym, błyskawice i huk. Nie masz pojęcia, co przeżyłam!

– Mam pojęcie. Byłam parę razy w dyskotece.

– Może tam, nad Wisłą, w dawnej Celulozie jest inaczej, gorzej niż gdzie indziej? To niemożliwe, żeby nigdzie już nie tańczyli walczyka czy tanga... Artur oświadczył mi się podczas tanga, dasz wiarę?

– Dam.

Dorota była zmęczona. Pościeliła tapczan i wskoczyła pod kołdrę, ale Gabi nie wychodziła z pokoju. Najwyraźniej chciała coś opowiedzieć, parę razy zaczynała i milkła speszona.

– Jakim cudem Jodłowski się tu znalazł? – spytała Dorota. – I co miały znaczyć te miny w przedpokoju, ta twoja pantomima?

– Tylko to, że nie ja go zaprosiłam, sam się wprosił. Zadzwonił, przedstawił się i zaraz potem przyszedł. Coś ci powiem, on wygląda na eleganckiego faceta i bardzo mi przypomina Artura. Nie z urody, tylko ze sposobu bycia. Dyrektorski ton, wszystko wie najlepiej, o wszystkim sam pomyślał. Nie łudź się, że on tak gładko przełknął twoje kaprysy. On ich wcale nie przełknął, za wszystko wystawi ci rachunek w swoim czasie, znam ten typ. Jak usłyszałam jego gadkę, że kobieta jest ozdobą mężczyzny, a jej obowiązkiem jest pilnować ogniska domowego, to jakbym słyszała swojego ślubnego. Pewnie mi nie wierzysz?

– Przeciwnie, Gabi! – Dorota oparła poduszkę o ścianę i usiadła. – Mów wszystko, co zauważyłaś, o co pytał, czego chciał.

Gabi nie bardzo wiedziała, czego chciał Jodłowski. Kiedy ktoś przychodzi, mówi tak i tak, coś oddaje lub pożycza, wtedy wszystko wiadomo. Ale jeśli przychodzi i zaczyna gawędzić o sztuce czy muzyce, to można posłuchać, czemu nie, ale trudno powiedzieć, żeby ten ktoś miał konkretny interes. Jodłowski niby o nic nie pytał wprost, zadawał jednak mnóstwo pytań mimochodem. „Aż trudno uwierzyć, że jest pani krewną Doroty. To musi być daleki stopień pokrewieństwa, prawda?" albo: „Nie czuje się pani samotna, kiedy Dorota wyjeżdża?". Gabi śmiała się, burzyła włosy, machała rzęsami, jednym słowem kokietowała Jodłowskiego po swojemu, ale odpowiedź dała bardzo wykrętną, i to na wszystkie pytania hurtem. „Mam do załatwienia ważną sprawę tu, w mieście, i póki jej nie załatwię, będę siedziała Dorocie na karku. Nie wiem, jak długo, tydzień, dwa, w każdym razie obie nie mamy innego wyjścia: ja muszę tu być, a ona musi mnie znosić".

– Znakomicie, Gabi! Jesteś naprawdę mądrą kobietą – wykrzyknęła Dorota.

Gabi poczerwieniała z zadowolenia. Pochwały Doroty sprawiały jej szczególną przyjemność. U Borka też się nasłuchała komplementów, zwłaszcza na temat jej biustu i tyłka, lecz to nie było to. Ona lubiła być chwalona za intelekt.

– Miałam wrażenie, że on nas podejrzewa... no, wiesz! Tyle teraz tych zboczeń, kiedyś się o takich nawet nie słyszało – zachichotała nerwowo.

– Nie, nie! – Dorota się wzdrygnęła. – Nie sądzę.

Gabi więcej się nie upierała. Opinie Jodłowskiego nie były jej zmartwieniem. Nie rozumiała tylko jednego: jak ładna, młoda jeszcze dziewczyna może romansować z takim facetem. Przez kokieterię nie nazywała Jodłowskiego starym, bo był trochę młodszy od niej. Przyznał się do czterdziestu lat, ale podejrzewała go o więcej. Co do romansu nie miała złudzeń. Jak tylko Jodłowski wyjął jej z rąk szlafrok Doroty i powiedział, że sam poda, domyśliła się wszystkiego. Gdyby nie miała swoich kłopotów, być może podpytałaby Dorotę, dlaczego nie poszuka sobie kogoś młodszego, ale Gabi miała własne zmartwienia, i to dwa jednocześnie. Komuś musiała o nich opowiedzieć. Dlatego zaczynała, nie kończyła i wyglądała na lekko strutą.

Pierwsze zmartwienie wiązało się z niejakim Radkiem. Podszedł do niej na dyskotece, gadu-gadu i zaproponował wspólne tańce. Spłoszyła się, spojrzała i złość ją chwyciła. Czarny pulower na gołym ciele, włosy związane w kitkę, za paznokciami żałoba. I jeszcze zarost, taki sprzed tygodnia. Chciała powiedzieć: „Młody człowieku, patrz, z kim rozmawiasz, i nie pozwalaj sobie za dużo!". W porę jednak ugryzła się w język. Nie tak dawno, na początku swojej drugiej młodości, wyskoczyła z podobną gadką na przystanku autobusowym. Potem nie wiedziała, gdzie oczy podziać. Ci dwaj, co ją zaczepili, pofikali się z uciechy, a inni ludzie mieli ubaw.

Radek był dla niej jak policzek. Gdyby przyplątał się jakiś schludny, fajny chłopak, pewnie nie miałaby takich oporów. Niemal pożałowała, że nie jest już stateczną matroną, która nie musi się użerać z tego typu wielbicielami. A on wciąż wyrastał gdzieś obok i ciągnął ją do tańca jak swoją własność. Na parkiecie szalał. Od jego ewolucji skóra cierpła. Na ugiętych kolanach, do tyłu, do przodu. Wszyscy się na niego gapili, a przy okazji na nią. Gabi stała się pośmiewiskiem całej dyskoteki. I jakby wstydu było mało, na parkiet przecisnęła się Muszka. Od tego momentu zaczęło się drugie zmartwienie Gabi. Już nie była taka anonimowa, bo pojawił się ktoś, kto ją znał. I to rodzona córka. Poczerwieniała jak burak, próbowała wycofać się rakiem, ale Radek złapał ją za nogi i zaczął wić się wokół niej. Gabi o mały włos nie straciła równowagi, łapała figury i podrygiwała głupawo. Radek krzyczał: „Szybciej, szybciej", a ona miała jedną tylko ochotę: rąbnąć go czymś ciężkim, odciąć się od jego wygłupów, żeby ci ludzie tam na parkiecie nie łączyli jej z wariatem. Muszka chichotała jak niemądra i też tańczyła. Ale jak! Można by pomyśleć, że dostała ataku epilepsji. Wrzeszczała coś, czego nie dało się zrozumieć, a kiedy wreszcie nastała cisza, wskoczyła na Radka. Tak normalnie wskoczyła, objęła go nogami w pasie i zaczęła całować. Radek już nie pojawił się koło Gabi, więc widocznie Muszka go sobie przywłaszczyła. Takiego obrzępa!

– Gabi, ten chłopak na pewno tańczył rewelacyjnie – powiedziała Dorota.

– Już ja widziałam, jak on tańczył – mruknęła z niesmakiem.

– Nie sądzisz, że to wszystko robota Muszki? – spytała ostrożnie Dorota. – Napuściła na ciebie chłopaka, żeby ci go publicznie odbić?

– Uśmiejesz się, ale to samo pomyślałam. Tylko nie bardzo rozumiem, co ona ma do mnie? I skąd u niej taki gust? Ten typ naprawdę był okropny. Obrzęp to mało.

– Sama wiesz, jak teraz młodzież się ubiera.

– Tak, jak im rodzice pozwalają – odpowiedziała gderliwie Gabi. – Muszę wracać do domu, bo mi dzieciaki na psy zejdą. Chłopak Muszki, ten z kolczykiem w nosie, to przy Radku cudo.

– Przecież nie chciałaś wracać do domu?

– Dopóki mi Muszka nie odbiła faceta, mogłam nie wracać…

– Gabriela wybuchnęła szalonym, niepohamowanym śmiechem. Dorota wystraszyła się, że to początek obłędu. Z trudem uspokoiła ją i wysłała spać. Sama sięgnęła po krzyżówkę. Nie chciała myśleć o Tomku, o Jodłowskim i tanecznych popisach Gabi, musiała zająć głowę czymś innym. Krzyżówka nie była zbyt skomplikowana, dawała się rozwiązywać bez słowników i atlasów. Utknęła dopiero na pięknym kochanku bogini Selene obdarzonym przez Zeusa wieczną młodością. Kratek było osiem, gdyby nie to, że wyraz zaczynał się na E i dotyczył mężczyzny, Dorota spokojnie mogłaby wstawić imię Gabriela. Zachichotała po cichu. Z Gabi taki kochanek jak ze mnie Zeus, pomyślała rozbawiona. Wygrzebała się spod kołdry, odnalazła w słowniku mitów Endymiona i nie zdążyła wpisać, bo zadzwonił telefon. Na dźwięk smutnego głosu Szabałowej zamarła. Z biciem serca oczekiwała na najgorszą wiadomość.

– Dorotko, chyba cię wprowadziłam w błąd – powiedziała tamta cicho. – Tomuś leży w Warszawie, w klinice onkologicznej.

– Onkologicznej? – jęknęła Dorota. – Będziemy tam z Piotrem najwcześniej jak się da. – zapewniła.

– Dziękuję, Dorotko.

Chyba nigdy jeszcze matka Tomka nie nazwała jej Dorotką. Nie tylko miłość łagodzi obyczaje, wielkie nieszczęścia też, pomyślała Dorota, otulając się kołdrą.

Pozyskiwacze odpadów wtórnych stawali się przed blokiem prawie codziennie. Jedni zbierali tylko kartony, inni metalowe puszki po piwie, jeszcze inni szmaty, zepsute parasolki i co tam znaleźli. Maskotka należała do tej trzeciej grupy. Szła od pojemnika do pojemnika i wygrzebywała ze środka wszystko, co mogło mieć dla niej wartość handlową. Pojawiała się zwykle przed śmieciarką.

W poniedziałek rano Gabi dopijała herbatę przy oknie i zauważyła Maskotkę, grzebiącą w pojemniku.

– Ależ to flejtuchowata baba – zaczęła wyrzekać po swojemu.
– Jak można tak babrać się w tym świństwie, fuj! Nie rozumiem tego, a ty, Dorotko?
– A co tu rozumieć! To nie hobby, tylko praca.
– Przecież ta brudaśnica ma mój beret! – wykrzyknęła Gabi.
– I mój skafander! Poznajesz?

Dorota podeszła do okna. Widziała już Maskotkę w tym odblaskowym berecie, niegdyś prawdopodobnie morskim lub niebieskim. Wyświechtany skafander mniej się rzucał w oczy, więc mogła go nie zauważyć. Jeżeli Gabi twierdziła, że poznaje swoje ciuchy, to pewnie tak było.

– Chyba zejdę do niej, jak myślisz? – zastanowiła się Gabi.
– Pozazdrościłaś jej i chcesz sobie wygrzebać jakiś twarzowy berecik?
– Nie wygłupiaj się! Ten skafander i beret to jedyne dowody, że ja to ja.
– Jakie dowody? Teraz Maskotka nosi twoje ciuchy, znalezione zresztą przy śmietniku, i wcale nie stała się przez to Gabrielą Haczyńską.
– Niby tak – mruknęła Gabi. – Ale gdybym miała te rzeczy, to byłby dowód. Chyba jednak do niej zejdę.
– Tylko mi tu nie przytargaj skafandra razem z Maskotką! I nie licz, że ona dobrowolnie odda zdobyczne ciuchy. Będziesz musiała powalczyć.

Maskotka grzebała już w następnym pojemniku, a potem jeszcze w następnych i zanim Gabi zdecydowała się na pojedynek, znikła jej z oczu.

W poniedziałki Dorota zaczynała pracę o dziesiątej. Wyszła jednak wcześniej, żeby zadzwonić do klientek zapisanych na środę i uzgodnić inne terminy. Onkologia bardzo mocno podziałała na jej wyobraźnię i już nie chciała odkładać wizyty u Tomka do weekendu. Dogadała się z bliźniakiem, że do Warszawy pojadą właśnie w środę. Zajrzała do kalendarza i mocno się zasępiła. Wśród ośmiu nazwisk jak na złość był też Jodłowski. Nie miała ochoty do niego dzwonić, wysłuchiwać pretensji i kolejnych pytań. Gdyby nie starszy bliźniak, który miał więcej od niej kłopotów z uzgodnieniem urlopu, gotowa była zmienić dzień wyjazdu.

Dodzwoniła się do pięciu klientek. Resztę rozmów, w tym z Jodłowskim, odłożyła na popołudnie.

Pierwsza tego ranka zapisana była pani Miłecka, ta sama, która w styczniu szykowała się na poważny babski zabieg. Jeżeli u Miłeckiej wszystko dobrze, pomyślała Dorota, to będzie znak, że Tomek wyzdrowieje. Takie wróżby nie miały większego sensu, ale od czasu do czasu lubiła sobie pogadać z losem właśnie w ten sposób. Nie była przesądna, chciała tylko wiedzieć, czego się spodziewać w najbliższym czasie.

Na szczęście Miłecka weszła uśmiechnięta i pogodna.

– Nawet nie muszę pytać, po minie widzę, że już po kłopocie! – zawołała uradowana Dorota.

– Kłopoty dopiero się zaczną, pani Dorotko, tylko zupełnie inne. Jak kobieta skończy czterdzieści lat, to nawet lekarz nie bardzo lubi ją oglądać. Ledwie co wyczuje i krzyczy, że polip. Jestem w ciąży, da pani wiarę!?

Dorota serdecznie się ucieszyła ze względu na Miłecką, ale nie umiała sobie tego przełożyć na sytuację Tomka. Jedyną pociechą, mało zresztą pokrzepiającą, były pomyłki lekarskie i fałszywe alarmy. Wiedzę na temat błędnych diagnoz miała imponującą, nasłuchała się w gabinecie historii ścinających krew w żyłach. Owszem, zdarzały się klientki zadowolone ze swoich lekarzy, ale Dorota bardziej pamiętała te niezadowolone.

Jodłowski sam się do niej zgłosił – i to zaraz po zamknięciu gabinetu. Minął się w drzwiach z ostatnią klientką.

– Wiem, że jesteś głodna – powiedział – zaraz pojedziemy na obiad, ale najpierw musisz wybrać drzwi wewnętrzne. Jutro majster będzie je obsadzał.

Rozłożył przed nią katalog, coś powiedział, coś zasugerował i Dorota wybrała te, które chciał. Tak było właściwie ze wszystkim. Niby zasięgał jej rady, pokazywał próbki lub zdjęcia, chociaż w końcu to on wybierał, nie ona. Wcześniej myślała, że po prostu mają podobny gust. Po rozmowie z Gabi zrozumiała, że to zwykła manipulacja. Miało być tak, jak on postanowił. Wcale by się nie zdziwiła, gdyby wybrane przez nią drzwi już dawno siedziały w ścianach.

– To co, gdzie jedziemy na obiad? – spytał.

– Wracam do domu.

Wstała. On też wstał i bez większego trudu, bez żadnej szarpaniny posadził ją z powrotem. Obszedł biurko i usiadł na wprost.

– Nie, moja droga! Lubię jasne sytuacje i nie znoszę, kiedy mnie się lekceważy. Czy ty lubisz być traktowana jak powietrze? Założę się, że nie. Chcę wiedzieć, za co próbujesz mnie ukarać. Czy cię obraziłem albo skrzywdziłem? Jeżeli tak, powiedz mi to w oczy, żebym miał szansę cię przeprosić.

– Wcale cię nie lekceważę. Wczoraj rzeczywiście nie byłam zbyt miła, ale miałam swoje powody. Zauważ, że ty wczoraj nie byłeś moim gościem.

– Zawsze dzielisz gości na zaproszonych i tych, którzy z życzliwości wpadli na herbatę?

– Nie znam nikogo, kto z życzliwości przychodzi do mnie pod moją nieobecność.

– Teraz już znasz. Stęskniłem się, chciałem cię zobaczyć, a nie ukrywam, że przy okazji próbowałem poznać twoją kuzynkę. Kierowała mną typowo męska ciekawość. To ją, zdaje się, zamierzałaś oddać mi pod opiekę na czas wyjazdu do Warszawy?

Ironia aż waliła po oczach, była w jego słowach i w uśmiechu. Dorota przygryzła usta, nie znajdując żadnej odpowiedzi, nawet głupiej. Poczuła się złapana w pułapkę, którą sama usiłowała zastawić. Patrzył na nią i czekał, nie mogła tak po prostu udać, że pytania nie było.

– Pomysł miałam niezbyt fortunny, przyznaję – odpowiedziała wreszcie. – Zresztą natychmiast się wycofałam. Możesz mi powiedzieć, jakie wrażenie na tobie zrobiła Gabi?

– A co, próbowała ci wmówić, że się na nią rzuciłem? Sprawdzała cię tylko.

– Nie doceniasz jej. Nazwała cię eleganckim mężczyzną, a eleganccy panowie nie rzucają się na kobiety z marszu.

– Chcesz się przekonać, że obie nie macie racji?

Podszedł do drzwi i próbował przekręcić zamek.

– Nie, nie! – zawołała Dorota. – Ja wcale nie chcę mieć racji. Idziemy na obiad!

– Ale deser zjemy już u mnie!

Nie pytał, tylko stwierdził oczywisty fakt, który miał nastąpić. Znowu wygrał, pomyślała Dorota, zapinając kurtkę.

Pozwoliła się zawieźć do Młyna i nawet bez przykrości myślała o późniejszym deserze. A jednak nie była z siebie zadowolona. Drażniły ją własna uległość i pewność Błażeja, która nie wiadomo na czym się zasadzała. Zapewne na różnicy wieku. Był jedenaście lat starszy, co jeszcze nie stanowiło wady, ale już dawało mu przewagę. Lepiej znał się na ludziach, zwłaszcza na kobietach, wiedział, czym je ująć, co mówić, jak zdobywać. Zachowywał się tak, jakby to Dorota była najważniejsza, liczył się z jej zdaniem, dbał o nią, w ostatecznym jednak rachunku to ona ustępowała, by mógł osiągnąć swoje cele. Pragnął mieć w niej wspólniczkę, towarzyszkę wypadów do restauracji, kochankę – i miał. Założył, że się pobiorą, więc Dorota zaczęła się oswajać z tą myślą, chociaż wcale nie była pewna, czy chce zostać żoną Błażeja Jodłowskiego.

– Dlaczego nie opowiesz mi o swoich kłopotach? – spytał.

Odczekała, aż kelner ustawił na stole śledzie w oliwie i pieczywo, tak zwane czekadełko, skracające czas oczekiwania na dania właściwe, i dopiero wtedy spojrzała na Błażeja.

– A ty mi opowiadasz o swoich?

– Moje kłopoty nie rzucają mi się na humor i nie psują humoru tobie – odrzekł z dobrotliwym uśmiechem.

– Przeprosiłam cię już za mój humor. Pyszne śledzie, prawda?

Zajęła się jedzeniem. Zauważyła przechodzących obok stolika mężczyzn i zauważyła też, że Jodłowski z marsową miną odpowiedział na ich pozdrowienie. Wybrali stolik trochę dalej. Jeden usiadł tyłem do Doroty, drugi przodem. Niemądre serce zadygotało, jakby Kamil Sieja wart był takiej reakcji. Dorota odpowiedziała na jego powitanie i wróciła do swojego śledzia. Bardzo ładnie udawała spokój, chociaż wpatrywało się w nią dwóch mężczyzn jednocześnie. Pierwszy z lekkim uśmiechem, drugi badawczo.

– Dlaczego tak patrzysz? – spytała tego, który gapił się badawczo i był bliżej.

– Patrzenie na ciebie jest moim ulubionym zajęciem co najmniej od dwóch lat.

– Masz wyjątkowo monotematyczne zainteresowania.

– Mnie one cieszą.

– A mnie zaraz udławią. Mam wrażenie, że czyhasz na mojego śledzia. Dać ci połowę?

Jego śledź leżał prawie nietknięty na talerzyku, zapewne więc chodziło o coś zupełnie innego. Dorota mogła się tylko domyślać, że to Kamil zmącił spokój Błażeja. Nie na długo zresztą. Już przy zupie Jodłowski doszedł do siebie i nawet opowiedział Dorocie jakiś żart. Nie słuchała zbyt uważnie, uśmiechnęła się tylko dla świętego spokoju. W duszy miała zamęt. Co ja losowi zawiniłam, myślała, że tak to wszystko poplątał. Przecież byłoby o wiele lepiej, gdyby to Kamil kochał mnie jak Błażej, a Jodłowski był detektywem Haczyńskiego. Drobna zamiana ról, a tyle radości.

Próbowała skupić się na tym, co mówił, chociaż trochę przynudzał. Uczepił się jakiejś ustawy budżetowej i wmawiał Dorocie, że to wyjątkowy knot legislacyjny. Nie miała zdania na ten temat, więc nie miała też powodów, żeby się z nim nie zgodzić. Mądrze kiwała głową, od czasu do czasu zerkając na sąsiedni stolik, ale tylko wówczas, gdy jej towarzysz patrzył w swój talerz.

– Boję się o ciebie – powiedział.

Drgnęła. Przeskok od bubla legislacyjnego do lęku o nią wydawał się niezbyt zrozumiały.

– To dobrze. Ktoś musi się o mnie bać, bo mam duszę ryzykanta.

Kiedy wychodzili, Jodłowski nie zaszczycił Kamila spojrzeniem, Dorota przeciwnie, kiwnęła głową na pożegnanie.

– Może zauważyłaś, co zamawiał Sieja? – spytał Jodłowski już w szatni.

– Chcesz, żebym poszła i spytała?

– Przez cały wieczór patrzyłaś mu w talerz, to myślałem, że wiesz.

– Jesteś zazdrosny?

– Jak wszyscy diabli! – powiedział i tak ją przytulił, że na chwilę straciła oddech. – To teraz już prosto do mnie. Obiecałaś!

Dorota, co prawda, niczego nie obiecywała, ale też wcale nie żałowała, że dała się namówić na ten deser. Jodłowski wspaniale rozumiał potrzeby kobiecego ciała, chyba o wiele lepiej niż duszy.

Od czasu do czasu Dorota tak układała pracę w gabinecie, żeby w środku dnia wygospodarować godzinę lub dwie na załatwienie spraw w urzędach. We wtorek miała przewidziane takie okienko i przy okazji chciała kupić jakiś drobiazg dla Tomka.

Na pewno nie krawat i nie skarpetki. Wchodziła do sklepów, wychodziła i coraz bardziej utwierdzała się w przekonaniu, że nikt jeszcze nie wymyślił upominku, który uradowałby Tomka. Przez te wszystkie lata, kiedy byli razem, przeżywała podobne męki dwa razy do roku, w marcu przed imieninami i na Gwiazdkę. Tomek niby potrafił cieszyć się ze wszystkiego, lecz była to radość na pokaz. Wrzucał prezent do szuflady i chyba o nim zapominał.

Żeby uspokoić sumienie, Dorota weszła jeszcze do sklepu z wyrobami ludowymi i natknęła się na Zuzannę, przebierającą w stosie aniołków.

– Chodź, artystko, chodź! – ucieszyła się – pomożesz mi wybrać prezent.

Zaczęły przebierać we dwie. Zuzanna wolała polichromowane, Dorocie bardziej się podobały te z surowego drewna. Wybrały w końcu coś pośredniego: sam aniołek był z surowego drewna, a sukienkę miał zieloną. Dorota wynalazła jeszcze jednego, który wyglądał jak wiejski pastuszek.

– Może ja też kupię aniołka?

– Na jutro, do Warszawy? – spytała Zuzanna.

– Skąd wiesz?

Zuzanna schowała swoją zdobycz do torebki i wyprowadziła Dorotę ze sklepu.

– Ja tam przesądna nie jestem, ale po co choremu takie niebiańskie skojarzenia? Chodź ze mną do Regionalnej. Ty we mnie aniołkiem, ja w ciebie książką. Nie bój się, coś znajdziemy. To jedyna w mieście księgarnia, która ma najprawdziwszą duszę. W innych są tylko tytuły.

– Powiesz mi, skąd wiesz?

– Z autopsji. Łażenie po księgarniach to moje hobby. W Toruniu znalazłam dwie takie, przy Szerokiej i przy…

– Zuzieńko, pytam o Warszawę.

– Przecież wiem. Najpierw odwołaj Zuzieńkę. Co sobie przypomnę tamtego pacana, to mnie skręca. Pół akademika w oknach, a jemu się Zuzieńki zachciało. Takiego tylko przerobić na kotlety za zakłócanie ciszy nocnej.

– Nie gadaj, od razu zrobiłaś się sławna. Przynajmniej wśród tych, co mieli okna od ulicy. Skąd wiesz o Warszawie?

– Od Malwy, a niby skąd! Przymknij wreszcie oczy, bo ci ten wytrzeszcz niekontrolowany zostanie na całe życie – roześmiała się Zuzanna.

Dorota nie miała specjalnych powodów do wielkiego zdziwienia. Jeżeli coś ją zaskoczyło, to tylko tempo, o jakie nie podejrzewała bliźniaka. Udawał twardziela, naśmiewał się z bab, a jak go wzięło, to na dobre. Randka w poniedziałek, randka we wtorek i tak pewnie do niedzieli. W niedzielę dziewczynom kończył się urlop i wracały do Torunia, do swojego wydawnictwa. Bliźniak zamiast piętnastu kilometrów będzie musiał pokonywać pięćdziesiąt.

W Regionalnej Zuzanna czuła się jak u siebie. „Pani Danusiu, a to, a tamto, a mogę tu". Docisnęła się do regałów, polazła na zaplecze. Dla Tomka wybrała piękny album „Skarby Włocławka". Dorota od razu kupiła dwa, bo też chciała mieć taki. Z zachwytem przewracała kartki, czekając, aż Zuzanna wykupi pół księgarni, a drugie pół obejrzy gruntownie i ze znawstwem. W końcu nie doczekała się i wyszła sama. Za pół godziny musiała być w gabinecie.

Dorota bardzo przeżywała wyjazd do Warszawy. Kiedy rano bliźniak podjechał pod dom i gdy zbiegała ze schodów, poczuła prawdziwy strach. Od niedzieli sporo myślała o Tomku, ale tak jakby mimochodem, bo zawsze miała coś innego na głowie: pracę, porządki, Jodłowskiego, Gabi. Przyszła środa, bliźniak podjechał i już wiadomo było, że nie ma odwrotu.

– Boję się, wiesz – powiedziała na powitanie. – Szabałowa tak jakoś dziwnie mówiła.

– Zapnij pas, babo, i weź się w garść – poradził gderliwie. – Szabałowa zawsze dziwnie mówiła. Wszystko, co dotyczyło Tomka, było naj, on też musiał być naj, a wyszło, jak wyszło.

Piotr nie miał humoru. Prowadził samochód w takim skupieniu, jakby nic więcej dla niego nie istniało poza oplem i drogą.

– Powiedziała do mnie „Dorotko", a to znaczy, że z Tomkiem jest źle.

– Zawiało cię czy co? – obruszył się gniewnie. – Powiedziała „Dorotko", a ty od razu stawiasz Tomkowi diagnozę?

– Zawsze zwracała się do mnie bezosobowo. „Tomusiu, podaj

jej talerzyk". Teraz mówi „Dorotko". Takie kobiety jak ona nie łagodnieją bez powodu.

– A pamiętasz chociaż, że zerwałaś z Tomkiem? Pokiwała głową. Pamiętała o zerwaniu i wcale nie czuła się tak, jakby jechała do ukochanego. Jechała do kogoś, z kim łączyła nadzieje na wspólne życie i komu przez pięć lat była wierna. Miłość wygasła, ale sympatia została. Życzyła Tomkowi jak najlepiej. Bliźniak chyba nie czuł do niego nawet resztek sympatii, bo nie taił rozdrażnienia. Pomyślała, że wolałby spędzić to popołudnie z Malwiną, i zrobiło jej się przykro. Kiedy przejeżdżali przez Kowal, rozglądał się na boki z taką miną, jakby pod koniec lutego w każdym ogródku powinny kwitnąć malwy. Dorota chciała mu przygadać, dała jednak spokój.

– Drzemiesz? – spytał.
– Myślę.
– Zadziwiasz mnie!. Nie sądziłem, że baby, które robią lewe interesy z lewymi facetami, są zdolne do tak ciężkiego wysiłku.

– Jak wrócimy do domu, to tak ci przywalę, że przez tydzień będziesz chodził bokiem! – wybuchnęła Dorota. – Nie chciałeś jechać, żal ci było randki, mogłeś powiedzieć od razu. A jak się zgodziłeś, to przestań robić za męczennika. I przyjmij do wiadomości, że z tym lewym facetem, którego na oczy nie widziałeś, łączą mnie nie tylko interesy!

– *Piano,* Dorotko, *piano*! – powiedział i zamilkł.

Z boku widziała zaciśnięte szczęki i marsową minę, która nie wróżyła niczego dobrego.

– Przecież nawet go nie znasz – dodała nieco spokojniej.
– A ty? Możesz powiedzieć, że znasz go dobrze?

Westchnęła ciężko. Nie mogła powiedzieć, że zna Jodłowskiego dobrze i nie mogła powiedzieć, że go nie zna.

– Na pewno dłużej i lepiej niż ty!
– To na pewno.
– Na starość robisz się marudny – mruknęła. – Naprawdę tak trudno ci pojąć, że ja też chcę mieć kogoś bliskiego? Nie będę ci wciskała kitu, że oszalałam na jego punkcie, straciłam głowę i serce, ale... Ale widzę jego zalety. Trzęsie się nade mną jak kwoka nad kurczakiem i to chyba przeważyło. Nie wiem, czy wyjdę za niego, czy nie wyjdę, nie wiem nawet, czy jeszcze umiem ko-

chać. Czasem wydaje mi się, że jestem w środku wypalona jak stary piec.

– Na szczęście guzik znasz się na piecach. – Uśmiechnął się i zaraz spoważniał. – Które z was wpadło na pomysł, żeby oczyścić kamienicę po babce z lokatorów? Mało ci jednego mieszkania na parterze, musisz wyciągać ręce po całość? Uważaj, żebyś się nie udławiła pieniędzmi, kamienicą i swoimi pomysłami. Wczoraj u Koreckich była dawna nauczycielka Zuzanny, lokatorka z twojej kamienicy. Szkoda, że nie siedziałaś z nią przy jednym stole.

– O czym ty mówisz? Nie zgodziłam się na wyrzucenie lokatorów i Jodłowski kupił dom mieszkalny, do którego przeniesie tych ludzi.

– Widziałaś ten dom?

– Nie.

– Mogę cię tam jutro zawieźć.

– Dziękuję. Sama pojadę. Nie chcę oglądać twojej triumfującej miny.

– Znowu cię zawiało! Jestem normalnym facetem, nie zboczeńcem, więc dlaczego mają mnie cieszyć wpadki bliskich. Wczoraj, z twojego powodu, czułem się jak ostatni idiota. Lokatorzy nie psioczą na Jodłowskiego, tylko na ciebie. Do wspólników też trzeba mieć ograniczone zaufanie.

Do Warszawy dojechali w milczeniu. Myśli Doroty bardziej krążyły wokół Jodłowskiego niż Tomka. W pewnym momencie nawet zapomniała, dokąd i do kogo jedzie.

Tomek ostatnio nie wyglądał najlepiej, ale kiedy na łóżku szpitalnym zobaczyła szkielet obciągnięty żółtawą skórą, poczuła, że nie zdoła zrobić ani kroku dalej. Z całej siły chwyciła bliźniaka pod ramię, żeby nie upaść. Powtarzała sobie, że musi się wziąć w garść, że szpital jest najgorszym miejscem na omdlenia, przynajmniej z punktu widzenia pacjentów. Doszła jakoś do łóżka, pochyliła się i na myśl, że powinna pocałować to biedne, spocone czoło, natychmiast się wyprostowała. Pogładziła tylko Tomka po ramieniu i próbowała się uśmiechnąć.

– Okropnie wyglądam, prawda? – spytał.

Obok, na szafce stało lusterko. Zrobił ruch, jakby chciał po nie sięgnąć, ale ręka bezradnie zawisła w próżni i opadła na kołdrę.

Boże drogi, co mam mu powiedzieć, myślała gorączkowo Dorota. Co się mówi w takich sytuacjach?

– No, stary, nie powiem, napędziłeś nam trochę strachu – odezwał się uśmiechnięty bliźniak. – Jechaliśmy tu z Dorotą jak szaleńcy. Przez całą drogę tylko: Tomek, z Tomkiem, o Tomku. Wiesz, jak to jest, kiedy baby dorwą się do głosu.

– Okropnie wyglądam? – powtórzył Tomek.

– Jak ci powiem, że kwitniesz, to mi nie uwierzysz. Ważne, żebyś z tego wylazł, i to szybko. Co mówią lekarze?

Tomek wzruszył niecierpliwie ramionami. Nie chciał roztkliwiać się nad sobą ani nad swoją chorobą, nie chciał mówić o szpitalu, kroplówce zawieszonej na stojaku ani o basenie wystającym spod łóżka. Ucieszył się z albumu. Chwycił go zachłannie w obie ręce, lecz nie miał dość siły, żeby utrzymać. Dorota stała przy nim i przewracała kartkę po kartce.

– Skarby Włocławka – szepnął. – Nigdy ich nie obejrzeliśmy, dlaczego?

– Mało razy chodziłeś ze mną po katedrze? – zaprotestowała łagodnie.

– Chodziłem. Chodziłem, jadłem, piłem, a czuję się tak, jakbym w ogóle nigdy nie żył. Wiesz, czego mi żal? Pamiętasz Bieszczady? Zaledwie kilka dni, a tyle szczęścia. Wtedy naprawdę się kochaliśmy i wtedy żyłem. Żal mi wszystkich straconych nocy.

Czy to mówienie go zmęczyło, czy wspomnienia, dość że zamilkł i z trudem łapał powietrze. Bliźniak po cichu wyszedł. Dorota położyła rękę na dłoni Tomka. Nie otworzył oczu, tylko przytrzymał jej palce. Aż się zdziwiła, że jego dłoń była taka ciepła i sucha. Tomek i Bieszczady. Uśmiechnęła się do wspomnień. To był najbardziej burzliwy tydzień w ich życiu. Parę razy miała ochotę zostawić Tomka i uciec do domu. Nie trawiła ciągłych pretensji o wszystko: o ubikację na zewnątrz i łazienkę pod studnią, o myszy harcujące gdzieś pod podłogą i kacze kupy na podwórku. Wtedy mówił, że nie lubi gór i nudzą go spacery. Ich noce też były siermiężne. Spali na drewnianym, rozeschniętym łóżku, które skrzypiało przy najmniejszym poruszeniu. O to łóżko też się na nią wściekał. A teraz on pamięta tamten tydzień jako najszczęśliwszy w życiu. I pewnie nie kłamie. Wtedy nie wiedział tego, co wie teraz, że to było szczęście.

– O czym myślisz? – spytał.

– O tobie, amigo.

– Nie warto. Przegoniłem albo jak wolisz, przeskoczyłem sam siebie, co znaczy, że już mnie nie ma. Nie wiem, czy mnie rozumiesz, ale tak to teraz widzę. Z tego łóżka mam doskonały widok za siebie. Jak pomyślę, że już nikt nie będzie mnie opieprzał za brak kreatywności, miałkie pomysły i nieskuteczność działań, to wcale mi nie żal, że odchodzę. Bardzo miła jest świadomość, że oni tam wszyscy mogą mnie teraz pocałować w… Gdzie się całuje kogoś, kogo już nie można obrazić, skrzywdzić ani zamęczyć?

– W dupę – podpowiedział starszy bliźniak, który zawsze zjawiał się w najodpowiedniejszym momencie.

– Właśnie – uśmiechnął się Tomek. – Czasem jeszcze brakuje mi tych najwłaściwszych słów, ale z pamięcią nie mam kłopotów.

Patrzył na bliźniaka, nie na Dorotę. Spojrzeniami załatwili jakieś swoje sprawy poza nią i chyba się dogadali. Bliźniak dotknął ramienia Doroty, szepnął, że na nich czas.

– Poczekaj! – Pochyliła się nad Tomkiem i chwyciła go za rękę. – Pamiętasz ten ostatni pobyt u mnie? Przywiozłeś oliwkę do masażu. Od kogo ją dostałeś?

Zmarszczył czoło, jakby przeskok od teraźniejszości w tamte zamierzchłe dla niego czasy sprawiał mu wielki wysiłek.

– Od szarlatana. Nie ma o czym mówić – odrzekł powoli.

Nad sobą usłyszała znaczące chrząknięcie, ale nie dawała za wygraną. Próbowała opowiedzieć Tomkowi o zamianie opakowań i o Gabi. Szeptała nad nim i szeptała.

– Chcesz mnie podnieść na duchu? Ja mam wyzdrowieć, a ty mi wrócisz młodość, czy tam urodę. To bajki, Dolly.

– Ale powiedz, kto ci to dał?

– Niegustownie ubrany, łysawy flegmatyk po trzydziestce. Jeden z tych nawiedzonych szaleńców, którzy udają, że niosą ludziom zbawienie. Numer telefonu wyrzuciłem, nie był mi już do niczego potrzebny.

– Jak go poznałeś?

– Dolly! – szepnął z wyrzutem.

Nie chciała się poddać, po prostu nie mogła, choćby ze względu na Gabi. Patrzyła bezradnie. Tomek był już zmęczony, oddychał ciężko, a bliźniak kuksańcem w bok dawał jej znaki, że pora kończyć wizytę. Obydwaj byli przeciwko niej. Wstała. Nie czuła się przygotowana do tej najtrudniejszej chwili, do ostatniego chyba pożegnania. Znowu poczuła pustkę w głowie, wszystkie mądre słowa gdzieś uleciały, pozostał tylko dławiący skurcz w gardle. Boże, myślała, jak powiem „cześć", „pa", to zabrzmi idiotycznie. Mam skłamać i powiedzieć „do widzenia"?

Piotr pochylił się nad chorym. Przez moment widziała jego drgające plecy i musiała się odwrócić, żeby nie wybuchnąć płaczem. Te drgające plecy zdrowego bliźniaka były bodaj gorsze niż widok znękanego Tomka.

– Poczekam na korytarzu – szepnął i wybiegł.

Chciała krzyknąć, żeby jej nie zostawiał samej, ale Piotr już był za drzwiami, a Tomek patrzył. Jedyne słowo, jakie Dorocie przychodziło na myśl, smutne i ostateczne „żegnaj", nie chciało jej przejść przez gardło. Wyciągnął do niej rękę.

– Nie mów nic – poprosił – miłość to dotyk.

Przytuliła policzek do jego twarzy, a potem wyszła, nie oglądając się za siebie.

Wracali w milczeniu, pogrążeni w czarnych myślach. Tomek umierał, przegrywał z nowotworem jelit, który nie dał mu najmniejszej szansy. Kiedy się ujawnił, było już o wiele za późno na ratunek. Wyniszczone amfetaminą ciało, niezdolne do walki – tak powiedział lekarz Piotrowi. Dodał jeszcze, że to kwestia kilku dni, może nawet godzin. O czym w takiej sytuacji można mówić, jeżeli nie chce się wypowiadać słowa „śmierć"?

Do Kowala dojechali po zmroku, chociaż godzina była jeszcze wczesna.

– Jeżeli masz ochotę zostać – odezwała się Dorota – mogę wrócić autobusem.

– A tak było miło, jak nic nie gadałaś! Zabrałem cię spod domu i pod dom odstawię.

Dorota chciała być odstawiona pod dom, ale nie chciała wracać do siebie. Wymyśliła, że wpadnie do Joli. Bliźniak z rozmachu i tak stanął przy jej klatce.

– Jutro pojadę do Kowala i zobaczę ten dom – powiedziała, zbierając swoje drobiazgi, rękawiczki, torebkę.

Złapał ją za uszy, pocałował w czoło i przytulił.

– Trzymaj się, babo! – szepnął. – Zaskoczyłaś mnie, bałem się histerii, szlochów, a ty zachowałaś się wspaniale.

– Ty też się trzymaj! – wykrztusiła przez łzy.

Naszła ją wielka, trudna do powstrzymania ochota na płacz. Do tej pory jakoś panowała nad sobą, teraz czuła, że drżą jej usta, i że już dłużej nie będzie wspaniała. Bliźniak uporczywie grzebał po kieszeniach, wreszcie wyciągnął jakąś karteczkę, skrawek druku czy czegoś.

– Tomek prosił, żeby po jego... Nie tak. Tomek prosił, żebym już po wszystkim powiadomił panią Różę z salonu na Marszałkowskiej. Podał mi numer telefonu. Głowy nie dam, czy dobrze zapisałem. Po wyjściu od niego strasznie mi się łapy trzęsły. To jakaś kosmetyczka, niewykluczone, że będzie coś wiedziała o tym szarlatanie, którego ścigasz. Dorotko, on prosił, żeby po wszystkim... Błagam, przestań ryczeć. Nigdy nie wiem, co robić z płaczącymi babami.

– Najlepiej przytulić – chlipnęła. – A jednak mi uwierzyłeś!

– Nie, babo! To ty sobie uwierzyłaś. Im prędzej przekonasz się, że to bzdura, tym mniejsza szansa, że wylądujesz u psychiatry.

Dawno już starszy bliźniak nie był tak sumiennie przez Dorotę wyściskany. Nie obchodziło jej, co sobie mruczał pod nosem.

Ostatnio tak się składało, że albo Dorota przepisywała klientów na inne terminy, albo oni sami dzwonili, że coś im wypadło. W czwartek dwie pierwsze panie odwołały wizyty i wyskoczyło prawie trzygodzinne okienko. Ponieważ Jodłowski był nieuchwytny, Dorota pojechała do Kowala sama.

Od poprzedniej wizyty wiele się zmieniło. Przede wszystkim stanęły już ściany, które wyraźnie oddzielały gabinet właściwy od pozostałych pomieszczeń. Z wielką ciekawością zaglądała w każdy kąt. W jej pokoju, tym noclegowym, pod ścianą stały osłonięte folią drzwi.

– Tu będzie solarium – powiedział majster. – Elektrykę już podciągnęliśmy, wyszła mała wpadka, pan Jodłowski pewnie wspominał.

– Solarium nie było ujęte w planie! – wykrzyknęła zaskoczona.

– Nie było? – Podrapał się po głowie. – Na planie stoi jak byk. Pan Jodłowski nawet specjalistę przywiózł, żeby potem niczego nie poprawiać.

Co sobie pomyślała, to pomyślała, lecz nie napadła na majstra, bo nie on zawinił.

– A drzwi? – spytała.

– W ubiegłym tygodniu obsadziliśmy futryny, same drzwi założy się na końcu, żeby nie poniszczyć.

– W ubiegłym tygodniu, mówi pan?

– W czwartek bodaj. Co tam, ważne, że już są. Teraz szykujemy się do wylewki pod podłogi. A potem to już z górki. Jeszcze przy cekolowaniu będzie trochę paprania i przy glazurze. Da się radę, co tam!

Wychodząc z gabinetu, czuła się zdradzona i oszukana przez wspólnika. Oczywiście największą pretensję miała o solarium, chociaż o drzwi też. Wszystko to razem sprawiło, że powoli zaczynała tracić serce do gabinetu, a jeszcze bardziej do Jodłowskiego. Kiedy przy swoim samochodzie zobaczyła Kuciów z lokatorem z piętra, poczuła wzbierającą furię. Gdyby jeszcze Kuciowa tak nie jazgotała, gdyby nie wrzeszczała co drugie słowo, że chamstwo i złodziejstwo, to Dorota może by się opanowała i nie kazała jej zamykać dzioba. Skutek był odwrotny do oczekiwań. Kuciowa zamiast się uciszyć, dopiero wtedy pokazała, jakim silnym organem głosowym obdarzył ją Pan Bóg. Poruszyła całą ulicę, a pewnie i rynek.

– Wie pan, jak dojechać do tamtego domu? – Dorota zwróciła się do tego trzeciego, który stał z Kuciami.

Znał drogę i zgodził się pojechać. Widywała go już wcześniej: a to w sieni, a to przed kamienicą, ale nigdy nie był wystarczająco trzeźwy, żeby mogli porozmawiać. Kuciowie też próbowali wsiąść do samochodu, aż musiała warknąć, że nie będzie urządzała obwoźnego jarmarku.

Jej przewodnik nazywał się Fedor. Mieszkał z Sabinką na górze.

– Moja kobita to kolegowała się z pani mamą – powiedział.

– Znał pan moją mamę?

– Miasto małe, wszyscy się tu znają – mruknął wykrętnie.

Wolała jego mruczenie niż babskie wrzaski, chociaż sam Fedor nie budził szczególnej sympatii. Był chudy, pociemniały jak ikona i tylko jego wielki, czerwony nos mówił o wyłącznie ludzkich przywarach. Niewiele gadał, pokazywał, jak jechać, i wyprowadził Dorotę kawałek za miasto. Kazał się zatrzymać przy piętrowej chałupie, bez szyb w oknach, z zaryglowanymi drzwiami.

– Tu, w tej ruderze, chcą nas osiedlić – powiedział ze złością. – Ani wody, ani światła i wszędzie daleko. Prędzej pozabijam, niż dam się tu wyrzucić!

– Kogo pan pozabija?

– Już panna Dorota dobrze wie, kogo.

Ze staroświecką galanterią tytułował ją „panną Dorotą", ale minę miał ponurą. Ręce wsunął w kieszenie i popatrywał spode łba. Był trzeźwy, i właśnie dlatego wyglądał groźnie.

– Skąd mam wiedzieć? Domyślam się, że mówi pan o mnie i moim wspólniku.

– W życiu! Tu się nie rozchodzi o pannę Dorotę. Całe zło, jakie spadło na kamienicę, jest przez Antośkę i Jodłowskiego.

Dorota pożałowała, że wyrzuciła z samochodu Kuciów. Ich wrzaski wydawały się dziecięcą paplaniną w porównaniu z gadaniem Fedora. On nie jazgotał, ale też nie żartował. Poczuła się bardzo niepewnie.

– To ja odziedziczyłam dom po babce – powiedziała stanowczo. – O wszystkich zastrzeżeniach trzeba rozmawiać ze mną lub z moim wspólnikiem. Matkę niech pan zostawi w spokoju.

Podeszła do zabitych deskami drzwi. Chałupa trzymała się kupy jedynie z przyzwyczajenia i tylko szaleniec mógł uważać, że niewielki remont cokolwiek zmieni. Jodłowski na pewno nie był szaleńcem, więc tym bardziej przestała go rozumieć. Ze zwieszoną głową wróciła do samochodu i do Fedora.

– Toć wiem, że pannie Dorocie wypada tak mówić – mruknął, sadowiąc się obok niej na przednim siedzeniu.

– Co mówić?

– O matce i w ogóle. Ale wszyscy wiedzą, że Antośka z zemsty nasłała Jodłowskiego na nasz dom. Dlatego nie będzie dobrze, dopóki panna Dorota nie przegoni go w cholerę.

– Wszyscy wiedzą! – wybuchnęła Dorota. – Wiedzą tyle samo, co pan, czyli guzik. Moja matka mieszka teraz w Anglii i Jodłowskiego na oczy nie widziała. On jest moim wspólnikiem, nie matki. I niech mi pan nie dyktuje, co mam robić.

– Jakby panna Dorota pomyślała o rodzinie, to by Jodłowskiego przegoniła. A jak nie, to my go sami przegonim – powiedział twardo.

– Głupstwa pan plecie! Rodzina nie ma tu nic do rzeczy.

– Od razu widać, że hardość po matce wzięta – mruknął do siebie. – Chce sobie wyremontować dom, pomieszkać u babki, złego słowa nie powiemy. Ale nam tu żadnych gabinetów nie trzeba. I tej ruiny na odludziu też nie.

– Gabinet to moja sprawa, nie wasza – ucięła krótko. – A o ruinie porozmawiam ze wspólnikiem.

Do miasteczka jechali w milczeniu. Dorota trzęsła się w środku ze złości. Do głowy jej nie przyszło, że ktoś mógł posądzić Antoninę o spisek z Jodłowskim. Była to największa bzdura, jaką ostatnio usłyszała. Zaraz też przypomniała sobie słowa matki, te o ludziach z małych miasteczek. „Tak ci dokuczą, że się nie pozbierasz", powiedziała nie tak dawno temu. Dorota nie zamierzała się poddawać. Jeżeli jeszcze przed godziną czuła do Jodłowskiego niechęć, to teraz, po rozmowie z Fedorem, gotowa była stanąć murem za swoim wspólnikiem. Nie chciała krzywdzić lokatorów, ale też nie chciała, żeby włazili jej na głowę i decydowali, co ma robić, a czego nie powinna.

Ochłonęła dopiero przed kamienicą babki Miziakowej, kiedy Fedor wysiadł. Dorota miała wrażenie, że chciał powiedzieć coś więcej, że nosił się z jakąś następną rewelacją, której ona wcale nie była ciekawa. Do Włocławka wróciła już całkiem uspokojona.

Ledwie zdążyła się rozebrać i umyć ręce, przyszła pani Gusia, jedna z tych kobietek, wokół których kręci się cały świat, a one czerpią z życia same przyjemności, bo są absolutnie tego warte. Trzepotliwa niczym kolorowa papużka biegała od lustra do szafki i zasypywała Dorotę dziesiątkami pytań: a czy ten krem będzie dla niej dobry, a czy się ładnie ostrzygła, a czy... Nie czekała na odpowiedzi, bo tak formułowała pytania, że można było tylko przytakiwać.

– Jak ja już dawno tu nie byłam! – westchnęła, układając się wygodnie na fotelu.

– Za to widziałyśmy się u pani w domu – zauważyła chytrze Dorota.

Wciąż nie mogła zapomnieć o Haczyńskim, który według Jolki nie był Haczyńskim, chociaż siedział w jego salonie, i to nie sam. Tylko Gusia mogła rozwikłać tę zagadkę, ale zamilkła i nie kwapiła się do opowiadania. Dorota musiała pociągnąć ją za język. Lekko, z wyczuciem, żeby nie spłoszyć kolorowej papużki, a jedynie nakłonić do zwierzeń.

– Och, to był przelotny kaprys, pani Dorotko, nic więcej – westchnęła znudzona klientka. – Weekendowy kochanek, jak to się mówi, obarczony dwoma wadami: żoną i dziećmi. Nie domyśliła się pani? Jak ja bym mogła nie mieć pod ręką wszystkich kosmetyków!? Wie pani, ile ja tego mam. Ostatnio sobie kupiłam...

– Mnie zastanowiło coś innego – wtrąciła pośpiesznie Dorota. – Malując panią, cały czas miałam wrażenie, że już kiedyś byłam w tym mieszkaniu. Oczywiście u klientki.

– U żony Gerarda? Pani Dorotko, dla niej kosmetyczka to wyłącznie torebka na lusterko i grzebień. Ja się Gerardowi nie dziwię, że skacze na boki. Mieć w domu taką bezbarwną mysz to średnia przyjemność.

– Kominek, palma, narożna kanapa obita skórą, fotele – wszystko mi się zgadzało.

– Kominek, mówi pani, fotele i palma? – zdziwiła się Gusia i zaraz potem aż się zwinęła na fotelu ze śmiechu. – Pani Dorotko, to standard! Jak pani kiedyś wchodziła do mieszkania w bloku, to co stało w dużym pokoju? Wersalka, ława i obowiązkowo meblościanka: swarzędz albo włocławek. Teraz, jak pani wchodzi do salonu w domu jednorodzinnym, to ma pani obowiązkowo kominek, palmy i wypoczynek obity skórą. Moda, rozumie pani? I przemysł, który tej modzie sprzyja. Może mi pani wierzyć, znam parę takich salonów i czasem sama się gubię, bo nie wiem, u kogo jestem.

– O tym nie pomyślałam – mruknęła cicho Dorota.

Gotowa była uścisnąć Gusię za to, że odpędziła od niej niepotrzebne lęki. Wcześniej jakoś nie pomyślała, że standard, że pomyłka. Uczepiła się salonu Haczyńskich, wymyśliła pułapkę i ugrzęzła w sidłach własnego strachu. Wprawdzie nadal nie miała pewności, co knuł Haczyński, uspokoiła się jednak, że nie spiskował przeciwko niej. Mógł sobie zatrudniać detektywa i namierzać swoją Bryśkę, i tak z góry było wiadomo, że połamie zęby na odmłodzonej Gabi i niczego nie wyjaśni.

Borek powoli tracił cierpliwość. Nie bardzo rozumiał, co się dzieje. Jego samoocena, zwłaszcza na tle stałych bywalców salonu piwnego, była wyjątkowo wysoka. W odróżnieniu od nich był facetem zamożnym, pijał piwo, kiedy miał pragnienie, jadł flaki, kiedy miał apetyt, i nieźle sobie w życiu radził. Fizycznie też mu niczego nie brakowało, z wyjątkiem kilku zębów. Nie uważał jednak, żeby w łóżku zęby były najważniejsze. Miał w zasadzie wszystko, co pozwalało mu zdobyć upragnioną kobietę, a Gabi wciąż mu umykała. Tyle jego, co sobie pożartował, czasem uszczypnął. Ostatnio nawet nie szczypał, bo ją to strasznie denerwowało.

– Masz kogoś? – pytał.

– Może mam, może nie, co tobie, Borek, do moich facetów – odpowiadała ze śmiechem. – I przestań mnie molestować, bo ja się z żonatymi nie zadaję.

Borek wcale nie uważał się za żonatego. Miał niby żonę, tylko że od trzech lat nie mógł jej ściągnąć z Kanady do domu. Wyjechała na pół roku i gdyby nie kartki świąteczne, mógłby już myśleć, że z kretesem przepadła. Początkowo było mu nijako, zwłaszcza na honorze. Co innego, gdyby to on ją przepędził, ale odeszła sama, bez powodu, jak od pierwszego lepszego. To go gryzło najbardziej, no i to, że kumple ostrzyli sobie na nim języki. Nauczył się odpowiadać krótko: „Jej strata, nie moja. Mam okazję zamienić stary model na młodszy". Gadał tak, ale nie zamieniał. Dopiero kiedy Gabi zjawiła się w salonie, poczuł, że dłużej sam nie wyrobi. Podobała mu się do zwariowania. Kusił ją, jak umiał. Nie bawił się w subtelności, nie czarował bogactwem intelektu, tylko walił prosto z mostu, a czasem na skróty.

– Gabi, znasz bajkę o stokrotkach? – pytał. – Szły dwie przez pustynię.

– I co? Nie znam.

– Dasz, czy nie dasz i tak zwiędniesz – zaśmiał się głośno.

– W gębie to ty jesteś mocarny – prychnęła pogardliwie.

– W gębie mniej, lepszy jestem w te inne klocki. To co, pójdziesz do mnie wieczorem?

– Kulaj się, czubasie! Kto rano mówił, że takiego kwiatu to pół światu?

– I właśnie ci tłumaczę, że w gębie nie jestem najlepszy, czasem mi się coś wypsnie mimowolnie. Ciebie też nie zapraszam na dyskusje, tylko wiesz!

Czego nie dopowiedział słowami, pokazał gestem, aż Gabi z wrażenia oczy przymknęła. Machała rzęsami, prychała i tyle miał z niej pociechy. W końcu postawił sprawę jasno.

– Składam papiery o rozwód – powiedział. – Wyjdziesz za mnie?

Spłoniła się jak nastolatka. To już była całkiem inna rozmowa. Jeżeli Borek zdecydował się na oświadczyny, to znaczyło, że czubasem nie jest i ma niezły gust, chociaż z wyborem trafił kulą w płot.

– Nie wiem, Borek, za wcześnie o tym mówić. Za krótko się znamy.

I tu już stracił cierpliwość. Fuknął na Gabi raz i drugi, ochrzanił ją za niedomyte kufle, za zalany sraczyk i brudne popielniczki. Poczuła się zagrożona. Takim tonem mógł do niej mówić ślubny Artur, ale nie Borek, który się dopiero zalecał.

Wróciła do domu cała w strachu i natychmiast pobiegła do Joli. Musiała się komuś zwierzyć, a w sprawach uczuciowych uważała ją za bardziej oblataną od Doroty.

– Jak myślisz, wyleje mnie czy nie? – spytała. – Jak mnie wyleje, to będziecie miały z Dorotą kłopot, bo ja do supermarketu za czterysta złotych miesięcznie nie pójdę. U Borka mam dwa razy tyle i szacunek.

– Podoba ci się facet? To prześpij się z nim i po krzyku. Dziecka mu chyba nie urodzisz?

– Wy to zaraz: „prześpij się" i sprawa załatwiona. Żadnej moralności – zasępiła się Gabi. – Ja już nie mam dwudziestu lat, żeby skakać jak pchła po męskich łóżkach. Za mojej pierwszej młodości nie skakałam, to teraz mam się wygłupiać! Ty mnie namawiasz do nierządu.

Jola daleka była od namawiania jej do czegokolwiek, wskazywała jedynie sposób bezkonfliktowego załatwienia sprawy przynajmniej do czasu, aż Gabi znowu stanie się osobą w rozumieniu prawa i dostanie choć jeden wiarygodny dokument. Borek wydawał się niezłym rozwiązaniem, mógł na jakiś czas wziąć ją do siebie, z czego najbardziej zadowolona byłaby Dorota. Gabi wierzgała, a Jolce nie chciało się wierzyć, by seks w wieku czterdziestu dziewięciu lat był jedynie pojęciem abstrakcyjnym. Znała kilka rówieśnic Gabi, które nie były psychicznymi matronami, nie dziergały wieczorami sweterków na drutach, tylko żyły pełną piersią. Gabi była niekonsekwentna. W piwiarni czuła się lepiej niż kiedyś we własnym domu, lubiła opowiadać o zalotach Borka, pięknie weszła w skórę młodej dziewczyny, ciąży się nie bała, a jak przyszło co do czego, deklamowała teksty trochę dziwne w ustach kobiety, która pierwszą młodość przeżyła w burzliwych latach siedemdziesiątych.

– Ja się wstydzę – wybąkała Gabi. – Nie rozbiorę się przy żadnym facecie.

– I to mówi dwukrotna mężatka? – zdziwiła się Jola.

– Wtedy było co innego, a teraz jest co innego. Powiem ci tyle: jak mnie Dorota masowała, byłam w majtkach. Te części ciała, o których najczęściej gadają chłopy w salonie piwnym, nadają się do wymiany. Siwe i w ogóle. Gdyby nie to…

Zawiesiła głos i zamilkła, szczerze zmartwiona. Zaloty Borka były jej coraz mniej przykre i może nawet uległaby mu dla świętego spokoju, ale wstyd okazał się większy od ciekawości.

– A od czego masz światło? Udawaj wstydliwą, gaś światło, tylko pamiętaj, że raz w miesiącu masz być niezłomna.

– Myślisz? – zastanowiła się Gabi.

Miała ochotę wyciągnąć Jolkę na zwierzenia, by przy okazji uzupełnić luki edukacyjne. Tamta jednak ze śmiechem odsyłała ją do babskich tygodników i własnych wspomnień.

– Daj spokój, Gabi! Nie będę udawała, że jestem święta nienapoczęta, ale to nie są moje ulubione tematy rozmów – powiedziała i uciekła do kuchni, żeby zrobić coś do jedzenia.

Gabi pogrążyła się w marzeniach. Znowu była w pracy, Borek stał w drzwiach kuchenki, a ona wlewała wódkę do kieliszków. Czuła żywe pulsowanie krwi i kiedy zadzwonił telefon, odruchowo podniosła słuchawkę tak, jak to robiła w piwiarni. Głos Artura jakoś specjalnie jej nie zdziwił.

– A, to ty! – powiedziała, jakby wydzwaniał do niej codziennie pod ten właśnie numer.

Spytała przy okazji, czy wszyscy w domu zdrowi i czy przemyślał jej propozycję. Musiał nieźle zbaranieć, burknął coś i natychmiast się rozłączył.

– Telefon do mnie? – spytała Jolka.

– Nie, do mnie – odpowiedziała Gabi. – Artur dzwonił.

Trzask spadającego talerza przywrócił jej świadomość.

– Coś ty narobiła? – jęknęła Jolka.

Gabi jeszcze sama za bardzo nie wiedziała, co narobiła. Czuła tylko, że nie powinna była tego telefonu odbierać.

Nazwisko „Dołecki" nic Dorocie nie mówiło. Klient zapisał się telefonicznie bodaj w poniedziałek. Była niemal pewna, że kiedy otworzą się drzwi, zobaczy detektywa Sieję w najnowszym wcieleniu. Drzwi się otworzyły, lecz zamiast Siei wmaszerował wysoki, postawny mężczyzna, taki raczej do depilacji niż do masażu. Zażyczył sobie zabieg liftingujący, którego jednym z elementów jest właśnie masaż. Był wyjątkowo utrapionym klientem. Kiedy Dorota okrywała mu tors ręcznikiem, fuknął, że on sam, gdy nakładała mu na włosy ochronną przepaskę, denerwował się, że go łaskocze. Chciał się czuć jak facet, a ona traktowała go zbyt delikatnie, otulała, osłaniała. Zabieg też mu się nie podobał.

– Ja chciałem masaż, nie porcję pieszczot – powiedział, przytrzymując ją za nadgarstki.

– Właśnie pana masuję. Po silniejsze doznania musi pan iść na ring. Już pan idzie czy mogę skończyć?

Puścił jej ręce, choć nie przestawał marudzić. I nie były to bynajmniej pomruki zadowolenia, żadne tam drugie czy trzecie stopnie błogości. Niemal gotowa była zgodzić się z Sarą, że mężczyźni tacy jak Dołecki są w gabinecie kosmetycznym nie na swoim miejscu. Ten w końcu jednak skruszał. Wstając z fotela, powiedział, że nie było tak źle. Miał imponująco rozwiniętą klatkę piersiową i potężny kark albo raczej karczycho, jak mówiła Jolka. Ubierał się powoli i prężył muskuły, żeby Dorota mogła zobaczyć grę mięśni.

– Przeziębi się pan – powiedziała obojętnie.

– Nie ma obawy. Ja, widzi pani, jestem przyzwyczajony do sportowego masażu, a tam nikt się z zawodnikiem nie pimpa.

Ona też się nie pimpała, podając mu cenę zabiegu, który do tanich nie należał. I tu nie doceniła faceta. Wyciągnął portfel w taki sposób, żeby mogła zobaczyć gruby plik banknotów. Zapłacił bez ceregieli, nawet próbował zostawić napiwek. Ofuknęła go i więcej się nie upierał.

– My się znamy – powiedział Dołecki. – Pani była na balu myśliwych, zgadłem?

– Pan zgaduje czy wie?

– Była pani z takim starszawym gościem, zgadłem?

– Pan się chyba bardzo śpieszy, zgadłam?

Wcale się nie śpieszył, wypłoszyło go dopiero wejście klientki. Zdążył jeszcze obrzucić ją taksującym spojrzeniem od dołu do góry i dopiero zamknął za sobą drzwi.

– Ależ przystojniak! – zawołała rozbawiona. – Takiego postawić w gablotce przed gabinetem i nie opędzi się pani od amatorek.

– Opakowanie niezłe – przyznała Dorota – tylko to wnętrze, zwłaszcza w najwyższych rejonach ciała, coś mizerniutkie.

– Bo to ochroniarz, pani Dorotko, albo żołnierzyk. Typowe karczycho.

Dorota nawet nie wiedziała, że określenie „karczycho" robi aż taką karierę. W każdym razie nie czuła sympatii do faceta, zwłaszcza za nazwanie Błażeja Jodłowskiego starszawym gościem. Aż się zdziwiła, że tak ją to ubodło. Nie wykluczała, że był draniem i próbował nią manipulować, ale żeby zaraz starszawy!

Po pracy była umówiona u Jodłowskiego w domu. Nie chciała iść do żadnego lokalu, bo przewidywała, że to, co ma do powiedzenia, bardzo podniesie temperaturę dyskusji. Co innego sprzeczać się w czterech ścianach wolno stojącego domu, a całkiem co innego prowadzić kulturalną rozmowę w restauracji. Nie zakładała, że odbędzie się to kulturalnie, bo od środka rozsadzała ją złość, która musiała znaleźć ujście. Gdyby Błażej przypadkiem też się zdenerwował, mogliby, całkiem niepotrzebnie, stworzyć duet rozrywkowy. Dlatego wybrała dom.

Czekał na nią z kolacją. Spojrzała na zastawiony stół, na szczerze uradowaną minę gospodarza i poczuła, jak słupek złości podnosi się o dwie kreski. Choć była głodna, nie zamierzała jeść przed rozmową ani w trakcie. Co prawda po rozmowie mogła już nie mieć okazji i właśnie to ją zdołowało. W domu zostawiła pustą lodówkę, zapomniała o zakupach, a Gabi oczywiście do sklepu nie chodziła ze zwykłego lenistwa i z oszczędności.

– Najpierw pogadamy – powiedziała.

Dał się zwieść jej spokojowi i patrzył wyczekująco.

– Czy ja wyglądam na prymitywnego półgłówka? – spytała. – Jeżeli nie, to dlaczego tak mnie traktujesz? Każesz mi wybierać drzwi, które już dawno kupiłeś, instalujesz solarium, którego nie chcę, okłamujesz mnie i wywalasz moich lokatorów na bruk. Tak robi uczciwy wspólnik? To powiedz mi, co robią ci nieuczciwi? Od razu podrzynają gardła?

– To mi się podoba! – odrzekł, wyraźnie uradowany.

– Podrzynanie gardeł? – spytała zbita z tropu jego niewczesną wesołością.

– Twoja szczerość mi się podoba. Masz zastrzeżenia, przychodzisz o nich porozmawiać, a ja nie muszę się domyślać, kiedy cię obraziłem i czym. W interesach zaufanie jest najważniejsze.

– Chyba nie w twoim wydaniu – mruknęła.

Dał jej czas na pozbieranie myśli, wyszedł na chwilę i wrócił z kartonową teczką. Wielka nalepka na okładce informowała, że są to dokumenty dotyczące remontu gabinetu w Kowalu. Uśmiechał się pogodnie, patrząc na Dorotę z zachwytem, chociaż tego dnia nie wyglądała najlepiej. Miała podkrążone oczy, była przygnębiona Tomkiem i swoimi odkryciami.

Jodłowski rozłożył na stole papiery. W miarę jak wyjaśniał zawiłości związane ze spółką i remontem, sięgał odpowiednio do umowy, do projektu zagospodarowania budynku bądź wstępnego kosztorysu. Najważniejsza, jego zdaniem, była umowa. Z chwilą jej podpisania stał się na równi z Dorotą współwłaścicielem kamienicy. Wziął na siebie remont i wszystkie koszty związane z adaptacją budynku do nowych potrzeb. Zakres remontu określał drugi dokument – szczegółowy projekt zagospodarowania parteru i piętra. Jodłowski nie musiał konsultować ze wspólniczką każdego machnięcia kielnią, miał tylko obowiązek uzgadniać z nią odstępstwa od projektu. Inwestował z myślą o przyszłych dochodach, stąd pomysł na otwarcie siłowni oraz solarium. Pierwsze prawo rynku mówi, że trzeba dawać klientom to, czego oczekują, nie zaś to, co inwestorzy uważają za słuszne.

Jeżeli Dorocie nie odpowiada solarium w gabinecie kosmetycznym, można je przerzucić do siłowni, po drugiej stronie korytarza. Nie będzie to wyjście najlepsze, bo uszczupli i tak niewielkie pomieszczenie siłowni, gdy tymczasem przy gabinecie pozostanie pusty pokój. Nie ma sensu urządzać prywatnego apartamentu na dole, jeśli na górze jest całe mieszkanie. Wykwaterowanie lokatorów od początku było warunkiem nieodzownym całego przedsięwzięcia. Skoro Dorota nie chce się zgodzić na najprostsze, zgodne z prawem rozwiązanie, czyli na wypowiedzenie umowy najmu, to w żadnym wypadku nie może wymagać, żeby jej wspólnik wybudował dla lokatorów nowy dom w centrum miasta. Jedynym rozsądnym rozwiązaniem, choć pociągającym dodatkowe i niepotrzebne koszty, było wykupienie starego budynku, który po odnowieniu nada się do zasiedlenia. Jodłowski taki budynek znalazł, chce go kupić i w miarę możliwości wyremontować. Cudów oczywiście nie obiecuje; ale będzie jasno, ciepło i taniej niż w centrum. A komu się nie spodoba, zawsze może sobie poszukać innego mieszkania.

Skończył mówić i spojrzał na Dorotę. W jego oczach widziała samą niewinność pomieszaną ze zdziwieniem, że przed obiadem muszą dyskutować o sprawach tak oczywistych.

– Stawiasz ich wobec faktów dokonanych, tak jak i mnie – odrzekła. – Wciąż mam wrażenie, że zaplanowałeś wszystko z góry, tylko zapomniałeś mi powiedzieć, jak to naprawdę będzie wyglądało. O czym jeszcze dowiem się w trakcie tego remontu? Może ustalmy od razu, że to, co urządzamy, to nie gabinet kosmetyczny ani nie solarium, tylko zwykły burdel! Wiesz, że nawet bym się nie zdziwiła!

On natomiast nie tylko się zdziwił, lecz również obruszył.

– Zamiast fantazjować, zajrzyj do teczki. Masz u siebie identyczny komplet dokumentów. Przeczytaj je w wolnej chwili, a będziesz wiedziała, o czym mówimy, co robimy i czy jedno z drugim się zgadza.

– Przecież je znam!

– I?

– Nadal uważam, że grasz ze mną nieuczciwie.

Westchnął ciężko.

– Proponuję tak – powiedział. – Najpierw coś zjemy, a potem

przeczytamy na głos umowę. Przy okazji powiem ci o pewnych zmianach, które nastąpiły w czasie remontu. Wszystkiego przewidzieć się nie dało. Zastanawia mnie tylko jedno: dlaczego uważasz, że gram nieuczciwie? Analizowaliśmy umowę przy prawniku, punkt po punkcie i nie miałaś żadnych zastrzeżeń. Dlaczego masz je teraz?

– Sam powiedziałeś, że wszystkiego przewidzieć się nie da. Moje wątpliwości zwykle wyłażą na wierzch trochę później, jak coś się zaczyna dziać. I nie mów, że cokolwiek ze mną analizowałeś. Teraz pójdę do domu i sama sobie poczytam.

Próbował ją zatrzymać chociaż na obiad, ale równie dobrze mógł próbować ukręcić kulę z wody. Wsiadła do samochodu i, na złość Błażejowi, głodna pojechała oglądać dokumenty i swoją pustą lodówkę.

Papiery urzędowe, a już zwłaszcza różnego rodzaju decyzje i umowy, budziły w Dorocie wielką niechęć. Znalazła w domu teczkę, o której mówił wspólnik, próbowała skupić się na lekturze, trzy razy zaczynała czytać i trzy razy waliła papierami o stół. Umowę pisał prawnik, toteż język był urzędowy, nie do strawienia dla normalnego człowieka. Wzięła teczkę pod pachę i poszła do Jolki zasięgnąć fachowej porady.

– Co ten uczony mąż tu wysmarował? Czy da się to powiedzieć inaczej, tak żebym zrozumiała bez ekwilibrystyki umysłowej? – spytała z nadzieją.

– W styczniu podpisałaś, a dopiero teraz chcesz zrozumieć? – zdziwiła się przyjaciółka.

– Trafiłaś w sedno. W styczniu podpisałam, teraz zgłębiam treść, bo zdenerwował mnie wspólnik.

Jola uważała, że umowę powinno się zgłębić przed podpisaniem, i nawet upierała się przy swoim zdaniu. Dorota myślała inaczej. W styczniu miała ważniejsze sprawy do przemyślenia niż jakieś tam paragrafy. Zdała się w pełni na Jodłowskiego, bo nie miała powodów, by mu nie ufać. Ona wnosiła do tej spółki jedynie starą chałupę, do której nawet nie zdążyła się przywiązać, on swoje pieniądze, i to niemałe.

– Wymień mi wszystko to, na co się zgodziłam – poprosiła.

Jola czytała bez pośpiechu, porównywała paragrafy, coś tam sobie mamrotała pod nosem.

– Zgodziłaś się – wyjaśniła wreszcie – na wykwaterowanie lokatorów i otwarcie w centrum Kowala salonu odnowy biologicznej.

– O matko! – jęknęła Dorota. – Miałam rację, że to będzie burdel. Te przybytki zawsze nazywają się tak odlotowo.

– Nie przesadzaj, dlaczego zaraz burdel? Nazwa jest robocza, dalej mówi się o gabinecie kosmetycznym, solarium, kawiarence tlenowej i siłowni.

– Jeszcze kawiarenka tlenowa?! Szkoda, że nie leczenie dotykiem i wypędzanie diabła. Ja się na to nie zgadzam! Zmieniłam zdanie. Co teraz?

– W następnym paragrafie jest mowa o możliwości zmiany przeznaczenia obiektu, o ile obie strony dojdą do takiego wniosku. To znaczy zamiast gabinetu może być sklep lub jakaś wytwórnia.

– To nie wchodzi w rachubę. Załóżmy, że nie chcę tej spółki, co wtedy?

– Możesz zerwać umowę, a wtedy zwracasz wspólnikowi połowę kosztów poniesionych do dnia zerwania, powiedzmy do dzisiaj. Remont prawie się kończy, to będzie kupa forsy. Stać cię na taki luksus?

– Podstępny, paskudny drań! – wybuchnęła Dorota.

– Nie znam faceta, możliwe, że masz rację, chociaż z umowy to nie wynika. Inwestuje i zabezpiecza się przed stratami. Wszyscy normalni biznesmeni tak robią.

Dorota wpadła w czarną rozpacz i zaczęła biegać po pokoju z rękami we włosach. Biegała tak od okna do drzwi, przejęta zgrozą, że nie ma po co pokazywać się w Kowalu, bo najbliżsi przyjaciele nie będą chcieli jej znać. Bliźniak się jej wyprze, Zuzanna, Malwa i Koreccy także. Najchętniej oddałaby Jodłowskiemu cały dom, niechby sobie remontował, urządzał i robił kasę na babcinej krwawicy. Niestety, jej wspólnik przewidział taką możliwość, prawnik użył zgrabnego kruczka i Dorota nie mogła zrzec się swojej części, bo było to równoznaczne z odstąpieniem od umowy, a więc wiązało się z odszkodowaniem dla Jodłowskiego. Jola tylko głową kręciła na takie piękne zapisy.

– Czy to znaczy, że on mnie kupił razem z tą starą chałupą? – spytała wstrząśnięta Dorota. Przerywała na moment wyścigi po pokoju i z obrzydzeniem oglądała umowę.

– Sama się sprzedałaś razem z chałupą, a to go stawia w znacznie korzystniejszym świetle.

– Tylko sobie w łeb strzelić! – jęknęła Dorota. – Bliźniak i Sara mają rację, Jodłowski prowadzi lewe interesy i kto wie, czy nie siedzi po uszy w jakiejś mafii. On mi każe prać swoje brudne pieniądze.

Dobry prawnik może człowieka pogrążyć, a może go również wyciągnąć za uszy z najgorszej biedy. Jola, analizując umowę, nie dopatrzyła się działań promafijnych, nie mogła natomiast wykluczyć, że Dorota, ze swoją jawną pogardą dla pisemnych zobowiązań, może sobie ściągnąć na głowę o wiele większe kłopoty. Jedno, co doradzała, to dopilnowanie, aby remont domu dla lokatorów nie był wyłącznie grzecznościowym gestem w stronę wspólniczki. Jodłowski nie musiał remontować, ale skoro się zobowiązał, niech zrobi to porządnie.

– Spokój i tylko spokój – powiedziała Jolka. – Nie mieszaj się do kamienicy po babce, niech wspólnik działa. Uśpij jego czujność, pozwól, żeby poniosła go fantazja. Jeżeli znajdziemy jakiś punkt zaczepienia, coś, co nie będzie zgodne z umową lub projektem, wycofasz się zgrabnie, może nawet z zyskiem.

– Z żadnym zyskiem! Nie chcę jego pieniędzy ani jego salonów. Niech się sam odnawia biologicznie, psychicznie i… Cholera!

Dorota wróciła do domu w podłym nastroju i od razu wzięła się do sprzątania. Nic tak nie mogło ukoić jej nerwów jak mycie okien. Na okna było jednak za późno, zaczęła więc pucować glazurę w łazience. Nie mogła przestać myśleć o spółce i niefortunnej umowie. Prawdę mówiąc, podpisała dokumenty w ciemno. Wyskoczyła z gabinetu na pół godziny, śpieszyła się do następnej klientki i wcale nie chciała, żeby prawnik jeszcze raz analizował paragraf po paragrafie. Podłożyła się jak prymitywny półgłówek i Błażej ma prawo tak ją traktować. Oczywiście nie próbowała go usprawiedliwiać, bo mimo wszystko czuła się wmanewrowana w sytuację bez wyjścia. Od początku mówiła, że nie zgadza się na wykwaterowanie lokatorów, nie chce mieć solarium, a on i tak zrobił po swojemu. Tarła glazurę aż do bólu rąk i wymyślała sobie w duchu od tumanów, cymbałów i debilek, co wcale nie poprawiało jej samopoczucia, bo nie było kokieterią, tylko nagą prawdą. Tak to przynajmniej widziała. Przed ostatecznym szaleństwem uratował ją telefon.

– Czy mogę mówić z panią Haczyńską? – spytał niezbyt miły damski głos.

– Pomyłka – odpowiedziała przytomnie Dorota.

– Ale to bardzo ważne – upierał się głos.

– Nie wątpię, proszę tylko wykręcić właściwy numer.

Dochodziła dziesiąta, Gabi już powinna być w domu i Dorota pomyślała, że przez nadmiar ostrożności mogła zlekceważyć jakąś ważną wiadomość. Nie zdążyła ponownie wdrapać się na wannę, kiedy znowu zadzwonił telefon.

Głos bliźniaka był smutny i bardzo poważny.

– Jutro możesz zadzwonić do pani Róży – oznajmił.

– Kiedy? – szepnęła przez ściśnięte gardło.

– Po naszym wyjeździe. W nocy.

– Dzisiaj przez cały dzień myślałam o nim tak, jakby żył.

– To znaczy, że dla ciebie żył o jeden dzień dłużej – powiedział ciepło.

– Dzwoniła Szabałowa?

– Nie. Ja zatelefonowałem do szpitala.

Zostawiła w łazience cały bałagan, skuliła się na fotelu i tkwiła tak odrętwiała od środka, niezdolna do najprostszego ruchu. Zastanawiała się, jak to możliwe, że bliźniak zadzwonił do szpitala, a ona nawet nie wpadła na taki pomysł. Jestem zła, głupia, nieczuła, powtarzała sobie, jestem wypalona i niezdolna do wyższych uczuć. I dlatego zostałam sama. Zatęskniła nagle mocno i niepohamowanie do kogoś bliskiego, kto by ją przytulił, pogładził po głowie, powiedział, że takie jest życie albo coś równie banalnego, obojętnie co, byle do niej mówił. Bała się ciszy i tej okropnej samotności w mieszkaniu, gdzie jeszcze nie tak dawno irytowała się na Tomka, że zdziwaczał. Siedziała w fotelu, w którym on najczęściej siadywał, patrzyła na obraz, który tak lubił. Nie mogła być dłużej sama, przynajmniej nie tego wieczoru. Zebrała się w sobie i zmusiła do wyjścia, a samochód sam, bez jej woli, zawiózł ją pod dom Błażeja. W ciągu kilku godzin przestała w nim widzieć wroga, pamiętała tylko, że zawsze był dla niej dobry i wyrozumiały. Na parterze było już ciemno, świeciło się jedynie na górze, w sypialni. Nacisnęła dzwonek. Nim pomyśla-

234

ła, że Jodłowski może wcale nie chcieć jej widzieć, furtka się otworzyła. A zaraz potem drzwi do domu.

– O nic nie pytaj, tylko mnie przytul – poprosiła.

– Coś z mamą? Z bliźniakiem? – pytał i tulił, bo co miał robić, jeśli z płaczem zawisła mu na szyi.

Kręciła głową, że nie mama, nie bliźniak. Wziął ją na ręce i zaniósł do salonu, ściągnął kurtkę i szalik.

– Co się stało, Dorotko? Nie chcesz mi chyba wmówić, że to szok po lekturze naszej umowy? – Uśmiechnął się lekko, próbując podnieść jej głowę i spojrzeć w zapłakane oczy. – Wszystko ci wyjaśnię. Naprawdę wszystko da się wyjaśnić, nawet to, co brzmi niewiarygodnie.

– Za umowę zabiję cię innym razem, teraz nie odchodź.

Wczepiła się w niego obydwoma rękami. Był ciepły, silny, bardzo żywy, i to ją powoli uspokoiło. Pomyślała, że to głupio opowiadać jednemu mężczyźnie o drugim, ale w sytuacji, gdy tamten drugi dawno już do niej nie należał, a od kilku godzin przestał w ogóle należeć do kogokolwiek, mogła to i owo opowiedzieć. Nawet o amfetaminie, wielkich ambicjach, wyniszczającym wyścigu i chorobie.

– To druga bliska śmierć w moim życiu – zakończyła cicho. – Jest mi po prostu bezgranicznie smutno.

– Wiem – szepnął jej do ucha. – Nie umiem ci pomóc, bo smutek sam musi się uleżeć w człowieku. Ale cieszę się, że przyszłaś z tym do mnie. To chyba znaczy, że nie jestem ci zupełnie obojętny?

Wyślizgnęła się z objęć i spojrzała na niego z bliska.

– Chyba nie jesteś! – przyznała.

– I zostaniesz ze mną?

– Nie wiem. Przecież ja nic o tobie nie wiem. Czy ty masz jakieś związki z mafią?

– To znaczy?

– No wiesz, te różne Baraniny, Cielęciny, ucieczka z pieniędzmi, czy tam pranie brudnych pieniędzy… a może jeszcze coś, czego nie wiem.

Próbował zachować powagę, bo przed chwilą rozmawiali o sprawach wielkich i ostatecznych, nie chciał zakłócać jej smutku nagłym wybuchem wesołości, ale nie wytrzymał.

– Ostatecznie zgadzam się na baraninę i cielęcinę, nawet na ucieczkę z pieniędzmi, ale skąd ta mafia? – odezwał się wreszcie, kiedy jako tako doszedł do siebie.

– Nie wiem. – Wzruszyła ramionami. – Ta zawinięta ręka tuż po strzelaninie w mieście. Nie wiem.

Wyciągnął do niej prawą rękę, już bez bandaża i bez obrączki. Na serdecznym palcu widać było różową, sporą szramę.

– Naprawdę myślałaś, że dam sobie odstrzelić palec razem z obrączką? – spytał. – Kolega zrobił to prościej, choć niezbyt fachowo. Na szczęście nie uszkodził mi ścięgna. Dorotko, co ty jeszcze złego o mnie myślisz?

– Nigdy nic o sobie nie mówisz, to myślałam, że ta tajemniczość ma jakieś uzasadnienie.

– Ma, oczywiście, że ma, ale bardziej leży w mojej naturze niż w nieuczciwych interesach.

– No widzisz, jaki jesteś? Widzisz? Znowu mi nic nie powiesz, obrócisz pytanie w żart i na tym się skończy. Tak jest ze wszystkim! – odpowiedziała zniechęcona.

Obiecał, że powie jej wszystko, co tylko będzie chciała wiedzieć, ale innym razem. Było późno, Dorota ledwie stała na nogach, a on też musiał wcześnie wstać. Dała się zaprowadzić na górę i ułożyć do snu.

Dorota wróciła jakieś dziesięć minut po Gabi. Obie nie nocowały w domu i obie nie wyglądały najlepiej. Dorota przynajmniej zjadła porządne śniadanie, bo przy Błażeju nie dało się inaczej. Natomiast Gabi była głodna i na domiar wszystkiego czuła się brudna. Weszła do łazienki, poślizgnęła się na ścierce, przewróciła płyn do mycia glazury i wreszcie mogła nakrzyczeć na Dorotę za bałagan, a zaraz potem za pustki w lodówce.

– Przestań marudzić! – fuknęła Dorota. – Też mogłaś pamiętać o zakupach.

– Tak? A czy ja chciałam opuścić męża i dzieci, żeby zamieszkać z tobą? Przywróć mi dawny wygląd i zaraz się od ciebie wyniosę. Obie z Jolką jesteście dobre. „Żyj, Gabi, korzystaj z młodości! Idź do pracy, prześpij się z Borkiem". Nie tak mówiłyście?

– Ja ci kazałam przespać się z Borkiem?

– Jolka. Ale na pewno wymyśliłyście to razem. Kości, chole-

236

ra, nie czuję. Gdzie mnie do takiej gimnastyki! Jakby się Artur dowiedział, to chyba by mnie zabił!

Kręciła się po kuchni, wyrzekała i z głodu zaczęła żuć ze-schniętą piętkę chleba. Upragniona młodość przynosiła jej same rozczarowania. Gdziekolwiek się obejrzała, wszędzie były inne młode dziewczyny i chociaż wcale nie ładniejsze, lepiej jednak im się w życiu wiodło. Choćby taka Jola albo Dorota. One się urządziły, miały pieniądze, a Gabi zrywała sobie kręgosłup za nędzne grosze. Do niedawna myślała, że to zwykły pech, ale poszła po rozum do głowy i wymyśliła, że nie pech, tylko brak wiarygodnych dokumentów. Bez dowodu osobistego nie mogła dostać lepszej pracy, wyjechać, załatwić meldunku. Znowu była nikim, nawet nie żoną przy mężu, bo to brzmi dumnie, tylko utrzymanką innej kobiety. Nie martwiła się o Dorotę, myślała wyłącznie o sobie. Nie była przystosowana do niespodziewanej młodości, nie umiała żyć po nowemu. Brakowało jej mieszkania, pracy na miarę ambicji, a przede wszystkim pieniędzy. Rozrywki, z których mogła korzystać, też nie przypadły jej do gustu. Po dyskotece czuła się zdołowana, a Borek pogrążył ją w rozpaczy.

Nie tak wyobrażała sobie noc u boku oszalałego z miłości mężczyzny. On oszalał, owszem, ale wyłącznie z pożądania, był jak nienasycone zwierzę i tego samego oczekiwał od niej. „Ruszaj się, krzyczał, nie śpij! Gdzie twój temperament!". Wystraszyła się, że nie przeżyje tej nocy, że wysiądzie jej serce, wątroba, wszystko. Już nie miała nad nim tej przewagi, co w piwiarni. W małżeńskim łożu Borków to on dyktował prawa. Padł i za-chrapał dopiero nad ranem. Gabi próbowała się zdrzemnąć, ale bezlitośnie wywalił ją z łóżka, wygonił do kuchni, żeby zrobiła śniadanie. „Strasznie jesteś drewniana", powiedział i dodał, że Gabi zachowuje się w łóżku jak stara baba, i to nie taka, w której diabeł pali. Znowu mu się wszystko pokręciło, bo w gębie rzeczywiście mocny nie był. Poczuła się wykorzystana i obrażona. Trzasnęła drzwiami na pożegnanie i więcej nie chciała patrzeć na wdzięki Borka ani jego piwiarnię.

– Nie wiem, co ludzie widzą w seksie – mruczała. – A ty?

– Też nie wiem – powiedziała Dorota i żeby kupić sobie choć chwilę spokoju, dała Pasjonacie dwadzieścia złotych na bułki i coś do nich. Po suchej piętce nie było już śladu, a Gabi zbierała okruszki ze stołu.

– Jestem zmęczona – marudziła.

– Więc nie będziesz jadła! – Dorota wzruszyła ramionami.

Gabi wróciła ze sklepu ogromnie przejęta. Pod blokiem stała karetka pogotowia, a ludzie mówili różnie: jedni, że morderstwo, inni, że nieszczęśliwy wypadek. Od strony lasu, pod oknami podobno ktoś leżał i nie dawał znaków życia.

Dzwoniąc do Róży, Dorota czuła się jak czarna wrona kracząca o cudzym nieszczęściu. Nigdy nie przekazywała nikomu tak smutnych wiadomości. Miała kłopoty z podstawowymi zwrotami – jak powiedzieć: „odszedł", „umarł", a może „dokonał żywota"? Niby prosta sprawa, ale kiedy ma się kilka sekund na wypowiedzenie myśli, w głowie powstaje zamęt. Przygotowała sobie kilka słów wstępu, ledwie jednak usłyszała w słuchawce młody głos, nastawiony na rozmowę z klientką, straciła pewność siebie. Nawet nie bardzo wiedziała, jak ma się przedstawić. Róża musiała lubić Tomka i on musiał ją lubić, może nawet łączyło ich coś więcej niż tylko sympatia, bo gdyby było inaczej, Tomek nie kazałby Piotrowi dzwonić właśnie do niej. Dorota miała tę świadomość. Płacz tamtej dziewczyny wydał jej się zupełnie naturalny, nie wywoływał zazdrości, tylko współczucie. Gorączkowo myślała, jak przejść do tej drugiej sprawy, o której musiała porozmawiać. Zagrała pokerowo, nie pytała, „czy pani coś wie", tylko stwierdziła: „Tomek dostał od pani oliwkę do masażu". Potem długo musiała przekonywać Różę, że Tomek nie rozchorował się od oliwki i zmarł nie na oliwkę, tylko na raka.

– To nie jest rozmowa na telefon – powiedziała cicho dziewczyna. – Spotkajmy się gdzieś po pracy.

– Jutro sobota, może więc jutro? – zaproponowała Dorota. Umówiły się o dwunastej w południe, w barze kawowym niedaleko salonu Róży.

Dorota odetchnęła z ulgą. Za wcześnie jeszcze było na bicie w dzwony i ogłaszanie zwycięstwa, ale przynajmniej mogła przypuszczać, że wreszcie odnalazła właściwy trop. Zastanawiało ją jedno: dlaczego taki rewelacyjny preparat krążył gdzieś po warszawskim podziemiu, zamiast trafić tam, gdzie jego miejsce, do salonów kosmetycznych, a może nawet do drogerii. Od dwu miesięcy bacznie obserwowała pierwszego królika doświadczalnego i nie widziała żadnych niepokojących oznak. Skóra Pasjonaty, pielęgnowana co prawda dobrymi kremami, wciąż była jędrna, bez zmarszczek, bez oznak starzenia. Niejedna młoda dziewczyna mogła wpaść w kompleksy przy Gabi.

Zanim przyszła pierwsza klientka, Dorota zdążyła już umówić się z Sarą na jutrzejszy wyjazd. Tego dnia nie była zbyt rozmowna. Słuchała, potakiwała, ale jej myśli wędrowały swoimi drogami: przeskakiwały z Tomka i Róży na preparat, z preparatu na Gabi, z Gabi na Jodłowskiego, z Jodłowskiego na Kowal i Zuzannę. W Lipiankach szykował się pożegnalny wieczór przy kominku. Zuzanna i Malwa żegnały się oczywiście z urlopem, nie z domem na wsi, do którego przyjeżdżały z Torunia średnio co dwa tygodnie. Dorota miała wielką ochotę poszaleć razem z całym towarzystwem, odciąć się od smutków i czarnych myśli. Duszą już była z nimi, nie chciała jednak psuć Błażejowi drugiej z rzędu niedzieli. Zuzanna z kolei założyła, że przyjaciółka będzie w Lipiankach i koniec, Dorota próbowała więc wykręcić się wyjazdem do Warszawy. Tak naprawdę ten wyjazd w niczym jej nie przeszkadzał. Mogła jechać nie z Sarą, tylko swoim samochodem, wracać przez Gostynin i dobić do Lipianek po drodze. To było do zrobienia. I chęci też były.

– Jeżeli nie ma żadnej logicznej przyczyny, to musi chodzić o faceta – domyśliła się Zuzanna. – Ja ci go nie odbiję, Malwa tym bardziej. Powiem więcej: Cezarego nie będzie, dostaniecie na noc pokój kominkowy. W czym więc problem?

– Ty mi go nie odbijesz, Malwa tym bardziej, za to bliźniak może go obić. Nie zaryzykuję.

– Dlaczego Piotr miałby młócić twojego faceta, jeżeli sam ma dziewczynę? – zdziwiła się Zuzanna.

– Mój facet to mój wspólnik, a mój wspólnik to ten facet, na którego psioczą mieszkańcy kamienicy mojej babki. Teraz rozumiesz? Piotr go nie zna i źle by było, gdyby mieli się poznawać u ciebie.

– W każdym razie spróbuj to przemyśleć. W Lipiankach jest zakaz gadania o wielkiej polityce, to i o małej nie będziemy gadać – odrzekła Zuzanna, ale więcej już nie nalegała.

Dorota z trudem dosiedziała do końca pracy. To się tylko tak mówi: dosiedziała. Jak na złość miała same pracochłonne zabiegi i czuła, że wszystkie siły z niej uchodzą. Po zarwanej nocy i ciężkim dniu prawie nie widziała na oczy. Błażej zadzwonił, ciągnął ją do siebie, aż musiała na niego fuknąć, że jest zmęczona i musi się wyspać przed jutrzejszym szkoleniem w Warszawie. Dorota tak przywykła do drobnego mijania się z prawdą, że nie miała żadnych kłopotów ze znalezieniem wykrętu. Zakładała, że on też nie mówi jej całej prawdy, właściwie to w ogóle niewiele mówił poza miłosnymi zaklęciami. Zresztą nie było sensu wtajemniczać go w niewiarygodną historię Gabi, bo i tak by nie uwierzył. Uparł się, że zawiezie Dorotę na szkolenie, zatrzymają się w hotelu i zrobią sobie weekend w stolicy. Pomysły to on miał nawet dobre, tylko zawsze wyskakiwał z nimi nie w porę.

Do Warszawy wybrały się we trzy: Sara i Dorota oraz Gabi, która miała być najważniejszym atutem w pertraktacjach. Czy młody wygląd wyszedł jej na zdrowie, czy nie, to już całkiem inna sprawa, niemniej jednak wciąż pozostawała żywym przykładem rewelacyjnego działania preparatu i między innymi dlatego jechała do stolicy.

– Nie zdziwię się – powiedziała Sara – jeżeli już niedługo będzie pani najsławniejszą kobietą w kraju. Zdjęcia, wywiady, radio, telewizja. Niech pani dobrze się zastanowi, co pani powie.

Jeżeli Sara myślała, że tą miłą uwagą przymknie Gabi choć na krótko, to bardzo się zawiodła. Gabriela nie lubiła zastanawiać się cicho, jeśli mogła głośno. Snuła jakieś fantastyczne rojenia, że zostanie modelką, może spikerką w telewizji, a może spróbuje kandydować do sejmu, bo ma sporo ciekawych politycznych przemyśleń. Śmiała się z tych mrzonek, choć niewykluczone, że z każdym kilometrem coraz bardziej w nie wierzyła.

– Sama nie wiem, co będę robić – zastanawiała się głośno. – Zawsze marzyłam o wielkim świecie i na pewno bym się wybiła, gdyby nie mąż i dzieciaki. Teraz też czuję, że oni mnie przygwożdżą, podetną mi skrzydła. Muszka mi powiedziała, że mam wracać do domu, bo oboje z Kiczorkiem są maltretowani przez naszą gosposię. Strasznie się rozzuchwaliło to babsko, byle co i zaraz donosi Arturowi, a on wymyśla kary, obcina kieszonkowe, kładzie szlaban na komputer. Przy mnie dzieciaki miały więcej swobody.

– Kiedy Muszka ci to mówiła? – ocknęła się Dorota.

– Dwa dni temu dzwoniłam do domu.

– Miałaś nie dzwonić z mojego mieszkania.

– No i co się stało! Zaraz się wszystko wyjaśni, zobaczą mnie w gazetach, w telewizji. Choć na krótko, ale wrócę do nich. Może nawet pójdę z Muszką na dyskotekę? To chyba fajnie mieć taką młodą matkę, jak myślicie? Zawsze chciałam być przyjaciółką moich dzieci, najlepszą kumpelą i chyba mi się udało, chyba…

Dorota wróciła do własnych myśli. Wolała nie zastanawiać się nad osiągnięciami wychowawczymi Gabi. Miała swoją matkę i swoje kłopoty. Po wizycie w Kowalu natychmiast zadzwoniła do Londynu, żeby się czegoś dowiedzieć o lokatorach kamienicy. Intrygował ją mrukliwy Fedor, specjalista od wykrywania międzynarodowych spisków. Matka, jak było do przewidzenia, z niechęcią wspominała kowalskie czasy. O swoich byłych sąsiadach nie miała najlepszego zdania. Widać solidnie zaleźli jej za skórę. „Wiedziałam, że tak będzie, ledwie tam pojedziesz, a zaczną się jakieś plotki", powiedziała z satysfakcją, chociaż Dorota o żadnych plotkach nawet nie wspomniała. Zastanawiające było to, że Antonina tęskniła do Włocławka, w którym spędziła zaledwie kilka lat z przerwami, a odcinała się od miasta swojego dzieciństwa. Dorocie nie chodziło o stare tajemnice, tylko o konkretnych ludzi. „Dlaczego pytasz akurat o Fedora?", zdziwiła się Antonina. W jej głosie zabrzmiały jakieś nieprzyjemne nutki. Opanowała się jednak i prawie ze śmiechem opowiedziała, jak to Fedor podrywał panny na wielki motocykl. Miał szalone powodzenie, bo był przystojny, wysoki i uchodził za bogacza. Niestety, zakochał się w Sabince, zostawił dla niej żonę i ojcowiznę, a zaraz potem zszedł na psy. Tęga, nieruchawa i przymulona Sabinka wychodziła w tym opowiadaniu na prawdziwą *femme fatale*, co Dorotę serdecznie rozśmieszyło. Antonina ostatnio dzwoniła rzadziej, lecz wiedziała dużo więcej, niż usłyszała od Doroty. Wciąż ją pytała, czy poznała kogoś nowego, fajnego, czy ciekawie spędza czas. Wczoraj wieczorem pierwsza wspomniała o śmierci Tomka. „Rozmawiałam z Piotrem, o co ci chodzi", powiedziała, uciszając zdziwienie córki. Oczywiście mogła rozmawiać z Piotrem, tyle tylko, że Piotr nie powinien wszystkiego klepać. O Tomku mógł, ale nie o Gabi. Najwięcej ostatnio sprzeczały się właśnie o Gabi i Jodłowskiego. „Uważaj, żebyś się nie zakochała w tym wspólniku, on jest dla ciebie za stary i podobno rudy", powiedziała niedawno Antonina. Skąd Piotr mógł wiedzieć takie rzeczy, jeżeli nie znał Jodłowskiego? Poza tym kłamał, bo Błażej wcale nie był rudy, miał ładne włosy w kolorze kasztanów. Z powodu włosów i ich właściciela Dorota zaczynała czuć żal do bliźniaka, uważała, że przekroczył granice życzliwości i powoli wciskał się na teren bardzo prywatny, zastrzeżony jedynie dla niej. Zasępiła się, bo to znaczyło, że jak najszybciej musi mu przypomnieć o zasięgu i rozmiarach braterskiej opieki, co wcale nie było proste. Bliźniak miał niewyparzony język i monopol na nieomylność. Na razie był zajęty bezpośrednim pielęgnowaniem uczuć do Malwy, Dorota zaś nie miała sumienia odrywać go od tak poważnych obowiązków. Rozmowę odłożyła na początek przyszłego tygodnia, a zaraz potem zaplanowała trójstronne spotkanie na szczycie. Szczyt mógł się odbyć wszędzie, ważne, żeby Piotr zechciał się spotkać z Błażejem, zanim ich niechęć osiągnie zenit. Przez skórę czuła, że Błażej też nie lubi bliźniaka. To nie była zwykła męska zazdrość, raczej poczucie zagrożenia. Nigdy o niego nie pytał, wystarczyło jednak, że Dorota wspomniała: „Bliźniak uważa, że brzydota jest dobrem naturalnym", a już Błażej z leciutkim, ironicznym uśmiechem pytał: „Może ten pan za często ogląda się w lustrze?". Albo mówiła o muzycznych pasjach Piotra, o fascynacji Paganinim, a on natychmiast przenosił to na dziury w drogach, jakby inżynier nie miał prawa w wolnych chwilach machać smyczkiem. Każdy z nich oddzielnie był w porządku i do wytrzymania, można nawet powiedzieć, że mieli podobne poczucie humoru, ale nie spodziewała się, żeby sam humor załatwił cokolwiek. I to ją smuciło, nie lubiła wybierać między bliskimi jej ludźmi tylko dlatego, że tamci nie potrafili się dogadać. Wciąż jeszcze Piotr był jej bliższy, chociaż Błażej też wywalczył sobie znaczące miejsce. Kiedy była z nim, troszczył się o nią tak szczerze, że głupotą byłoby podejrzewać go o jakieś nieczyste intencje przy zakładaniu spółki czy choćby o konszachty z mafią. Mafia mniej Dorotę przerażała, bo była daleko, ale o spółce musieli jeszcze pogadać. I o tym nieszczęsnym remoncie. Pomyślała, że następny tydzień zapowiada się bardzo rozmownie.

Sara i Gabi zostały w samochodzie na parkingu, a Dorota poszła sama na spotkanie z Różą. W barze siedziała tylko jedna młoda kobieta w czarnym golfie, zaskakująco szczupła i bardzo atrakcyjna. Dorota patrzyła na nią z wielką przyjemnością, lubiła piękne kobiety i lubiła ten typ urody. Pomyślała niezbyt mądrze, że temu spotkaniu patronuje duch Tomka, a czarna Róża wygląda jak panna młoda w żałobie. W milczeniu uścisnęły sobie ręce. Rozmowa wyraźnie się nie kleiła. Róża mówiła „pan Tomek" i nie wypytywała o nic, chciała jedynie znać miejsce i datę pogrzebu. Jeżeli nawet łączyło ją z Tomkiem coś więcej niż tylko spotkania w salonie kosmetycznym, nie miała ochoty o tym opowiadać, Dorota zaś nie zamierzała wypytywać. Podtrzymywała rozmowę o niczym, zanim znalazła właściwy moment, by spytać o rewelacyjną oliwkę. Opowiedziała o swojej pomyłce i metamorfozie Gabi.

– Mówi pani poważnie? – zdziwiła się Róża. – Na mnie ten człowiek sprawia wrażenie niegroźnego wariata. Byłam pewna, że robi te swoje kosmetyki z próbek, które mu przynoszę, miesza je, łączy i nic poza tym.

– Możemy do niego pojechać, teraz, natychmiast?! – zapalała się coraz bardziej Dorota.

– Czemu nie, choć głowy nie dam, czy nas wpuści. Ostatnio w ogóle nie otwiera drzwi, przestał nawet wychodzić do sklepu, zdziwaczał do reszty. Wie pani, to jeszcze całkiem młody facet, ale zachowuje się tak, jakby był z innego świata, z innej epoki. Poza tym strasznie człapie. Denerwują mnie młodzi faceci, którzy ciągną nogi za sobą. Nawet nie mogę powiedzieć, że go lubię, po prostu jest tak przeraźliwie samotny, że litość nakazuje od czasu do czasu wpaść do niego.

– Jedziemy! – zdecydowała Dorota.

Róża wciąż nie była przekonana. Nawet kiedy zobaczyła Gabi i gdy poznała Sarę, drugą koleżankę po fachu, nie przestawała patrzeć podejrzliwie. Pracowała w salonie na najlepszych kosmetykach dostępnych w Polsce, obserwowała ich działanie i uważała, że nie ma preparatu, który by idealnie regenerował i rewitalizował organizm człowieka.

– Co do rewitalizacji zgadzam się z panią – powiedziała cicho Dorota. – On działa jedynie na skórę.

– Nieprawda, nie tylko na skórę – zaprotestowała Gabi. – Dawniej miałam straszne boleści w całym ciele, po nocach nie spałam, teraz wszystko przeszło jak ręką odjął.

– Może jeszcze powiesz, że nabrałaś apetytu na facetów! – roześmiała się Dorota.

– Przecież nie mówimy o facetach, tylko o mnie.

Zatrzymały się przed starą, czynszową kamienicą, kiedyś może nawet ładną, obecnie bardzo zniszczoną. Weszły na drugie piętro i Róża przypuściła szturm do odrapanych drzwi w kolorze buraka. Dzwoniła, pukała, szarpała za klamkę, znowu dzwoniła. Wreszcie otworzyły się inne drzwi, po drugiej stronie korytarza.

– Nie ma po co pukać – powiedział zrzędliwy głos. – On nie otwiera obcym.

– Przecież nie jestem obca – obruszyła się Róża. – Pani Gałecka, a może pani spróbuje?

Gałecka podeszła kaczym krokiem pod burakowe drzwi, załomotała w nie pięściami i ryknęła na całą klatkę:

– Panie Leon, zakupy!

Wreszcie coś zaszurało, zazgrzytało i drzwi od mieszkania Leona Gostyńskiego się otworzyły.

Na widok czterech pięknych kobiet i jeszcze Gałeckiej profesor osłonił głowę rękami. Nie ruszył się z progu. Znowu musiały przypuścić szturm, zostawiając zaciekawioną sąsiadkę za drzwiami.

– Ja nic nie mam, ja nic nie wiem! – powtarzał przerażony gospodarz.

– Panie Leonie, niech pan nie żartuje! – odezwała się Róża. – Mnie pan nie poznaje?

– Chuda bidulka, poznaję.

– Chuda bidulka? Dobra, niech będzie moja krzywda. Mnie pan poznaje, a te panie przyjechały, żeby pana poznać.

– Żadnych bab! Żadnych! Baby są dobre tylko pieczone!

– Gałecka też, prawda? Dobra jest, jak przynosi jedzenie. Chcemy porozmawiać o pańskim wynalazku.

Gostyński ponownie osłonił głowę rękami.

– Ty ich tu nasłałaś? Twoja firma? Że też od razu na to nie wpadłem!

Dalej było jeszcze gorzej. Dorota chwaliła oliwkę do masażu, Gabi rozpinała bluzkę, żeby pokazać, że wszędzie jest równie młoda i piękna, Sara negocjowała cenę, a Gostyński wściekał się na Różę, że go zdradziła. Ze trzy razy zaczynali wszystko od początku, dochodzili do zdrady i rozmowa się załamywała.

– Panie Gostyński, może wypilibyśmy po maluchu? – zaproponowała nieoczekiwanie Sara.

– Panie profesorze Gostyński – poprawił ją. – Po maluchu czemu nie, tylko ja nic w domu nie mam.

– Sklep jest naprzeciwko? – upewniła się Sara. – Zaraz wracam. Przygotujcie kieliszki.

Profesor Gostyński zapomniał, gdzie trzyma kieliszki, i zaczął wyciągać ze zlewu brudne szklanki. Dorota z obrzydzeniem rozejrzała się po kuchni. Nie miała zamiaru niczego pić w tym domu, Sara pewnie też nie, ale przynajmniej wypadałoby usiąść przy czystym stole.

– Pomóż mi, Gabi! – powiedziała. – Pan profesor sobie posiedzi, odpocznie, a my wszystko zrobimy.

Wszystkiego oczywiście nie dało się zrobić. Kuchnia Gostyńskiego wymagała kilku dni gruntownego pucowania. Sprzątnęły ze stołu, umyły szklanki i cztery talerze, bo Dorota słusznie rozumowała, że Sara kupi wódkę i coś do jedzenia.

Po pierwszym maluchu profesor Gostyński wyraźnie się rozluźnił, dostał rumieńców na policzkach, zapomniał chyba, że nie lubi bab, i z wielką przyjemnością zaczął się wpatrywać w Gabi.

– Jeden masaż wystarczył? – spytał.

– Jeden – potwierdziła Dorota. – Wie pan, myślałam, że śnię, że zwariowałam. Nigdy o czymś podobnym nie słyszałam. Pan jest geniuszem!

– Z całą pewnością – zgodził się skromnie. – Gdyby nie ci barbarzyńcy, byłbym także bogaczem. Na szczęście zostały dwa dowody potwierdzające działanie specyfiku. – Znowu spojrzał na Gabi. – To mówisz, że ile liczysz sobie wiosenek, ile? – spytał.

– Tyle, na ile wyglądam – krygowała się Gabi.

– Jak pytam, to odpowiadaj! – rozkazał tonem wykluczającym dalsze żarty.

– Czterdzieści dziewięć – przyznała niechętnie.

– Sroka z ciebie. A nie chciałabyś zostać moją asystentką? Wiesz, kontakty z prasą, trochę roboty papierkowej, bo będziemy musieli powtórzyć obliczenia. Przy okazji poobserwuję cię, zobaczę, jak naprawdę działa mój specyfik. Będziesz musiała zrobić sobie tatuaż.

– Gdzie niby?

– Gdzie zechcesz, najlepiej w widocznym miejscu, żebym nie musiał zaglądać ci pod kieckę. Tatuaż jest dobrym testem na różne reakcje skóry.

– Tatuaż? – wydęła usta.

– Cieszę się, że zostajesz – odrzekł profesor i poklepał Gabi po policzku.

– Sama nie wiem? – Rozejrzała się bezradnie po kuchni. – Właściwie to jako asystentka mogłabym zostać. Chwilowo i tak nie mam nic do roboty. Muszę tylko zawiadomić rodzinę.

Profesor nie chciał, żeby kogokolwiek zawiadamiała. Prowadził swoje doświadczenia w największej tajemnicy i tego samego oczekiwał od personelu. Niestety, badania nieco się opóźniły z przyczyn niezależnych i Gostyński nie mógł chwilowo dostarczyć ani jednego opakowania specyfiku. Obiecał, że z pomocą Gabi uwinie się z nową serią najpóźniej do lata.

– Czy coś się stało? – spytała Róża.

– Już ty najlepiej wiesz, co się stało! Kto ich nasłał na mnie, jak nie ty? Wszystko poniszczyli, fiolki z próbkami, ekstrakty, komputer! Barbarzyńcy, rozumiesz?! Barbarzyńców na mnie nasłałaś. Konkurencja też jest pazerna, ale nie tak się zachowuje. Próbowaliby coś ukraść, a nie niszczyć.

– Pan chyba oszalał! – odparła stanowczym tonem dziewczyna. – Tylko jednemu człowiekowi powiedziałam o pana istnieniu.

– Temu europeiście? Szkoda, że nie słyszałaś, jak mnie obsobaczył. On śmiał nazwać mnie szarlatanem! Jak tylko zarejestruję wynalazek, pozwę go do sądu.

– Tak się pana wystraszył, że sam uciekł – odrzekła głucho Róża.

Dorota zrozumiała jedno: na razie o cudownym środku profesora Gostyńskiego będą sobie mogły z Sarą jedynie pomarzyć.

246

To ją zasmuciło ze względu na przyjaciółkę, ale bodaj jeszcze bardziej przejęła się sytuacją Gabi. Profesor nie zdążył zarejestrować swojego preparatu w urzędzie patentowym i niczego nie chciał poświadczać. „Był specyfik, mówił, teraz nie ma specyfiku i dopóki go nie odtworzę, pary z gęby nie puszczę". A to znaczyło, że Gabi przynajmniej do lata będzie musiała trzymać się z dala od rodziny, czyli siedzieć u Doroty.

– Na nas już czas – powiedziała.

Sara wstała natychmiast, ale Gabi nawet się nie ruszyła. Nalała profesorowi i sobie po następnym maluchu, wypiła, przegryzła rybką i nic.

– Gabi, zbieraj się – rzuciła Dorota.

– Ja zostaję!

– Teraz tak mówisz, a co powiesz, jak wytrzeźwiejesz?

Gabriela odciągnęła Dorotę na bok.

– I po co wrócę? – zaszeptała. – Mam się znowu ukrywać? Tu przynajmniej będę trzymała rękę na pulsie i dopilnuję profesorka, żeby się nie wykpił. On bardzo mi przypomina młodego Artura, ten sam władczy ton, takie samo ostre spojrzenie. Chyba nie będzie mnie molestował, jak myślisz? W razie czego ucieknę. Musisz mnie tylko dofinansować, bo jestem bez grosza. I zaraz jutro wyślij mi wszystkie ciuchy.

Nie pomogły prośby i perswazje, zaparła się jak oślica. Powtarzała, że ma swoje lata i sama może o sobie decydować. To akurat było prawdą.

Gabi została więc w Warszawie, Sara z Dorotą wracały do domu same. Dorota zachodziła w głowę, jak Haczyńska odnajdzie się w nowych warunkach. Gostyński lubił bałagan, ona nie lubiła sprzątać, więc przyszłość tego duetu rysowała się w czarnych barwach. Sam profesor też jej nie zachwycił. Gdyby nie miała w rękach jego oliwki, gdyby nie oglądała codziennie Gabi, też nie uwierzyłaby, że ten dziwak stworzył tak znakomity specyfik.

– Myślisz, że on odtworzy ten swój preparat? – spytała Sara.

– Jeżeli Gabi mu pozwoli, to czemu nie. Licho wie, ile w tym jego gadaniu prawdy, a ile pazerności. Może nic mu nie zginęło, może próbuje sprzedać swój wynalazek za granicę? Gabi jest za głupia, żeby się w tym zorientować. Nie wiem, co jej odbiło, że została.

– Woli być asystentką profesora niż barmanką. Ma dziewczyna ambicje – uśmiechnęła się Sara. – Widziałaś, ile tam było butelek po wódce?

– Butelek? A więc stąd wiedziałaś, że on... O matko, jak ta durna Gabi się rozpije, to wszystko zwali na mnie! – jęknęła głucho Dorota. – Ona nigdy nic nie robi z własnej woli, zawsze ktoś ją namawia do złego, jeśli nie ja, to Jola.

Ostatnio tak się jakoś składało, że droga, którą Dorota szła lub jechała do siebie na Wieniecką, prowadziła obok domu Błażeja. Inne trasy bez wątpienia były krótsze, lecz nie takie poręczne. Nim się spostrzegła, podjeżdżała pod jego dom, dzwoniła do furtki, a Jodłowski otwierał, ucieszony, więc choćby dla tej radości warto było nadłożyć drogi. Siedział sam w dużym domu, o wiele za dużym dla jednego człowieka i po pracy nawet nie miał z kim pogadać. Wracając z Warszawy, też wstąpiła, żeby mu trochę urozmaicić pusty wieczór. Rozjaśnił się cały na jej widok, aż poczuła się nieswojo, całkiem tak, jakby pomyliła mieszkania. Ciałem była w salonie Błażeja, duszą – w pokoju z kominkiem u Zuzanny. Dużo by dała, żeby popatrzeć teraz, jak bliźniak czaruje Malwę, pośmiać się z byle czego i nie myśleć ani o spółce, ani o przyszłości. Próbowała sobie wytłumaczyć, że zrezygnowała z Lipianek dla Błażeja, i sama w to nie wierzyła. Zrezygnowała, bo uniosła się ambicją, że oni nie zechcą w swoim gronie faceta, którego przywiozła. W gruncie rzeczy Dorota, choć nie lubiła ludzi drażliwych, sama bywała czasem przeczulona.

Błażej nakrywał do stołu i szykował kolację. Już dawno zauważyła, że świetnie sobie radził w kuchni, wspaniale gotował i wcale się tego nie wstydził. Kiedy była zła, wymyśliła, że wszystko, co może o nim powiedzieć, to to, że świetnie sobie radzi w kuchni, w łóżku i z nią. Nie była to pewnie opinia sprawiedliwa, poza tym powstała w złości, a przecież wiadomo, że od rozzłoszczonej kobiety trudno wymagać sprawiedliwych ocen.

– Czy spodziewamy się kogoś? – spytała. – Tyle tego nastawiałeś. Gdzie ty kupujesz te wszystkie szynki i inne wędliny? W domu nigdy nic mi tak nie smakuje jak u ciebie.

– Dawno ci już mówiłem, że jeśli chcesz mieć raj, to przenieś się do mnie.

– Raj! Raj! Myślisz, że Ewie było tak dobrze w raju? Bez ciuchów, bez świecidełek, bez szynki i tylko z jednym chłopem?

– To z jednym chłopem nie może być raju?

– Bardziej myślałam o szynce – odpowiedziała wykrętnie.

Była głodna. U Gostyńskiego nie przełknęła ani kęsa, a potem Sara śpieszyła się do domu, bo zaprosiła gości, i tak wyszło, że Dorota od śniadania nie miała nic w ustach. Łakomie rzuciła się na szynkę, o której Błażej mówił, że jest peklowana i wędzona tradycyjnym sposobem. Tak musiało być, bo w niczym nie przypominała mokrych i nijakich szynek sklepowych. U niego każda wędlina miała swój niepowtarzalny smak, a wszystkie pachniały dymem i jałowcem.

– Jak było na kursie? – spytał.

Patrzył, jak zajadała z apetytem, a w oczach zapalały mu się ogniki, które też świadczyły o apetycie, tylko zgoła innym, bardziej deserowym. O nie, pomyślała Dorota, żadne takie, w każdym razie nie teraz. Najpierw odpowiesz mi, amigo, na kilka pytań.

– Kurs? Normalnie, bez rewelacji. Biotatuaż nie jest dla mnie żadną nowością, chodziło tylko o certyfikat. Jeżeli chcesz, mogę ci wyrysować na ramieniu martwą naturę z bażantem, coś w sam raz dla myśliwego. Słuchaj, tobie naprawdę sprawia przyjemność zabijanie tych wszystkich stworzeń? – spytała, mierząc do niego z widelca.

– Nie.

– Co to znaczy: nie? Przecież jesteś myśliwym, jeździsz na polowania, a jak jeździsz, to zabijasz.

– Ale nie patrzę na to w kategoriach przyjemności. Żeby nie zamęczać cię polityką łowiecką, najogólniej powiem, że jest to pozyskiwanie zwierzyny łownej dla potrzeb stołu. Dziczyzna ci smakuje, prawda?

– Nie mów, że zabijasz dla mnie! Pierwszy raz jadłam jelenia, sarninę i zająca na waszym balu. Wychowałam się na zwyczajnych domowych kurach, pospolitej wieprzowinie i jakoś dożyłam słusznego wieku.

– Człowiek jest ssakiem drapieżnym: zabija, przyrządza i zjada. Twoje kury czy wieprze też kiedyś były żywe. Tylko mi nie tłumacz, że nie zginęły z twojej ręki. Naprawdę chcesz teraz roztrząsać kwestie kulinarne na tle etyki czy też etyczne na tle kulinarnym?

– Nie chcę – przyznała Dorota. – Gdybym była wegetarianką z przekonań, to może tak, ale na szczęście nie jestem. Obiecałeś mi opowiedzieć, czym się zajmujesz.

Rozjaśnił się na słowo „wegetarianka", a potem znowu posmutniał. Aż za dobrze znała tę jego minę i zmarszczkę między brwiami. Ta mina skuteczniej zamykała dostęp do wszystkich informacji niż drzwi antywłamaniowe do mieszkania. Do drzwi przynajmniej można było zapukać, zadzwonić.

– Słyszałeś, o co prosiłam?

– Obawiam się, że twoje wyobrażenia o tym, co robię, są zbyt barwne i bardzo się rozczarujesz, kiedy poznasz prawdę. Mało tego, ja od dwóch lat wiem, że ta prawda nie przypadnie ci do gustu. – Uśmiechnął się na widok jej zdziwionej miny. – Dlatego tak cię czaruję, chodzę wokół ciebie na paluszkach, żebyś mimo wszystko chciała ze mną zostać.

– Trujesz gorzej niż cyjanek! Od jakich dwóch lat?

Na próżno próbował przyciągnąć ją w swój róg kanapy i posadzić obok siebie. Nie ruszyła się z miejsca. Patrzyła na niego coraz bardziej zaskoczona. Żaden normalny człowiek nie robi aż takiego problemu ze swojego zawodu. Mówi, że jest architektem, inżynierem, sprzedawcą albo kimś innym i po krzyku. A Błażej tak się krygował, tak kręcił, że to dopiero zaczęło być zastanawiające. Jeżeli nie mafia, pomyślała, to może okradanie banków, jakiś przemyt, lipne spółki. Poczuła niemiły dreszcz na plecach.

– Nie, nie! Nie mafia i nie narkotyki – zaprotestował, jakby czytał w jej myślach. – Zupełnie uczciwy interes. Tylko widzisz, wciąż pamiętam, co powiedziałaś mi dwa lata temu.

Nie poruszyła się, czekała. Nie mogła pamiętać wszystkich słów wypowiadanych w gabinecie ani wszystkich sytuacji i, prawdę mówiąc, wcale się o to nie starała. On natomiast zapamiętał bardzo dobrze pewną rozmowę. To było w czasie czwartej wizyty. Tego dnia miał zamiar zaprosić Dorotę na kolację. Nosił się z tym zamiarem, odkąd ją poznał, i zawsze w ostatniej chwili brakowało mu odwagi. Nie był nieśmiały, nie o to chodziło, ale ona wydawała się taka młoda i krucha, że bał się zniszczyć niewczesnymi zalotami coś, co musiało dopiero dojrzeć. Nie była nim zainteresowana w jakiś szczególny sposób, chociaż kiedy rozmawiali, miał wrażenie, że o pewnych sprawach mówi tylko jemu. Tak działała magia gabinetu: cisza, zapalona lampa, ręce Doroty na jego dłoniach. Napomknęła kiedyś, że ma chłopaka w Warszawie. Chłopak na razie mu nie przeszkadzał. On też nie był wolny, przynajmniej wobec prawa. Rozwodził się, miał sporo kłopotów. Był realistą, wiedział, iż taka dziewczyna, piękna, młoda i wykształcona, nie zawiśnie mu natychmiast na szyi z czystej radości, że zwrócił na nią uwagę. Od czegoś jednak musiał zacząć. I właśnie tego dnia, gdy już był zdecydowany zrobić pierwszy krok, w drzwiach minął się z jakimś dryblasem. Dorota powiedziała: „Wie pan, kto to był? Grabarz. Chciał mnie zaprosić do kina. W życiu nie poszłabym na randkę z grabarzem ani z rzeźnikiem. Oczywiście te profesje są potrzebne, jednak z daleka ode mnie też będą potrzebne, prawda?". Z uśmiechem zaprosiła go do przyległego gabinetu, gdzie stał stolik do manikiuru. Błażej nie odważył się wspomnieć o kolacji. Przez dwa lata czekał na sprzyjającą okazję.

– Naprawdę nie pamiętasz tej sytuacji? – spytał z niedowierzaniem.

– Chyba nie. Coś mi się po głowie tłucze, że jakiś grabarz, że kurzajki... Nie, nie pamiętam. Czy to znaczy, że jesteś grabarzem?

– Jestem masarzem, czyli inaczej rzeźnikiem.

– Nie wierzę! Mówisz poważnie?

Nie było to najmądrzejsze pytanie, lecz żadne inne nie wpadło jej do głowy. Żeby jakoś załagodzić to swoje niezbyt ładne zdziwienie, zaczęła wychwalać pyszności, które zawsze pojawiały się na stole Błażeja. Plotła od rzeczy jakieś banialuki, nie umiała skończyć.

– W tej chwili sam już niewiele robię, mam od tego fachowców. Pilnuję receptur, doglądam interesu, załatwiam dostawy. Mam własną wytwórnię, kilka sklepów firmowych rozrzuconych po województwie, a od niedawna robię też wędliny tradycyjne nie tylko z nazwy: szynkę, baleron, dwa rodzaje kiełbas. Podobno miało to być nieopłacalne, bo za drogie, okazuje się jednak, że ludzie wolą czasem zapłacić drożej, żeby tylko zjeść coś naprawdę dobrego.

– Nie mów mi, że prosty rzeźnik robi sobie manikiur i zna Nodiera?

– Ty wiesz, jak ja się do każdego spotkania z tobą przygotowywałem! Bardziej niż do egzaminu czeladniczego. Kiedy pochwaliłaś się, że jesteś konserwatorem dzieł sztuki, zacząłem się jeszcze bardziej starać, wertowałem książki, albumy.

– Nie tak dawno powiedziałeś, że jesteś finansistą.

– Studiowałem technologię żywienia, potem ekonomię, której nie skończyłem. Nie mam ambicji naukowych, lubię robić coś konkretnego, co widać od ręki. Odłożyłem dyplom i wróciłem do swojego pierwotnego zawodu. Finansistą stałem się z konieczności. Żeby mieć zysk, trzeba umieć obracać pieniędzmi. Mogę powiedzieć, że w praktyce posiadłem i tę sztukę.

Przysunął się do Doroty ze swojego kąta kanapy. Siedzieli teraz bardzo blisko siebie. Skłamałaby, mówiąc, że jej nie zaskoczył. Jeszcze bardziej skłamałaby, mówiąc, że nie miało dla niej znaczenia, kim był. Słowo „rzeźnik" przywodziło na myśl tamtego prymitywnego brutala w zakrwawionym fartuchu i z toporkiem w garści. W domu nie miał toporka ani fartucha, patrzył tylko, czy Antonina nie widzi, i próbował włożyć tę swoją wielką, owłosioną łapę pod sukienkę Doroty. Miała wtedy dziesięć lat, nie więcej. Na myśl o życiu obok tego człowieka, w wiecznym strachu i obrzydzeniu, wpadła w histerię, opowiedziała mamie wszystko, o tej łapie i lepkich całusach. W ciągu jednej doby znalazły się obie znowu we Włocławku. „Rzeźnik" to było coś najpaskudniejszego, co jej się w życiu przydarzyło. Przez tego jednego nie znosiła wszystkich. Błażej nie był prymitywny i z całą pewnością nie mogła go nazwać brutalem, czuła jednak, że między nim i nią pojawiła się jakaś drobna, cienka rysa. Chyba wolałaby dowiedzieć się o kontaktach z mafią albo niegroźnym przemycie.

– Rozczarowałem cię, że nie należę do mafii? – spytał, jakby po raz drugi czytał w jej myślach.

Dorota roześmiała się prawie swobodnie i pozwoliła, żeby zaczął ją rozbierać, ale nie bardzo umiała się skupić na pieszczotach, a on to bezbłędnie wyczuł. Deser wcale nie był słodki.

W niedzielę po południu spakowała ubrania Gabi. Uzbierały się dwa solidne worki foliowe, które następnego dnia miały pojechać pocztą kurierską do Warszawy. W mieszkaniu od razu zrobiło się luźniej. Z rozpędu wywietrzyła pokoje, odkurzyła podłogi i meble, żeby już nic nie przypominało jej ciotki Pasjonaty. Na koniec zmieniła pościel i przeniosła się ze spaniem do małego pokoju. Czułaby się prawie szczęśliwa, gdyby nie doskwierające wspomnienia z ostatnich godzin. Znowu nie była z siebie zadowolona. Nie oczekiwała od losu niczego nadzwyczajnego, myślała o prostym kobiecym szczęściu, takim z mężem, dziećmi, choinką w zimie, wakacjami nad morzem w lecie i nagle okazało się, że nawet te proste marzenia są dla niej zbyt wygórowane. Z kim miała budować ten swój dom? Kogo los postawił jej na drodze? Najpierw przewrażliwionego Tomka, zaraz potem stąpającego mocno po ziemi Błażeja. Niby Błażej chciał tego samego co ona, dodatkowo jeszcze mówił, że kocha, ale... To „ale" okazało się najbardziej bolesne. Nie chciała samej siebie okłamywać, ale prawda była taka, że Dorota nadal nie wyobrażała sobie randki, a tym bardziej małżeństwa z grabarzem ani rzeźnikiem, z każdym z innego powodu. Czy miała powiedzieć Błażejowi: „Odchodzę, bo nie podoba mi się twój zawód"? To nie w porządku, nawet więcej, to zwykłe świństwo wobec człowieka, którego całą winą jest to, że ją pokochał, i że był rzeźnikiem. Wstydziła się tych swoich głupich uprzedzeń, niestety, siedziały w niej bardzo głęboko i tylko wielkie uczucie mogło je stamtąd wygonić. Potrzebowała czasu. Znowu potrzebowała czasu.

Wieczorem wpadła Jola, żeby się pochwalić nowym narzeczonym. Niewiele mogła o nim powiedzieć poza tym, że łaził za nią od piątku, a w sobotę próbował wedrzeć się do mieszkania jako znajomy znajomego i dwa razy odstawił głuchy telefon.

– Nie masz pojęcia, jakie wspaniałe karczycho – powiedziała bez specjalnej dumy. – Temu facetowi chyba wszystko poszło w mięśnie. „Pani pracuje w Anwilu, zgadłem?". Czyż to nie piękne nawiązanie znajomości?

– Karczycha widać lubią zagadki – roześmiała się Dorota. – W piątek miałam podobnego szaradzistę. Może to nawet ten sam? Ponadwymiarowy, ciemne włosy, wyczuwalna mała szrama na policzku?

– Myślisz, że ja na dzień dobry głaszczę facetów po policzkach? – obruszyła się Jolka. – Włosów też nie widziałam, bo pa-

253

radował w pończoszce z kutasikiem. Nie znoszę obcesowych zaczepek. Zaraz waliłabym w łeb. Też tak masz?

– Mniej więcej. Ale jeżeli to ten sam, to ci powiem, że bardzo starannie przygotował się do podrywu. Strzelił sobie u mnie masaż liftingujący.

– Na gębie?

– A niby gdzie? Ty mnie lepiej nie rozśmieszaj!

Ale już śmiały się obie i jeżeli jest choćby cień prawdy w powiedzonku o wspominaniu i czkawce, to tego wieczoru Dołecki powinien mieć atak potężnej czkawki. Krótki, bo nie dało się długo rozmawiać o kimś, kto wsławił się jedynie zgadywankami, łażeniem za Jolą i liftingiem. Nie był nawet w połowie tak wdzięcznym tematem jak Gabi. Jolkę rozsadzała ciekawość, chciała dowiedzieć się wszystkiego o preparacie, profesorze, a zwłaszcza o nieoczekiwanej decyzji ciotki Pasjonaty.

– Jutro będziesz ją miała z powrotem. Wstrzymaj się z pakowaniem, bo szkoda roboty – przewidywała. – Nie wiem tylko, czy on znudzi się jej głupotą, czy też ona jego bałaganem.

– A ja nie wiem – westchnęła Dorota – jak to możliwe, żeby ten nędzny pijaczyna w swoim chlewiku stworzył coś równie rewelacyjnego. Wyobrażasz sobie, co by to było, gdybym stosowała u siebie w gabinecie taki preparat?

– Miałaś go i co z tego wyszło? – zauważyła sceptycznie przyjaciółka. – Wszystko, co wywraca ustalony porządek świata, jest co najmniej wątpliwe. Współczuję facetowi, który zakochałby się teraz w Gabi. Wprawdzie Alutka mówiła, że Borek jest niepocieszeny, myślę jednak, że bardziej chodzi mu o mycie kufli niż łóżko.

– Mówisz: ustalony porządek świata. – Dorota się zamyśliła. – Starość nie jest w porządku. Patrzyłam wczoraj na zawiedzioną minę Sary. Trudno Sarę nazwać staruszką, choć już teraz widać, jak bardzo boi się przegrać z czasem. My jeszcze tego nie czujemy.

– Ty wiesz, jaka ja byłam nieciekawa w wieku dwudziestu lat!? – zaśmiała się Jolka. – Nigdy więcej nie chciałabym być księżycem w pełni.

Dorota była jednak spokojna o przyszłość preparatu Leona Gostyńskiego. Większość jej klientek marzyła o pozbyciu się choćby kilku lat. Jola była tu zaskakującym wyjątkiem, podobnie jak ze trzy inne kobiety, trochę starsze, lecz także zadowolone ze swojego wyglądu. Z niechęcią pomyślała o złośliwości losu. Specyfik profesora przeznaczony był dla Tomka i tylko przypadkowo dostał się Gabi. Oczywiście jemu już by nie pomógł, ale jej chyba pomóc nie zdołał. Sam młody wygląd to jeszcze za mały powód do szczęścia.

– Słyszałaś już o nieboszczce w przydomowych ogródkach? – spytała Jolka. – Zbierała butelki i pech chciał, że od butelki zginęła. Ktoś z góry wywalił kolejną i... trafiony zatopiony. Musiałaś ją znać, to ta grubaska, co szperała po śmietnikach.

– Maskotka?

– Na maskotkę mi nie wyglądała.

– Mnie też. To moja mama wymyśliła jej taką ksywkę.

W poniedziałek dwa wielkie worki ciuchów pojechały do Warszawy i Dorota wreszcie poczuła, że jest u siebie. Po pracy bardzo ciągnęło ją do domu, między innymi dlatego nie zdecydowała się spędzić wieczoru z Błażejem. Zresztą od razu, przez telefon, podała mu tygodniowy rozkład zajęć, z którego wynikało, że nie będą mogli się spotkać. We wtorek była umówiona z bliźniakiem, w środę miała bardzo ciężki dzień w gabinecie, i to do dwudziestej, w czwartek był pogrzeb Tomka w Siedlcach, mogła więc wrócić dopiero w piątek, a w sobotę jechała również z bliźniakiem do Torunia. Co prawda Piotr nic jeszcze o Toruniu nie wiedział, więc tym bardziej Błażej nie musiał wiedzieć, że odrobinę poniosła ją fantazja.

– Sam widzisz, że nie mam ani chwili czasu – powiedziała.

– Nie, kochanie. Z mojej ambony... Wiesz, co to jest ambona? To taka platforma na słupach, z której myśliwi obserwują zwierzynę. Więc z mojej ambony widzę zupełnie coś innego.

– Oho, po głosie słyszę, że mi nie wierzysz. Powtarzam ci jeszcze raz, że muszę...

– Jeżeli o mnie chodzi, Dorotko, nic nie musisz! Byłbym szczęśliwy, gdybyś chciała, powtarzam jednak: nic z musu, nic na siłę.

Przerwał rozmowę i nie zdążyła nawet spytać o remont. Od poniedziałku ekipa majstra Władka podobno wchodziła do pustostanu. Na razie Dorota nie miała jednak czasu zastanawiać się nad remontem ani humorami Błażeja, bo rzeczywiście początek tygodnia zapowiadał się wyjątkowo pracowicie. Znowu dwa dni wypadały i zaczynała się obawiać, czy te ciągłe przerwy w pracy nie wyjdą jej bokiem.

We wtorek, razem z ostatnią klientką, w gabinecie pojawił się Kamil Sieja.

– A ty tu czego szukasz, amigo? – spytała zrezygnowanym głosem.

– Złamał mi się paznokieć – powiedział i na dowód wyciągnął rękę ozdobioną aż trzema połamanymi paznokciami. – Mogłabyś mi zrobić ten... no... Jak to się nazywa?

W oczach miał diabełki, uśmiechał się promiennie i rzeczywiście Dorota musiała się bardzo powstrzymywać, żeby nie parsknąć śmiechem razem z nim. Szczególnie godna podziwu była technika łamania. Żeby uszkodzić krótki paznokieć, trzeba przypadku lub wyjątkowych starań. Najpewniej ponacinał je i urwał.

– Nie zrobię ci dzisiaj manikiuru, bo nie mieścisz mi się w grafiku – powiedziała. – Masz tu pilnik... albo dawaj!

Opiłowała mu połamane paznokcie, poradziła, żeby na przyszłość nie zabawiał się tak niemądrze, i wyprawiła go za drzwi, bo klientka już czekała na fotelu. Wychodził bardzo niechętnie, z ociąganiem, więc go zostawiła i zniknęła za przepierzeniem.

Bliźniak nie lubił restauracji, nie przepadał za kawiarniami, najlepiej czuł się w domu. Tego dnia Dorota przyszła do pracy piechotą i umówili się, że o dziewiętnastej on będzie czekał pod gabinetem, a potem pojadą do niej na kolację. Uwinęła się kilka minut przed czasem, pozamykała drzwi i zeszła na półpiętro, skąd miała widok na parkujące auta. Opla dostrzegła natychmiast. Obok samochodu stał bliźniak z Sieją. Gawędzili jak starzy przyjaciele, cieszyli się, poklepywali po ramionach i nic nie wskazywało na to, że mają zamiar się rozstać. Bliźniak zrobił nawet taki ruch, jakby zapraszał Sieję do auta. Na szczęście żaden z nich nie spojrzał w oświetlone okno korytarza. Dorota nie zastanawiała się długo. Złośliwość wzięła górę nad ciekawością, wróciła do gabinetu, zamówiła taksówkę i dopiero wtedy zeszła na dół. Zaskoczony bliźniak usłyszał tylko tyle, że nagła i nieprzewidziana sprawa, że zadzwoni wieczorem i żeby się nie gniewał.

Przyjemność powrotu taksówką, okrężną drogą przez miasto, bez zahaczania o dom Błażeja, kosztowała Dorotę tylko osiemnaście złotych. To był pryszcz wobec satysfakcji, że zagrała na nosie jednocześnie obu facetom. Sieja dawno już przestał się liczyć, ale bliźniak zdenerwował ją porządnie. Zadzwoniła do niego wieczorem. Założyła sobie, że będzie chłodna i spokojna, ale trochę ją poniosło.

– Pytałam, czy go znasz? Pytałam. Zapierałeś się jak żaba błota. To przyjaciel tak robi? Jesteś niepoważny, rozumiesz? – Wyrzucała słowa jak z katapulty.

– *Lento*, babo, *lento,* a jeszcze lepiej *largo*, żebym zrozumiał choć co drugą inwektywę. O kogo mnie pytałaś?

– A z kim stałeś przed gabinetem? To ten sam dupek, który mnie kiedyś wykołował, to znaczy próbował wykołować. Mówiłam ci, nie zaprzeczaj. Powiedziałeś, że go nie znasz.

– W życiu mnie nie pytałaś o Kamila Sieję! Sieję znam od dzieciaka. Tamto nazwisko było jakieś takie meteorologiczne: Zawieja... Plucha...

– Deszcz – podpowiedziała dużo łagodniej.

– Deszcza nie znam. Odszczekaj to, co nagadałaś! Że jestem niepoważny, zawiodłem cię i tak dalej.

– Odszczekuję – odrzekła cicho, nadając głosowi słodycz miodu. To było czyste *amoroso*, czułe i pieszczotliwe.

Bliźniak miał słuch absolutny i przeprosiny przyjął. Rozgadał się trochę o Siei, ale bardziej chyba o Anetce z domu Siejównie, swojej szkolnej sympatii, której Dorota znać nie mogła, bo w tamtych czasach mieszkała w Radziejowie. Aneta przynosiła Piotrowi do szkoły rajskie jabłuszka z rodzicielskiego ogrodu, a Piotr uczył ją jazdy na wrotkach. Od tego szczenięcy romans się zaczął i na tym mniej więcej skończył: na jabłuszkach i wrotkach. Teraz Aneta była żoną Anglika i zafundowała bratu święta w Londynie.

– Tak normalnie wpadłeś na niego na ulicy? – spytała Dorota.

– Kiedy podjechałem, stał obok apteki. Na pewno nie czekał na mnie.

– Mówił coś o mnie?

– Nawet jeżeli mówił, to ci nie powtórzę. Mogłaś nie fundować sobie wycieczki po mieście, tylko pogadać z nami.

– Skąd wiesz, że to była wycieczka?

– A nie była?

Zawsze bezbłędnie rozgryzał jej tajemnice, tak było od dziecka. Mamę mogła czasem skołować, ciocię Ewę też, bliźniaka nigdy. Jego muzykalne ucho wyłapywało wszystkie fałszywe nuty. Ale w historię z Gabi nie uwierzył, chociaż Dorota mówiła najczystszą prawdę!

W środę wracała do domu skonana. Było już późno, a musiała jeszcze umyć głowę i przygotować się do wyjazdu. Koło dziewiątej, w ramach sąsiedzkiej pomocy, zapowiedziała się Jola. Obiecała przynieść czarny kapelusz i szal. Dorota nie lubiła czerni i nie miała w szafie nic odpowiedniego na taką smutną uroczystość. Wpadła do domu, nastawiła wodę na herbatę, a sama wskoczyła pod prysznic. Do kolacji zasiadła w turbanie z ręcznika i podomce. Nawet nie zaczęła jeszcze jeść, kiedy odezwał się dzwonek. Jolka nie przyszła sama. Za nią niczym wielki słup sterczał Dołecki. To on spytał, czy mogą wejść, obiecał, że nie zajmie dużo czasu, i w ogóle zachowywał się tak, jakby bywał na herbatkach u Doroty co najmniej raz w tygodniu, i to zawsze późnym wieczorem. Przyjaciółka miała przygnębioną minę.

– My się już znamy! – powiedział Dołecki i wyciągnął wielką łapę w geście powitania.

– Zgadł pan – przytaknęła Dorota. – Był pan moim najbardziej niesfornym klientem.

Kiwnął poważnie głową, jakby bycie niesfornym klientem należało do jego obowiązków służbowych. Przedstawił się jako prywatny detektyw, pracujący dla pana Artura Haczyńskiego.

– Nie znam pana Artura Haczyńskiego – oświadczyła spokojnie Dorota. – Czy nie moglibyśmy przełożyć tej rozmowy na inny dzień? Jutro bardzo rano wyjeżdżam.

– Poszukuję pani Gabrieli Haczyńskiej – powiedział Dołecki.

Usiadł wygodnie w fotelu i wyciągnął z kieszeni niewielki notes.

– Znam panią Haczyńską z wizyt w gabinecie, widziałam ogłoszenie o jej zaginięciu, jestem przejęta, tylko nie rozumiem, czemu pan szuka jej u mnie? – spytała Dorota.

Dołecki spojrzał w swoje zapiski i zaczął czytać pod nosem. Jego informacje układały się w całkiem logiczny ciąg. Gabriela Haczyńska wyszła z domu w czwartek, szesnastego stycznia około godziny piętnastej. Miała na sobie moherowy beret w kolorze turkusowym, taki sam szalik i brązowy skafander z beżowymi lamówkami. Syn powiedział, że wyszła do kosmetyczki. Tu spojrzał wymownie na Dorotę i wrócił do swojego mruczanda. Gabriela Haczyńska od tamtej pory nie pojawiła się w domu, natomiast dużo i chętnie rozmawiała z rodziną przez telefon. Dzwoniła do gosposi, do dzieci i męża. Telefonowała nawet po ukazaniu się w „Nowościach" ogłoszenia o swoim zaginięciu. Większość rozmów prowadziła z aparatu należącego do pani Doroty Miziak. Pod ten sam numer dzwoniła również córka Haczyńskiej, ostatni raz w ubiegłym tygodniu. Haczyńska korzystała dwukrotnie z aparatu pani Jolanty Paciorkowskiej. Zaledwie trzy razy dzwoniła ze śródmieścia: dwa razy z piwiarni, raz z budki telefonicznej. Można więc przyjąć hipotezę, że pani Gabriela Haczyńska zamieszkała u pani Doroty Miziak lub Jolanty Paciorkowskiej, na którą często powoływała się w rozmowach z rodziną. Sąsiedzi pani Miziak i Paciorkowskiej nie widywali tu pani Haczyńskiej, natomiast widywali często, w okresie od szesnastego stycznia do chwili obecnej, inną kobietę, mniej więcej trzydziestoletnią. Ta kobieta jest uważana przez rodzinę Haczyńskich za szantażystkę, która najprawdopodobniej uprowadziła panią Haczyńską, a następnie próbowała nachodzić jej dom i zakłócała spokój rodzinie.

Dołecki odłożył notes i spojrzał na Dorotę.

– Co pani na to?

– Na co? Że do chwili obecnej przechowuję tu dwie obce osoby? Teraz jest właśnie chwila obecna i jeżeli pan tu kogoś widzi oprócz nas, proszę go spytać.

– Tak – zawiesił głos i dokończył jednym tchem – w piątek przed waszym blokiem znaleziono martwą kobietę. Nie miała przy sobie dokumentów. W kieszeni skafandra policja znalazła stary rachunek za gaz wystawiony na nazwisko Haczyńskich i małą maskotkę. Ubiór zewnętrzny denatki zgadza się z ubraniem, jakie miała na sobie pani Haczyńska w dniu zaginięcia. Idąc tym tropem, muszę paniom powiedzieć, że od piątku nikt z waszych sąsiadów nie widział tej drugiej kobiety, tej młodszej.

– Ta, która zginęła, to nasza śmietnikowa dama. Wszyscy ją tu znali – odparła Dorota.

– Myśli pani, że pan Artur Haczyński mógłby pomylić swoją żonę ze „śmietnikową damą", jak ją pani określiła?

– Poznał w Maskotce swoją żonę? – wykrzyknęła zdumiona Dorota. – Wobec tego ja też chcę zobaczyć tę kobietę. Od dwóch lat byłam kosmetyczką pani Haczyńskiej i myślę, że znam ją lepiej niż mąż, bo ja przynajmniej na nią patrzyłam.

– Co pani insynuuje? – obruszył się Dołecki.

– Że pan Haczyński kłamie. Nie wiem, gdzie jest jego żona, ale tu przed blokiem zginęła nasza śmietnikowa dama.

– Widziała pani zmarłą?

– Oczywiście! – odpowiedziała z przekonaniem.

– A co się stało z pani lokatorkami?

– Tu przebywała tylko ta młoda kobieta, moja stała klientka, też Gabriela Haczyńska. Nie miała gdzie mieszkać i zgodziłam się przyjąć ją do siebie na kilka dni. Z tych dni zrobiły się prawie dwa miesiące. Teraz dostała pracę w Warszawie i wyjechała.

– Jak to: Gabriela Haczyńska? Miała pani dwie klientki o identycznym imieniu i nazwisku?

– A co w tym dziwnego? Imiona i nazwiska się powtarzają. Poza tym ja nie mam obowiązku sprawdzać dowodów osobistych moich pań. Zapisuję to, co mi podają.

Dołecki patrzył na Dorotę z coraz większą niechęcią. Bardzo nie lubił ludzi, którzy na wszystkie jego pytania odpowiadali: „nie", „nie wiem", „pojęcia nie mam". Dorota nie umiała wskazać miejsca pobytu ani jednej, ani drugiej Haczyńskiej, nie wiedziała, czy się znały, zachorowała na amnezję, typową dla osób przesłuchiwanych. Wyjaśnienia Doroty, choć według niej były szczytem dyplomacji, zupełnie go nie przekonały.

– Żona Haczyńskiego często korzystała z pani telefonu. Jak to wytłumaczyć?

– Nie wiem. Całymi dniami jestem poza domem. Przy mnie nikt nie dzwonił.

– Jasne! – mruknął z przekąsem. – Gdyby jednak nabrała pani ochoty na mówienie prawdy, zanim policja zajmie się sprawą i wsadzi panią do więzienia za współudział w zbrodni, to tu jest mój numer telefonu. – Położył na stole wizytówkę i wstał.

– O jakiej zbrodni pan mówi?

– Niech pani zgadnie.

– Myślałam, że zgadywanie jest pana specjalnością.

– Nie muszę zgadywać, wiem dokładnie to samo, co wy.

Spojrzał ironicznie, skinął głową i wyszedł.

– Ale ci się narzeczony trafił! – mruknęła Dorota. – Głupie karczycho! Chciałby wiedzieć, to samo co my.

Jola podwinęła rękaw sweterka i odsłoniła rękę. Czerwone, wyraźne ślady paluchów wróżyły, że w najbliższym czasie w ich miejscu pokażą się malownicze siniaki.

– Dzisiaj podał się za kominiarza i zmusił mnie, żebym go wpuściła do mieszkania. Myślałam, że prywatni detektywi posługują się bardziej finezyjnymi metodami – mówiła, rozcierając obolałe miejsca. – I co teraz?

– Pojęcia nie mam – zmartwiła się Dorota. – Jak mu powiem prawdę, to strzeli mnie w zęby. Chyba ściągnę Gabi, niech ją prześwietlą, zbadają odciski palców, sprawdzą plomby, sama już nie wiem, co jeszcze można zrobić, ale chyba są jakieś metody, żeby ustalić, kto jest kto. Jeżeli nawet operacje plastyczne nie chronią przed rozpoznaniem, to czemu mieliby nie rozpoznać naszej Gabi?

– A jeżeli Artur nie zechce? Ma trupa żony, dzisiaj jest już wdowcem na krzywy pysk, czyli facetem wolnym. Wyprawi Maskotce pogrzeb, nie wątpię, że elegancki, i po cholerę mu nasza Gabi? My jesteśmy po to, żeby nas wrobić. Pójdziemy do pudła za pomoc w zbrodni! Słyszałaś, co mówił ten osiłek.

Siedziały na wprost siebie, wystraszone i przejęte. Już im się nie chciało naśmiewać z Dołeckiego.

– Trzeba tu ściągnąć Gabi – powtórzyła Dorota.

– A jeżeli oni spróbują zabić Gabi?

– Przestań krakać – wzdrygnęła się Dorota. – Ciekawe, dlaczego Haczyński zmienił detektywa? Przecież tą sprawą zajmował się Sieja?

– Może sobie nie poradził i Artur zatrudnił Dołeckiego – zgadywała Jolka.

Dorota jakoś dziwnie uczepiła się Siei. Jego metody wydawały jej się dużo sympatyczniejsze. Już po wyjściu Joli próbowała sobie przypomnieć, o co ją wypytywał. Niestety, bardziej pamiętała komplementy niż pytania. Wyjęła z torebki jego wizytówkę, obejrzała i odłożyła. Nie mogła wykluczyć i takiej możliwości, że Sieja wcale nie pracował dla Haczyńskiego, tylko na przykład dla Jodłowskiego. Może to Błażej chciał o niej wiedzieć jak najwięcej, a potem się wystraszył, że piękny Kamil zawróci Dorocie w głowie, i zaczął go przedstawiać jako kiepskiego detektywa? Ta teoria nie była pozbawiona podstaw, niestety, nie posuwała sprawy Haczyńskich nawet o krok.

Dorota umówiła się z Różą, że w drodze do Siedlec wstąpi po nią z bliźniakiem i razem pojadą na pogrzeb Tomka. Przy okazji chciała wpaść do Gostyńskiego i namówić Gabi do powrotu. Co prawda nie stęskniła się za nią ani trochę, ale po wizycie Dołeckiego ogarnął ją strach. Żywa Gabi, choćby nawet odmłodzona o lat dwadzieścia, była jakimś dowodem – w przeciwieństwie do nieobecnej Gabrieli. Jak na złość nieznośna Pasjonata milczała. Nie zadzwoniła, żeby powiedzieć, czy dostała ciuchy, nie prosiła też o pieniądze, co było do niej niepodobne. Gostyński nie wyglądał na krezusa i nie wydawało się możliwe, żeby chciał zdjąć z Doroty obowiązek utrzymywania doświadczalnej królicy. Dorota niby takiego obowiązku nie miała, ale też nie miała innego wyjścia. Czasem, w przypływie złości, zastanawiała się, czy nie wystawić Haczyńskiemu solidnego rachunku, bo już zaczynała poważnie odczuwać braki w portfelu. Nie sumowała co prawda wydatków, Gabi jednak wciąż potrzebowała dofinansowania, jak to ładnie nazywała. Bez skrępowania wyciągała rękę a to po sto, a to po trzysta złotych. Nawet praca u Borka nie nauczyła jej liczyć na siebie, wolała wciąż liczyć na Dorotę. Wszystko to razem wzięte: a więc milczenie pazernej Gabi, bezczelność Dołeckiego i przebiegłość Haczyńskiego nie wróżyło dobrze na najbliższą przyszłość.

W drodze do Warszawy siedziała cicho, zajęta swoimi myślami. Zamknęła oczy, żeby zwolnić bliźniaka od obowiązku zabawiania jej rozmową. On też nie był specjalnie gadatliwy, nucił sobie tylko coś cicho.

– Przestań – poprosiła. – Przecież to marsz pogrzebowy.

– Weselny byłby nie na miejscu – zauważył. Przestał jednak

gwizdać i nawet uśmiechnął się do Doroty. A zaraz potem, nie wiadomo czemu, spytał o mamę.

– Mnie pytasz? Czasem mam wrażenie, że rozmawiasz z nią częściej niż ja i, wybacz mi, ale chyba za dużo mówisz. Choćby o tej kobiecie, co u mnie mieszkała, czy o Jodłowskim.

– Solisz i pieprzysz, wiesz! – obruszył się gwałtownie. – Pierwszy raz od sylwestra rozmawiałem z ciotką dzień po śmierci Tomka. I to bardzo krótko, bo dorwała mnie w samochodzie.

– To skąd ona wszystko wie?

– Od ciebie, a skąd?

– Teraz to już ty solisz i pieprzysz! Chyba wiem, co mówię.

– Oj, dobrze by to było, dobrze! – westchnął.

Dorota przymknęła oczy. Nie chciało jej się teraz zastanawiać nad tajemniczym przepływem informacji. Piotr z reguły nie kłamał, czasem jednak, w imię wyższych celów, jak sam mówił, zdarzało mu się minąć z prawdą. W gruncie rzeczy nic takiego się nie stało. To nie były jakieś wielkie tajemnice, chociaż całkiem niepotrzebnie napędzały bujną wyobraźnię matki. Prawdziwe kłopoty Dorota zatrzymała dla siebie. Bała się o nich powiedzieć nawet bliźniakowi.

– Piotrze, co robi Sieja?

– Jesteś genialna, Dorotko! Spotykasz się z facetami, biegasz na randki, dajesz się kiwać i nie spytasz żadnego, co robi! O interesach Jodłowskiego nadal nic nie wiesz, prawda?

– Pytam o Sieję. O interesach Jodłowskiego wiem już wystarczająco dużo, żeby… No, żeby znowu wrócić do znajomości czysto służbowej. Przynajmniej tak mi się wydaje – dokończyła ciszej.

– A jednak miałem rację! Mafia, oszustwa czy jeszcze gorzej?

– Masarnia, sklepy mięsne, wyrób wędlin, jednym słowem rzeźnik. I nie sądzę, żeby był chachmętem w interesach, Jolka sprawdzała umowę i nie dopatrzyła się żadnych nieprawidłowości. Lokatorów też nie wyrzucamy na bruk, tylko remontujemy dla nich inną chałupę.

– Ta pyszna szynka, którą przywiozłaś do Lipianek, to od niego?

Kiwnęła głową i znowu przymknęła oczy. Dyskusja zboczyła na niebezpieczne tory, a ona nie była jeszcze psychicznie przygotowana do rozmowy o Jodłowskim. Bliźniak zaczął pogwizdywać i znowu był to marsz pogrzebowy.

– Przestań!

– Już przestaję. Słuchaj, jeżeli ten facet jest w porządku, to może zorganizuj jakieś spotkanie, chciałbym przyjrzeć mu się z bliska.

– To nie małpa w zoo, żeby mu się przyglądać! – wybuchnęła.

– To tylko mój wspólnik, nic więcej.

– Ostatnio mówiłaś coś innego. Nie chcę być przykry i pewnie nie pora o tym gadać akurat dzisiaj, ale czy ty nie zaraziłaś się przypadkiem snobizmem od Tomka? A może jeszcze bardziej od mamy Szabałowej?

– O co ci chodzi? O szynkę czy o mnie?

– *Piano*, kochanie, *piano!* Szynka, co prawda, nie gada głupstw, jednak mimo wszystko bardziej chodzi mi o ciebie.

– Nie mam żadnych kastowych uprzedzeń, mogę prowadzić interesy nawet z rzeźnikiem… Przestań, nie mogę o tym mówić. Wiem, że nie zrozumiesz, ja sama też mam kłopoty, niestety, to jest silniejsze ode mnie. Nie mogę o czymś zapomnieć… Nie mogę się zmusić. Nawet gdybyś myślał, że powinnam, to nie mów mi tego, zgoda?

– Puk, puk. Kto tam? Czysta głupota – powiedział cicho Piotr.

Dorota po raz trzeci odwróciła głowę i zamknęła oczy. Choć ją dotknął i obraził, nie siliła się na odpowiedź. Myślami była już przy Gabi i Dołeckim.

Do Włocławka wrócili sami, bez Gabi. Gorzej, bo Dorota nawet się nie spotkała z Pasjonatą. Drzwi Gostyńskiego były zamknięte na głucho. Poprosiła o pomoc Gałecką, tę, która codziennie robiła profesorowi zakupy.

– One nie otworzą – wyjaśniła tamta. – Tyle, co rano dadzą pieniędze, potem capną torbę i to koniec. Są tam, są, ale co robią, to grzech pomyśleć.

Dorota musiała odejść z niczym, bo bliźniak ją poganiał. Mieli jeszcze przed sobą kawał drogi. A kiedy już po pogrzebie odwieźli Różę, było tak późno, że nie śmiała walić do cudzych drzwi i denerwować lokatorów.

– On po prostu nie otwiera nikomu – powiedziała dziewczyna.

– Kilka razy już próbowałam. Pewnie boi się nowego włamania i pobicia.

Dorota uparła się, żeby chociaż zadzwonić do profesora. Spróbowały od Róży, nikt jednak nie podnosił słuchawki, nawet gorzej, bo nie było sygnału. Takie tajemnice sprawiają, że w głowie lęgną się najgłupsze pomysły. Wyobraziła sobie Gabi poćwiartowaną, ułożoną w wannie, w jakimś ługu, który rozpuszcza kości, i aż nią zatelepało od tych myśli.

– Zimno ci? – spytał bliźniak. – Mam zrobić cieplej w kabinie? Nie było jej zimno, tylko byle jak. Zmarzła na cmentarzu. Potem Szabałowa zaprosiła ich do siebie na herbatę. Była już spokojna, bardzo opanowana. Jedno, co ją gryzło, to brak delegacji z zakładu pracy.

– Ja jestem z zakładu pracy pana Tomka – powiedziała Róża.

Tak więc mama Szabałowa miała swoją chwilę prawdziwej dumy, że firma jednak pamiętała o Tomusiu. Cierpiała biedna, że pogrzeb taki skromny, tak mało ludzi przyszło. Musieli ją pocieszać, że wszyscy przyjaciele Tomka mieszkali w Warszawie, że on już wyrósł z Siedlec. Ale prawda była trochę inna: Tomek nie miał przyjaciół, bo nigdy się o nich nie starał. Uciekał w pracę, a prawdziwe życie, takie z rodziną i przyjaciółmi, omijało go wielkim kołem.

To był wyjątkowo męczący dzień. Wyjechali rano, wrócili w nocy, pokonali ponad pięćset kilometrów. Nawet bliźniak się poddał i pozwolił Dorocie poprowadzić samochód.

– Jak na niedzielnego kierowcę nieźle sobie radzisz – powiedział z uznaniem.

– Przy tobie to ja bym nawet nie była świątecznym kierowcą. Przecież Jodłowski dał mi cienkusza w użytkowanie i jeżdżę codziennie. Do Kowala i po mieście.

– Popatrz, popatrz, niby rzeźnik, a ma takie ludzkie odruchy – mruknął.

Nie była nawet w połowie tak muzykalna jak on, niemniej wyczuła w tej uwadze samą ironię, podprawioną jadem szyderstwa. Wzruszyła ramionami.

– Nigdy nie mówiłam, że on się o mnie nie troszczy.

– Głupi facet.

– Wystarczy, że ty jesteś mądry, zdolny i liryczny – prychnęła Dorota. – Dwóch geniuszy, jak mawiała jedna moja klientka, normalny człowiek nie jest w stanie znieść.

Z wielką ulgą wysiadła przed domem. W domu już nic złego nie mogło jej spotkać. Odruchowo zdjęła z klamki plastikowy woreczek z reklamami supermarketu. Nigdy tych ulotek nawet nie przeglądała, od razu wyrzucała do kosza. Tym razem woreczek wydał jej się wyjątkowo gruby. W środku znalazła „Nowości", które czytywała w miarę regularnie. Pomyślała o Jolce. Któż inny wkładałby jej gazetę, w dodatku otwartą na kolumnie z nekrologami. „Odeszła nasza nieodżałowana, nigdy niezapomniana, Żona i Mamusia, Gabriela Haczyńska".

– A to dranie! A to cholerne, podłe dranie! – wykrzyknęła.

Na szczęście była już we własnym mieszkaniu i raczej nikt nie mógł jej usłyszeć.

Profesor Gostyński od dawna już myślał o zaangażowaniu asystentki. Chciał mieć w domu kobietę, która sprzątnie, zrobi zakupy, ugotuje i jeszcze pomoże w laboratorium. Znał się trochę na ludziach i wiedział, jaka to ma być kobieta. Gabi w niczym jej nie przypominała, natomiast była stokroć cenniejsza od każdej innej: była królikiem doświadczalnym. Postanowił więc nie wypuszczać jej z rąk.

Ledwie dziewczyny wyszły, profesor starannie zamknął drzwi na cztery zamki, a klucz schował do woreczka zawieszonego na szyi. Potem rozejrzał się po kuchni.

– Jutro tu posprzątasz – polecił. – Nie można żyć w takim bałaganie.

– Mówiłeś, że mam być…

– Dla ciebie jestem panem profesorem.

– Miałam być asystentką od kontaktów z prasą!

– Jutro tu posprzątasz – powtórzył stanowczym tonem. – Potem weźmiemy się do uczciwej pracy naukowej, moja Gapciu.

I tak Gabriela, asystentka profesora Gostyńskiego, została sprzątaczką i Gapcią. Z przerażeniem rozejrzała się po zapuszczonym mieszkaniu. Było zbyt późno na opamiętanie, Dorota z Sarą pewnie wyjechały już z Warszawy. Gabi postanowiła więc uciec następnego dnia. Miała w torebce trzysta złotych od Doroty i trochę swoich pieniędzy, stać ją było na pociąg. Wciąż nie bardzo rozumiała, jakie licho ją podkusiło, aby zostać z Gostyńskim. Wypiła, to prawda, ale przecież nie urżnęła się w trupa, żeby nie wiedzieć, co robi. Poczuła wielki żal do Doroty, że zostawiła ją na pastwę tego paskudnego dziwaka, który nazwał ją Gapcią i traktował jak służącą. Zanim profesor wskazał jej miejsce obok siebie na zapadniętym tapczanie, przekonała się, że w łazience jest tylko zimna woda i nie ma nawet miski. Gabi przyzwyczajona była do prysznica, puszystych ręczników i balsamu do ciała.

– Będziemy spać razem? – spytała zgorszona.

– A co w tym dziwnego? Skąd ja ci wezmę drugi tapczan?

Położyła się na samym brzegu, w pościeli, której nawet przy dobrej woli nie mogła nazwać czystą, i chciało jej się płakać. Nie tak miało wyglądać jej życie, nie tak miała cieszyć się swoją drugą młodością. Profesor co prawda zachowywał się jak dżentelmen, nie próbował się do niej zalecać, budził ją jednak kilka razy w ciągu nocy.

– Nie chrap, odwróć się na bok – zrzędził.

Jeszcze przez cały ranek wysłuchiwała wymówek, bo nie mógł jej wybaczyć, że zakłóciła mu odpoczynek. Gabi obudziła się z wielkim kacem, który wpędził ją w psychiczny dołek. Nie miała czasu zastanowić się nad swoją rozpaczliwą sytuacją, bo profesor kazał jej gotować mannę na śniadanie. Co miała robić, ugotowała mu mannę, a sama zjadła chleb kupiony przez Sarę i żółty ser.

– Muszę zadzwonić na dworzec – oznajmiła.

Uśmiechnął się ironicznie, ale nic nie powiedział, kiedy podeszła do aparatu. Numeru do informacji też jej nie podał. Po cóż miał się wysilać i strzępić język, jeżeli telefon był nieczynny.

Gabi zaczęła się szykować do wyjścia, plotła coś o taksówce, którą złapie po drodze.

– Zgodziłaś się zostać ze mną, więc bierz się do sprzątania i uważaj, żebym się nie musiał denerwować – powiedział ostro.

Jego kategoryczny ton zbił ją z tropu. Zawsze czuła respekt przed mężczyznami przemawiającymi do niej z góry. Pomyślała, że ucieknie przy najbliższej okazji. Gostyński pewnie też o tym pomyślał, bo nigdzie nie mogła znaleźć torebki z dowodem osobistym i pieniędzmi.

Dla Gabi zaczął się okres najcięższej w życiu pracy. Pogubiła swoje artystyczne tipsy, pościerała ręce do krwi. Nie było dnia, żeby z wielką czułością nie myślała o Borku i jego salonie piwnym. Tam była kimś, obracała się wśród ludzi, którzy ją lubili, miała z kim pogadać i pożartować. Rzewnymi łzami opłakiwała swoje minione szczęście. Profesor w ogóle nie pozwalał jej się odzywać, a choćby nawet i pozwolił, to nie odpowiadał na żadne pytania. Całe dnie spędzał w laboratorium. Wychodził tylko od czasu do czasu, żeby sprawdzić, czy Gabi pracuje. Pracowała i główkowała, jak by się stąd wyrwać. Nawet przez okno nie mogła wezwać pomocy, bo okna, z wyjątkiem lufcika na górze, były pozabijane gwoździami. Poza Gałecką nikt do nich nie przychodził. To znaczy sąsiadka też nie przychodziła, bo profesor nie wpuszczał jej za próg. Każde inne pukanie lekceważył. Z wielkim trudem zgodził się wpuścić pocztę kurierską z ciuchami Gabi. Sam odebrał obydwa worki i pokwitował.

Gabi liczyła, że Dorota się o nią upomni, czy choćby ta Róża z pierwszego piętra. Czekała, że wyważą drzwi i wejdą siłą. Róża może i pukała, tylko co z tego.

– Niech pan profesor da pieniądze, muszę zejść po środki czystości – powiedziała.

– Zapisz na kartce, jutro Gałecka kupi.

Tak było ze wszystkim.

Kiedy wreszcie mieszkanie jako tako już wyglądało, bo dobrze nie mogło wyglądać nigdy, profesor wpuścił ją do laboratorium. Pusto tam było bardzo i trochę nieprzyjemnie. Na stołach obitych blachą stały jakieś słoiki, butelki i nic więcej.

– Przed najazdem wandali całkiem inaczej tu było – westchnął profesor.

Zaczęli pracę od porządkowania fiszek. Profesor się denerwował, bo Gabi nie wiedziała, jak układać. On jej tłumaczył, że według wzorów bądź według składników, a dla niej była to czarna magia.

– Chemii cię w szkole nie uczyli? – spytał ze złością.

– Uczyli, tylko ile lat temu! Ja jestem prawnikiem, nie chemikiem.

– Wiesz, ile czasu trzeba, żeby odtworzyć to, co mi zniszczyli wandale? Trzech lat. Miałem wszystko w komputerze, nie musiałem pamiętać, zapisywać, bo po co. Z grubsza wiem, co z czym, ale tu proporcje są ważne, i to co do grama. Byle jaki kremik to się skleci w pięć minut, niestety, takiego preparatu nie da się zrobić na chybcika.

– Czy to znaczy, że mam tu tkwić trzy lata? – jęknęła przerażona Gabi.

– Dla nauki żadne poświęcenie nie jest zbyt wielkie – oświadczył z godnością profesor.

Ta wiadomość ją załamała. W zamazanym lustrze łazienkowym widziała swoją coraz bardziej wychudzoną twarz. Czuła, że leci z wagi.

– Młodość to kondycja duszy, a dopiero potem ciała – powiedział Gostyński. – Zaraz zanotujemy tę uwagę na fiszce.

On dyktował, Gabi pisała: „Jeżeli obiekt poddany kuracji specyfikiem czuje się na swoje lata, jest to tak zwany obiekt psychicznie stary. U takich obiektów po ośmiu, dziewięciu tygodniach trzeba powtórzyć kurację".

Zrozumiała więc, że jest obiektem psychicznie starym. Niestety, profesor nie miał już swojego specyfiku, lub tylko mówił, że nie ma, i nie powtórzył kuracji, za to przypomniał sobie o tatuażu i zaczął się szykować do zabiegu. Gabi nie miała ochoty na tatuaż, profesor nie miał odpowiednich barwników i chwilowo pomysł upadł.

Któregoś dnia, sprzątając pokój, Gabi znalazła w kącie za szafą profesorską marynarkę. Wcześniej jakoś musiała jej nie zauważyć, bo Gostyński chodził po domu w dresie. Już miała go poprosić o klucz od szafy, kiedy całkiem niechcący, wręcz machinalnie, wsunęła rękę do kieszeni i natrafiła na dowód osobisty. Imię i nazwisko się zgadzało, lecz datę urodzenia czytała trzy razy. Leon Marian Gostyński urodził się 12 stycznia 1919 roku.

Matko, to on już ma osiemdziesiąt cztery lata, jęknęła w duchu. Ten młodzik?

Wrzuciła marynarkę za szafę.

Od piątku Dorota zaczynała jeden ze swoich najdłuższych weekendów. Na wyjazd do Siedlec zaplanowała dwa dni, a uwinęli się z bliźniakiem w ciągu jednego i w ten sposób miała wolne trzy dni, z którymi nie wiedziała, co zrobić. Błażej pewnie by wiedział. To nic, że teraz szlachtował w swojej rzeźni jakieś wieprze lub cielaki, gdyby go tylko poprosiła, na pewno wymyśliłby romantyczny wypad do Lubostronia, a może nawet do Wiednia. Dla niego nie było rzeczy niemożliwych. Otrząsnęła się, nie chcąc myśleć o Jodłowskim, w każdym razie nie teraz. Przed południem, a więc przed pogrzebem Maskotki, musiała koniecznie spotkać się z Kamilem Sieją. Z jakichś powodów nie prowadził już sprawy Haczyńskiego, więc tylko on mógł wyjaśnić, o co chodziło w tym całym szaleństwie. Dorota jedynie się domyślała – i to najgorszych rzeczy. Jeżeli Haczyński zdecydował się pochować Maskotkę jako swoją żonę, to odmłodzona Gabi nie miała szansy na powrót do domu, na rozwód ani tym bardziej na mężowskie alimenty. Co znaczyło, że Dorota nie pozbędzie się jej aż do śmierci. To jakiś horror, powtarzała sobie w myślach, to cholerny, obrzydliwy, absurdalny horror. Nie wiedziała, czy gnać na policję i kazać otworzyć trumnę, czy raczej walić prosto do prokuratora. A jeżeli nikt nie zechce z nią rozmawiać, to co? Ma krzyczeć na cmentarzu, że w trumnie najprawdopodobniej spoczywa Maskotka, a prawdziwa Gabriela Haczyńska żyje i mieszka w Warszawie u profesora Gostyńskiego? Jedynie Sieja mógł jej uwierzyć, tylko on. Niestety, komórka Siei miała dla Doroty jedną propozycję: żeby nagrała swoją wiadomość. I jak tu wierzyć facetom, denerwowała się dziewczyna. Kto, jak nie on, mówił: „Możesz dzwonić o każdej porze". Dzwoniła i co? Figa z makiem. Za trzecim razem nagrała się i poprosiła, żeby do niej natychmiast zadzwonił. Był to pomysł wyjątkowo niemądry, bo zakleszczył ją w domu. Bała się wyjść nawet do sklepu. Siedziała i gapiła się na aparat, który milczał. Wytrzymała do pierwszej, potem zaczęła się zbierać na pogrzeb. Nie tyle chodziło jej o oddanie ostatniej posługi Maskotce, ile o zobaczenie zbolałej rodziny, zwłaszcza zaś Artura Haczyńskiego.

Zamykała właśnie drzwi na klucz, kiedy odezwał się telefon.

– Masz czas? Jeżeli masz czas – krzyczała do słuchawki – to musisz natychmiast jechać ze mną na cmentarz!

– Mam czas, ale z dziewczynami, które mi się podobają, nie jeżdżę na cmentarz. To źle wróży przyszłemu związkowi – odpowiedział Kamil.

– Gdzie teraz jesteś? Podjadę po ciebie i po drodze wszystko ci wyjaśnię.

– To raczej ja podjadę po ciebie. Siedź, nie ruszaj się, cmentarna zmoro – parsknął śmiechem.

Zbiegła na dół, żeby nie musiał na nią czekać. Spojrzała na swoje puste ręce i dopiero wtedy dotarło do niej, że nie pomyślała o wiązance, choćby najskromniejszej. Nie czekała długo. Kiedy Kamil podjechał, wskoczyła do samochodu tak energicznie, że o mały włos nie zgubiła kapelusza.

– Świetnie wyglądasz – powiedział na powitanie.

– Świetnie? Mnie jest okropnie w czarnym. Słuchaj, musimy jechać na Pinczatę. Grobowiec rodzinny jest pewnie na włocławskim cmentarzu, ale przecież Haczyński nie będzie chował Maskotki w rodzinnym grobowcu. Miałby potem całą wieczność leżeć obok śmietnikowej damy? To nie jest odpowiednie towarzystwo dla niego. Zresztą zawsze wolał młode dziewczyny, to dlaczego miałby zmieniać upodobania po śmierci.

Gadała jak nakręcona, a Kamil uśmiechał się, choć niewiele rozumiał. Przez moment była gotowa przyznać Błażejowi rację, że to kiepski detektyw. Nawet jeżeli już nie prowadził tej sprawy, to przynajmniej co nieco powinien chwytać.

– Mógłbyś jechać szybciej? Muszę kupić wiązankę.

– To powiedz mi jeszcze, kim jest ta… Maskotka, powiedziałaś? Lubię wiedzieć, kogo żegnam, taki już mam zwyczaj.

– Cały czas ci tłumaczę, że Haczyński chowa dziś, zamiast swojej ślubnej żony, taką jedną śmietnikową damę. Wiesz przecież, że chciał się pozbyć Gabrieli. I pozbył się skutecznie. Ona siedzi w Warszawie, a on jej wyprawia pochówek. Kobieta wróci i co? Będzie ją musiał chyba w łeb trzasnąć, żeby w miejskiej ewidencji sztuki się zgadzały. Rozumiesz?

– Ani trochę. Przykro mi, Dorotko, pójdę z tobą na ten pogrzeb, bo ja dla ciebie wszystko: i paznokieć złamię, i na cmentarz pojadę, ale żebym rozumiał, to nie.

– No przecież prowadziłeś sprawę Haczyńskiego! Śledziłeś mnie, śledziłeś Gabi, w dużej mierze przez ciebie to całe zamieszanie.

– Przeze mnie?! – wykrzyknął ze zdumieniem.

Przy okazji wjechał w dziurę, bo właśnie skręcili w kierunku Pinczaty. Zaklął dyskretnie. Droga była fatalna.

– Te dziury to Piotrka robota? – spytał.

– Nie wiem, on się chyba nie zajmuje kocimi dróżkami – warknęła Dorota. – Ty mi tu Piotra nie mieszaj! Ja chcę rozmawiać o Haczyńskim.

– Poznam faceta, jak mi go przedstawisz po pogrzebie. Czy ty rozumiesz, co do ciebie mówię? Nie znam go. To może teraz zawrócimy i pojedziemy w jakieś przyjemniejsze miejsce?

– Dołeckiego znasz dobrze?

– Mógłbym się spierać, czy znam go dobrze, ale przynajmniej wiem, o kim rozmawiamy.

Była pewna, że łgał od początku do końca. Dojechali jednak do parkingu, trzeba było wysiąść i poczekać na kondukt.

Dorota nie znosiła pogrzebów, a ostatnio tak się składało, że chodziła z jednego na drugi. Artura Haczyńskiego, dzieci i najprawdopodobniej Ewelinę zobaczyła dopiero przy grobie. Miny mieli smutne, dzieciaki nawet płakały, ale to wszystko było jakieś takie sztuczne, bez uczucia. Z ulgą opuściła cmentarz. Kamil też wyraźnie odżył.

– Na Wikaryjkę? – spytał. – Zjemy coś, pogadamy, może wreszcie zrozumiem, o co chodzi.

– To właśnie ty miałeś mi wyjaśnić, o co chodzi – odpowiedziała ze złością. – Przecież śledziłeś mnie i Gabi, nie zaprzeczysz chyba?

Roześmiał się i pokręcił głową. Rozgadał się dopiero w restauracji.

– Zastanawiam się, do kogo ty jesteś podobna – powiedział. – Bo chyba nie do Antoniny?

– Znasz moją mamę? – Ze zdziwienia jej wielkie oczy zrobiły się prawie okrągłe.

– Miałem przyjemność poznać w tym roku, w czasie świąt. Byłem u siostry w Londynie. Aneta jest lekarzem, mieszka tuż obok twojej ciotki, opiekuje się nią i przyjaźni z Antoniną. Spotkaliśmy się kilka razy. Antonina opowiadała mi o swojej wspaniałej córeczce, pokazywała zdjęcia. Zakochałem się w tych zdjęciach, zwłaszcza w takim jednym: siedzisz na nocniku i wcinasz jabłko, pamiętasz może? No nie, kilka zdjęć późniejszych też widziałem. Jesteś wyjątkowo fotogeniczna, wiesz? Ale ja cię wolę w naturze. W każdym razie twoja mama rozbudziła moją ciekawość i po powrocie dołożyłem starań, żeby cię spotkać. Nie powiesz, że się nie starałem!?

– Mów dalej, mów!

– Tak więc poznałem cię w końcu, uwiodły mnie te twoje wielkie oczy i wtedy wyskoczyła ta jakaś ciotka Pasja... jak ty ją nazywałaś?

– Mniejsza o to, mów!

– Antonina dzwoniła do mnie codziennie. Bardzo się polubiliśmy. Pytała oczywiście o ciebie. Powiedziałem, że tak, że znamy się i niechcący wspomniałem o tej ciotce... tej Pasji. Przeraziła się bardzo, ona w ogóle jest przewrażliwiona na twoim punkcie. Błagała, żebym się dowiedział, kto to. W końcu z zawodu jestem detektywem. Uspokoiłem ją, że wszystko w porządku. Ona mi wierzy, a ty?

– Ależ tak, oczywiście – powiedziała lodowatym głosem. – To bodaj jeszcze gorzej, niż myślałam.

– Wiem, myślałaś, że wynajął mnie Haczyński. To wiedz, że nikt mnie nie wynajął, Antonina też nie. Nie widzę w tym nic złego, że próbowałem ją uspokoić.

– Kiedy mówiłeś, że Błażej Jodłowski jest stary i rudy, też tylko ją uspokajałeś?

– A nie jest? Przepraszam, jeżeli cię dotknąłem. Nic złego o Jodłowskim nie mówiłem, bo o nim trudno źle mówić. Prochu pewnie nie wymyśli, ale firmę masarską rozkręcił, finansowo stoi nieźle. W każdym razie nie jest hochsztaplerem, czego Antonina najbardziej się bała.

Dorota raz już przeżyła zdradę Kamila. To było wtedy, kiedy wyciągnęła mylne wnioski i posądziła go o pracę dla Haczyńskiego. Ale tamto posądzenie było pestką wobec tej zdrady. Zrobiło jej się zimno na myśl, że matka kazała ją śledzić obcemu facetowi. Miała jednakowy żal do nich obojga, chociaż do matki większy. Do czego może się posunąć miłość, myślała. Przecież taki kompletny brak zaufania nie ma nic wspólnego z prawdziwym uczuciem, to jakiś surogat, jakaś przenicowana miłość.

– Zakochałem się w tobie – powiedział Kamil i wyciągnął rękę przez stół. Zawisła w próżni, zastygła tuż nad obrusem. Dorota nie wyciągnęła swojej.

– Możemy już jechać? – spytała. – Jestem zmęczona. Wczoraj

pogrzeb, dzisiaj drugi, niedługo naprawdę zrobię się cmentarną zmorą.

– Kocham cię – powtórzył.

– Słuchaj, amigo, był taki moment w naszej krótkiej znajomości, że miałam wielką ochotę powiedzieć ci to samo. Ale teraz już nie. Co to za życie, jeśli wciąż musiałabym się zastanawiać, czy dla mojego dobra nie donosisz komuś o każdym moim kroku. Nawet matce. Nie masz świadomości, że oboje posunęliście się o wiele za daleko?

– Od początku miałem takie obawy. Zresztą Franciszek też. Tylko widzisz, Antonina jest jednym kłębkiem nerwów, a wiem, że moje paplanie bardzo ją uspokaja.

– Ale to się odbywa moim kosztem.

– To samo mówił twój ojczym.

– Kto?

– Franciszek – powtórzył cicho. – To bardzo równy gość... Nie wiedziałaś?

Przez chwilę patrzyli sobie w oczy. Podbródek Doroty drżał jak u małego, skrzywdzonego dziecka. Z trudem zapanowała nad łzami. Na prawdziwy płacz przyszedł czas dopiero w domu. Dawno już nie mazała się tak rzewnie i tak długo. Nie miała pretensji o tego całego Franciszka. Gotowa była nawet się cieszyć, że matka wreszcie nie jest sama. Bolała ją tylko ta wielka tajemnica. Jakby Dorota była zazdrosną smarkulą, która niczego nie potrafi zrozumieć. A przecież zawsze były sobie bardzo bliskie. I znowu, jak w dniu śmierci Tomka, zatęskniła za kimś, kto by ją przytulił, powiedział, że nic złego się nie stało, że matki lubią robić swoim dzieciom niespodzianki.

Wstała z kanapy, pościeliła tapczan i poszła pod prysznic. Zachciało jej się wejść do łóżka, otulić kołdrą jak kokonem i poudawać, że jej w ogóle nie ma. Spojrzała na zegarek. Dochodziła siedemnasta. Nawet nie umiała sobie przypomnieć, kiedy po raz ostatni kładła się tak wcześnie spać.

Antonina zadzwoniła w sobotę rano. Musiała już być po rozmowie z Kamilem, bo mówiła trochę sztucznie i głos miała niezbyt pewny. Dorota postanowiła być wspaniałomyślna. Udało jej się nie robić matce wyrzutów, a nawet posunęła się tak daleko w swojej wspaniałomyślności, że złożyła gratulacje z okazji ślubu. Poniosło ją dopiero chwilę później.

– Zawiodłaś mnie – mówiła z goryczą. – Myślałam, że masz do mnie choć odrobinę zaufania. Jak mogłaś kazać mnie śledzić!?

– Nie kazałam. Oglądał zdjęcia, chyba mu się spodobałaś.

– I to wystarczyło, żebyś mu pozwoliła z butami wchodzić w moje życie! To dlatego wciąż pytałaś o randki i moje znajomości. Ty jesteś gorsza niż nietoperz. Nie widzisz, nie słyszysz, a wszystkiego się czepiasz!

– Wiem o tym, Dorotko, wiem. Przecież ja nawet dlatego wyjechałam z kraju, żeby dać ci żyć – rozpłakała się Antonina. – Ja wiem, że się czepiam, że wszystko chciałabym o tobie wiedzieć. Nie myśl sobie, że sama się z tym nie męczę. Strach o ciebie jest silniejszy ode mnie.

– Ja też się o ciebie boję – odpowiedziała miękko Dorota. – To akurat rozumiem. Nie wiem tylko, dlaczego mi aż tak bardzo nie wierzysz?

– Wierzę, tylko mój strach jest silniejszy od wiary.

– Przestań, mamo. Powiedz lepiej, jaki jest Franciszek?

– Nie jest zbyt atrakcyjny, zwykły, przeciętny mężczyzna, chociaż dla mnie bardzo dobry. Przez całe życie chciałam mieć kogoś pewnego i uczciwego. Trafił mi się dopiero na stare lata. Nie wiedziałam, jak to przyjmiesz, jak ci powiedzieć.

– Normalnie, mamo. Ja się naprawdę cieszę, że go masz. I nie na stare lata, bo kobiety w twoim wieku to jeszcze sroki. Tak przynajmniej ktoś uczony niedawno powiedział. Zajmij się teraz bardziej swoim mężem niż mną, dobrze?

– Dobrze, kochanie. I nie gniewaj się na Kamila.

– Ty znowu swoje. Chcesz mnie programować na odległość, mówić, na kogo mam się gniewać, a kogo wolno mi pokochać?

– Nie, Dorotko. Nie.

Zbyt dobrze znała matkę, by wierzyć w takie zapewnienia.

Sobota była dla Doroty dniem wolnym od pracy i jakichkolwiek planów. Powinna co prawda pojechać do Kowala, bała się jednak spotkać Jodłowskiego. Gadanie bliźniaka zrobiło swoje. Słuchając go, doszła do wniosku, że jej zachowanie, obserwowane z boku, mogło wyglądać na snobizm albo jeszcze gorzej. Jeżeli Piotr tak to odebrał, tym bardziej Błażej mógł poczuć się dotknięty. I choć nie lubiła przepraszać, dla niego gotowa była zrobić wyjątek, byle nie dzisiaj. Za bardzo była roztrzęsiona rozmową z matką, Kamilem i pogrzebem Maskotki. Nie rozumiała czegoś w postępowaniu Haczyńskiego, a jedynie z Jolką mogła pogadać szczerze, więc namówiła ją na wycieczkę.

Wokół chałupy na skraju miasta nic się nie działo. W jasnym słońcu wyglądała tak nędznie, jak tylko mogą wyglądać ruiny.

– Jodłowski naprawdę chce to kupić? – zdziwiła się Jola.

– Sama nie wiem, co on knuje. Na oko widać, że szkoda każdego grosza władowanego w remont. To już lepiej byłoby wybudować dom.

– Otoczenie ładne. Jest miejsce na ogródki i na spore podwórko. Ależ piękny dzień! To już wiosna, zauważyłaś?

– Lokatorzy mojej kamienicy nie są nawet w połowie tak romantyczni jak ty. Dobra, jedziemy do gabinetu. Po wylewce chyba można już chodzić.

Przed kamienicą babki Miziakowej stał peugeot Jodłowskiego. Dorota zebrała się w sobie i postanowiła nie pękać. Ostatecznie kiedyś musiała stanąć twarzą w twarz z Błażejem.

Nie widziała swojego wspólnika od tygodnia i z przykrością zauważyła, że zmizerniał. Oczy miał smutne, policzki wpadnięte. Gdyby nie Jola, kto wie, czy zamieniliby choć kilka słów. Ze dwa razy podchwyciła jego uważne spojrzenie, takie trwające zaledwie moment, ale kaleczące duszę. Myślała: wiem, że masz do mnie pretensję, wiem, lecz miej nade mną litość i nie patrz tak. Wszystko ci wyjaśnię, tylko nie teraz. Na szczęście do gabinetu zajrzał majster Władek i wyciągnął Jodłowskiego przed dom. Przez okno widziała, jak rozprawiali dość żywo.

– Niezły jest ten twój wspólnik – powiedziała Jolka. – Całkiem inaczej go sobie wyobrażałam. Powiem ci, że gdybym szukała męża, to taki facet miałby u mnie szanse.

– Motasz jak prząśniczka. Normalny facet, niczym się nie wyróżnia. – Dorota wzruszyła ramionami.

– Postawisz mu wiatraczek na głowie i już się będzie wyróżniał! – roześmiała się przyjaciółka. – Czy ty nie rozumiesz, że właśnie o to chodzi? To ma być facet dla ciebie, ma patrzeć tak, jak on na ciebie, a nie dostawać zeza na widok każdej pary babskich nóg. Pożarliście się, co?

– Powiedzmy, drobna różnica zdań.

– Nie taka drobna, jeżeli rzuca się w oczy.

Jodłowski wrócił i znów Jola ratowała sytuację, zaglądała w każdy kąt i głośno wszystko chwaliła.

– No, Dorotko, dla mnie bomba – powiedziała. – Pamiętaj, że mam tu być pierwszą klientką. Podobno przynoszę szczęście.

– Dlaczego podobno? Na pewno przynosi pani szczęście – uśmiechnął się Błażej.

Ujęła go pod rękę, zajrzała mu w oczy.

– Znam tylko jednego mężczyznę, który by się z panem zgodził, mojego ojca. Cokolwiek zmaluję, cokolwiek ugotuję, on jest zachwycony. Inni nie mają nawet połowy tej cierpliwości.

– No, no, a ten, który spędził noc sylwestrową pod twoim oknem? – zawołała Dorota.

– Znudził się i usnął. Gdzie ty widzisz szczęście? Chociaż może i dobrze... – Parsknęła śmiechem i zniknęła na zapleczu.

Dorota została sama z Błażejem. Pokazał jej jakieś gniazdko, zwrócił uwagę na oświetlenie. Mówił niby tak, jak zawsze, spokojnie, cicho, nie spytał jednak, co robi ani jak spędza niedzielę. W ogóle o nic nie pytał. Czuła się coraz bardziej głupio.

Mieli już wychodzić, Jodłowski szukał kluczy, kiedy z korytarza rozległ się śpiew.

> Za wodóm wołki moje, za wodóm.
> Pokochałym wczoraj starszóm,
> dziś młodóm.

Zaraz potem usłyszeli rumor, jakby coś ciężkiego rąbnęło o podłogę.

– Kuć się przewrócił? – szepnęła Dorota.

Ogarnął ją nerwowy śmiech, przygryzła usta. Chciała wyjrzeć na korytarz, Błażej przytrzymał ją za ramię, dał znak oczami, że nie trzeba. Po drugiej stronie korytarza skrzypnęły drzwi i ciszę rozdarł piskliwy głos Kuciowej.

– Z tobą to prawdziwe skaranie boskie! Kto cię teraz będzie dźwigał? Stawaj na nogi, pijusie! Stawaj, mówię! Majątek mi obiecywał, lump jeden! I do czego ja przy tobie doszłam, no, do czego?

– I co ty gadasz? Majątku nie masz? – obruszył się bełkotliwie Kuć. – A ja to co!

– Fedor! Fedor! – rozdarła się kobieta. – A chodź mi pomóż, bo sama go nie podźwignę!

– Luminescencjo ty moja! – rozrzewnił się Kuć. – A wiesz ty, że forsa to gówno. Forsa daje tylko chleb, za to los daje babę! Głupi ten mój los. Nie mógł to mi młodszej podsunąć? Za wodóm wołki moje, za wodóm...

– Fedor! – krzyczała Kuciowa.

Ciężkie kroki na schodach zwiastowały nadchodzącą pomoc. Jolka wcisnęła w usta pięść, żeby nie chichotać za głośno. Nawet Błażej poweselał, nie mówiąc o Dorocie.

– Gówno chłopu nie komórka! – powiedział ktoś basem. Ten bas z całą pewnością należał do Fedora. – Tobie, Kuć, to już tylko mliko przez smoczek dudlać!

– Wiesz, przyjacielu, co ci powiem, wiesz? Jesteś kutas dęty – zapiał cienko Kuć.

Fedor stęknął, Kuć zaklął, po chwili trzasnęły drzwi. Ciężkie kroki na schodach zginęły gdzieś w górze. Słuchowisko się skończyło.

– Ale numer! – roześmiała się Jola.

– Tak jest średnio co drugi dzień – powiedział Błażej.

I znowu nie dane im było wyjść. Drzwi otworzyły się szeroko i do gabinetu wtargnął bliźniak z Malwą, Zuzanną i Łukaszem. Wszyscy naraz próbowali wytłumaczyć, że bliźniak z daleka zobaczył samochód Joli przed domem babki Miziakowej i przyciągnął wszystkich, żeby obejrzeli gabinet.

– Drugiej takiej żółtej żaby nie ma chyba nikt w województwie – dowodził bliźniak, witając się z Jolą.

Dorota próbowała przedstawić sobie wszystkich, ale okazało się to zupełnie zbyteczne. Goście byli na takim wakacyjnym luzie, który likwiduje wszelkie bariery, i poprzedstawiali się sami. Nie zauważyła, żeby bliźniak pałał jakąś szczególną niechęcią do Jodłowskiego. Wręcz przeciwnie, obydwaj uśmiechali się szeroko i bardziej wyglądali na starych znajomych niż na antagonistów. Dorota wystraszyła się, że Piotr wziął Błażeja za majstra, nie za jej wspólnika, i jeszcze gotów coś niepotrzebnie palnąć. Podeszła do nich, żeby nie dopuścić do pomyłki.

– I co się, babo, wtrącasz? – spytał po swojemu bliźniak. – Przecież widzisz, że już się znamy. Nawet wiem więcej od ciebie, bo byłem w firmie Błażeja.

Tak ją zaskoczył, że przestała w ogóle rozumieć, co się wokół niej dzieje. Zuzanna musiała nią potrząsnąć.

– Zabieramy was na wieś – powiedziała. – Wszystkich, jak tu stoicie. Tylko nie mówcie, że nie możecie. Dokupiliśmy po drodze trochę kiełbasy i ktoś to musi zjeść. Będzie ognisko w ogrodzie, piwo i spanie na kupie. Szczotki do zębów mam zapasowe, pastę też, a myć się nie musicie.

– Dlaczego mają się nie myć? – zdziwił się Łukasz.

– Higienista się odezwał! A w co się wytrą, nie wiesz czasem? Chyba że po drodze kupimy kilka ręczników. No, to już, szkoda czasu!

Joli nie trzeba było namawiać. Aż jej się oczy świeciły z ochoty. Lubiła niezaplanowane imprezy, a całe to roześmiane towarzystwo bardzo jej się spodobało. Błażej stał kilka kroków od rozgadanej gromadki. Z wielkim zainteresowaniem oglądał klucze i szykował się do zamknięcia drzwi. Po jego minie widać było, że nie brał zaproszenia do siebie. Nie patrzył na Dorotę, a ona, podobnie jak i Jola, aż podskakiwała z uciechy.

– Jolka i Błażej nie znają drogi – powiedział Łukasz. – Ja pojadę pierwszy, Piotr zamknie kolumnę.

Błażej ocknął się i próbował tłumaczyć, że ma wieczorem ważne spotkanie. Zakrzyczeli go, nie chcieli słuchać. Do wieczora jeszcze dużo czasu, a dzień piękny, słoneczny, idealny na ognisko.

– Jedź z nim, Dorotko – szepnęła Jola – nie widzisz, że brakuje mu twojego zaproszenia.

Ta trzeźwa uwaga wreszcie podziałała na nią właściwie. Wzięła Błażeja za rękę i spojrzała mu w oczy.

– Holujcie Jolkę – poleciła – my sobie poradzimy.

– To chociaż piwo kupię. – Rozejrzał się bezradnie.

Piwa było dosyć, jedzenia również. Bliźniak, żarłok niepoprawny, przymówił się o tę pyszną szynkę, ale, oczywiście, następnym razem. Dorota najchętniej dałaby mu kuksańca w bok,

279

że tak bezmyślnie ją sypnął. Wtedy nawet nie wspomniała, że wywiozła szynkę do Lipianek.

– Myślisz, że to dobry pomysł? – spytał, kiedy wreszcie ruszyli spod domu babki Miziakowej, żegnani gniewnymi okrzykami Kuciowej. Stała w oknie i wyzywała ich od jaśniepaństwa.

– Że Kuciowa nam wymyśla? Idiotyczny.

– Że jadę z wami.

– To będzie dobry pomysł, jeżeli się rozluźnisz i poczujesz dobrze w tym towarzystwie. Jak chyba zauważyłeś, oni chcą, żebyś pojechał.

Teraz powinno paść pytanie, czy ona również tego chce, Dorota nawet przygotowała sobie odpowiedź, Błażej jednak nie zapytał.

– Ależ tu pięknie! – westchnęła. – Myślę, że widoki z twojej ambony nie są nawet w połowie tak piękne. Wiem, że masz do mnie żal, i wiem, że masz rację. To nie znaczy, że zupełnie mi odbiło, nie. Mam jedno wspomnienie z dzieciństwa, o którym kiedyś ci opowiem, tyle tylko, że tamto wspomnienie nie ma nic wspólnego z tobą. Dlatego przepraszam. Jeżeli powiesz, że nie możesz mi tego darować… spróbuję cię zrozumieć, chociaż to będzie…

Nie wiedziała, jak zakończyć, żeby go przekonać, a samej nie wpaść w ton zbyt sentymentalny.

– Rzeczywiście, pięknie tu – odpowiedział. – Może masz rację, że moja ambona wypaczyła trochę obraz. Było mi gorzko i przykro, na szczęście już minęło i dajmy temu spokój.

Niewiele więcej powiedzieli sobie w czasie tej jazdy. Tak naprawdę Błażej dopiero rozruszał się w Lipiankach. Malwa oprowadziła jego i Jolę po ogrodzie, potem wszyscy razem znosili drewno do ogniska, a Zuzanna z Dorotą nacierały kiełbasę ziołami. Przesiedzieli na powietrzu do zmroku. Bliźniak wyciągnął skrzypce z samochodu.

– Prawdziwi artyści – wyjaśnił – nie chcą grać pod kotleta schabowego. I ja ich rozumiem. Myślę jednak, że schabowy ma się nijak do pieczonej kiełbasy, pod kiełbasę można grać.

– A tańczyć? – spytała Zuzanna.

To, co on grał, miało się nijak do tego, co oni tańczyli, nikomu to jednak nie przeszkadzało. Potem znowu piekli kiełbasę, pili piwo i zaśmiewali się z żartów. Kiedy zrobiło się naprawdę chłodno, Łukasz wymyślił spacer do wsi. Z dziewczyn tylko Jola podchwyciła pomysł, Zuzanna była zmęczona, Malwa posiniała z zimna, a Dorocie się nie chciało. Sprzątnęły naczynia, dołożyły drewna do kominka, żeby w nocy było ciepło, i przygotowały sypialnię na dole. Dorota spojrzała na dwa materace, jeden podwójny, drugi wąski i pomyślała, że najmądrzej będzie, jeżeli prześpi się z Jolką.

Zuzanna wskoczyła do łóżka pierwsza, Malwa zaś wciągnęła Dorotę do swojego pokoju na pogaduszki.

– I co, poznałaś już wady Piotra? – spytała z uśmiechem Dorota.

– Mówiłam ci, on nie ma wad. Czasem mi się wydaje, że to niemożliwe, że się obudzę albo coś się stanie…

– Co się ma stać?

– Najlepiej nic, ale jak człowiek złapie już szczęście za ogon, to się boi.

– Szczęście za ogon? – Dorota udała zgorszenie i obie popłakały się ze śmiechu.

– Dorotko? – Malwa zawiesiła głos. – Czy ty nigdy nie myślałaś, żeby razem… to znaczy ty i on, żeby… – plątała się coraz bardziej.

– Czy nigdy nie myślałam o wyjściu za mąż za bliźniaka? – dokończyła za nią Dorota. – Nie. Wiem, że on mnie kocha, że mógłby nawet oddać za mnie życie, co nie znaczy, że chciałby ze mną być. Ja podobnie. Mogę go uściskać, mogę mu wpaść w ramiona, ale w łapy wolałabym nie wpadać. To jest taka bratersko-siostrzana skaza.

Uśmiechnęła się do Malwy. Przypomniała sobie różne scenki z wczesnego dzieciństwa. „Mamo, pójdę pograć z chłopakami w piłkę", prosił bliźniak. „Idź, Piotrusiu, idź, tylko weź Dorotkę", zgadzała się ciocia Ewa. Bliźniak był ambitny i odpowiedzialny, siadał z Dorotą na murku, łykał łzy żalu i ze ściśniętym sercem patrzył na grających chłopaków. Nie mógł do nich dobić, bo ogonek natychmiast leciał za nim, choćby na środek boiska. W wieku czterech, pięciu lat Dorota chciała robić dokładnie to, co Piotr, naśladowała go jak małpka. Nawet siusiać próbowała na stojąco, co się źle skończyło. A kiedy podrośli, role się odwróciły. Bliźniak co prawda nigdy nie naśladował Doroty, ale ona powoli zaczęła mu matkować. Robiła śniadania i kolacje, przyszywała guziki, sprzątała za niego, żeby odciążyć ciocię Ewę.

Nawet nie zauważyły, kiedy wśród wspomnień i chichotów spłynął na nie sen. Dorotę obudziło światło i wejście bliźniaka. Słyszała go, tylko nie chciało jej się otwierać oczu. Chyba pochylił się nad łóżkiem, mruknął coś, a potem wyszedł i wrócił z Błażejem.

– Zabieraj, koleś, co nie moje – szepnął. – Nie będą mi się tu cudze baby plątać po łóżku.

Dorota nie protestowała, kiedy Błażej wziął ją na ręce. Zdrajca bliźniak jeszcze tylko życzliwie doradził, żeby tamten uważał na schodach, i zamknął drzwi sypialni. O te schody Dorota też się bała. Gdyby Błażej nie był dość trzeźwy, mogliby zjechać razem. Ale były to obawy zupełnie niepotrzebne. Niósł ją lekko, pewnie i bez najmniejszych kłopotów złożył na szerszym materacu. Na wąskim, zwinięta w kłębek i otulona kocem po sam nos, spała już Jola. Błażej zgasił światło i położył się obok Doroty. Był blisko, chociaż nawet nie próbował jej objąć. To ona wtuliła się w niego cała, doprowadziła do tego, że zaczął całować jej czoło, włosy, szyję. Na więcej nie mogli sobie pozwolić. Przeszkadzały pancerze z ciuchów i peszyła obecność Jolki.

– Czy ty chociaż wiesz, gdzie usnęłaś, a gdzie teraz jesteś? – szepnął.

– Kamień by się obudził, co dopiero ja – roześmiała się bezgłośnie. – Chciałeś mnie nieść, to niosłeś, równie dobrze mogłam zejść sama.

– Dlaczego nie chcesz mi uwierzyć, że tak bardzo cię kocham!?

Położyła mu palec na ustach.

– Ja też cię kocham – odszepnęła.

Kiedy się obudziła, Błażej żartował nad jej głową z Jolką. Ale to ją, Dorotę, ucałował na dzień dobry. I chyba o to właśnie chodziło, o tę pewność, że chociaż wokół są inne kobiety, on zawsze będzie tylko ją całował na dzień dobry. Była przekonana, że tak właśnie będzie. To bardzo miłe przekonanie towarzyszyło jej aż do obiadu.

Pomogła Zuzannie nakryć stół. Obiad miał się składać tylko z suchego prowiantu. Zostało jeszcze sporo kiełbasy i innych wędlin. Zuzanna postawiła półmisek na stole i patrzyła z niechęcią na błyszczącą od wody szynkę.

– Błażej! – spytała. – Czy w Kowalu planujesz też otworzyć wytwórnię tych pysznych wędlin, czy tylko sklep z seryjnym paskudztwem, co to ani wędzone, ani smaczne, chociaż na pewno mokre?

Gdyby bliźniak gwałtownie nie podskoczył, Dorota puściłaby to pytanie mimo uszu. I nagle zrobiło się cicho. Błażej milczał, bliźniak skrzywił się, jakby go rozbolały wszystkie zęby, Zuzanna tylko ciężko westchnęła.

– O czym ty mówisz? – spytała Dorota. – O jakiej wytwórni w Kowalu?

– O wytwórni Błażeja – odpowiedziała już mniej pewnie Zuzanna.

I znowu, gdyby nie uporczywe milczenie i te ich oczy utkwione w czubkach butów, Dorota przyjęłaby takie wyjaśnienie. Mógł sobie Błażej otwierać wytwórnię w Kowalu, czemu nie.

– Czy jest coś, o czym wy wszyscy wiecie, a ja nie? – spytała.

– Posłuchaj! – Bliźniak wstał i podszedł do niej.

Wszyscy gwałtownie się poderwali i otoczyli Dorotę.

– Pozwólcie, że ja to wyjaśnię – odezwał się spokojnie Błażej.

W miarę jak tłumaczył, jej oczy robiły się coraz bardziej okrągłe. Namawiając Dorotę na gabinet kosmetyczny, Błażej ani przez chwilę nie wierzył w powodzenie takiego interesu w Kowalu. Rzucił hasło „gabinet", ale myślał o czymś, na czym się dobrze znał, to jest o sklepie mięsnym połączonym z wytwórnią. Rozumował logicznie: urodę każdy jakąś tam ma, jeden myśli o jej pielęgnowaniu, inny nie, a jeść muszą wszyscy. W małym mieście masarnia, w przeciwieństwie do gabinetu kosmetycznego, gwarantowała zyski. Na jego prośbę prawnik zawarł w umowie klauzulę pozwalającą zmienić przeznaczenie obiektu i Błażej zmienił to przeznaczenie. Owszem, początkowo myślał o przejęciu i wyremontowaniu całej kamienicy, o lokalach pod wynajem, ale wobec zdecydowanego sprzeciwu Doroty odstąpił od tego pomysłu. Kuciowie, Sabinka z Fedorem i pani Szostakowa zostaną w swoich mieszkaniach i zyskają przynajmniej tyle, że będą mieli porządny sklep pod nosem.

– Raz już chciałem ci to wszystko wyjaśnić, kiedy rozmawialiśmy o umowie. Nie dałaś mi dojść do słowa – zakończył cicho.

– Więc po co robiłam kosztorys, spisywałam urządzenia, po co to wszystko? Nie mogłeś od razu powiedzieć prawdy, że... że otwieramy salon mięsny!?

– Lokal na gabinet kupimy we Włocławku. Sama sobie wybierzesz miejsce. To chyba uczciwa zamiana: za kawałek kamienicy – pomieszczenie na gabinet.

– A to głupie solarium?

– Tak w projekcie nazwałem chłodnię. Przecież to tylko drobna różnica temperatur. – Uśmiechnął się do niej. – A majstrowi było wszystko jedno, co remontował. Rozumiesz?

– Nie rozumiem, dlaczego nie powiedziałeś mi prawdy! – wybuchnęła.

– O tym już musimy porozmawiać bez świadków.

Bliźniak sam jej przyniósł kurtkę i buty z sieni. Oświadczył, że na świeżym powietrzu lepiej się gada, i wypchnął Dorotę z domu, wraz z pobożnym życzeniem, żeby nie była idiotką. Nim zdążyła się zorientować, wędrowała z Błażejem drogą w kierunku lasu. Sama nie wiedziała, czy jest bardziej zgnębiona, czy wściekła. Najbardziej irytowało ją to, że oprócz niej i chyba Joli wszyscy doskonale wiedzieli, co w trawie piszczy.

– Nie mogłem powiedzieć ci prawdy – tłumaczył Błażej. – Bajka o gabinecie była jedyną, która cię interesowała, i w której chciałaś razem ze mną grać. Lokal na masarnię remontowałbym sam. A mnie zależało wyłącznie na tobie. Masarnia się przyda, sklep też, jednak to ciebie chciałem zdobyć. Powiedz uczciwie, z ręką na sercu, czy byłabyś ze mną, gdybyś od początku znała moje zamiary?

– Nie wiem, może bym i była. Ty wiesz, jak ja się dzisiaj czułam? Jak idiotka.

– Niepotrzebnie. Tuż przed waszym wyjazdem do Siedlec Piotr wpadł do mnie do wytwórni. Pogadaliśmy uczciwie i po męsku. Chodziło między innymi o lokatorów, o tę ruderę i różne plotki, które narosły wokół kamienicy. Powiedziałem mu prawdę, a ṭylko uspokoił Zuzannę.

– Wszystko mu powiedziałeś?

– Przecież on o wszystko nie pytał, tylko o kamienicę i naszą spółkę – uśmiechnął się Błażej. – To co, wspólniczko, dasz rękę na zgodę?

– A jednak kiedyś cię uduszę! – mruknęła z przekonaniem Dorota.

– Możesz mi nawet zawisnąć na szyi już teraz, jeżeli chcesz.

– Nie powiedziałeś mi prawdy!

– Kochanie, w końcu co jest ważniejsze: to, co robię dla ciebie, czy to, czego nie zrobiłem? Raz nie powiedziałem prawdy i tłumaczę, dlaczego.

– A jednak kiedyś cię uduszę – powtórzyła, chwytając go pod ramię.

Wrócili do domu, żeby się załapać chociaż na resztki obiadu. Nie przewidzieli, że obiad dopiero się zacznie z chwilą ich wejścia.

W poniedziałek Dorota spodziewała się wizyty nieocenionej pani Surskiej i kolejnych rewelacji z pogrzebu Maskotki. Od rana nie mogła o niczym innym myśleć i z trudem znosiła gadanie innych klientek.

– Buntuje dzieciaka przeciwko mnie, pani Dorotko. Przeciwko rodzonej babce! Czuje to pani?

Kobiecina przyszła zrobić sobie hennę i przy okazji wypluć całą złość na synową.

– Ile lat ma wnuczek? – spytała Dorota, żeby wykazać choć cień zainteresowania.

– Mówiłam właśnie, że pojutrze skończy siedem miesięcy – odrzekła z dumą babcia. – Mądry do zadziwienia.

– Przecież to jeszcze niemowlak!

– O to chodzi, że takiego niemowlaka buntuje! „Powiedz babci, jak mówi krówka, powiedz!". Znaczy, że babcia to krowa, tak? No bo dlaczego nie kotek? Nie kózka? Mały krzyczy „muu", bo tak go nauczyła. Nie uwierzy pani, jak on wszystko rozumie!

Jedyny normalny w rodzinie, to musi się starać, pomyślała Dorota, ale miłosiernie ugryzła się w język, żeby nie doprowadzić babci do załamania.

Surska przyszła o jedenastej. Zaczynały od pedikiuru, więc nic nie zakłócało pogawędki.

– Widziałam panią na pogrzebie – szepnęła Dorota.

– Szkoda kobiety – westchnęła boleśnie Surska – mogła jeszcze żyć, chociaż co to za życie, jak człowiek sam siebie nie poznaje.

Szept Surskiej brzmiał niczym szelest jesiennych liści na cmentarzu. Dorota aż się wzdrygnęła i spojrzała w okno, żeby się upewnić, że to nie jesień. Z bijącym sercem słuchała smutnej opowieści o ostatnich chwilach życia kobiety, która nawet nie miała pojęcia, że została pochowana. Surska przez cały czas cytowała głównie pana Pośpieszkę, który utrzymywał, że Gabriela Haczyńska zachorowała z powodu klimakterium. Jedne kobiety przechodzą ten okres spokojnie, inne szaleją, a Haczyńskiej klimakterium padło na głowę. Już samo to, że uciekła z domu, nie było normalne. Nie dość, że zostawiła dzieci i kochającego męża, to jeszcze próbowała ich ośmieszyć, szperała po śmietnikach, zadawała się z najgorszym elementem, pewnie nocowała gdzieś po kotłowniach. Mąż cierpiał w milczeniu, szukał jej, namawiał do powrotu. Zdziwaczała Gabriela sama ściągnęła nieszczęście na swoją głowę. Ta butelka, która rozprysła się krok przed nią, była karą za cierpienia rodziny. Serce jej pękło, upadła twarzą w rozbite szkło i już nie wstała. Pośpieszko był z Arturem w kostnicy, widział jego boleść, razem z nim patrzył na zmienioną i poobijaną twarz nieboszczki. Poznali Gabrielę po ubraniu, po włosach na głowie i po bliźnie na brzuchu.

– Myśli pani, że Pośpieszko mógł wcześniej tę bliznę na brzuchu widywać? – zdziwiła się Dorota.

– Mógł wiedzieć o operacji, znali się przecież z Haczyńskim od dawna. I, proszę sobie wyobrazić, że to córka w matkę tymi butelkami...

– Muszka? – wykrzyknęła Dorota.

– Gdzieżby Muszka. Ta J 23 z pierwszego małżeństwa. Haczyński jest przekonany, zdobył dowody, mówi, że nie daruje.

I znowu po wyjściu pani Surskiej Dorota miała o czym myśleć. Młoda Gabi wplątana w śmierć starej Haczyńskiej, to było nawet nieźle pomyślane, choć mało logiczne. Wieczorem wpadła do Jolki, żeby wspólnie zastanowić się nad wywodami pana Pośpieszki oraz przeczuciami Haczyńskiego. Zrozpaczony wdowiec nie mógł wykluczyć sytuacji, że oto nagle otwierają się drzwi mieszkania na Wiejskiej i do domu wraca Bryśka Haczyńska. Mówi, że zasiedziała się u koleżanki lub odwiedziła Paryż, pardon, lecz *c'est la vie*, nieważne zresztą, co mówi, ważne, że żyje i wraca. A rodzina co na to? *Sorry,* mamuśka, my już cię pochowaliśmy, więc nie zawracaj głowy!? Artur Haczyński musi mieć świadomość, że rozpoznał i pochował nie tę kobietę, więc przynajmniej powinien się liczyć z powrotem swojej Bryśki. Dorota myślała i tak, i tak, ale nie potrafiła zrozumieć tego faceta.

– On wie, że prawdziwa Haczyńska się nie pojawi – powiedziała Jola.

– Co ty opowiadasz? Skąd może wiedzieć?

– Ode mnie. Nie patrz tak dziko, proszę! Ja tylko próbowałam go przekonać, że nasza Gabi i jego Bryśka to ta sama kobieta. Początkowo nie chciał wierzyć, jak wszyscy zresztą, dopóki nie trafiła się Maskotka. Wiek i ubranie zgadzało się z opisem zaginionej żony, policja kazała mu zidentyfikować zwłoki, więc zidentyfikował. On ma ryzyko wkalkulowane w zawód, decyzje podejmuje błyskawicznie.

Mijał miesiąc, odkąd Gabi asystowała Gostyńskiemu. Przez ten czas nie poprosiła Doroty ani o pieniądze, ani o pastę do zębów. Dorota codziennie dzwoniła do Róży, zdążyły się nawet zaprzyjaźnić telefonicznie, jednak żadnych wiadomości o Gabi nie udało się zdobyć. Róża próbowała podejść profesora, zaczaiła się za plecami Gałeckiej i tyle zyskała, że Gostyński wpadł w szał, trzasnął drzwiami i nawet jedzenia nie zabrał. Róża coraz bardziej była przekonana, że nie obejdzie się bez pomocy policji. Umówiły się w końcu na najbliższą sobotę. Miała to być ostatnia przedświąteczna sobota.

– Niech ona lepiej siedzi w Warszawie – radziła Jola. – Może niekoniecznie u Gostyńskiego, byle z daleka od Artura. Dołęcki wciąż się tu kręci. Wiesz, co będzie, jeżeli młoda Gabi zostanie oskarżona o zamordowanie starej? Przecież na to wychodzi, że sama siebie zabiła.

– A ona tylko zamordowała swoją młodość, co? Niestety, aż dwa razy.

– Ze swoją młodością każdy może robić, co mu się podoba. Nieszczęście polega na tym, że Artur chce ją wsadzić do więzienia za to, czego nie zrobiła. Przy okazji mógłby też odegrać się na mnie.

– Jedziemy na tym samym wózku.

Przyjaciółka pokręciła głową. Według niej jechały na dwóch różnych wózkach. Dorota nie zawiniła Haczyńskiemu w niczym, wręcz przeciwnie, pomogła mu uwolnić się od niechcianej żony. Natomiast Jola odrzuciła jego miłość i samo to wystarczyło, żeby próbował się zemścić. Był przesadnie ambitny i przeczulony, a tacy ludzie niechętnie darują zniewagi.

– To ty go znieważyłaś? – zdziwiła się Dorota.

– Bo to raz! Jeżeli nie chcesz iść do łóżka z facetem, który ma na ciebie ochotę, to już jest zniewaga największego kalibru. Dlatego trzymaj mocno swojego Błażeja, bo on jest z całkiem innej gliny.

– Trzymam, trzymam – mruknęła Dorota.

Wiosna rozkleiła Dorotę, jak zwykle zresztą. Kochała tę porę roku najbardziej ze wszystkich, chociaż na wiosnę nigdy nie umiała sobie znaleźć miejsca. Gdzieś ją gnało, gdzieś ciągnęło, a tu trzeba było siedzieć i robić swoje, tym bardziej że zbliżały się święta i wszystkie kobiety chciały być piękne, zadbane i młodsze co najmniej o kilkanaście lat. Dorota pracowała na najwyższych obrotach, czasem jednak włączał jej się bieg wsteczny i wtedy najchętniej rzuciłaby wszystko dla kilku dni wagarów. Gdyby nie ślub Zuzanny i Łukasza, pewnie dałaby się wywieźć Błażejowi w góry lub nad morze. Na razie wciąż ją namawiał, żeby przeprowadziła się do niego. Jak nigdy nie był marudny, tak teraz codziennie wałkował jeden i ten sam temat. Chciał ją mieć przy sobie, jeżeli już nie w dzień, to przynajmniej w porze śniadań, kolacji i nocami. Zostawała u niego często, ale z ulgą wracała do siebie. I wcale nie dlatego, że miała mu coś za złe. Nie miała. Pogodziła się z myślą, że będą razem, i bardzo tego chciała. Dom, rodzina – o tym zawsze marzyła. A życie z Błażejem wydawało się proste.

– Gdybyś mnie kochała – mówił – byłabyś ze mną. A ty mi wciąż uciekasz.

– Przecież cię kocham, nawet bardzo, ale zrozum, całe życie przed nami i jeszcze zdążysz się mną znudzić.

– Głupstwa opowiadasz – burczał.

I miał rację. Nie uwzględniała nudy w swoich kalkulacjach. Tak naprawdę chodziło o coś zupełnie innego: wciąż czekała na Gabi. Bała się, że Pasjonata wróci pod jej nieobecność i wpadnie w łapy Dołeckiego. Jakoś nie umiała się wyzbyć odpowiedzialności za tamtą, choć Gabi bardziej mogła być jej matką niż koleżanką.

Lokal w Kowalu był już gotowy. Błażejowi bardzo zależało, żeby ruszyć z interesem przed świętami, w okresie największych zakupów. Ściągnął całe wyposażenie sklepu oraz wytwórni, zatrudnił też pracowników. Niemal codziennie bywał teraz w Kowalu i nadzorował prace wykończeniowe. Majster Władek wciąż jeszcze usuwał niedoróbki. Zwijał się, żeby zdążyć przed uroczystym otwarciem.

Dorota mogła wreszcie powiedzieć, że wyszła na prostą. Znalazła swojego mężczyznę, niedługo miała też dostać własny gabinet. Wybrała już przestronny i bardzo ładny lokal na Promiennej, w nowej kamienicy. Zaraz po świętach brała się do jego urządzania. A i bliźniak przeszedł spod jej opieki pod skrzydła Malwy. Nieoficjalnie byli już zaręczeni i przebąkiwali coś o ślubie w czerwcu. Błażej też chciał się żenić w czerwcu i wymyślił podróż poślubną do Irlandii. Nie wpadł na tę Irlandię sam, Dorota kiedyś mu podpowiedziała, że marzy jej się spacer ulicami Dublina. Nie rozumiała sama, czemu akurat ulicami Dublina, ale przecież nikt nie powiedział, że marzenia mają być oczywiste i przyziemne. Wszystko więc układało się pomyślnie, mogłaby nawet krzyczeć, że życie jest piękne, gdyby nie to, że od czasu do czasu spotykała pod swoim blokiem Dołeckiego. Nie przychodził codziennie, wystarczyło jednak, że kręcił się tu czasami i wcale nie próbował udawać, że to nie on.

Noc z wtorku na środę Dorota spędziła u Błażeja i prosto od niego poszła do gabinetu. Umówili się, że po pracy, około osiemnastej, spotkają się w Kowalu. Ta środa nie należała jeszcze do najpracowitszych dni. Większość klientek czekała na ostatni, przedświąteczny tydzień. Po południu zjawił się Kamil Sieja. Był teraz stałym klientem, średnio co dwa tygodnie siadał na wprost niej przy stoliku do manikiuru i wyciągał ręce. Nie łamał już sobie paznokci, po prostu umawiał się na wizyty i przychodził, żeby poczarować Dorotę. Nic nie mogła na to poradzić, że znowu go polubiła, chociaż nie tak, jak na początku. Wtedy gotowa była zamienić Błażeja na Kamila, teraz już nie

– Jakie jeszcze zabiegi mogłabyś mi polecić? – spytał, oglądając cennik na ścianie.

– Depilację – powiedziała ze śmiechem.

– Wypluj to słowo – mruknął. – To twoja mama mi doradziła tę depilację, wiesz?

– Skąd mogłam wiedzieć? Bardzo brzydko sobie wtedy pomyślałam o tej kobiecie. Na szczęście moja mama jest przyzwyczajona do niesprawiedliwych ocen, ludzie myśleli o niej albo za dobrze, albo zbyt źle. W Kowalu do tej pory uchodzi za bardzo pobożną kobietę. Mówią o niej, że nie zrobiła zastrzyku, dopóki tyłka nie przeżegnała. A prawda wygląda zupełnie inaczej. Pośladek jest duży, jednak miejsca do kłucia na nim niewiele. Jak nakreślisz krzyż, to tylko ten kwadracik w prawym górnym rogu jest pod zastrzyki. A że moja mama była skrupulatna, to rysowała sobie taki krzyżyk palcem. No i fama poszła.

Kamil zawsze bardzo niechętnie wychodził z gabinetu. Oglądał się, marudził.

– Ja wciąż mam nadzieję, że ty jednak do mnie wrócisz – powiedział.

– Pleciesz, amigo! Nie wrócę do ciebie, bo nigdy z tobą nie byłam.

– Poczekam.

– Szkoda czasu. Lepiej rozejrzyj się za jakąś fajną dziewczyną.

– Dziewczyn to ja miałem i mogę mieć na pęczki. Mnie zależy na tobie.

Upierał się, ponieważ mu umykała, drażniąc jego męską próżność. Chyba jednak rzeczywiście należał do bardzo pracowitych facetów, którzy zaliczali dziewczyny pęczkami. W miarę poznawania sporo tracił, gdy tymczasem Błażej bardzo zyskiwał.

Pod kamienicę babki Miziakowej podjechała już po osiemnastej. Czerwonego peugeota nie było. Mogła się tylko domyślać, że Błażej odwiózł majstra do domu i za moment wróci. Wyciągnęła klucze i wbiegła do sieni. Boczne drzwi od sklepu nie były zamknięte i ustąpiły po naciśnięciu klamki. Zostawiła je lekko uchylone, żeby prędzej znaleźć kontakt. Przez opuszczone żaluzje nie wpadał ani jeden promyk światła. Zrobiła krok do środka i wtedy coś miękkiego, zakurzonego spadło jej na głowę. Silne łapska próbowały zasupłać szmatę na szyi Doroty, powaliły ją na ziemię, przydusiły do podłogi. Zaczęła się krztusić, szamotać, uderzać rękami na oślep. Poczuła ciężką łapę na biuście i wtedy stało się coś dziwnego. Napastnik zaklął paskudnie i chyba odskoczył. Nie zdążyła zerwać szmaty z głowy, kiedy usłyszała ciężkie plaśnięcie i krzyk Błażeja. To on ją wyswobodził i postawił na nogi. Przez dobrą chwilę nie mogła wydobyć głosu, krztusiła się i kaszlała.

– Co to było? – szepnęła.

Błażej tulił ją, otrzepywał z pyłu i uspokajał, że już po wszystkim, że to była głupia pomyłka.

– To ty na mnie napadłeś?

– Oszalałaś!? – zdziwił się i wskazał głową kogoś, kto leżał kawałek dalej na podłodze. – To ten żartowniś. Wciąż się odgraża, że mnie zabije, i dzisiaj próbował dotrzymać obietnicy. Tak jest schlany, że chyba nas pomylił. Tym razem już mu nie daruję, wyślę faceta tam, gdzie jego miejsce.

– Nie żyje?

– Żyje. Huknął się tylko w łeb, ale to najtwardsza część ciała każdego małpoluda.

– Chciał cię zabić, a ty mówisz o tym tak spokojnie?

– Radziłem sobie z większymi siłaczami.

Fedor od samego początku wyraźnie nie lubił Jodłowskiego, szukał zwady, groził pięściami. Pijackie pogróżki to była jedna sprawa, a zaatakowanie Doroty druga. Błażej mówił spokojnie, chociaż był mocno poruszony. Posadził ją na krześle i próbował zadzwonić na policję.

Fedor poruszył się i usiadł.

– Kurwa! Zabiję – wymamrotał.

Jodłowski szarpnął go z podłogi i postawił pod ścianą.

– Wiesz chociaż, pijaku, na kogo napadłeś?! – krzyknął.

– Ciebie zabiję! – zawył i bezskutecznie zaczął się szamotać.

Stuknęły drzwi. Do sklepu weszły Kuciowa z Sabinką. Pierwsza przejęta, druga zapłakana. Obie z jazgotem rzuciły się na Fedora, zaczęły go wyzywać od tępych pijaków i zakutych pał, próbowały wyprowadzić na korytarz.

– Mowy nie ma – odparł ostro Błażej. – Zostanie tu aż do przyjazdu policji. Rzucił się na panią Dorotę, o mały włos jej nie zabił.

– Nie trzeba na policję, panie Jodłowski, nie trzeba, to dobry chłop – łkała Sabinka. – Kuć go podpuścił.

– Córka ojca nie skrzywdzi, na bruk nie wyrzuci! – bełkotał Fedor.

Sabinka kazała mu przymknąć jadaczkę i spojrzał trwożliwie na Dorotę. Powtórzyła swoje, że nie trzeba na policję, i że Kuć podpuścił.

– Z czym go Kuć podpuścił? – spytała Dorota.

– To wyrośnięty facet, tylko niedopieprzony. – Kuciowa wskazała na Fedora, żeby ktoś nie pomyślał, że o własnym mężu tak mówi. – Jak sobie popije, we wszystko wierzy, a ten mój ładuje mu do głowy banialuki.

– Kuć go podpuszcza – powtórzyła swoje Sabinka. – Jak tylko się nachla, gada, że wnuczka Miziakowej, znaczy panna Dorota, jest do Fedora kubek w kubek podobna.

– Ja? Chyba tylko z nosa – fuknęła przytomnie Dorota.

– On nie zawsze był taki. A świadkowie są, że kiedyś za Antośką ganiał – zaprotestowała Kuciowa.

– I dlatego chciał mnie udusić?

– Widać coś mu się pomyliło, widać w obronie.

– Córka ojca nie skrzywdzi, na bruk nie wywali! – krzyknął Fedor.

– Wynoście się już wszyscy! – powiedział Błażej takim tonem, że nawet pijany Fedor dał się wyprowadzić.

– Rozumiesz coś z tego? – spytała bezradnie Dorota.

Błażej trochę rozumiał, bo już wcześniej dotarły do niego różne plotki, które zachował dla siebie. Wszystko, co mógł Dorocie powiedzieć, zaczynało się od słowa „podobno". A więc podobno Fedor kiedyś, w czasach młodości, stracił głowę dla Antoniny. Podobno bez wzajemności, a nawet bez szansy na wzajemność. Dla niej rzucił żonę i gospodarstwo, przyjechał do miasta, żeby tylko być jak najbliżej. Powoli zaczął się staczać, aż w końcu zamieszkał z Sabinką, która przygarnęła go, podobno, z litości. I tak mieszkają razem od trzydziestu lat.

– Myślisz, że coś go łączyło z mamą? – przeraziła się Dorota.

Nie myślał tak, przynajmniej od czasu rozmowy z panią Szostakową. To za nią powtarzał, że Antonina nie chciała nawet patrzeć na Fedora i stąd zrodził się cały dramat. Nie mógł wiedzieć, co się wydarzyło w tamtych czasach, domyślał się natomiast, o co tamtemu chodziło teraz. O pieniądze oczywiście, bo o cóż innego. Fedor nie dostawał znikąd grosza, nie pracował, żył na koszt Sabinki, więc Kuć wymyślił mu córkę. Nie byłoby źle, gdyby córka, nawet taka przyszywana, chciała ojca wspomóc alimentami.

– Przecież to bez sensu – powiedziała cicho Dorota. Zaraz też przypomniała sobie gadki Fedora o rodzinie i zamilkła spłoszona.

– Chcesz szukać sensu w bredzeniach pijaków? – uśmiechnął się Błażej. – Nie przejmuj się tymi gadkami.

– Dlaczego Fedor chciał cię zabić?

– Nie tyle zabić, ile zastraszyć i przegonić, a ciebie zmiękczyć.

– To bez sensu – powtórzyła. – Mama na pewno powie: „A nie mówiłam!" – i będzie miała rację.

Dorota z ulgą zamknęła drzwi mieszkania. Była roztrzęsiona bezsensownym napadem, a chyba jeszcze bardziej przeprawą z Błażejem. Tak się wystraszył, że w ogóle nie chciał jej puścić do domu. Na wszystko miał odpowiedź: wykąpać się mogła u niego, do matki zadzwonić też mogła, a teraz nie powinna zostawać sama. Ustąpił, kiedy obiecała, że to już ostatnia noc w domu, że od następnego dnia z nim zamieszka.

Dorota bała się rozmowy z matką. Może dwa, może trzy razy w życiu spytała o ojca i za każdym razem Antonina wpadała w złość. „Ojciec, mówiła, to tylko jeden plemnik, jedno nasionko. We mnie rosłaś, ja cię urodziłam i wychowałam, a ty mnie o nasionko męczysz, za nasionkiem tęsknisz!". Dorota nigdy nie znała ojca, więc nie miała okazji do niego tęsknić. A nawet jeżeli chwycił ją jakiś żal, to wyobrażała sobie ów wielki dom z mamą, rodzeństwem i ojcem w delegacji.

O Fedora spytała wprost. Spodziewała się irytacji, gniewu, ale nie śmiechu. Antonina aż się zakasłała.

– Jak on mógł, bałwan jeden, uwierzyć Kuciowi, jeżeli nawet ze mną nie spał? Nie, Fedor nie jest twoim ojcem. Możesz im to wszystkim w twarz powiedzieć. On chciał się ze mną ożenić, kiedy już byłam w ciąży, ale twoim ojcem nie jest. A nie mówiłam, że ci dokuczą!

Dorota odetchnęła. Pewność, że nie poczęła się z Fedorowego nasionka, bardzo ją uspokoiła.

Tego wieczoru wszystko przebiegało inaczej, niż zaplanowała. Po rozmowie z matką natychmiast chciała iść pod prysznic, żeby zmyć z siebie cekol i cały niesmak awantury w Kowalu. Nie zdążyła jeszcze otworzyć drzwi łazienki, kiedy zadzwonił telefon. Chwilę później pędziła do Joli.

– Dzwonię do ciebie i dzwonię – zrzędziła przyjaciółka.

Dorota spojrzała w lustro i aż się wystraszyła. Jasny pył na włosach wyglądał jak siwizna. Za sobą, w głębi, zobaczyła fragment pokoju. Na pięknym, stylowym fotelu siedziała jakaś cudaczna istota ubrana w czerwony sweterek i fioletowe spodnie.

– Jak myślisz, skąd ona to ma? – szepnęła Jolka.

– Co?

– Ten gust olśniewający? – uśmiechnęła się przyjaciółka i pociągnęła Dorotę do pokoju.

Cudaczna istota podniosła głowę i w tym samym momencie Dorotę zamurowało.

– O Boże, to pani? – krzyknęła.

– Druga mądra. Przecież mówimy sobie po imieniu – odpowiedziała Gabriela Haczyńska.

To była Gabriela, nie żadna Gabi. Może tylko miała mniej podbródków niż kiedyś, za to więcej zmarszczek. Posiwiałe u nasady włosy tworzyły na głowie coś na kształt gniazda. Wyglądała mizernie, tarła chusteczką i tak już czerwone oczy, nerwowo wycierała czerwony nos. Przed nią, na stoliku leżały „Nowości" z nekrologiem.

– Tak łatwo mnie pochował! Za łatwo – chlipnęła. – Za tyle poświęceń, za... – Otrząsnęła się i dokończyła już całkiem innym tonem, twardym i mściwym: – To ja go teraz równie łatwo wsadzę do więzienia!

– I z czego będziesz żyła? Myślisz, że on z wdzięczności ujawni przed tobą wszystkie konta, o których nie wiesz? – spytała Jola.

– Więc co mam robić?

– Nie nasz wóz, nie my nim pojedziemy – zastrzegła się Dorota. – Sama pogłówkuj.

Bryśka Haczyńska znowu zaczęła chlipać bezradnie. Liczyła, że przyjaciółki coś wymyślą, podpowiedzą, może nawet pomogą wcielić w życie jakiś mądry plan, a one nic. Siedziały i patrzyły współczująco.

– Jak się tu zmaterializowałaś? – spytała Dorota.

– Uciekłam. Nie pozwoliłam Gostyńskiemu domknąć drzwi od pokoju i kiedy Gałecka przyniosła żarcie, wyskoczyłam, odepchnęłam go, aż się zatoczył, i wybiegłam na klatkę. Od Róży zadzwoniłam na policję, żeby odzyskać torebkę i ciuchy.

– On rzeczywiście pracuje nad tym specyfikiem? – spytała Dorota.

– Kto go tam wie! Jakbyś miała osiemdziesiąt cztery lata, to chciałoby ci się myśleć o wynalazkach? To wariat. Wy nie wiecie, co ja przeżyłam! Bez telefonu, bez jedzenia, na kaszce mannie. Ale to wina Doroty.

– Zamknij się, Gabi! – krzyknęła Jola. – Spróbuj choć raz poszukać winy w sobie!

– Dlaczego w sobie? Wszystkie moje nieszczęścia są przez innych.

– W imię Ojca i Syna – przeżegnała się Jola – co ty bredzisz? Na rozum ci padło.

Gabriela pokiwała ze smutkiem głową. Nie miała nastroju do kłótni, chciała jak najprędzej wracać do domu.

– Pojedziecie ze mną? – spytała z lękiem. – Boję się, żeby z wielkiego szczęścia Artur nie dostał zawału.

Jola przez skórę czuła, że musi uciekać jak najdalej od Arturowej radości. Dorota też nie chciała być świadkiem cudownego zmartwychwstania nieboszczki.

– Zadzwonię po przystojniaka, który z tobą pojedzie – powiedziała. Pomyślała o detektywie Kamilu Siei. Wprawdzie on nigdy nie zajmował się sprawą Haczyńskich, lecz tak się złożyło, że wiedział o niej prawie wszystko.

– Co mi tam po przystojniakach – westchnęła boleśnie Gabi. – Tak jak Borek nikt mnie nie kochał. To było życie!

Kamil zjawił się w mieszkaniu Joli jakieś pół godziny później. Ucieszył się na widok Doroty, dał się oczarować gospodyni, a z Gabrielą przywitał się obojętnie. Pewnie nawet nie zauważył, że specjalnie dla niego osuszyła nos i zalotnie przeczesała palcami gniazdo na głowie. Patrzył tak, jakby nigdy wcześniej nie zwierzał jej się z samotności i nie pytał: „Gabi, o której kończy pani pracę?".

– To pani Haczyńska – powiedziała Dorota. – Byliśmy razem na jej pogrzebie.

– Przecież ja żyję! – wrzasnęła Gabi. – Mam którejś przyłożyć, mam coś potłuc?

Kamil nie miał wątpliwości, że była żywa, chciał natomiast wiedzieć, kto zleca mu zadanie i trzyma kasę. Gabi bezczelnie pokazała palcem na Dorotę.

– Nie, nie! – zaprzeczyła gwałtownie Jola. – Pan będzie działał na zlecenie pani Haczyńskiej, ale w interesie pana Haczyńskiego, który sowicie pana wynagrodzi za odnalezienie żony.

Nie wydawał się przekonany. W interesach był zwolennikiem jasnych sytuacji, a ta wyglądała na wyjątkowo zagmatwaną. Na domiar wszystkiego, przed blokiem minął się z kolegą po fachu, niejakim Dołeckim, który pracował dla Haczyńskiego. Próbował wyjaśnić paniom te wszystkie zawiłości i czarującym uśmiechem osłodzić gorycz odmowy. Dorota nie dała mu skończyć. Jej zdaniem poważne sprawy wymagają poważnych detektywów, a nie partaczy. Dołecki już raz pozwolił pochować Haczyńską, która wcale nie była Haczyńską, a to najlepszy dowód, że nie można mu powierzyć życia, zdrowia i szczęścia prawowitej małżonki pana Artura.

– Bez policji się nie obejdzie – mruknął Kamil, popatrując smętnie raz na Dorotę, raz na Jolkę.

Obie były śliczne, obie w jego typie i chętnie zasiedziałby się w ich towarzystwie, nawet za cenę wyrzucenia Haczyńskiej przez okno. Ale to właśnie ona wydawała się najbardziej oczarowana jego głosem i uśmiechem. Zerkała zalotnie, mrugała porozumiewawczo, aż poczuł na plecach nieprzyjemne ciarki.

– Musisz tylko – perswadowała mu Dorota – wprowadzić panią Gabrielę do domu i dopilnować, żeby mąż z radości nie dostał zawału.

– To raczej zadanie dla kardiologa i policji – zauważył przytomnie Kamil. – Należy liczyć się z ekshumacją zwłok, z koniecznością podważenia wcześniejszych zeznań męża... Przecież w rozumieniu prawa ta pani nie żyje.

– Ależ ja żyję, do jasnej cholery! – zdenerwowała się Gabriela.

– Wystarczy, że Artur mnie pochował, wy już nie musicie. Sprawa jest czysta. Ręczę, że mój mąż dobrowolnie wszystko odwoła i przyzna się do pomyłki.

Dziewczyny spojrzały triumfująco na Kamila.

– Widzi pan, jakie to proste! – powiedziała Jola. – Pani Gabriela przez kilka miesięcy była więźniem szaleńca, co może poświadczyć warszawska policja, a tymczasem tu, we Włocławku, zaszło tragiczne nieporozumienie. Zrozpaczony mąż dał się zwieść starym ciuchom i zmasakrowanej twarzy, pomylił się, a teraz będzie bardzo szczęśliwy z odzyskania ślubnej żony. Niech pan się wczuje w jego sytuację.

Kamil wczuł się chyba za bardzo, bo aż nim zatrzęsło. Patrzył na Gabrielę bez cienia sympatii.

– Czy mogłaby pani ubrać się jakoś mniej kolorowo? – spytał.

– A niby czemu? To najmodniejsze zestawienie kolorów, wszystkie... – urwała gwałtownie i przygryzła usta.

Chciała powiedzieć, że wszystkie dziewczyny ubierają się teraz kolorowo, ale w porę przypomniała sobie, że nie jest już dziewczyną. Od tych zmian mąciło jej się w głowie. Bardzo zgrabnie i bez większych kłopotów wskoczyła w skórę młodej Gabrieli, niestety powrót do swojej skóry okazał się dużo trudniejszy. W mieszkaniu Róży, kiedy wreszcie spojrzała w prawdziwe lustro, zaczęła szlochać i histeryzować. Przeżyła najprawdziwszy szok. W końcu wytłumaczyła sobie, że druga młodość przyniosła jej więcej rozczarowań niż szczęścia, a wtedy zatęskniła do własnego domu, do dzieci i Eweliny oraz pieniędzy Artura. Do Włocławka wróciła okropnie skołowana. Momentami sama już traciła rozeznanie, czy jeszcze jest młodą Gabi, czy już stateczną Gabrielą.

– Zrobisz to dla nas? – spytała Dorota. – Wprowadzisz panią Haczyńską do jej własnego domu i dopilnujesz, żeby włos jej z głowy nie spadł?

– Spróbuję – zawahał się Kamil. – Ale potem wyskoczymy gdzieś razem na szaloną kolację, zgoda?

– Teraz, w wielkim poście? – zgorszyła się Gabi.

– Mam nadzieję, że szanowna pani zostanie w domu z mężem – wyjaśnił zwięźle detektyw.

– Wszystkie chłopy to zdrajcy – mruknęła Gabriela, a Sieja nie mógł zrozumieć, dlaczego ta uwaga tak bardzo rozbawiła Dorotę i Jolę.

Wyszedł wreszcie razem z Gabi, tarmosząc dwa worki jej ciuchów. Dziewczyny rzuciły się do okna, żeby jeszcze z góry popatrzeć na tę ładną parę. Zauważyły tylko, że na parkingu przed domem Sieja przywitał się z Dołeckim i zamienił z nim kilka słów. Nie musieli rozmawiać o Gabi, bo Dołecki nawet na nią nie spojrzał.

– Jestem ciekawa, jak długo będziemy jeszcze oglądać przed blokiem to imponujące karczycho? – zainteresowała się Dorota.

– Przypatrz mu się dobrze, to już ostatnie godziny jego pracy na rzecz czarującego Artura. Wątpię nawet, czy wydębi jakieś pieniądze, bo na moje oko schrzanił robotę – zauważyła z satysfakcją Jola.

Powrót Gabrieli na łono rodziny był dramatyczny, chociaż dużo spokojniejszy, niż przypuszczały Dorota z Jolką. Dzieci przeżyły prawdziwy szok. I Muszka, i Kiczorek popłakali się z wielkiego szczęścia, ale po godzinie już byli sobą.

– Fajowo, że nie umarłaś – powiedział Kiczorek. – Z Eweliną nie szło wytrzymać. Z ojcem też.

– A właściwie, gdzie ty byłaś? – spytała Muszka. – Próbowała się tu wcisnąć taka jedna mutantka, znasz ją?

– O kim mówisz? – zdziwiła się Gabriela.

Założyła sobie, że wielkie zdziwienie będzie najlepszą odpowiedzią na wszystkie pytania rodziny. Nie znała żadnej mutantki, padła ofiarą porywacza-wariata i spędziła trzy koszmarne miesiące w strasznym chlewie. Dzieciom te wyjaśnienia wystarczyły, Artur o nic nie pytał ani też nie przyznał się do pomyłki. Dopiero wieczorem, kiedy dzieci poszły spać, zaprosił Gabrielę do gabinetu na rozmowę. Po raz pierwszy nie wygłosił skróconego referatu, tylko powiedział od serca, co myśli o zdradliwej żonie i jej intrygach.

– Wróciłaś, więc zostań, dom jest w połowie twój, ale nie wymagaj, żebym i ja z wami mieszkał. Jutro się wyprowadzam.

– Gdzie niby?

– A czy ja cię pytam, gdzie się szlajałaś przez trzy miesiące? Tylko nie mów mi o porwaniu, bo nie jestem usposobiony żartobliwie.

Mimo smutku, Gabriela z wielką ulgą położyła się we własnym łóżku. Pocieszała się, że jakoś to będzie, że mąż nie zostawi rodziny, bo gdzie niby pójdzie?

Artur wyprowadził się następnego dnia po południu. Zabrał ze sobą jedynie trzy niewielkie walizki, a przecież samych ubrań miał tyle, że nie zmieściłyby się w wielkim samochodzie. Gabi natychmiast pobiegła na górę przejrzeć pokój męża i garderobę. Poza meblami nie zostało tam nic więcej.

– To było do przewidzenia – wyjaśniła Muszka. – Ojciec już od dawna wywoził swoje rzeczy. Czasem nawet nie wracał na noc, wtedy zostawała z nami Ewelina. Ona też będzie pracowała u niego, nie u nas. Musisz mnie dofinansować, bo nie dostałam w tym miesiącu kieszonkowego.

– Co ty masz na szyi? – spytała Gabriela.

– Diabełka. W twoim starym skafandrze był tylko ten diabełek, to go sobie powiesiłam na rzemyku.

Gabriela osunęła się na fotel. Nie słyszała, co mówiła do niej Muszka ani kiedy wrócił Kiczorek. Popadła w otępienie i siedziała w milczeniu aż do kolacji.

Dorota spakowała najpotrzebniejsze rzeczy do nesesera i rozejrzała się po wnętrzu, które tak bardzo lubiła. Mieszkanie wciąż należało do niej i do matki, nie miała ochoty go likwidować. Błażej jej nie poganiał, czekał cierpliwie, aż zbierze wszystkie swoje drobiazgi. Od progu zawróciła i z jesionowej półki zdjęła małego diabełka. Kiedy wyszli przed dom, wrzuciła go do śmietnika. Aż się bała pomyśleć, ile to maleństwo jeszcze mogło narozrabiać.

Wieczorem zadzwoniła do Jolki, żeby zaprosić ją na otwarcie salonu mięsnego w Kowalu. Jola chciała być pierwszą klientką i miała do tego pełne prawo.

– Haczyński ma kłopoty – powiedziała przyjaciółka.

– To było do przewidzenia – mruknęła Dorota.

– Z Gabrielą sobie poradził. Zostawił ją w starym domu

z pensją trzech tysięcy miesięcznie i z dzieciakami. Kupił luksusowe mieszkanie, ale zbyt pochopnie zapisał je kobiecie, która teraz oświadczyła, że chce i ma prawo mieszkać sama.

– Skąd to wszystko wiesz?

– Z samego źródła. Wymyślił, że mógłby zatrzymać się u mnie.

– A mógłby?

– A czy ja prowadzę hotel, żeby przechowywać wdowców, rozwiedzionych mężów i odrzuconych kochanków w jednej osobie? – zdziwiła się Jola.

Dorota odłożyła słuchawkę z wielką ulgą, że losy rodziny Haczyńskich nie są już jej zmartwieniem.
